手を上げろ、この北部野郎《ヤンキー》……

若きハンターとその獲物。
弟（左）は今でも私の親友だ。

私は生まれたときからずっとカウボーイだった。私が四歳のときのこのしゃれたブーツをご覧あれ。

イサカのポンプアクション・ショットガンを練習している中学時代の写真。皮肉なことにショットガンの腕はいまだにあがらない。

投げ縄を覚えるまでは本当のカウボーイとは言えない……

それでもようやく見苦しくないところまではたどり着くことができた。

食べていくには大変な仕事ながら、心はいつでもカウボーイ。

Mk 12スナイパーライフルを装備。ファルージャで身動きが取れなくなっていた海兵隊員と記者たちを救出したときに持っていた銃だ。

2004年、ファルージャ。300ウィンマグ弾使用のライフルを抱え、ともに従軍したスナイパー仲間とともに。ひとりはSEALで、ほかは海兵隊員（迷彩戦闘服からそのちがいがわかる）。

ファルージャで襲撃準備を整える海兵隊を掩護するのに使っていたスナイパーの隠れ家。横倒しになっているのはベビーベッド。

空軍参謀総長ノートン・シュワルツ大将（右）からJINSA（国家安全保障問題ユダヤ研究所）の感謝賞を授与される。2005年、ファルージャにおける功績が認められたもの。

ラマディに配備されたときのSEALチーム3チャーリー小隊。顔を見せているのはマーク・リー（左）、ライアン・ジョーブ（中央）、それに私（右）の三人のみ。

ラマディでパトロールする小隊を率いるマーク・リー。海兵隊の援助のおかげで、反政府武装勢力を抑え込むいくつかの作戦で川を利用することができた。

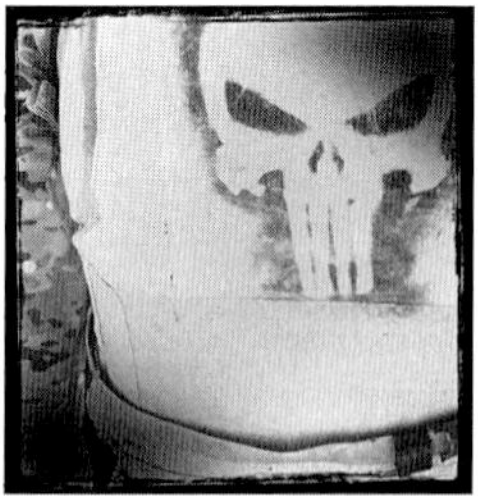

『パニッシャー』のキャラクターにちなんだ自分たちのロゴをつくり、これをヴェストやほかの装備にもスプレーでペイントした。彼のようにわれわれも悪を正していたということだ。　（写真提供＝5.11）

2006年、仲間とともに作戦から戻ってきたところ。右手に持っているのは愛用のＭｋ11スナイパーライフル。

ラマディで屋上に陣を張る。テントがいくらかなりとも陽射しから守ってくれた。

同じ戦闘での別の狙撃場所。

ラマディでは見晴らしのきく屋上を選んだが、ときにスナイパーライフル以上のものが必要になることもあった——背後の黒煙は戦車によって跡形もなくなった敵の陣地。

マーク・リー。

ライアン・ジョーブ。

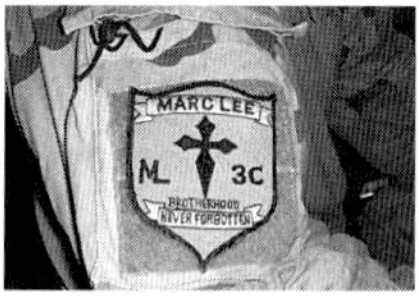

マークの死後、彼を偲《しの》んで記章をつくった。決して忘れない。

338ラプア弾を撃ち出すライフルのクローズアップ。射殺の最長距離記録をつくったときに使用した。〝ドープ〟カードが見える――銃の側面にあるこのカードには遠距離の標的を狙うために必要な調整値が書かれている。私が達成した1920メートルの射撃は、このカードに書かれている射程を超えていたので、目測しなければならなかった。

銃を持っていないときには、仲間の技術向上に手を貸すのが私は好きだ。これは最後の実戦配備の際に陸軍のスナイパーのために小クラスを指導したときの写真。

海軍を除隊後、私が立ち上げた会社〈クラフト・インターナショナル〉で実践訓練を指導する。私の会社は指導を受ける戦闘員や法の執行官にできるかぎりリアルな訓練を施している。　（写真提供＝5.11）

〈クラフト・インターナショナル〉のヘリコプター訓練。ヘリコプターは嫌でもなんでもない——私が耐えられないのは高さである。（写真提供＝5.11）

私の会社のロゴとスローガン（〝きみのお母さんの教えには反するが……暴力が問題を解決する〟）は私のSEALの同期、なかでも命を落とした者たちに敬意を表したものだ。私は決して忘れない。

私と私の生涯の恋人にして伴侶のタヤ。
（写真提供＝ヘザー・ハート／カルーナ・フォトグラフィー）

C-17輸送機の内部を探索する私と息子。

ハヤカワ文庫NF
〈NF427〉

アメリカン・スナイパー

クリス・カイル、ジム・デフェリス＆スコット・マキューエン
田口俊樹・他訳

早川書房
7510

AMERICAN SNIPER

The Autobiography of the Most Lethal Sniper in U. S. History

by

Chris Kyle

with Jim DeFelice and Scott McEwen

Translated by

Toshiki Taguchi and Others

Published 2015 in Japan by

HAYAKAWA PUBLISHING, INC.

This book is published in Japan by

arrangement with

HARPER COLLINS PUBLISHERS

through JAPAN UNI AGENCY, INC., TOKYO.

私とともにがんばりつづけた妻のタヤと子供たちに本書を捧げる。
家を守りつづけてくれてありがとう。

それから、祖国を守るために勇敢に戦った、
SEALの相棒であり変わらぬ友情の絆で結ばれていた、マークとライアンにも。
私の生涯を通じて心の底から祈りを捧げる。

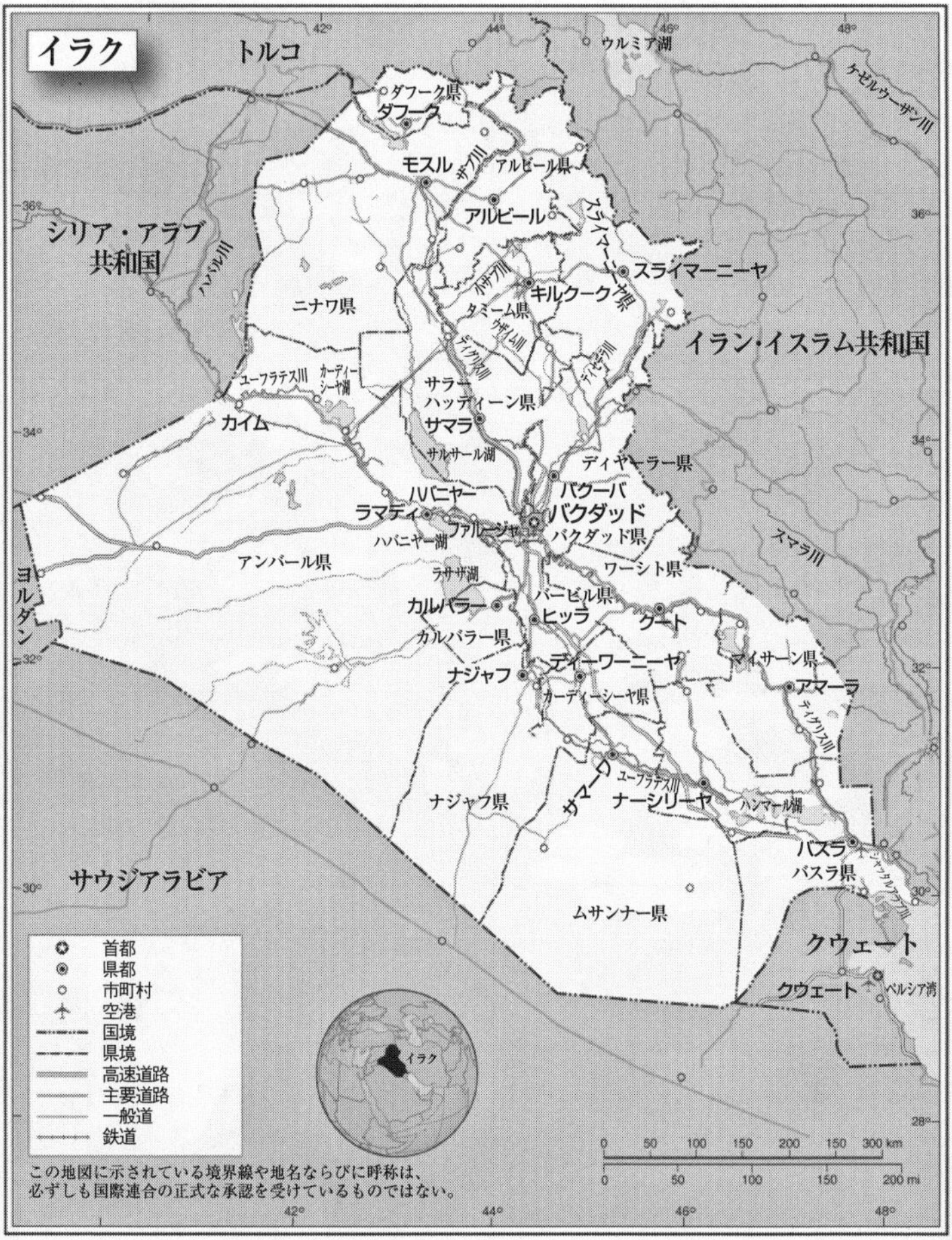

イラク
トルコ
ウルミア湖
ケゼルウーザン川
ダフーク県
ダフーク
モスル
ザブ川
アルビール県
アルビール
スライマーニーヤ県
シリア・アラブ共和国
ハブル川
スライマーニーヤ
小ザブ川
キルクーク
タミーム県
ウザイム川
ニナワ県
イラン・イスラム共和国
ティグリス川
ディヤーラ川
ユーフラテス川
カーディーシーヤ湖
サラーハッディーン県
カイム
サマラ
サルサール湖
ディヤーラー県
バクーバ
ハバニヤー
ラマディ
バグダッド
ファルージャ
ハバニヤー湖
バグダッド県
スマラ川
アンバール県
ワーシト県
ヨルダン
ラザザ湖
バービル県
カルバラー
ヒッラ
クート
カルバラー県
マイサーン県
ディーワーニーヤ
ナジャフ
アマーラ
カーディーシーヤ県
ティグリス川
ユーフラテス川
サマーワ
ナーシリーヤ
ナジャフ県
ハンマール湖
バスラ
サウジアラビア
バスラ県
シャットルアラブ川
ムサンナー県
クウェート
クウェート
ペルシア湾
首都
県都
市町村
空港
国境
県境
高速道路
主要道路
一般道
鉄道
イラク
0 50 100 150 200 250 300 km
0 50 100 150 200 mi
この地図に示されている境界線や地名ならびに呼称は、
必ずしも国際連合の正式な承認を受けているものではない。

目次

アメリカン・スナイパー

著者まえがき

　この本に書かれているのは、私が記憶している真実の記録だ。文章内の事実関係と慎重に扱うべき題材については海軍の高官を含めた国防総省が確認してくれた。出版を許可してくれたとはいえ、彼らが気に入ることばかりが書いてあるわけではない。だが、これは彼らのものではなく、私の物語だ。会話は記憶をもとに再現したものなので、一語一句そのとおりにはなっていないが、いわんとすることはまちがっていない。

　この本には機密情報はいっさい書かれていない。ペンタゴンの担当部署と海軍からは防衛上の理由でいくつか変更を求められたが、そのすべてを受け入れた。

　一緒に軍務についていた多くの人々は今も現役のSEAL隊員だ。その他の人々も政府機関で別の役割を担《にな》いながら、国を守るために働いている。彼らは全員、アメリカと敵対する国から敵だと見なされているかもしれない、私のように。そのため、この本ではいっさいの個人情報を明かしていないが、彼らには誰のことかはすぐにわかるだろう。私からの感謝の意を受け止めてくれることを望んでやまない。

――C・K

プロローグ　照準器に捉えた悪魔

二〇〇三年三月末　イラク南部ナーシリーヤ周辺

スナイパーライフルのスコープを覗《のぞ》き、イラクの田舎町の道路を見渡した。四五メートル前方で女が小さな家のドアを開け、子供を連れて表に出てきた。

人影はほとんどなかった。町のイラク人たちの大半は怯《おび》えて家のなかに閉じこもっていた。それでも物見高い数人がカーテン越しに様子をうかがい、待っていた。アメリカ軍部隊の発する重々しい音は、住人たちの耳に届いているはずだった。サダム・フセインの支配からこの国を解放するために北進中の海兵隊が、道路いっぱいに広がって町に近づきつつあった。

私の任務は海兵隊の護衛だった。私の小隊はその日の早いうちから建物を占拠し、通過する海兵隊を狙う敵の待ち伏せを防ぐべく〝監視《し》〟可能なポジションについていた。

とくに難しい任務だとは思えなかった。強いて言えば、海兵隊が味方でよかったと思っていたぐらいだ。海兵隊の兵器の威力は目の当たりにしたことがある。彼らと戦うなんてまっぴらだ。彼らならイラク軍などものともしないだろう。実際、イラク軍はこの地域をとっくに放棄してしまっていた。

イラクでの戦いは二週間ほど前に始まった。三月二〇日の早朝、ＳＥＡＬ《シール》チーム３に所属する私の小隊〈チャーリー〉（のちに〈キャデラック〉に改名）は開戦の支援任務についた。小隊はイラク南部のアルファウ半島に上陸し、第一次湾岸戦争のときのようにフセインが石油施設に火を放つのを防ぐため、石油基地を確保した。現在の任務は、バグダッドに向かって北進する海兵隊の支援だった。

私は、特殊作戦の訓練を受けたアメリカ海軍の特殊部隊ＳＥＡＬの隊員だった。ＳＥＡＬとは〝海（ＳＥａ）・空（Ａｉｒ）・陸（Ｌａｎｄ）〟の頭文字を取ったもので、その多様な作戦行動範囲を見事に表現している。私たちのいる町はかなり内陸にあり、ＳＥＡＬ本来の行動地域から大きく離れていた。しかし対テロ戦争がこのまま続けば、それも当たり前のことになるだろう。私はほぼ三年にわたって訓練を受け、戦士になる術《すべ》を学んできた。戦う準備はできていた。自分にできるかぎりは。

手にしていたライフルは上等兵曹《チーフ》のものだった。３００ウィンマグ弾（３００ウィンチェスター・マグナム弾）を使用するボルトアクションの高精度スナイパーライフルだ。チーフはしばらく監視を続けていたので休憩に入っていた。その間に自分のライフルを託す部下に私を選んだのは、私を信頼しているということだ。新入りの、しかもひよっ子ルーキーだというのに。ＳＥＡＬの物差しから見れば、その一員としてさえ認められていない存在だった。

狙撃手《スナイパー》としての訓練もまだ受けていなかった。私はどうしてもSEALのスナイパーになりたかったが、先には長い道のりが待ち構えていた。その日の朝、チーフは自分のライフルを託すことで、私にスナイパーとしての資質があるかどうか確認したかったのだろう。

私たちは、海兵隊がもうすぐ通過する町のはずれの廃墟同然の建物の屋上にいた。眼下の荒れた道路では、土埃《つちぼこり》と紙屑が風に舞っていた。周囲には下水のようなにおいが漂っていた――このイラクの悪臭にだけはけっして慣れることがない。

建物が揺れはじめた。「海兵隊が来る」チーフがそう言った。「監視を怠《おこた》るな」

スコープを覗いた。動いている人間は先ほどの女と、子供がひとりかふたりいるだけだった。

海兵隊の車両部隊が停まった。戦闘服に身を包んだ、一〇人の若く誇り高い海兵隊員が車内から出てきて集合した。彼らが徒歩パトロールの隊形をとると、女が服のなかから何かを取り出し、ぐいと引っ張った。

女が手にしていたのは手榴弾だった。私は最初、それが何だかわからなかった。

「黄色いものが見えます」チーフに見たままを報告した。彼自身も目にしているはずだった。

「黄色で、本体は――」

「そいつは手榴弾だ」とチーフは言った。「中国製のやつだ」

「くそ」

「撃て」

「撃て。手榴弾をどうにかしろ。海兵隊が――」

「ですが――」

私は躊躇《ちゅうちょ》した。誰かが無線でパトロール中の海兵隊員たちに知らせようとしていた。が、つながらなかった。彼らの進む先には、あの女がいた。

「撃つんだ！」チーフは叫んだ。

ライフルの引き金に指を押しつけた。銃口から弾丸《たま》が飛び出した。私は撃ったのだ。女の手から手榴弾が落ちた。もう一発撃った。その瞬間、手榴弾が爆発した。

スナイパーライフルで誰かを射殺したのは、これが初めてだった。イラクで男の戦闘員以外の人間を殺したのもこれが初めてだった。そして最後でもあった。

撃つことが私の任務だった。だから今でも後悔していない。女は死んだも同然だった。ただ私は、海兵隊員が巻き添えをくわないようにしただけだ。

女は海兵隊員たちだけを殺そうとしていたのではない。近くにいた他の人間が手榴弾で吹き飛ばされようが、銃撃戦に巻き込まれて死のうが気にしていなかった。それが通りにいた子供たちや家のなかにいた町の人々、そしてたぶん自分の子供であったとしても……。

女は悪魔に心を侵され、まともな判断力を失い、そうした人々のことを考えられなくなっていた。とにかくアメリカ人を殺したかったのだ。

私が放った二発の銃弾はアメリカ人の命をいくつか救った。そのひとつひとつが、歪《ゆが》んだ心を持ったあの女の命よりもたしかに価値のあるものだった。自分のした仕事になんらやましいところはない。それについては神の御前《みまえ》で誓うこともできる。私は、あの女の心に巣食っていた悪魔を心底憎んでいる。今でも憎んでいる。

野蛮で、卑劣な悪魔——それが、私たちがイラクで戦っていた相手だった。だからこそ私を含めた多くの人間が敵のことを〝野蛮人ども〟と呼んでいた。実際、私たちがあの国で遭遇した相手を表現する言葉はそれしかなかった。

しょっちゅうこう訊かれる、「これまで何人殺してきた？」と。いつもこう答えることにしている。「答えたからって、それで人としての値打ちが下がったり上がったりするのか？」

正直に言って、殺した人数は私にはどうでもいいことだ。もっと多く殺しておけばよかったとは思っているが。自慢したいわけでもない。アメリカ人の命を奪っている野蛮人どもがいなくなれば、世界はもっとまし（ヽ）になると信じているだけだ。私がイラクで撃ち殺してきたのは、アメリカ人もしくは新政府を支持するイラク人に危害をおよぼそうとしていた人間ばかりだった。

私はSEALの一員としての任務を果たした。私は敵を、明けても暮れても同胞たちの殺害を企てている敵を倒した。敵が目的を達成することを恐れた。成功した敵はわずかしかいなかったが、たったひとりのアメリカ人の命でも、失うには多すぎる。

私は他人にどう思われようと気にしない。子供の頃、父についていちばん尊敬していたところがそれだ。父はほかの人間の考えなどくそくらえだと思っていた。自分は自分――私が正気を保っていられたのは、もっぱらこの考え方のおかげだ。

この本の出版作業が進んでいる今でも、自分の半生記を世に出すということにいささかの抵抗を覚えている。そもそも私はずっと思ってきた。SEALの実態を知りたいのであれば〈トライデント〉――私たちの記章であり、何者なのかを示すシンボル――を自分の力で獲得すればいいと。私たちと同じ訓練を受け、身も心も犠牲にして捧げる。私たちのことを知るにはそれしかない。

そしてもうひとつ――むしろこっちのほうが重要だが――いったい誰が私の人生など気にかけるというのか、という疑問もある。ほかの誰とも変わらない、普通の人間なのに。私は偶然に、かなりひどい状況下に居合わせたにすぎない。そうした経験は興味深い、と誰かは言う。私にはそうは思えないが。私の半生や、してきたことの一部についての本を書かせてくれと言ってくる人間もいる。おかしなことだ。これは私の人生であり、私の物語なのだ。私が経験したことをありのままに記した本を出すのなら、自分で書いたほうが早い。

この本を書く理由はほかにもある。称賛に値する人々は大勢いるのだが、私がこの本を書かなければ、彼らは見過ごされてしまうだろう。そんなことは絶対にあってはならない。私の仲間たちこそ、私以上に褒《ほ》め称《たた》えられるべきなのだ。

海軍は、私をアメリカ軍史上最も多くの標的を射殺したスナイパーだと認定している。そのとおりかもしれない。しかし海軍が公表する人数はたびたび変わる。ある週には一六〇と言い（どんな価値があるかはさておき、この本を書いている時点ではそれが〝公式〟記録だ）、ときにはさらにもっと多くなることもあれば、その中間あたりで落ち着くこともある。ちゃんとした数字を知りたければ、海軍に訊くといい――運がよければ、もっと正確な数字を教えてもらえるかもしれない。

みんな私が殺した正確な人数を知りたがる。だが、海軍がよいと言っても教えるつもりはない。私は数字にはこだわらない。ＳＥＡＬの隊員は寡黙《かもく》な戦士であり、私は骨の髄からＳＥＡＬだ。私のすべてを知りたければ、まず〈トライデント〉を手に入れなさい。私のことを調べたければ、ＳＥＡＬに訊きなさい。

この本には、私が教えたいことと、気は進まないが明かしてもいいと判断したことが書かれている。そんな内容がお望みならば、このまま読み進めるといい。

私は最高の射手ではないし、ましてや史上最高のスナイパーでもない。ずっとそう言いつづけてきた。べつにへりくだって自分の技量を低く言っているわけではない。実際、必死の努力で磨きをかけてきた。素晴らしい教官にも恵まれた。彼らこそもっと称賛されるべきだろう。そして、私と共に戦い、私の任務を支援してくれたＳＥＡＬの同僚と海兵隊および陸軍の兵士たちがいればこそ、私の成功はあった。それに、私の最高記録と私のいわゆる〝レジェンド〟は、とんでもない状況に数多く遭遇してきたせいにすぎないのも確かだ。

つまり、普通より多くのチャンスを与えられたということだ。イラクでの戦いが始まる直前から二〇〇九年に除隊するまで、私は何度も戦地に派遣されたのだから。実戦に直接加わるという幸運に恵まれていたのだ。

しょっちゅう訊かれる質問はもうひとつある――そんなに多くの人間をイラクで殺して、気がとがめないものか？

私はこう答えている。「少しもとがめない」

本気でそう思っている。初めて人を撃つとき、いくらかは臆病になるものだ。本当にこの男を撃てるのだろうか？　本当に撃っていいのか？　しかしその敵を殺してしまえば、それでよかったのだと思うようになる。そしてこう言う――やったぞ、と。

そしてまた敵を殺す。ひとり、またひとりと。自分や同胞たちが殺されないために敵を殺す。殺す相手がいなくなるまで殺しつづける。

それが戦争というものだ。

私は自分のしてきたことが好きだった。今でも好きだ。事情がちがっていれば――たとえば、家族に必要とされていなかったら――すぐさま戦地に戻っていただろう。私は愉しい時間を過ごした。それは嘘でもなければ誇張でもない。私はＳＥＡＬに人生を捧げたのだ。

みんな私をひとつのカテゴリーに入れようとする。すごい男だとか、お人好しの南部人だとか、くそ野郎だとか、スナイパーだとか、ＳＥＡＬだとか。活字にするには不適切な呼び名もあるが、日によっては、どれも正しい分類なのかもしれない。というのも、イラク時代とその後の私の物語は、たんなる人殺しの話でも、さらに言えば祖国のための戦いの話でもないからだ。

これは男であることの物語だ。そして愛についての話でもあり、同時に憎しみについての話でもある。

1　荒馬乗りと気晴らし

根っからのカウボーイ

どんな物語にも始まりがある。

私の物語はテキサス中北部の小さな町から始まる。その町で、私は家族の絆《きずな》の大切さとさまざまな価値観を学んだ。愛国心であるとか自立心であるとか、自分の家族と隣人たちを気にかけるとかいった、昔ながらのこの国の考え方を身につけた。今でもそうしたものに従った生活を送るよう心がけている。それは胸を張って言える。強い正義感を持ち合わせている。正義には曖昧《あいまい》なところなどなく、いいか悪いかしかない。自分以外の人間を守ることは大切だとも考えている。きつい仕事はなんとも思わない。その一方で愉しむことも好きだ。短い人生、愉しいことがなければやっていられない。

私はキリスト教のもとで育てられ、今でもその教えを信じている。物事に優先順位をつけるとすれば、私の場合は神、祖国、家族の順になる。うしろのふたつがどの順になるかについては、いろいろと意見がわかれるところだ。最近は、ある場合では家族のほうが祖国の上にくる場合もあると考えられるようになった。それでもやはり接戦ではある。

銃は昔から好きだった。狩りもそうだ。見方によれば、私は昔からずっとカウボーイだったと言えるかもしれない。馬なら自分がよちよち歩きの頃から乗っていた。しかし牧場暮らしから離れてかなり経つし、馬に乗って学んだことの多くを忘れてしまったようだから、今ではもう本物のカウボーイだとは言えない。それでも心のなかでは、私はＳＥＡＬではなくカウボーイのままだし、そうあるべきだと思っている。問題は、家族がいるとカウボーイで生計を立てるのは厳しいということだ。

いつから狩りを始めたのかは覚えていない。たぶんかなり幼い頃だろう。私の家族は家から数キロのところに〝ディア・リース〟を借りていたので、毎年冬になるとそこでシカ狩りをしていた（北部《ヤンキー》の読者たちへ――ディア・リースとは、地主が狩猟権を一定期間貸し出している土地のことだ。金を払えばそこで狩りをすることができる。そっちでは別の制度があるのだろうが、テキサスではこれが一般的だ）。シカ以外にも、私たちは四季を通じて七面鳥やハト、ウズラを狩った。〝私たち〟とは父と母、そして四歳下の弟のことだ。私たちは旧式のキャンピングカーでよく週末を過ごした。それほど大きい車ではなかったが、仲のいい四人家族だったので充分愉しかった。

父は〈サウスウェスタン・ベル〉と〈ＡＴ＆Ｔ〉で働いていた――父の在職中、この二社はずっと分割されたり合併されたりを繰り返していた。父は管理職だったので、数年おきの昇進のたびに私たちは引っ越さなければならなかった。その意味では、私はテキサス全土で育ったということになる。

仕事は順風満帆だったにもかかわらず、父は自分の仕事を嫌っていた。仕事そのものではなく、それにつきまとっているものが好きではなかったのだ。官僚主義。オフィスにこもりきりなところ。毎日スーツを着てネクタイを締めなければならないことを心底嫌がっていた。「どれだけ稼ぐかは問題じゃない」父はよくそう言っていた。「気持ちよく働けなければ何の価値もない」人生、やりたいことをやれ――これは父が与えてくれた助言のなかでいちばん価値のあるものだ。私はずっとこの教えを守るよう努めてきた。

子供の頃の私にとって、父はいろんな意味でいちばんの友だった。しかし同時に、父は父親としての躾《しつけ》をしっかりと織り交ぜることも忘れなかった。父子の関係には一線があり、私はそれを越えようとは思わなかった。何か悪いことをしたら、それに応じてぶたれる《ワッピング》ことがあったが（北部で言うところのスパンキングだ）、行きすぎはしなかったし、けっして怒りにまかせることもなかった。父は怒ると、まず数分間かけて自分を落ち着かせ、それから控えめにぶった――そのあとは抱擁だった。

弟が言うには、私たち兄弟はしょっちゅう喧嘩《けんか》していたらしい。本当にそうだったのか覚えてないが、取っ組み合いなら確かによくやっていた。弟は年下のぶん私より体は小さかったが、それでも私に歯向《はむ》かってきたし、絶対にまいったとは言わなかった。頑固な性格の弟は、今でも私のいちばんの友人のひとりだ。弟とはいろいろとやりあってきたが、愉しいこともずいぶん一緒にやってきたし、いつも頼りあっていた。

私が通っていたハイスクールの玄関ロビーにはヒョウの像が置いてあった。毎年新学期が始まると、四年生が新入生いびりとしてその像に新入生をまたがらせるという儀式が、伝統行事になっていた。当然新入生たちも黙ってはいない。弟が入ってきたときには私はすでに卒業していたが、弟の新学期初日に学校に行き、あのヒョウに弟をまたがらせたやつには百ドルやるぞと告げた。

そのときに用意した百ドルは今でも持っている。

喧嘩ならよくやったが、自分から仕掛けたことはほとんどなかった。仕掛けたことがばれたら、父のお仕置きが待っていたからだ。やってもいいが、仕掛けるなというルールがあったのだ。

つまり売られた喧嘩は買ってもいいということだ。弟を守るためならなおよしとされた。弟をいじめるやつがいたら、私が叩きのめした。弟をぶっていいのは私だけだった。

いつからともなく、私はいじめられている年下の子供がいるとかばうようになった。年下の面倒を見なければならないと感じていて、それがいつのまにか義務になっていた。

そんなことをするようになったのは、面倒なことにならずに喧嘩できる口実がほしかったからかもしれない。でもそれだけではなかった。子供の頃の私は、思っていた以上に父の正義感とフェアプレーの精神の影響を受けていたのだろう。成人してからは、なおいっそうその傾向が強くなったように思える。しかし理由が何であったにせよ、年下をかばうことで存分に喧嘩できたのはまちがいなかった。

私の家族は信心深かった。父は教会の執事を務め、母は日曜学校で教えていた。子供の頃は毎週日曜日の朝と夜、そして水曜の夕方に教会に通っていた。それでも私たちは、自分たちは信仰に凝《こ》りかたまっているわけではなく、たんに神を信じる善《よ》き人間で、教会に積極的に関わっているだけだと考えていた。実際のところ、その頃の私は週に何度も教会に行くのが好きではなかった。

父は働き者だった。それは血筋のせいなのだろう――祖父は働き者で知られるカンザスの農夫だった。ひとつの仕事では飽き足らなかった父は、私の子供の頃には飼料販売店をやったりしていた。きわめて控えめな規模ながら牧場も持っていて、家族総出で面倒を見ていた。そんな父ももう表向きには隠居生活に入っているが、それでも小さな牧場で何やかやと仕事をしたり、その合間に地元の獣医院で働く姿を見せたりしている。

母もかなりの働き者だった。私と弟に手がかからなくなると、母は青少年矯正施設でカウンセラーとして働くようになった。一日中問題を抱えた青少年を相手にするのはきつい仕事だ。それで結局別の仕事に移った。母ももう隠居の身だが、それでもパートの仕事や孫の世話でいつも忙しくしている。

牧場の仕事は私の学校時代を満ち足りたものにしてくれた。放課後と週末、私と弟はそれぞれ別の仕事を言いつけられ、馬の世話をしたり、馬に乗って牛追いをしたり、柵を点検したりした。

　牛の世話は厄介《やっかい》な仕事だ。足も蹴られたし、胸も蹴られた。股間を蹴られたこともある。それでも頭を蹴られたことはなかった。蹴られていたらもっとまともになっていただろうに。年齢が上がると、私はアメリカ学校農業クラブ連盟《FFA》（現在は全米ＦＦＡＯとなっている）で牛を育てるようになった。ＦＦＡはいいところだった。いらいらすることもあったが、私は長い時間をかけて牛の手入れをして見栄えをよくした。牛たちにうんざりしたことも、牛たちの支配者のような気分になったこともあった。どうにもならないときに、牛たちのばかでかい石頭をひっぱたいて思い知らせようとしたことで有名にもなった。おかげで二度手の骨を折ることにもなるのだが。

　さっきも言ったが、頭をやられていたら、もっとまともになっていたかもしれない。銃に関して言えば、私は冷静さを保ちつつも夢中になっていた。多くの少年たちがそうであるように、私の最初の〝兵器〟はポンプを押せば押すほど威力が上がるデイジー社のマルチポンプ式ＢＢ弾空気銃《エアライフル》だった。その後は、コルト・ピースメーカーに似たリヴォルヴァーの炭酸ガス式空気銃《エアガン》を手に入れた。それからは西部劇に出てくる銃一辺倒になった。海軍を去ってからは、見事な出来栄えのレプリカを蒐集《しゅうしゅう》するようになった。いちばんのお気に入りは、昔の旋盤を使って製作されたコルトＭ１８６１ネイヴィーのレプリカだ。

　初めて本物のライフルを手に入れたのは七歳か八歳のときだ。ボルトアクションの30‐06

弾を使うものだった。正真正銘の、まさしく〝大人〟の銃だったので、最初は撃つのが怖かった。最後にはこの銃も好きになったが、今にしてみれば、あの頃本当にほしかったのは30-30弾を使う弟のマーリンM336だった。実にカウボーイ向きの、レヴァーアクションの銃だ。

そう、やはりなんと言ってもカウボーイなのだ。

荒馬乗り

馬の調教ができるまではカウボーイとは言えない。私はハイスクールのときに習いはじめた。最初はまったくわかっていなかった。簡単なことなのに——飛び乗ったら、馬が振り落とそうとするのをやめるまで乗りつづけろ。とにかく落馬しないようにがんばる。

年齢を重ねるにつれて多くのことを学んだが、最初のうちはもっぱら実地で身につけた——馬に教えてもらったと言えなくもない。馬が何かをすれば、こっちも何かをする。一緒に行動すればわかりあえるのだ。そのときいちばん必要なものは、たぶん忍耐だろう。もともと私は我慢強い人間ではない。馬と一緒に仕事をするためには、まずは我慢することを学ばなければならなかった。そのとき身につけた忍耐力は、狙撃手《スナイパー》をめざすときにきわめて有効な武器となった。のちに妻となる女性を口説いたときも大いに役立ってくれた。

牛のときとはちがって、私は馬を叩かなかった。そうする理由もなかった。もちろん、馬がへたばるまで乗りまわしてはいたが。誰がボスなのか理解するまで、とにかく乗りつづけることもあった。でも馬を叩く？　そんなことをする理由はまったく見つからない。馬は牛よりも頭がいい。馬に言うことを聞かせたければ、たっぷり時間をかけて辛抱強く接すればいい。

　果たして私に馬を調教する能力があったのかどうかはわからない。が、馬たちと一緒にいることでカウボーイになりたい気持ちはさらに強くなった。だから、学校に通っていた頃からロデオ競技に熱中するようになったのはそれほど驚くようなことではない。ハイスクール時代には野球とアメリカン・フットボールもやったが、ロデオほどには興奮しなかった。

　どのハイスクールにも体育会系とかおたく系とかのさまざまなグループが存在する。私がつるんでいたのは〈ローパーズ〉というグループだった。〈ローパーズ〉のメンバーは、みんなブーツにジーンズという姿でカウボーイのようにふるまっていた。当時一六歳だった私は投げ縄で仔牛すらまともに捕まえることができなかったから、本当は投げ縄師《ローパー》ではなかった。だからといってロデオをやらないという手はなかった。

　まずは地元の小さなロデオクラブで牛と馬に乗るところから始めた。二〇ドルほど払えば、落っこちるまで乗ることができた。拍車や革ズボン、ロープなどの道具は自前で用意しなければならなかったが。かっこいいところなど全然なかった。乗って、振り落とされて、また乗って。その繰り返しだった。やっているうちに乗っていられる時間は長くなり、最後には地元の小さな大会なら参加できるぐらいの自信をつけた。

　雄牛の調教は馬のそれとは少しちがう。牛はうしろ肢《あし》を蹴り上げて振り落とそうとするが、牛の表皮はかなりたるんでいるので、乗り手は前方だけでなく左右にもずれる。それに牛は実によくくるくるまわる。つまり、牛に乗りつづけるのは生易《なまやさ》しいことではないのだ。

牛には一年ほど乗ってみたが、それほど上達しなかった。結局挫折して馬に乗り、サドル・ブロンコ・バスティングに行き着いた。これは昔からあるロデオ競技の一種で、八秒間馬に乗っていなければならないだけでなく、姿勢とテクニックも採点対象になる。どういうわけか、私はこれが人並み以上にうまくできた。しばらくやりつづけ、賞品のバックルをそれなりに獲得し、豪華な鞍《くら》も一度ならず手に入れた。もっとも、優勝したことは一度もない。それでもバーでぱっと使えるぐらいの賞金は懐《ふところ》に入れた。

ロックバンドのグルーピーのロデオ版〝バックル・バニー〟から、それなりの熱視線を浴びたりもした。いいことばかりだった。市《まち》から市《まち》へと渡り歩き、馬鹿騒ぎをして、馬に乗った。

カウボーイのライフスタイルを見事に実践していた。

私は一九九二年にハイスクールを卒業し、タールトン州立大学に進んだ。大学に入っても馬には乗りつづけた。知らない人のために説明しておくと、テキサス州スティーヴンヴィルにあるこの大学は一八九九年の創立で、一九一七年にテキサスA&M大学の傘下に入った。政府から公有地の付与を受けていない農業大学のなかでは全米第三位の規模を誇る。農業教育者だけでなく、優秀な牧場および農場経営者を輩出する大学だと評価されている。

当時の私は牧場経営に興味があった。しかし進学を前にして、軍に進むことを考えるようになった。母方の祖父が陸軍航空軍のパイロットだったこともあって、飛行士になりたいと考えていた時期もあったのだ。それから海兵隊が選択肢に入ってきた――実戦を体験してみたくなったのだ。特殊作戦のことを耳にしてからは、海兵隊のエリート部隊である海兵隊武装偵察部隊への入隊を考えるようになった。しかし家族は大学への進学を望んだ。とくに母はしきりに勧めた。結局、私は家族の考えを受け入れ、とりあえず大学に進んで、それから軍に行くことにした。なるほど、こうすれば社会に出るまで、まだしばらくはいろいろと遊べる。私はそう考えていた。

大学に入ってもロデオは続けた。成績はまずまずだった。しかし一年生の終わり頃、私のロデオのキャリアはあっけなく終わる。テキサス州レンドンでの競技会で、荒馬が誘導路のなかでひっくり返り、私はその下敷きになったのだ。まわりの人々は、倒れた馬が邪魔で誘導路の柵をはずすことができず、結局私を下敷きにしたまま馬を引きずり戻すしかなかった。私は片足をあぶみにかけたままの姿勢で引きずられ、馬に蹴とばされて気絶した。意識が戻ったのは病院に向かう救急ヘリの機内だった。両手首は骨折してピンで固定され、肩は脱臼《だっきゅう》。肋骨《ろっこつ》も折れ、肺と腎臓が損傷するという重傷だった。

治療で最悪だったのは、手首に埋め込まれたいまいましいピンだ。実際には太さ六ミリほどの大きなボルトだったが、そんなものが両手首の両側から一〇センチほど飛び出していたので、まるでフランケンシュタインの怪物みたいだった。かゆいし見た目も悪い代物《しろもの》だった。

おかげで手首はくっついたが。

　事故から数週間後、私は意を決し、ずっとデートしたいと思っていた女の子に電話をかけた。ピンにお愉しみの邪魔をさせるつもりはなかった。しかしドライヴデートを愉しんでいるあいだじゅう、長い金属ピンの一本が方向指示器のレヴァーにひっきりなしに当たった。私はかっとなって、そのピンを根元からへし折ってしまった。それを見て彼女が大感動したとは思えない。デートは早々に終わりになった。

　ロデオのキャリアを失ったにもかかわらず、私はロデオの巡業中のようにはしゃぎつづけていた。当然金はあっというまに底をついた。それで放課後にできる仕事を探し、材木置き場の荷降ろし係の仕事にありついた。

　私はなかなかの働き者だったし、実際そういう印象を与えていたのだろう。ある日、同じ職場の同僚が話しかけてきた。

「知り合いに牧場をやってるやつがいてね、そいつが働き手を探しているんだよ」彼はそう言った。「あんたなら興味があるんじゃないかって思ったんだが」

「ありがたい話だ」私はそう答えた。「すぐに行ってみる」

　かくして私はその牧場で働くことになった。これで本物のカウボーイになったのだ。大学には通いつづけていたが。

カウボーイの生活

私はテキサス州フッド郡にあるデイヴィッド・ランドラムの牧場で働くことになった。ところが、自分が思っていたほどはカウボーイとしての仕事をこなせないことがすぐにわかった。それについてはデイヴィッドがフォローしてくれた。彼は牧場仕事のすべてを手ほどきしてくれた。それ以外のことについてもいくつか教えてくれた。彼は荒っぽい男で、とにかく相手をこっぴどく叱りとばす。仕事をうまくこなしていても、言葉ひとつかけようとしない。それでも私はこの男のことが大好きになった。

牧場の仕事は天国みたいなものだった。

重労働のきつい環境だが、同時に気楽でもある。仕事場はほぼ戸外。相手はもっぱら動物ばかり。他人に関わらなくてもいいし、オフィスワークやくだらないことをこなさなくてもいい。ただ自分の仕事をするだけ。

デイヴィッドの牧場は四〇〇〇ヘクタールほどの広さの、昔ながらの本物の牧場だった——春に家畜を集めるときには炊事車すら登場した。

なだらかな丘が連なり、小川も流れ、牧草地が広がり、見渡すたびに活力を与えてくれる。そんな素晴らしい牧場だったことはぜひ伝えておきたい。牧場のどまんなかにある古い家は、一九世紀には中継地点——北部で言うところの〝宿屋《イン》〟——だったとおぼしき堂々たる屋敷だった。表と裏手には網戸のついたポーチがあった。なかなかの広さの部屋がいくつもあり、身も心も温めてくれる大きな暖炉がしつらえてあった。

牧場の働き手である私の住まいは、当然もう少し簡素なものだった。私にあてがわれたのはいわゆる飯場《バンクハウス》で、実際のところ寝床《バンク》を置けるぐらいの広さしかなかった。たぶん間口は二メートルたらず、奥行きは三メートル半ぐらいで、ベッドを置いたらそれでもういっぱいだった。たんすを置くスペースもなかったので、下着も含めて服は全部棹《さお》に掛けておかなければならなかった。

壁は断熱されていなかった。テキサス中部の冬は厳しく、ガスストーヴを全開にして電気ストーヴをベッドの脇に置いていても、私は服を着たまま寝ていた。最悪だったのは、床板の下にちゃんとした基礎がなかったことだ。私はベッドの真下の地面に穴を掘るアライグマとアルマジロとずっと戦いつづけた。牧場にいたアライグマはしつこくて図々しく、おまえたちなんかお呼びじゃないというメッセージがようやく伝わるまで二〇匹は撃ったはずだ。

牛の飼料用の冬小麦を育てるため、トラクターを運転するようになった。それから牛の餌やりに移った。ようやくデイヴィッドは私が長続きしそうだと判断し、もっと大きな仕事を任せてくれるようになり、月給も四〇〇ドルに上がった。

午後一時か二時にその日最後の講義が終わると、私は牧場に向かった。日が沈むまで働き、ちょっとだけ勉強をしてベッドに入った。起床すると真っ先にすべての馬に餌をやり、それから大学に行った。最高なのは夏休みだった。午前五時には馬にまたがると、そのまま夜の九時まで乗りつづけた。

働きはじめて二年目、とうとう私は競《せ》りに出す〝カッティングホース〟の訓練をするようになった（カッティングホースはカーヴィングホースともソーティングホースとも、またはウィットラーとも呼ばれ、カウボーイが仔牛を群れから引き離す《カッティング》のを手伝うように訓練された馬のことだ。この仕事をこなせる馬は牧場で重宝され、いい馬は高値で売れる)。

私が馬の扱い方を学び、以前よりもずっと我慢強くなったのは、まさしくこの仕事を通じてのことだった。馬に腹を立てたら、その馬を一生だめにすることもある。私は時間をかけて馬たちに優しく接することを学んだ。

馬は並はずれて賢い動物だ。ちゃんと教えれば呑み込みは早い。まず、すごく小さなものを見せて、隠して、また見せる。わかるようになってくると、馬は口先を舐《な》めまわす。その瞬間を待つ。いい調子で訓練を終えたら、翌日も同じことをする。

当然、すべてを学ぶまでにはしばらく時間がかかった。私がまちがえると、ボスがそれを知らせてくれた——すぐさま私を叱りとばし、おまえなんか役立たずのくそったれだと厳しい言葉を浴びせてきた。でもそんなデイヴィッドに腹を立てたことは一度もない。胸の内で自分にこう言い聞かせていた——おれはもっとやれる。今に見ろ。

偶然にもそれは、ＳＥＡＬになる際にまさしく必要とされた心構えだった。

海軍からの「採用不可」

放牧地に出ているあいだは、自分の将来のことを考える時間と場所はたっぷりあった。勉強や講義は好きになれなかった。ロデオの道を断たれたので、私は大学を中退して牧場の仕事を辞《や》め、当初の計画に立ち戻ることにした——軍に入って兵士になることにしたのだ。本当にやりたいことはそれだったのだから、これ以上待つことに意味はなかった。

一九九六年のある日、私は志願する決意を固めて軍の募兵事務所に向かった。

その募兵事務所はまさに小さなショッピングモールだった。陸軍、海軍、海兵隊、空軍からなる全軍の窓口がこぢんまりと並んでいた。事務所に入ると、各軍の募兵担当官たちの視線が注がれる。彼らは互いに競い合っているが、ここでは必ずしも仲よく競争する必要はない。

私はまず海兵隊のドアを叩いたが、あいにくと昼食に出ていた。背を向けて帰ろうとすると、廊下の先にいた陸軍の募兵担当官が声をかけた。

「おい」と彼は言った。「うちに寄っていかないか？」

寄らないという手はない。私はそう考え、誘いに応じた。

「きみが興味のある軍の仕事は何だ？」彼はそう尋ねた。

私は特殊作戦に興味があると答え、陸軍特殊部隊《スペシャル・フォーシズ》というものがあると聞いたので、その任務につきたいと言った——陸軍に入隊できたら、の話だが（特殊部隊《スペシャル・フォーシズ》、もしくはＳＦは数多くの特殊作戦任務にあたる陸軍の精鋭部隊だ。〝特殊部隊《スペシャル・フォーシズ》〟という言葉は特殊作戦を行なう部隊全般を表わすものとして誤用されているが、私が使う場合は陸軍のものを指す）。

当時、特殊部隊《スペシャル・フォーシズ》に入るにはＥ-５の階級、つまり三等軍曹になる必要があった。目標を達成するまでに、そんなに時間をかけたくはなかった。「それならレンジャーもあるぞ」

募兵担当官はそう言った。

　私はレンジャーのことをあまり知らなかったが、担当官の説明にはかなり心をくすぐられた——航空機から飛び降り、標的を襲撃し、小火器のエキスパートになる。新たな可能性は見いだせたが、決定打とまではいかなかった。

「考えてみます」席を立ちながら私は言った。

　出ていこうとすると、今度は海軍の募兵担当官が話しかけてきた。

「おい、きみ」彼はそう言った。「こっちに来なさい」

　私は歩み寄った。

「あそこで何の話をしていたんだね」

「特殊部隊《スペシャル・フォーシズ》に入ろうと思っていたんですが、Ｅ‐５にならないとだめなんです。それでレンジャーの話を聞きました」

「なるほど。ＳＥＡＬについては聞いたかね？」

　当時、ＳＥＡＬはそれほど有名ではなかった。私も少しなら耳にしていたが、それでもあまり多くは知らなかった。そのときは肩をすくめてみせたはずだ。

「こっちで話を聞いてみないかね？」海軍の人間はそう言った。「ＳＥＡＬについていろいろと教えてあげよう」

　ＳＥＡＬの説明はＢＵＤ／Ｓ、つまり基礎水中爆破訓練から始まった。これはＳＥＡＬ全員が経験しなければならない訓練課程だという。今でこそＳＥＡＬとＢＵＤ／Ｓのことは数多くの書籍や映画で扱われているし、私たちの訓練についてはウィキペディアにもかなり長い解説が載っている。しかしこの当時は、少なくとも私にとってBUD／Sはちょっとした謎だった。その厳しさ、教官の鍛え方、そして志願者の一〇パーセント未満しか次の段階に進めないことを聞かされてはじめて、私は感銘を受けた。これほどの訓練をパスしなければ、屈強なくそ野郎になれない事実に。

私はそんな挑戦が好きだった。

次にSEALと、その前身であるUDTが遂行してきた全任務についての話が始まった（水《U》中破壊《D》工作部隊《T》とは、第二次世界大戦初期に敵の海岸の偵察などの特殊任務についた潜水工作員の部隊だ）。日本軍の支配下にある海岸の障害物のあいだを泳いだり、ヴェトナムの戦線の後方で凄惨な戦いを繰り広げたりした話をいろいろと聞かされた。どれもが最高にかっこいい話で、事務所から出たときには、どんなことをしてでもSEALになりたいと思うようになっていた。

軍の募兵担当官の大方がそうなのだが、とくに優秀な人間ほどこそ泥よりひどい輩《やから》ばかりだ。私をひっかけた男もご多分に漏れずそうだった。書類に署名するために事務所を再訪すると、確実にSEALになりたいのなら入隊一時金を辞退しろと言われた。

私はそのとおりにした。

そいつは大嘘つきだった。それはまちがいない。入隊一時金を辞退させれば、かなり有能に見える。そういうことなのだ。そいつはこれから中古車のセールスマンでもやれば大出世まちがいなしだろう。

海軍はSEALになれるとは約束してくれなかった。その栄光は自分の力で獲得しなければならないのだ。それでもとにかく挑戦するチャンスだけは確約してくれた。私としてはそれだけで充分だった。落ちるはずなどないのだから。

問題があったとすれば、落ちるチャンスすら与えてもらえなかったことだ。海軍は身体検査で私を不適格と判断した。すべて無駄だった。ロデオの事故のときのピンがまだ手首にあったからだ。私は抗議し、懇願した。私は、自分の手首に何が起こっても海軍に責任をいっさい問わないという書類に署名することさえ申し出た。

彼らはにべもなく却下した。

これで軍人の道も断たれてしまった、と思った。

電話

軍から見放された私は、カウボーイとして牧場で生きていくことにした。すでに牧場でちゃんと仕事をしていたので、大学で学びつづけても意味がないと判断したのだ。卒業まであと六〇単位もなかったが、それでも退学した。

デイヴィッドは給料を倍にしてくれて、もっと責任のある仕事も与えてくれた。いい条件に釣られて別の牧場で働いてみたことも何度かあったが、さまざまな理由から結局はデイヴィッドの牧場に戻った。そして一九九七年の冬を迎える前に、私はコロラドに行くことにした。

現場も見ずに仕事を引き受けたのだが、それが大きな過ちだったことがあとで判明した。これまでずっと平坦なテキサスで暮らしてきたので、山が多く景色もちがうコロラドに移れば気分転換になるだろうと気楽に考えていた。

ところが、私が働くことになった牧場はコロラドのなかで唯一テキサス以上に平坦な場所にあり、しかもかなり寒かった。デイヴィッドに電話をかけて手は足りているかと尋ねるまで、そんなに時間はかからなかった。

「戻ってこいよ」彼はそう答えた。

私は荷造りを始めたが、そんなに進まないうちにやめた。引っ越しの手はずを整える前に、海軍の募兵担当官から電話があったのだ。

「まだSEALに興味があるかね？」

「どうしてですか？」

「われわれはきみを求めている」募兵担当官は言った。

「手首にピンがあってもいいんですか？」

「気にすることはない」

それで気にしないことにした。私はすぐに準備に取りかかった。

2　震　え

BUD／Sへようこそ

「伏せ！　腕立て伏せ一〇〇回！　始め！」

二二〇あまりの体がアスファルトに突っ伏し、上下運動を開始した。全員、揃いの迷彩柄の戦闘服と緑に塗られたばかりのヘルメット。こうやってBUD／S訓練は始まる。候補生たちは勇敢で、興奮し、ひどく緊張している。

これから私たちはしごかれるのだ。それも嬉々として。

教官は少し離れた建物内のオフィスにいて、出てきさえしない。それでもサディスティックな響きのある教官の太い声は、廊下を伝って私たちのいる中庭までよどみなく届いている。

「追加！　もう四〇回！　四〇回だ！」

私の腕はまだまだ全然へたばっていない。しゅーしゅーという音が聞こえてきたので、顔を上げ、何が起こっているのか見てみた。

すると顔に水をぶっかけられた。別の教官たちが消火ホースを持っているのが見えた。顔を上げたまぬけは全員ホースの水を浴びせられるのだ。

BUD／Sへようこそ。

「ばた足始め！」

BUD／Sは〝基礎水中爆破訓練／SEAL〟の略であり、SEALになるためには必ずクリアしなければならない入門課程だ。現在はカリフォルニア州コロナドにある海軍特殊戦センターで行なわれる。最初に、候補生に求められるものを説明する〝教化課程〟を受け、そのあとに身体、潜水、地上戦の三つの訓練が続く。

BUD／Sとその厳しさについては、ここ数年のうちに数多くの書籍や記事、ドキュメンタリーなどで語られている。その内容については、ほとんどすべてが正しい（おおむね正しいと言うべきだろうか。全国ネットのリアリティ番組やそれ以外の番組向けには少々抑えた内容にしてある。そうした手加減したものでも充分リアルではある）。基本的に、教官たちにしごかれ、またさらにしごかれる。それが終わると、徹底的にしごかれる。そしてまた最後の一滴まで絞り取られる。

これでおわかりだろうか。

私はこの訓練が好きだった。嫌いでもあった。死ぬほど嫌いだったし、憎んでもいた……それでも好きだった。

どんどんやわになっていく

ＢＵＤ／Ｓにたどり着くまでには一年近くを要した。私が海軍に入隊して基礎訓練に参加したのは一九九九年の二月だった。海軍の新兵訓練《ブートキャンプ》は実につまらない内容だった。訓練期間中のいつだったか、私は父に電話して、牧場の仕事に比べたらブートキャンプなんかちょろいものだと言ったことがある。生ぬるい訓練でいいはずがなかった。海軍に入ったのは、ＳＥＡＬになって自分の限界に挑むためなのだから。なのに肥《ふと》って体形がくずれてきた。

実を言うと、ブートキャンプは艦船に乗るための訓練だ。海軍のことはいろいろと学べるので、それはそれでかまわない。でも私は、肉体をとことん鍛える、海兵隊でやっているような基礎訓練を望んでいた。海兵隊に入隊した弟は、最高に鍛えられた状態になってブートキャンプから戻ってきた。そのままＢＵＤ／Ｓに入っていたら、たぶん私は落とされていただろう。現在ではその手順も変わり、体づくりとその維持に主眼を置いたＢＵＤ／Ｓ専用のブートキャンプが用意されている。

半年以上にわたって行なわれるＢＵＤ／Ｓは、肉体的にも精神的にも恐ろしいほど厳しい訓練課程だ。前章にも書いたとおり、脱落率は九〇パーセントを越えることもある。課程のなかで最も悪名高いのが、〝地獄の一週間《ヘル・ウィーク》〟と呼ばれる一三二時間ぶっとおしで行なわれる身体訓練だ。年を経るにつれてその内容はいくつか変更されたり試験的に追加されたりしており、これからも進化しつづけるだろう。それでもヘル・ウィークが最も過酷で最高の――見方によっては最低の――肉体的試練であることには変わりはないだろう。私がＢＵＤ／Ｓを受けたとき、ヘル・ウィークは訓練の第一段階の最後に行なわれた。それについては後述する。

幸い、私は海軍のブートキャンプからそのままBUD／Sには進まず、まずは別の訓練コースを受けた。BUD／Sの教官が不足していたこともあって、私（とほかの候補生たち）は結構長いあいだしごきを受けずにすんだ。BUD／Sで脱落してSEALになれなかった場合に備えて、専門（職種専門技能、もしくは軍内ではMOSと呼ばれている）を選ばなければならない。それが海軍の規則だ。私は諜報を選択した――ジェイムズ・ボンドみたいになれるのではないかと思っていたのだ。笑いたければ笑えばいい。

しかし、私がもっと身を入れて体を鍛えるようになったのは、このMOS期間中のことだった。その三カ月間で私は海軍の諜報活動の基本を学んだが、それより重要だったのはその後に向けての肉体づくりのほうだった。SEALの隊員が大勢いる基地にいたので、彼らをまねてトレーニングを積んだ。ジムに通い、脚、胸、上腕二頭筋と三頭筋などの体の主要部位を鍛え抜いた。ランニングもするようになった。週に三回、毎回三キロずつ距離を延ばしながら、一日六キロから一三キロほど走った。

ランニングは大嫌いだったが、〝やれることをやれ〟という正しい心構えが芽生えつつあったので、ひたすら走った。

泳げるようになったのも、あるいはもっとましに泳げるようになったのもこの期間だった。

私の出身地は、テキサスのなかでも海からかなり離れた場所にある。泳法はいろいろとあるが、まずはSEALにとって不可欠な横泳ぎをマスターしなければならなかった。

課報の専門訓練が終了する頃には、私の体はそこそこ仕上がったが、そのままではまだまだBUD／Sに通用しないレヴェルだった。ただ私はついていた——当時はそう思ってはいなかったが。BUD／Sの教官が不足していたせいで、候補生がどんどん増えていったのだ。そこで訓練に空きができるまでの数週間、私はSEALのディーテイラーの補助に当たることになった（ディーテイラーとは軍内のさまざまな人事関連の業務を担当する係だ。大企業の人事部と言ったところか）。

仕事は午前八時から正午、もしくは正午から午後四時までの半日勤務だった。勤務時間外にはほかの候補生たちと一緒にトレーニングに励んだ。私たちはPTと呼ばれる基礎体力向上訓練で二時間汗を流していた。PTとは器具を用いない昔ながらのトレーニングで、つまりは腹筋、腕立て伏せ、スクワットのことだ。

ウェイトトレーニングはやらなかった。筋骨隆々なだけで硬い体にしないためだ。体は鍛えて強靭《きょうじん》にしておきたいが、最大限の柔軟性は確保しておきたかった。

火曜日と木曜日にはへとへとに疲れ果てるまで泳いだ。いつも沈むまで泳いだ。金曜日には一六キロから二〇キロほど走り込んだ。しかしBUD／Sではハーフマラソンを走りきる体力を求められる。

この時期に私と話し合ったことを両親は今でも覚えている。これから待ち受けていることについて、あらかじめ話しておこうと思ったのだ。ふたりともSEALについてはあまり知らなかった。たぶん、いい面はひとつも知らなかっただろう。

私の存在は公式な記録から削除されるかもしれないという話をした。ふたりとも少し顔をしかめた。

そうなってもかまわないかと両親に尋ねた。ふたりには答えようもない質問だったと思う。

「ああ」父はきっぱりとそう答えた。母は無言でうなずいた。ふたりとも心配どころの話ではなかったのだろう。でもそれを押し殺し、先へ進もうとする私を思いとどまらせるようなことはいっさい言わなかった。

体を鍛えながら六カ月ぐらい待った。さらにもう少し待った。ようやく命令が下った――BUD／Sに出頭せよ。

叩きのめされる

私はタクシーの後部座席から降り、軍の礼装を正した。タクシーからかばんを取り出して担《かつ》ぎ上げると、ひとつ深呼吸して、〝後甲板〟という名の建物に続く道を歩きはじめた。私はそこに出頭することになっていた。二四歳の私は、これから夢の実現に向かおうとしていた。

その過程で叩きのめされることになる。

あたりは暗くなっていたが、そんなに遅い時間ではなく、確か夕方の五時か六時頃だったはずだ。ドアを開けてなかに入ったとたんに飛び上がらせられるのではないかと、なかば期待していた。BUD／Sとその厳しさについてはいろいろな噂が流れているが、その全貌についてはまったく伝わっていない。だから憶測が悪い噂をあおる。

デスクについている男が見えた。私はその前に進み出て名前を告げた。男は私の到着を確認すると、部屋とこまごまとした事務的なことを処理した。

そのあいだ、私はずっとこう考えていた。〝そんなに厳しくないな〟

そして〝いつ襲われるかわからないぞ〟とも思っていた。

もともと私は寝つきのいい性質《たち》ではない。教官たちが突然ドアから押し入ってきて、鞭《むち》で尻をぶつんじゃないか。ベッドで悶々《もんもん》としながらとそんなことを考えていた。私は興奮していた。同時に少し不安でもあった。

まったく何事もないまま朝を迎えた。そのときになってようやくわかった。BUD／Sはまだ始まっていなかったのだ。正式にはまだだった。私が入ったのは〝インドック〟――もしくは教化課程――と呼ばれるものだった。インドックとはBUD／Sのための準備期間であり、いわば自転車の補助輪的なものだ。補助輪がSEALにあればの話だが。

インドックはひと月つづいた。怒鳴られることもままあったが、BUD／Sの比ではなかった。私たちに求められることについての基礎学習に多くの時間を費やした。障害物競走のこつを教わっていたようなものだ。つまり、本格的な訓練が始まる前に安全策を習得しておくことが目的なのだ。ほかのクラスが実際の訓練を受けているときに、ちょっとした手伝いをすることにもだいぶ時間をかけた。

インドックは愉しかった。とくに身体的な課程が好きで、自分の体をとことん追い込んで身体的スキルに磨きをかけていた。同時に、BUD／Sでの候補生の扱われ方も目の当たりにして、〝くそ、もっと真面目に鍛えておかなきゃ〟とも思った。

やがて、いつのまにかBUD／Sの第一段階が始まった。これから訓練は本物になる。尻だって本当に蹴とばされる。しかも頻繁に、思い切り本気に。

ここで、腕立て伏せ中にホースで顔に水をかけられたこの章の冒頭の部分に戻る。その時点でもう何カ月もPTをやってきていたが、それでもこっちのほうが比べものにならないほどきつかった。面白いのは、どういうことになるのかは多少なりともわかっていたのに、実際はその厳しさを全然理解していなかったことだ。実際にやってみなければわからないということだ。

その日の朝のいつだったか、私は胸のうちにこうつぶやいた――くそ、おれを殺すつもりか。腕がもげそうだし、体はばらばらになってアスファルトに散らばりそうだ。

それでもなんとか続けた。

初めて顔に水をかけられたとき、私は思わず顔をそむけた。おかげで教官の目を思い切り引いた。それも悪い意味で。

「顔をそらすな！」と教官が怒鳴り、私の性格と能力に欠けている部分を選び抜いた言葉で表現した。「顔を戻して耐えろ」

言われたとおりにした。その朝に腕立て伏せやほかの運動を何百回やったか覚えていない。覚えているのは、このままだと脱落しそうだと感じたことだけだ。それが私を駆り立てた――脱落したくない。

私は脱落という名の恐怖に繰り返し直面し、そのたびに同じ結論にたどり着いた。毎日、ときによっては日に数回。

訓練はどれほど厳しかったのかとよく訊かれる。腕立て伏せは何回やらなければならなかったのか？　腹筋は？　腕立て伏せについて言えば毎回一〇〇回だったが、数そのものは重要ではない。全員一〇〇回かそこらはできた。問題なのはその繰り返しと絶え間ないストレス、そして運動中に浴びせられる罵声《ばせい》だ。これらがＢＵＤ／Ｓをかなり厳しいものにしている。経験したことのない人間にはなかなか理解してもらえないと思う。

ＳＥＡＬは最高の体を持った大柄な男ばかりだとよく思われているが、それは誤解だ。最高の体という点についてはおおむね正しく、チームに属しているＳＥＡＬは全員素晴らしい体格をしている。私の場合は身長一八三センチ体重八〇キロ。私の同僚たちは下はだいたい一七五センチで、上は二〇〇センチぐらいだった。私たち全員に共通していることは筋肉ではない。何が何でもやり遂げるという強い意志だ。

ＢＵＤ／Ｓを切り抜けてＳＥＡＬになるためには、ほかの何よりも強い精神力が重要だ。しぶとく粘り、絶対にあきらめないこと。それが成功の秘訣だ。どういうわけだか、私はその勝利の方程式を偶然見いだした。

監視の目

BUD／Sが始まった週、私はとにかく目立たないように努めた。目立つということは悪いことだった。PT中であろうが運動中であろうが、整列しているときでさえ、ほんのささいなことで注意を引いてしまうことがある。整列中に背筋を伸ばしていなかったら、たちまち教官たちの目に留まる。教官が何かしろと言ったら、私は真っ先にそれをするよう努めた。ちゃんとこなせば――もちろんそうしようとした――教官は私を気にしないでほかの誰かに目を向ける。

それでも完全に注意を引かないでいることは不可能だった。数あるPTやほかの運動のなかでも、懸垂《けんすい》だけはまったくだめだった。

懸垂がどういうものかはおわかりだろう――鉄棒にぶら下がり、腕を使って体を引き上げる。そしてまた下ろす。それを何回も繰り返す。

BUD／Sでは、教官が始めと言うまで鉄棒にぶら下がったままで待っていなければならない。最初に懸垂をやったとき、たまたま教官は私のすぐそばに立っていた。

「始め！」教官は合図した。

「ううう……」体を引き上げるときに、私はうめき声をあげてしまった。

とんでもないへまをした。すぐさま意気地《いくじ》なしというレッテルを貼られてしまった。

そもそも私は懸垂を何回もできなかった。せいぜい六回というところだ（それがまさしく求められていた回数だったが）。しかし注意を引いてしまったからには、このままおめおめと手を放してしまうわけにはいかない。完璧な懸垂をやってのけなければならなかった。しかも何度も。教官たちは私を選び、もっとやるように命じ、さらに多くの運動をやらせるようになった。

これが効いた。結局、懸垂は私の得意課目のひとつになり、三〇回までなら苦もなくこなせるようになった。クラスで一番にはなれなかったが、それでも顰蹙《ひんしゅく》を買うような成績ではなかった。

水泳は？　BUD／Sが始まる前にやっておいたことが報われた。まさしく水泳はいちばん得意な課目になった。最速とまではいかないまでも、クラスのトップスイマーのひとりにはなれた。

もっとも、泳げる距離が短ければお話にならない。SEALたる資格を得るには、海で九〇〇メートル泳がなければならない。BUD／Sを終える頃には、一キロぐらいならどうということはなかった。とにかくずっと泳ぎつづけていたのだから。三・二キロの遠泳だってしょっちゅうやっていた。ボートに乗せられ、沖合七海里のところで海に落とされたことだってある。

「きさまら、帰ってくる方法はひとつだ」と教官は言った。「泳げ」

食事から食事まで

ＳＥＡＬのことを知っているのなら、たぶんヘル・ウィークのことは聞いたことがあるはずだ。これは究極の戦士になれるだけの忍耐力と意志を持ちあわせているかどうか確認するために、五日と半日ぶっとおしで行なわれる〝しごき〟だ。

ＳＥＡＬはそれぞれ自分のヘル・ウィークのエピソードを持っている。実を言えば、私の場合はヘル・ウィークが始まる一日か二日前、波打ち際の岩礁にいたときの話だ。私たちの班はＩＢＳ――〝膨張式小型ボート〟という、いわゆる普通の六人乗りのゴムボート――に乗り、岩礁のあいだを縫《ぬ》って上陸し、ボートを担《かつ》ぎ上げなければならなかった。私は先導を務めた。つまり、最初にボートから降りて、全員が降りてボートを持ち上げるまでのあいだしっかりとＩＢＳをつかまえておくのが任務だった。

ところが準備が整ったとき、大波が押し寄せてきてＩＢＳをさらい、私の足の上に落とした。猛烈な痛みが襲ってきて、たちまち感覚がなくなってきた。

私はできるかぎり痛みを無視し、なんとかやりおおせた。その日の訓練終了後、たまたま父親が医者だという仲間がいたので、連れていってもらって診察を受けた。レントゲンを撮ると、骨折していることがわかった。

当然その父親はギプスをはめようとしたが、私は拒んだ。ＢＵＤ／Ｓにギプス姿で現われたら、訓練は一時中断しなければならない。しかもヘル・ウィークの前にそれをやったら、また最初からやり直さなくてはならない――それまでやってきたことをもう一度全部やるなんて冗談ではない。

（ＢＵＤ／Ｓの期間中でも、許可をもらえば自由時間に基地から出ることはできる。言うまでもないことだが、私は軍医に足を診《み》てもらわなかった。そんなことをしたら、すぐさま訓練の最初に戻されてしまうからだ——これを称して〝ロール・バック〟と言う）

ヘル・ウィークが始まるとされていた夜、私たちは広い部屋に連れていかれ、ピザと映画でもてなされた。『ブラックホーク・ダウン』、『ワンス・アンド・フォーエバー』、『ブレイブハート』と、たてつづけに見せられた。もうすぐヘル・ウィークが始まるとわかっていたので、みんなほんとうにはリラックスしているとは言えなかった。まるでタイタニック号でのパーティみたいだった。映画を見てすっかり気合いが入っていたが、闇のなかにそびえ立つ氷山が目前に迫っていることは、みんなわかっていた。

私はまたしてもあの妄想に駆られ、不安になった——そのうちあのドアからＭ60マシンガンを抱えた教官が押し入ってきて、空砲をぶっ放す。私は外に走って出て、グラインダー（アスファルト敷きの訓練場のことだ）に整列しなければならない。でも、いつだ？

分針がひとつ進むごとに胃のむかつきが増してくる。私は座ったままつぶやいていた。

「神よ」何度も何度も、しっかりと強く。

仮眠を取ろうとしたが、眠れなかった。とうとう誰かが飛び込んできて撃ちはじめた。

神よ、感謝します！

人生のなかで、罵倒《ばとう》されてこれほど幸せだったことはない。私は走って外に出た。教官たちはフラッシュクラッシュを投げ、ホースから全開で放水していた（フラッシュクラッシュもしくはフラッシュバンと呼ばれる手榴弾は、爆発すると閃光とものすごく大きな音を放つが、危害をおよぼすことはない。厳密に言えば、このふたつは陸軍と海軍でそれぞれ別の手榴弾として扱われているが、たいていは区別しないで使っている）。

SEAL候補生にとって究極の試練とされている訓練を迎えるにあたって、私は興奮していた。しかし同時にこう思ってもいた。いったい何がどうなっているんだ？　経験したこともないくせに、ヘル・ウィークのすべてを知っていた――というか知っているつもりだった――にもかかわらず、本当は骨の髄まで理解していたわけではなかったからだ。

私たちは班分けされた。班ごとにべつべつの場所に連れていかれ、そこで腕立て伏せ、ばた足、スタージャンプを開始し……。

それからは、いろんなことが次から次へと続いた。足？　骨折の痛みなど感じている暇などなかった。私たちは泳ぎ、PTをし、ボートを出した。ほぼずっと動きっぱなしだった。あるとき、仲間のひとりがへとへとに疲れたあげく、ボートを確認しにきたカヤックをサメと思い込み、危ないぞと叫んだ（乗っていたのは指揮官だったのだが、それを褒《ほ》め言葉と取ったかどうかはわからない）。

BUD／Sが始まる前、この訓練のいちばんの対処法は食事から次の食事のあいだがんばることだと誰かに言われた。食事までとにかく必死でやる。食事はきっかり六時間おきだ。救いは必ず五時間と五九分後にやってくる。私はそのことしか考えないことにした。

それでも、もうだめだと思ったことは何度かあった。立ち上がって、この拷問を終わらせてくれるベルのところに駆け寄りたい衝動に駆られることはあった。そのベルを鳴らせば、コーヒーとドーナツをもらえる。そしてさようならだ。ベルを鳴らすことは（もしくは立ち上がって〝やめます〟と告げることは）訓練の中止を意味するからだ。

　信じてもらえないかもしれないが、骨折した足は日が進むにつれてだんだんよくなっていくような気がした。たぶん痛いのが当たり前になって慣れてしまったからだろう。それよりもこたえたのが寒さだ。全裸になって波が洗う浜辺に寝転がると、尻がもげそうなほど寒かった。もう最悪だった。私は両隣の仲間たちと腕を組み、寒さのあまり削岩機のようにがたがた震えた。誰かが小便をかけてくれないかと願った。

　みんなそう思っていたはずだ。そのとき手に入る暖かいものといえば、小便しかなかったのだから。もしBUD／S期間中に波打ち際を見ていて、身を寄せ合っている男たちがいたら、それはそのなかの誰かが放尿していて、みんなそのおこぼれに預かろうとしているのだ。

　あのベルがもっと近い場所にあったら、私は立ち上がってベルを鳴らして温かいコーヒーとドーナツを受け取っていたかもしれない。でもそうしなかった。

　頑としてやめたくなかったのか、それとも立ち上がるのも億劫《おっくう》なほど疲れ果てていただけなのか。好きに思ってくれ。

　私は、やる気を奮い立たせることを思いつけるだけ思いついて踏ん張った。おまえはBU

D／Sで脱落するだろうと言ったやつら全員の顔を思い出した。がんばりつづけるということは、そうしたやつらを見返してやることになる。沖に浮かんでいる船を見ることも効果があった。そうしながら、おまえはただの船乗りになりたいのかと自問した。

冗談じゃない。

ヘル・ウィークは日曜日の夜に始まった。水曜日になると、なんとかいけるような気がしてきた。その時点でのいちばんの目標は、目を覚ましていることだった（全体で二時間ほど寝たが、連続ではない）。疲労はほとんど感じなくなり、これからはとにかく気力の問題だった。教官たちの多くがヘル・ウィークは九割が気力だと言うが、それは正しい。消耗しきっている場合でも任務を続行できるほどの精神的強さを示さなければならないのだ。この試験の裏にあるものはまさしくその発想だった。

これは実に効果的な選別法だ。正直、そのときはわからなかったが、実戦を経験してようやく理解した。銃火にさらされていたら、ベルを鳴らして家に帰るというわけにはいかない。「約束のコーヒーとドーナツをくれ」とも言えない。あきらめたら死ぬだけだ。仲間の何人かを道づれにして。

BUD／Sの教官はいつもこう言っていた。「きついか？　チームに入ればもっときついぞ。もっと寒くてもっと疲れるぞ」

そんなことあるわけないじゃないか。波打ち際に寝転がりながら私は思った。それから数年のうちに、ヘル・ウィークなんて屁でもないと思うようになるとは露ほども知らず。

寒さは悪夢となって私に取りついた。

本当にそうなのだ。ヘル・ウィーク終了後、私はいつも震えて目覚めるようになった。心のなかであのときの寒さがよみがえり、毛布をかき集めてもぐり込んでも、それでも寒かった。

ヘル・ウィークのことを扱っている本やヴィデオはかなり出まわっているのだから、ここで私が説明して時間を無駄にすることはないだろう。しかし、これだけは言っておこう。ヘル・ウィークの実態は本で書かれている内容よりずっとひどい。

ロール・バック

ヘル・ウィークの翌週は〝ウォーク・ウィーク〟という短い回復期間となる。さんざん痛めつけられたおかげで、体が打ち身だらけではれあがっているような気分に四六時中悩まされる。スニーカーを履《は》いて、どこへ行くにも走らずに早足で行く。しかしそんな特権が与えられるのはほんの束の間だ。二日か三日もすれば、また叩きのめされる日々が始まる。

「つべこべ言うんじゃない」そう教官にどやしつけられる。「もう体力は戻っただろうが」

へたばっていてもへたばっていなくても、結局は同じことを言われる。

ヘル・ウィークを生き抜いたのだから、これからは楽勝だと私は思っていた。白いTシャツが茶色くなった頃、BUD／Sの第二段階である潜水訓練が始まった。まずいことに、私はその途中で感染症にかかってしまった。第二段階開始からまもなく、私は潜水塔という潜水を疑似体験する特殊設備に入った。この訓練では、水中に沈めた潜水鐘《しょう》から出て、内耳と外耳の空気圧を一定に保ちながら浮上器具を使って浮上していく、いわゆる〝ボイヤンシー・アセント〟を学ばなければならない。これを行なう方法はいくつかあるが、一般的なのはまず口を閉じ、鼻をつまみ、ゆっくりと鼻から空気を出していくやり方だ。きちんとやらないと、もしくはできないと、とんでもないことになる……。

そう教わってはいたが、感染症のせいでやれそうになかった。まだBUD／S期間中で経験の足らなかった私は、言い訳はせずにとにかくやってみることにした。それがまちがいだった――深く潜った私は、鼓膜に穴が開いてしまったのだ。水面にあがってきたとき、耳と鼻と目から血が出ていた。

私はその場で手当を受け、それから耳の治療に送られた。医療的な問題から、私はロール・バックされることになった――完治したら、ひとつ前の課程からやり直すはめになったのだ。

ロール・バックされると、中途半端な立場に置かれる。ヘル・ウィークはすでにクリアしていたので、振り出しに戻る必要はなかった。ヘル・ウィークをまたやらずにすんで、私は神に感謝した。でも次の課程に追いつくまで、ただ座って休んでいるわけにはいかない。ある程度治ると、私は教官を手伝い、ふだんどおりPTをこなし、尻を叩かれている第一段階の白シャツたちと一緒に走った。

ひとつ言っておこう。わたしは嗅《か》ぎタバコ愛好家だ。

十代の頃からそうだ。ハイスクールのとき、嗅ぎタバコをやっているところを父に見つかってしまった。父はタバコには反対で、この習慣をきっぱりやめさせようとした。そこで父はミントグリーン味の嗅ぎタバコをひと缶まるまる食べさせた。私はいまだにミントグリーン味の歯磨きさえ使えない。

別の風味の嗅ぎタバコなら大丈夫だ。今は〈コペンハーゲン〉がお気に入りだ。

BUD／S期間中の候補生は、タバコはご法度《はっと》になっている。しかし私はロール・バック中なのだから、うまくごまかせると勝手に思っていた。そんなある日、私は〈コペンハーゲン〉を口に入れてランニングの隊列に加わった。列の最後方にいたから誰にも気づかれないはずだった。あるいはそう思い込んでいた。

しかし教官のひとりがうしろに来て話しかけてくるなんて、誰が思うだろうか。返事をすると、教官はたちまち口のなかの嗅ぎタバコを見つけた。

「伏せ！」

私は隊列から離れて腕立て伏せの姿勢をとった。

「缶はどこだ？」教官は問いただした。

「靴下のなかです」

「出せ」

腕立て伏せの姿勢をとっていなければならないので、私は片手で取り出した。教官は缶のふたを開け、私の目の前に置いた。「食え」

腕立て伏せで伏せの体勢になるたびに、私は〈コペンハーゲン〉を大きくかじり、飲み込まなければならなかった。嗅ぎタバコなら一五のときからやっていて、もう何度も飲み込んでいた私には、それほどきついことではなかった。教官が望んでいたほどきついお仕置きでないことはまちがいなかった。ミントグリーン味だったら話はちがっていたかもしれないが。最後まで吐かなかったので、逆に教官を怒らせてしまった。そこで何時間もかけてあらゆる運動をひととおりやらされた。今度は本当に吐きそうになった――〈コペンハーゲン〉ではなくへたばってしまったせいで。

最終的に、教官は私を解放してくれた。それからはかなり仲よくなった。その教官自身も嗅ぎタバコをやっていたのだ。BUD／Sが終わりに向かうにつれ、彼ともうひとりのテキサス出身の教官が私のことを気に入ってくれるようになり、訓練を通じてそのふたりから多くのことを学んだ。


これを言うといつも驚かれるのだが、訓練中に怪我《けが》をしたからといってSEALへの道が必ずしも閉ざされるわけではない。海軍から去らなければならないほどの重傷であれば話は別だが。SEALになるには身体面以上に精神面の強さが重んじられることを考えれば当たり前の話だ。怪我から立ち直って訓練をまっとうできる不撓不屈《ふとうふくつ》の精神を持っていれば、優秀なSEALになれる確率はかなりあるということだ。私は、訓練中に坐骨を骨折して人工股関節をつけなければならなかったSEALを知っている。彼は一年半訓練から離れたが、結局戻ってBUD／Sに合格した。

教官と喧嘩して叩きのめしてしまったのでBUD／Sから放り出されたと言う輩《やから》がいるが、そんな話はでたらめもいいところだ。教官と喧嘩をするやつなんかひとりもいない。できるはずがない。そんなことをしたら、すぐさま教官たちが束になってかかってきて、二度と歩けなくなるほど鞭で尻をぶたれる。

マーカス

BUD／S中は候補生同士仲よくなれる。しかしヘル・ウィークが終わるまではあまり仲よくなりすぎないようにしたほうがいい。脱落者が最も多くなるのはその時期だからだ。私たちのクラスで卒業できたのは二四人で、訓練開始時の一割にも満たなかった。

私はそのなかのひとりだ。私は二三一期生だったが、ロール・バックしたので二三三期生として卒業した。

BUD／Sを終えると、次はSEAL資格訓練《SQT》という高度な訓練に移行する。そこで私はBUD／Sで出会った友人と再会した。それがマーカス・ラトレルだ。

私とマーカスはすぐに仲よくなった。それはそうだろう、ふたりともテキサスの男なのだから。

テキサス出身でなければ理解できる話ではないと思うが、この州出身の人間には特別な絆があるのかもしれない。それが共通の思い出があるからなのか、それともあそこの水に含まれる何かのなせる業《わざ》――もしくはビールのなせる業《わざ》――なのかはわからない。もともとテキサス人は互いに打ち解けやすい性質《たち》なのだが、それでも私たちはあっというまに仲よくなった。結局のところ、そんなに不思議なことではないかもしれない。子供の頃から狩りが好きなところから海軍に入ってBUD／Sを耐え抜いたところに至るまで、とにかく共通点だらけだったのだから。

マーカスは私より先にBUD／Sをクリアし、衛生下士官としての特殊高度訓練を受けてからSQTに戻ってきた。私が潜水中に初めて酸素中毒になったとき、たまたま具合を診てくれたのがマーカスだった（簡単に説明すると、酸素中毒は潜水中に酸素が血液内に過度に入ったときに起こる。さまざまな要因によって引き起こされるが、きわめて深刻になることがある。私の場合は軽症だったが）。

また潜水の話だ。私は、自分はSEALではなく〈・・・L〉だといつも言っている。私は陸《おか》の人間なのだ。空と海はほかの誰かに任せたいくらいだ。

初めて酸素中毒を起こしたとき、私はある海軍大尉と一緒に潜水訓練をしていた。私たちはその日の〝ゴールデン・フィン〟を取ろうと決めた――ゴールデン・フィンとは、その日の潜水でとびぬけた成績を残した者に贈られる賞だ。訓練には、船の下に潜って吸着機雷を取りつける作業が含まれていた（吸着機雷とは船体につける特別な爆薬だ。通常は時限式信管がついている)。

首尾は上々だった。ところが突然、船の下を潜っている最中に私はめまいを覚え、頭がぼんやりとしてきた。私はなんとかパイロンをつかんでしがみついた。大尉は私に機雷を渡そうとしたが、受け取ろうとしないので合図を送った。しかし私はうつろな目で海中を見ているばかりだったという。ようやく頭がはっきりしてきたので、そこから離れて作業を続行した。

その日、私たちはゴールデン・フィンを獲得できなかった。海面に戻ってきたときには大丈夫だったので、マーカスも教官たちも私をそのまま帰らせた。

私とマーカスは別のチームに分かれてしまったが、それからもずっと連絡を取り合っていた。私が戦地から戻ってくると、今度は彼が入れ替わりに出ていく。そんなことが続いた。よく昼食を共にし、私的な情報のやりとりもした。


ＳＱＴが終盤にさしかかると、私たちは辞令を受け、自分たちがこれから配属することになるチームを知らされた。ＢＵＤ／Ｓを終えてもなお、自分たちが本物のＳＥＡＬだとは思えなかった。チームに配属され、そこで初めて〈トライデント〉を手にする。ようやく手に入れても、そこからさらに自分の力量を示さなければならない――〈トライデント〉とは金属製の紋章で、ＳＥＡＬが身につけるバッジだ。〈バドワイザー〉とも呼ばれる。海神ネプチューンの三ツ叉の槍《トライデント》のほかに、ワシと錨《いかり》が組み込まれている。当時、ＳＥＡＬには六つのチームがあり、つまり東海岸と西海岸それぞれ三チームずつという選択肢があった。私はカリフォルニア州コロナドに基地があるチーム3を第一希望にしていた。選んだ理由は、中東での作戦行動の経験があるチーム3なら、再派遣されるかもしれないと思ったからだ。できれば実戦に加わりたかった。全員がそう願っていたはずだ。

第二、第三の希望地はどちらも東海岸のチームにした。SEALの司令本部があるヴァージニア州に行ったことがあるからだ。とくにヴァージニアが好きというわけではなかったが、それでもカリフォルニアよりずっとましな土地だとは思っていた。コロナドの近くにあるサンディエゴは気候のいい市《まち》だが、南カリフォルニアは頭のいかれたやつらの国だ。暮らすならもう少しまともな場所がいい。

私が補佐していたディーテイラーは、第一志望が通るようになんとかしてやると言ってくれた。それが一〇〇パーセント確実だとは思えなかったが、私はどんな辞令が下されようともそれを受けるつもりだった。いずれにせよ、配属先については私が言ったところでどうなるものでもなかったが。

実際の辞令受理はドラマティックの正反対だった。全員大講義室に呼ばれ、辞令が手渡されただけだった。私の配属先は第一希望のチーム3だった。

愛

それとは別にすごいことがあった。その年の春、軍歴だけでなく今後の人生にも計り知れない影響を与える大事件が起こったのだ。

恋に落ちたのだ。

ひと目惚《ぼ》れなんてこと、本当にこの世にあるのだろうか。あるはずがないと私は思っていた。二〇〇一年四月の夜、サンディエゴのクラブでタヤに出会うまでは。彼女は私の友人と話をしていた。黒い革のパンツをはきこなしていた彼女は超セクシーで、それでいてエレガントだった。そのふたつの組み合わせがなんともよかった。

チーム3に配属されたばかりのことだった。訓練はまだ始まっておらず、私はSEALになって自分の居場所を確保するという重要な仕事を前にして、与えられた一週間の休暇を満喫していた。

タヤは製薬会社の薬品販売員だった。オレゴン州の出身で、ウィスコンシン州の大学で学んで二年前に西海岸に移ってきたという。美人で、怒った顔もまた美しい。それが第一印象だった。話をしてみると、頭がよくユーモアのセンスにあふれていることがわかった。この娘《こ》とならやっていけそうだと直感した。

私たちのなれそめは彼女が語ったほうがいいだろう。私が語るより印象はいいはずだ。

タヤ

わたしたちが出会った夜のことは覚えている——少なくとも一部は。その夜は出かけるつもりはなかった。あの頃はずっと落ち込んでいたから。毎日好きでもない仕事に追われていた。引っ越してきてからまだそれほど経っていなかったから、心から信頼できる同性の友だちを探しているところだった。たまにデートをしていたけど、あまりうまくいかなかった。ちゃんと付き合ったことはそれなりにあったけど、二回ほどひどい男につかまってしまった。そのあいだにもデートは何回かしていた。クリスに出会う前は、いい男を遣わしてくださいと本気で神さまに祈っていたことを覚えている。それ以外のことはどうでもいいと思っていた。根っからの善人でいい男を、とにかくお願いしますと祈っていた。

その夜にサンディエゴに出かけたのは、女友だちが電話してきて一緒に行かないかって誘われたからだ。その頃はサンディエゴから一五〇キロほど離れたロングビーチに住んでいた。最初は行かないって断わったけど、いつのまにかまるめこまれてしまった。

あの晩はぶらぶら歩いているうちに〈マロニーズ〉という名前のバーを通り過ぎた。メン・アット・ワークの『ダウン・アンダー』をがんがん流していた。

友だちは入ろうと言ったけど、テーブルチャージがひどく高かった。確か一〇ドルか一五ドルぐらいだったと思う。

「いやよ」彼女にそう言った。「メン・アット・ワークなんかかけてる店に、そんなに出したくない」

「もう、うるさいわね」彼女はそう言って、テーブルチャージを払ってしまった。しかたないからわたしも一緒に入った。

わたしたちはカウンターで飲んでいた。お酒を飲んでも、むしゃくしゃした気分はおさまらなかった。田舎者っぽい男と話をしていたら、その友だちで背の高いかっこいい人が話に入ってきた。気分はまだ超最悪だったけど、その彼にはなんか独特な雰囲気があった。その人は名前を教えてくれた――クリスだった。わたしのも教えた。

「仕事は何してるの？」わたしは訊いてみた。

「アイスクリームの移動販売だよ」

「嘘ばっかり」そう言ってやった。「どう見ても軍人さんじゃないの」

「ちがうってば」彼はそう言い返した。それからいろんな仕事を次々と挙げていった。SEALの人たちが見知らぬ相手に自分の正体を明かすことはめったにない。クリスのつくり話は最高にくだらないものばかりだった。そのなかでましなものといえば、イルカのワックス塗りだった――彼が言うには、イルカを捕まえたら体にワックスを塗ってあげなきゃいけないらしい。でないとバラバラになってしまうという話だった。これは結構信じてしまいそうな話だ――若くて世間知らずで、ちょっと酔っ払った女の子なら。

幸い、クリスはわたしにそのほら話をしなかった――この子なら信じないだろうと思ったからなら嬉《うれ》しいけど。ほかにも、銀行のATM係だって言って女の子を信じ込ませたことがあるとも言っていた。あのなかに座り、誰かがカードを入れたらお金を出してあげるのだという。悪いけど、そんな話を信じるほど私は世間知らずじゃないし、酔っ払ってもいなかった。

すぐに軍人だってわかる人だった。マッチョで髪は短くて、アクセントもこのあたりの人とはちがった。

　とうとう彼は、自分は軍人だと認めた。

「それで、軍で何をやってるの？」

彼はまたいろんなことを言って、最後には本当のことを言った。「BUD／Sを終えたばかりなんだ」

　ということは、あなたはSEALなのね、みたいなことをわたしは言った。

「ああ」

「あなたたちのことならよく知ってるわ」とわたしは言った。実は姉が離婚したばかりで、その元義理の兄がSEALに志願していたことがあったからだ。実際、ちょっとは訓練を受けたことがあるみたいだった。だからSEALのことならかなり知っていた。それとも知っているつもりだったのかもしれない。

　だからクリスにこう言ってやった。

「あなたたちって傲慢《ごうまん》で、自己中心的で、手柄ばっかり求めてるんでしょ。嘘もつくし、どんなことだってやれると思ってるのよね」

　なんとも感じのいい女だこと。

　でも彼の反応には戸惑った。にやりともしなかったし、気の利いたことを言おうともしなかったし、腹を立ててさえいなかった。なんていうか……本当に困った顔をしていた。

「どうしてそんなことが言えるんだ？」そう言われた。素直に心の底から言っているようだった。

元義理の兄のことを話した。

「おれはこの国に命を捧げる」彼はそう言った。「それのどこが自己中心的なんだ？　むしろ反対じゃないか」

彼は愛国心とか国のために働くとかいうことをすごく理想的でロマンティックなことだと考えているみたいで、わたしは思わず彼のことを信じてしまった。

それからもうちょっと話していたら友だちが来たので、彼女のほうを見た。クリスは、もうそろそろ帰るみたいなことを言った。

「どうして？」わたしは訊いた。

「そうだな、きみがＳＥＡＬとは絶対デートしたくないとか付き合いたくないとか言ったからかな」

「いやだわ、絶対結婚したくないって言っただけでしょ。付き合いたくないとは言ってない」

するとと彼の顔がぱっと明るくなった。

「てことは」彼はそう言うと、少しはにかんだような笑みを浮かべた。「電話番号を教えてもらえるってことだね」

彼は帰らずにぐずぐずしていた。わたしもぐずぐずしていた。ふたりしてラストオーダーまで残っていた。大勢の客と一緒に帰ろうしたら、押し戻されて彼にぶつかった。彼の体はすごくがっしりしていて筋肉質で、いいにおいがした。思わず彼のうなじにちょっとキスをした。わたしたちは店を出て駐車場のほうに歩いていった……そこでわたしは思い切りもどした。スコッチのオン・ザ・ロックを飲みすぎたせいだ。

初対面のときから正体を失う女の子を、どうして好きにならずにいられる？　会った瞬間からわかっていた。彼女こそ、これからずっと一緒に過ごしたい女《ひと》だ。しかし最初からそんなことができるはずがない。彼女と会った翌朝、私は電話をかけて具合はどうかと尋ねた。私たちは少し話して笑い合った。そのあと何度か電話をかけ、留守番電話にメッセージを残した。電話はかかってこなかった。

チームの仲間たちは私をからかった。彼らは、彼女のほうから電話をかけてくるかどうかで賭けをしていた。確かに、彼女が電話に出たときには何度か話をした――ほかの誰かと勘ちがいしていたのかもしれないが。しばらくすると自分でもはっきりとわかってきた。彼女のほうから一度も電話をかけてきたことがないのだ。

そのあと状況が変わった。初めて彼女のほうから電話をかけてきたときのことは今でも覚えている。東海岸で訓練中のことだった。

彼女と話しおえると、私は兵舎に駆け戻って仲間のベッドの上で跳ねまわった。電話をかけてきたということは、本当におれのことが気になっている証《あかし》だ。私はそう解釈した。うまくいかないほうに賭けていた仲間たちに、私は喜び勇んでこの事実を伝えた。

タヤ

クリスはいつもわたしの気持ちをすごく察してくれる。もともと観察眼はすごく鋭い人だけれども、わたしの気持ちにもその力を発揮する。彼の場合、あまり多くの言葉は必要ない。ちょっとした質問や簡単なやり方で探りを入れると、彼がわたしの気持ちを一〇〇パーセント気づいていることがちゃんとわかる。彼は必ずしも感情について話すことが好きじゃない。だけど、わたしが何か隠そうとしているんじゃないかと察したら、それをふさわしいタイミングや、必要なときに合わせてちゃんと引き出してくれる。

彼のそうしたところは、付き合いはじめた頃から気づいていた。電話で話をしていても、わたしのことをとても気遣ってくれた。

わたしたちはいろんな意味で正反対。それでいて相性は抜群。ある日クリスは、どうしてこんなに気が合うんだろうと訊いてきた。そこでわたしは、彼のどこに惹《ひ》かれているのか教えることにした。

「あなたって本当にいい人よ」と、わたしは答えた。「本当にいい人。それに感受性が強いし」

「おれが感受性が強い!?」ショックを受けたみたいだった。ちょっとむっとしている感じでもあった。「それってどういうことだ?」

「感受性が強いってことを、あなたはどう思ってるのよ」

「映画を見て大泣きするとか、そういうことだろ？」

わたしは笑った。そして説明してあげた。あなたはわたしが感じていることをすぐに気づくみたいね。ときによってはわたしよりも先に。それが感受性が強いっていうことなのよ、と。そして感情を吐き出させてくれて、そして何よりもわたしに居場所を与えてくれた、とも言った。

ほとんどの人たちが持っているSEALの隊員のイメージとはちがうと思う。それでもこれは本当のことだ。少なくともこの人については。

二〇〇一年九月一一日

ふたりの関係がどんどん親密なものになるにつれて、タヤと私は一緒に過ごす時間をさらに長くしていった。そしてついに、ロングビーチあるいはサンディエゴの互いのアパートメントで夜を共にするようになった。

ある朝、タヤの金切り声で私はたたき起こされた。「クリス！　クリス！　起きて！　これを見て！」

私はよろよろと居間に入った。タヤがつけていたテレビが大音量でがなりたてていた。画面では、ニューヨーク市の世界貿易センターから煙が噴き出ていた。

何が起こっているのかわからなかった。私の頭はまだ完全に目覚めていなかった。

そのまま見ていると、ふたつ目の棟の側面に旅客機が突っ込んだ。

「ふざけるんじゃねえ！」私は低い声でそう吐き捨てた。

私は画面を見ていた。目の当たりにしていることが現実かどうかまったくわからず、ただ怒り、混乱していた。

携帯電話の電源を切っていたことを突然思い出した。ひっつかんで電源を入れると、メッセージが大量に来ていた。その全部がだいたいこんなことを言っていた。

カイル、とっとと基地に戻ってこい。今すぐ！

私はタヤのSUVに飛び乗ると――こっちは満タンだったが、私のピックアップトラックはそうではなかったのだ――基地に戻った。どれくらいとばしていたのか、正確な速度はわからない――時速一六〇キロぐらいは出していたかもしれない――かなりの猛スピードだったのはまちがいない。

サン・フアン・キャピストラーノのあたりでバックミラーに目をやると、回転する赤色灯が見えた。

私は車を路肩に寄せた。車に近づいてきた警官は怒っていた。

「あんなにぶっとばしてたのはどういうわけだ？」警官はそう問いただした。

「これにはわけがあるんです」と私は言った。「申し訳ありません、私は軍の者で、召集がかかったんです。違反切符を切られるのはわかってます。悪いことをしたとも思ってます。だから申し訳ないですが、切符を切るならさっさとやってくれませんか？　早く基地に戻りたいもので」

「所属はどこだ？」

くそ野郎。私は胸のうちに毒づいた。出頭しなきゃならないって言ったばかりだろが。とっとと切符をよこせってんだよ。それでも冷静を保った。

「海軍です」私は答えた。

「海軍で何をやっている？」さらに訊いてきた。

ここまでやられて、私はもうかなりいらいらしていた。「ＳＥＡＬですが」

すると彼は違反切符帳を閉じた。

「市境まで先導してやる」と彼は言った。「仕返ししてくれ」

彼は赤色灯をつけ、私の前にパトカーをつけた。私たちは、スピード違反で捕まったときより少し下まわる速度で走った。それでも制限速度をかなり超過していたが。彼は自分の管轄のぎりぎりまで先導してくれた。少しは越えていたかもしれない。そして先に行けと手を振った。

訓練

私たちはただちに待機状態に置かれたが、目下のところはアフガニスタンどころか、どこでも必要とされていなかった。私たちの小隊は一年近く待たなければならなかった。そしてようやく戦地に派遣されたが、そこでの敵はオサマ・ビンラディンではなくサダム・フセインだった。

ＳＥＡＬとその任務については多くの誤解がある。普通の人たちは、私たちのことを海上限定の特殊部隊だと考えている。つまり、いつも艦船から出動し、海上もしくは臨海地域の標的ばかりを攻撃していると思われている。

確かにＳＥＡＬは海軍所属なのだから、私たちの任務のかなりの部分は海で展開される。前章で少し説明したとおり、ＳＥＡＬは第二次世界大戦時に設立された海軍のＵＤＴ（水中破壊工作部隊）を起源としている。ＵＤＴの潜水工作員たちは上陸作戦に先行して海岸の偵察にあたった。港湾に侵入して敵艦船に吸着機雷を設置するといった水中任務の訓練を受けていた彼らは、第二次大戦から戦後にかけての時代の屈強な最高の戦闘ダイバーだった。そんな彼らの後継者であることを、ＳＥＡＬの隊員たちは誇りに思っている。

ＵＤＴの任務が拡大するにつれて、海軍は海岸線以外の地域でも特殊作戦行動は必要だと認識するようになった。その結果、拡大した活動範囲に対応すべくＳＥＡＬという名の新部隊が結成され、ＵＤＴの任務を引き継ぐことになった。

陸《Land》はＳＥＡＬという部隊名の最後に置かれてはいるが、だからといってその行動範囲の優先順位内の最下位というわけではない。アメリカ軍にはさまざまな特殊部隊が存在し、それぞれに得意分野がある。訓練内容は重複する部分がかなり多く、任務範囲についてもさまざまな点で似ている。しかし各部隊それぞれに独自の専門分野がある。陸軍特殊部隊《スペシャル・フォーシズ》は、外国の軍隊に対する正規戦および非正規戦の訓練任務に長《た》けている。陸軍レンジャー部隊は大規模な襲撃部隊で、飛行場などの大きな標的の破壊などがその任務だ。空軍特殊作戦コマンドのパラシュート降下部隊は最悪の状況下にある人員の救出を得意とする。

私たちの専門分野のひとつがDAだ。

DAとは〝直接行動《ダイレクト・アクション》〟のことであり、小規模だが高価値な標的に対する短期間かつ迅速な攻撃を指す。高精度攻撃だと思ってくれればいい。具体的な任務は、敵前線後方の要所である橋への攻撃や、テロリストのアジトを急襲して爆弾製造者を拘束することとか――〝誘拐・強奪〟と呼ばれることもある――多岐にわたる。それぞれの内容は大きく異なるが、考え方は同じだ。何が起きているのか察知される以前に、敵をすばやく徹底的に叩く。

9・11以降、SEALはイスラム系テロリストたちが潜伏している可能性が高い地域――アフガニスタンを筆頭に、中東、アフリカと続く――での任務に対応すべく訓練を開始した。それ以外にも、潜水や航空機からの降下、艦船の拿捕《だほ》などのSEALに求められるあらゆる活動の訓練をこなした。しかし私たちの養成期間中に、地上戦がこれまで以上に重視されるようになった。

この方向転換については上層部で議論が重ねられた。SEALの行動範囲は海岸線から一六キロ以内に限定すべきだという声もあった。私の意見などお呼びではないだろうが、あえて言わせてもらうとすれば制限など設けるべきではない。私としては水から離れているほうがありがたいが、それはどうでもいいことだ。必要とされる場所があるならどこでもいい、叩き込まれたことをやらせてくれ。

訓練は、とりあえずそのほとんどが愉しいものだった。股間を蹴り上げられていてもだ。

私たちは水中で、砂漠で、そして山岳地帯で訓練しつづけた。水責め尋問やガスに対する訓練さえ受けた。

　捕虜になったときのことを考えて、全員が訓練中に水責め尋問を受ける。教官たちは縛り上げ、殴打し、あらんかぎりの方法で私たちを拷問し、回復不可能なダメージを負う一歩手前までとことん痛めつける。人間なら誰でも限界点があり、それを超えたら捕虜は屈してしまうのだという。それでも私なら機密情報を吐く前に殺されるようにがんばっただろう。

　対ガス訓練にも胸を躍らせた。ここでは基本的に、CSガスを浴びている最中でも戦えるようにする。CSガスとは〝捕獲ガス〟もしくは催涙ガスのことで、2‐クロロベンザルマロノニトリルを有効成分とする。私たちは〝咳とつば〟と呼んでいた。そのふたつが最善の対処法だからだ。訓練では涙を流しっぱなしにすることを学ぶ。目をこすったらとんでもないことになるからだ。鼻水をたらし、咳き込み、涙を流すことになるが、それでも射撃を続けて戦えるようにする。それがこの訓練の目的だ。

　私たちはアラスカ州のコディアク島でランドナヴィゲーション（コンパスと地図だけで目的地をめざすこと）の訓練を受けた。厳冬期は過ぎていたが、それでもまだ大量の雪が地表を覆《おお》っていて、スノーシューが必要だった。訓練は重ね着などによる防寒対策や、雪洞づくりといった基礎的なことから始まった。この訓練の重要ポイントのひとつが、戦場での装備重量の調整法だった。これはどの訓練でも求められることだが、動きやすさを重視して軽くするか、それとも携行する弾薬を増やし、さらにボディアーマーを持っていくほうがいいのか判断しなければならない。

私は軽くて動きやすいほうが好みだ。戦地に行けば、一〇〇グラム単位ではなく一〇グラム単位で考える。軽くすれば、そのぶん機動性は上がる。私たちの相手はとにかくすばしっこい。そんなやつらと渡り合うには、あらゆる手を尽くさなくてはならない。

訓練中はとにかく競争だった。ある時点で、いちばんいい成績を残した小隊がアフガニスタンに派遣されることを知らされた。そこから訓練はヒートアップした。競争は激しさを増し、それは訓練中だけにとどまらなかった。士官たちは互いに中傷し合い、司令官にあれこれ密告した。

あいつらの訓練のざまを見ましたか？　てんでなってませんよね……。

この競争は最後は私たちの小隊と別の小隊の戦いとなった。私たちは二番手になった。別の小隊が戦地に赴き、私たちは残った。

これこそSEALが想像しうる最悪の結末だ。

イラクで戦いの兆《きざ》しが見えてくると、訓練の重点は移行していった。私たちは砂漠と市街地での戦闘訓練を開始した。厳しい訓練だったが、面白いことならいつでもあった。

実際に町で行なった市街戦訓練のことを覚えている。これは司令部が協力してくれる自治体を探し、そこの使われていない倉庫や家屋などを使用して行なわれるもので、基地の施設でやるよりもう少し現実味がある。そのときの訓練では一軒の家を使用した。地元警察が用意周到にあらゆる準備を整えてくれた。訓練に出演してくれる〝エキストラ〟が数名集められた。

私の任務は戸外の安全確保だった。地元の警察官たちが脇で見守るなか、私は道路を封鎖し、車を迂回させた。

私はそれほど愛想がいいわけではない表情を浮かべ、銃を持って立哨していた。すると、男が近づいてきた。

私は手順どおりの対応を開始した。まず手を振って制止したが、それでも男は足を止めなかった。次にライトを向けたが、これも効かなかった。銃を構え、レーザードットを当てた。それでも男は近づいてくる。

近づいてくるにつれて、あの男は私をテストするために送り込まれたダミーだという思いがどんどん強くなっていった。私は頭のなかで〝交戦規定《ＲＯＥ》〟のページをめくり、こんな事態にはどう対処すべきか思い出そうとした。

「おまえ、ポリ公か？」男は顔を突きつけてきてそう言った。

〝ポリ公〟という言葉はＲＯＥにはなかったが、男はアドリブで言っているのだと判断した。私のリスト上では次は格闘だった。それで男を取り押さえた。男は抵抗し、上着の下に手を伸ばした。こいつは凶器を持っている。とっさにそう思った。ＳＥＡＬが悪党を演じるなら、それぐらいのことはするはずだ。そこで私もＳＥＡＬらしくしっかり対応し、男を組み伏せて少し殴った。

上着の下にあったものが何であれ、それが壊れてそこらじゅう液体まみれになった。男は罵詈雑言《ばりぞうごん》を浴びせつづけたが、私はまったく気にしなかった。男が抵抗しなくなると、私は手錠をかけ、周囲を見まわした。

近くに停まっていたパトカーのなかの警官たちが腹を抱えて笑っていた。私は歩み寄ってどうして笑っているのか尋ねた。

「その野郎はだな」と彼らは言った。「ここらへんの大物ドラッグ売人のひとりだよ。おれたちもあんたが今やったみたいにこいつをぶちのめすことができればいいんだがね」

このミスター・ポリ公が私の警告を全部無視して訓練地域にふらふらと入り込んできたのは、どうやらいつものように商売をしようと思ってのことだったようだ。頭の悪いやつはどこでもいるものだ。そもそもこの男がこんな稼業に足を突っ込んだのは、頭が悪かったからだろう。

いじめと結婚

国連安全保障理事会はもう何ヵ月もイラクに圧力をかけつづけ、国連決議の完全履行を求めていた。とくに、保有を疑われている大量破壊兵器とその関連施設への査察受け入れについては強硬姿勢で臨んでいた。必ずしも戦争になるわけではなかった――サダム・フセインが要求に応じ、国連の査察官にすべてをさらけ出せばいいだけだった。しかし私たちのほとんどが、フセインはそんなことはしないと思っていた。そんなタイミングでクウェート派遣の命が下ったとき、私たちは興奮した。これから戦争に行くのだと思った。

戦争になるにせよならないにせよ、現地でやることはたくさんあった。イラク国境の監視と、過去にフセインによる毒ガスを使った大量虐殺を経験した少数民族のクルド人の保護活動以外にも、アメリカ軍は北部および南部に飛行禁止区域の設定を行なっていた。フセインはさらに国連の制裁措置に違反して原油とその他の物資の密輸をしていた。アメリカ軍および多国籍軍はそれを阻止すべく活動を強化していた。

タヤと私は、私が派遣される前に結婚することにした。自分たちの決断には自分たちふたりとも驚かされた。ある日、私たちは車のなかでそのことを話し合った。そして結婚したほうがいいという結論にふたりしてたどり着いた。

自分で決めたにもかかわらず、私はこの決断に呆然とした。私は同意したし、それはきわめて当たり前のことだった。私たちが愛し合っているのはまちがいないのだから。タヤこそ人生を共にしたい女性だった。それでも、どういうわけだかこの結婚が永遠のものだとは思えなかった。

SEALの異常に高い離婚率については私もタヤも知っていた。実際のところ、九五パーセント近いという話は私も耳にしたことがある。さもありなんと思う。だからこそ私は不安になっていたのかもしれない。ひょっとしたら、終生の誓いを立てる心の準備がまだできていないという思いが、頭の片隅にあったからかもしれない。当然、一度戦地に赴けば自分の仕事がどれほど厳しいものになるのか知っていたからかもしれない。この矛盾した思いを説明することはできない。

それでも確信はあった。心の底からタヤを愛していることも、タヤが私のことを愛していることも。そこで、平時だろうがそれとも戦時だろうが、何はともあれ結婚をふたりで踏み出す次の一歩にすることにしたのだ。幸いなことに、私たちはまだ生き抜いている。

SEALについて知っておくべきことがひとつある。それは、チームに入ったばかりのときはいじめられるということだ。小隊は結束の固い集団だ。新入隊員は常に〝新入り〟と呼ばれ、小隊にふさわしい存在であることを証明するまではさんざんな扱いを受ける。認められるにしても、それは最初に派遣されてかなり経ってからのことだ。新人はクソ仕事を任される。ひっきりなしに試される。四六時中殴られる。

いじめは長期間にわたって続き、その手口もさまざまだ。たとえば、訓練で必死にがんばる。教官たちにずっとしごかれる。ようやく終わっても、今度は小隊で出かけてどんちゃん騒ぎだ。訓練任務に基地の外に出るときは、いつも一二人乗りの大型ヴァンに乗る。運転はいつも新入り。つまり、帰りにバーに寄っても当然新入りは酒を飲めない。少なくともSEALの規則ではそうなっている。

これがいちばん軽いいじめだ。実際、軽すぎていじめとは言えない。

運転中に窒息させる――これはいじめだ。

小隊に配属された直後のある夜、私たちは訓練任務後に飲みに出かけた。バーから帰るとき、先輩隊員たちは全員ヴァンのうしろに乗り込んだ。運転は私ではなかったが、前部座席が好きだったからそれでかまわなかった。乗ってしばらくすると、突如として声が聞こえた。

「ワン、ツー、スリー、フォー、ヴァン戦争を宣戦布告」

気がついたら殴られまくっていた。〝ヴァン戦争〟とは新入りいじめの解禁のことだった。結局胸が痣《あざ》だらけになり、目のまわりにも痣をつくった。両目ともだったかもしれない。いじめを受けていたあいだに唇は一〇回以上裂けたはずだ。

これは言っておくべきだろう。ヴァン戦争はSEALの基本であるバーでの喧嘩とはちがう。SEALはバーで悶着を起こすことできわめて評判が悪い。私も例外ではなく、在籍中に逮捕されたことは一度ならずある。そんなことでSEALが逮捕されてもたいていの場合は起訴されず、されてもすぐに棄却される。

なぜSEALは喧嘩ばかりするのか？

科学的に調べたわけではないが、多分に抑圧された攻撃性が原因だと思われる。私たちは戦地で人間を殺す術《すべ》を教え込まれる。それと同時に、自分たちのことを地上最強の戦士だと信じるように教育される。このふたつが組み合わさると無敵の兵器となる。

バーに行けば、肩をぶつけてきたり、別のやり方でとっととうせろと伝えてくる輩《やから》にしょっちゅうでくわす。それは世界中のどこのバーでも起こることだ。たいていはそんなことは無視する。

SEALにそんなことをすれば、私たちは振り向いて殴り倒す。

しかしそれと同時に、SEALは喧嘩を止めることが多く、始めることは少ない。それは言っておく。多くの場合、喧嘩は愚かな嫉妬心であるとか、自分の男気を試し、SEALと喧嘩したことを自慢する権利を得たい大馬鹿者の欲求が招くものだ。

バーに行くとき、私たちは隅のほうで小さくなっていたり、おとなしくしたりはしない。堂々と胸を張ってバーに入る。もしかすると騒いでいるかもしれない。しかも揃いも揃って若くて見事な体格だから人目を引く。女たちはSEALたちに引き寄せられ、だからボーイフレンドの嫉妬を買うのだろう。何かしらの理由があって何かしらを証明したい男たちも引き寄せられる。いずれにせよ、事態はエスカレートして喧嘩が勃発する。

いやいや、バーの喧嘩の話をしていたのではなかった。いじめと、私の結婚に話を戻そう。私たちはネヴァダ州の山岳地帯にいた。寒くて、しかも雪が降っていた。私は結婚式を挙げるために数日の休暇をもらい、翌朝ここを発《た》つことになっていた。小隊の残りのメンバーにはまだやらなければならないことがあった。

夜になって臨時基地に戻った私たちは任務計画室に入った。上等兵曹《チーフ》が、みんなにくつろいでビールでも飲みながら明日の作戦を練ろうと言った。そして私のほうを向いて言った。

「おい、新入り。ヴァンからビールと酒を持ってこい」

私はすっとんでいった。

戻ってくると、全員椅子に座っていた。空いている椅子は一脚しかなく、みんなはなぜかそれを丸く囲むようにして座っていた。私は深く考えずにそこに腰を下ろした。

「よろしい、これがフォーメーションだ」チーフが任務計画室の前方にあるホワイトボードの前に立ち、そう告げた。「作戦は待ち伏せだ。標的を中心に捉えて円形に包囲する」

あまり賢明な手じゃない。私はそう思った。全方位から攻撃すれば同士撃ちになってしまう。それを避けるため、待ち伏せは通常L字型の陣形をとる。

私はチーフを見た。チーフも私を見た。突然、チーフは真剣な表情をくずし、歯を見せて嫌な感じに微笑んだ。

それと同時に、小隊のみんなが飛びかかってきた。

私は一瞬で床に倒された。手錠をかけられ椅子につながれると、私に対するいんちき裁判が始まった。

罪状が次々と並べられた。一番目は、スナイパーになりたいと吹聴《ふいちょう》していたことだった。

「この新入りは感謝の念というものを知らないのです！」検事ががなりたてた。「自分の仕事をやりたがらず、自分のことを誰よりも有能だと思っているのです」

私は反論しようとしたが、判事――ほかならぬチーフその人だった――にたちまち却下された。私は弁護人を見た。

「彼に何を望むというのです？」弁護人は言った。「小学校三年生程度のおつむしかないというのに」

「有罪！」判事が判決を下した。「次の罪状を！」

「判事、被告は無礼な男です」と検事は言った。「こともあろうに、ＣＯに〝くそったれ〟

と言ったのです」

「異議あり！」私の弁護人が反論した。「彼はOICに〝くそったれ〟と言ったのです」

COとはチームの司令官のことで、OICは小隊担当士官のことだ。そこには大きなちがいがあるが、今回は別だ。

「有罪！　次！」

有罪判決が下されるたびに――結局、みんながでっちあげた罪状は全部有罪になった――私はジャック・ダニエルのコーラ割りを飲まされ、やがてストレートに替えられた。

重罪についての裁判が始まらないうちに、私はぐでんぐでんに酔わされてしまった。いつのまにか着ているものを脱がされ、ズボン下のなかに氷を入れられた。とうとう私は気を失った。

そのあとみんなは私の体にスプレー塗料を吹きかけまくり、おまけに胸と背中にマジックで《プレイボーイ》誌のバニーマークを描いた。まさしくハネムーンにうってつけのボディアートが仕上がった。

ある時点で、どうやら友人たちは私の健康が気になってきたらしい。そこで私を素っ裸にして担架に固定し、外に出して雪の上に立たせた。ある程度の意識が戻るまでそのままにされた。気がつくと私はがたがた震えていた。トーチカの屋根に穴を開けられるほど激しく。そして点滴を打たれ――生理食塩水は体内のアルコール濃度を下げるのに役立つ――ようやくホテルに戻された。担架にくくりつけられたまま。

そのあとのことは、いくつもの階段を担《かつ》ぎ上げられたことしか覚えていない。たぶん私の部屋に連れていかれたのだろう。担いでいるあいだじゅう、仲間たちは「見せ物じゃない、見せ物じゃないぞ！」と叫んでいたから。

ペンキとバニーマークは、翌日会ったときにタヤがほとんど消してくれた。それでもまだ少し残っていて、シャツの下から透けて見えた。おかげで式のあいだじゅう上着のボタンをしっかりと留めておかなければならなかった。

顔のむくみはほぼ完全に消えていた。数週間ほど前に仲間とのじゃれ合いでこしらえた眉《み》間《けん》の縫《ぬ》い傷も順調に塞《ふさ》がっていた。訓練中に裂けた唇もほとんど治りかけていた。ペンキを塗りたくられ、さんざん痛めつけられた花婿《はなむこ》は花嫁全員が夢見るようなものではないのだろうが、それでもタヤは充分幸せそうだった。

ところがハネムーンの長さをめぐって、ふたりのあいだにしこりが残った。チームは寛大にも結婚式とハネムーンのために三日の休暇を与えてくれた。新入りの私は短くてももらえるだけありがたかった。しかし新妻は私ほどにはものわかりはよくなかった。彼女はそれをはっきり言った。それでも私たちは結婚してハネムーンをあわただしく終えた。そして私は仕事に戻った。

3 拿《だ》捕《ほ》

銃を構えて

「起きろ。タンカーだ」

ボートの端にいた私は目を覚ました。冷たい風と荒い波にもめげず、少しのあいだ眠っていたのだ。水しぶきでびしょ濡れになっていた。初めて実戦配備された新米だったが、どんな状況でも眠れる術《すべ》をすでに身につけていた。知る人は少ないが、ＳＥＡＬでは必須のスキルだ。

前方にでかい石油タンカーが見えた。イラクで違法に石油を積み込んでペルシア湾を密かに南下しているところをヘリコプターが発見し、これから私たちが乗り込むところだった。書類を調べ、国連の制裁に違反していると確認できたら、海兵隊かほかの当局に引き渡すことになる。

私は急いで用意した。私たちのＲＨＩＢ（硬式ゴムボート。ＳＥＡＬがさまざまな任務で使用する）は、ゴム製の救命筏《いかだ》と屋根なしのスピードボートを足して二で割り、後部にばけもののモーターを二基つけたような外見。長さ一一メートルの八人乗りで、最高時速は海が穏やかなら四五ノットに達する。

ツインモーターの排気がボートの上に漂い、スピードが上がると水しぶきと混じり合った。私たちはいいペースで進んでいた。タンカーの航跡に乗っていたので、レーダーに捕捉されることはなかった。私は仕事に取りかかろうと、デッキにあった長い棒を手に取った。タンカーの真横まで来るとボートはスピードを落とし、ほぼ並走する形になった。水のなかからうるさく響くイラン船のエンジン音に、ボートのモーター音はかき消された。

ボートがタンカーの横を進むあいだに、私は棒を高く掲げ、角度を調節して先端のグラップリング・フックをタンカーの手すりに引っかけようとした。フックが手すりに掛かると、棒を強く引いた。

捕まえた。

棒はバンジーコードでフックとつながっている。フックにはスチール・ケーブルの梯子《はしご》が取りつけられている。ひとりが梯子の下端をつかんで支えると、先導の隊員がタンカーの側面を昇りはじめた。

石油を積んだタンカーは喫水《きっすい》がかなり深いので、それこそ手すりを直接つかんで乗り越えられることもある。今回はそうではなく、手すりは私たちの小さなボートよりだいぶ高いところにあった。私は高いところがあまり好きではないが、自分の状況を気にしすぎなければ平気だった。

梯子は船の揺れと風のせいで安定しなかったので、できるだけ速く昇った。BUD／Sでやった懸垂《けんすい》が筋肉に沁《し》みついていた。デッキにあがると、先導の隊員たちはもう操舵室とブリッジに向かっていた。追いつこうと私は走った。

タンカーが急にスピードを上げた。私たちが乗り込んできたことに遅まきながら気づいた船長が、イランの領海に向かおうとしたのだ。タンカーがイランの領海に入ったら、私たちは飛び降りなければならない。公海の外で船を拿捕することは、いかなる場合であっても命令で厳しく禁じられていた。

私がチームの先頭に追いついたのは、ちょうど彼らがブリッジのドアに着いたときだった。それとほぼ同時に船員のひとりがドアまで来ると、鍵をかけようとした。が、速さか強さが足りなかったと見えて、隊員がドアをぶち開けた勢いで吹っ飛ばされた。

私は駆け込んだ。銃を構えて。

ここ何日かで何十回と行なった同様の作戦では、抵抗するそぶりを見せる者さえほとんどいなかった。が、このタンカーの船長はいくらか闘争心があったらしく、武器も持っていないのに降伏しようとしなかった。

私に向かって突進してきた。

大馬鹿だ。第一、私のほうが体が大きいうえにフルボディアーマーを装着している。手にはサブマシンガンまであるというのに。

その間抜けに私は銃口を向け、胸を突いた。そいつはばったり倒れた。

何かのはずみで私もすべって転び、肘《ひじ》が出て男の顔を直撃した。

それも二回。

だめ押しをくらって男は闘争心を失った。私は男を転がして手錠をかけた。

船舶に乗り込んでの捜索——正式にはＶＢＳＳ（視察《ヴィジット》、乗船《ボード》、捜索《サーチ》、拿捕《シージャー》）と呼ばれる——は、ＳＥＡＬの標準的な任務だ。〝普通の〟海軍の水兵はこの任務を平時に行なうよう特殊訓練を受けるが、私たちは抵抗が予想される場所で遂行するよう訓練される。戦争の準備が行なわれていた二〇〇二年から〇三年にかけての冬のあいだ、その場所とはペルシア湾のイラク沖のことだった。国連がのちに推計したところでは、国際的な制裁に違反してフセイン政権は石油などの物資をイラクから密輸し、何十億ドルという資金を得ていたという。

密輸はあらゆる手段を用いて行なわれた。石油を樽に入れて小麦の輸送船で運ぶというものもあった。より一般的なのは、石油食糧交換プログラムで国連に許可された量をはるかに上まわる石油をタンカーで運ぶというものだ。

石油だけではなかった。その冬、私たちが大量に発見した密輸品には、たとえばナツメヤシがある。世界の市場でそれなりの値段で売れたということだろう。

初めて実戦配備されてから数カ月のあいだに、私はGrupa Reagowania Operacyjno-Manewrowego（ポーランド機動緊急対応作戦グループ）の隊員と知り合いになった。ＧＲＯＭと省略して呼ばれることが多いこの部隊は、アメリカ陸軍特殊部隊《スペシャル・フォーシズ》のポーランド版で、特殊作戦の評判がすこぶる高い。拿捕の任務にはそんな彼らとともにあたった。

通常、私たちは大型船をRHIBのいわば〝浮かぶ母港〟として使い、そこを拠点に活動する。一回の出動が二四時間で、小隊の半数が夜のあいだに指定の地点までボートで行き、漂いながら待つ。運がよければヘリコプターか船から無線が入り、かなり喫水の深い船がイラクから出ていこうとしているとの情報が届く。荷物を積んでいる船はすべて、臨検の対象になる。私たちが出動して拿捕するのだ。

ボートにMk-Vを使うことも何度かあった。これは特殊任務艇の一種で、第二次世界大戦期に使われたPTボート（哨戒魚雷艇）と比較されることもある。見た目は装甲スピードボートといったところだ。仕事はSEAL隊員を危険な場所にできるだけ速く運ぶこと。アルミニウム製で、六五ノットは出るといわれているかなりの高速ボートだ。もっとも、こいつのいいところは上部構造物のうしろにあるフラットデッキだった。普通はゾディアック・ボートを二艘積むのだが、私たちには必要がないためみんなでRHIBから乗り移り、船舶が発見されるまで体を伸ばして仮眠を取ったものだ。座席に突っ伏したり、船べりで体をよじったりして寝るよりはるかによかった。

ペルシア湾で船舶を拿捕するのは、すぐに決まり仕事になった。ひと晩で何十隻も捕まえることができた。が、いちばんの大物を拿捕したのはイラク沖ではなかった。一五〇〇海里ほど離れた、アフリカ沖だった。

スカッドミサイル

秋の終わり頃、フィリピンのＳＥＡＬ小隊が北朝鮮の貨物船に密かに近づいた。その瞬間から、貨物船は文字どおりマークされることになる。

北朝鮮を出入りするこの三五〇〇トンの貨物船には、興味深いいわくがあった。噂では、神経ガスの原料になる化学物質を輸送したこともあるという。ただ、書類上ではこのときの積み荷はセメントとなっていた。

本当に運んでいたのは、スカッドミサイルだった。

ブッシュ政権が対応を検討しているあいだに、追尾中の貨物船がアフリカの角《つの》あたりにさしかかった。大統領はついに貨物船に乗船して捜索せよとの命令を下した。まさにＳＥＡＬが得意とする任務だ。

ジブチにもＳＥＡＬの一個小隊がいて、私たちよりもずっと貨物船に近かったが、当時の指揮系統と任務の割り当てのおかげで――こちらは海軍の直接の指揮下にあり、あちらはたまたま海兵隊に駆り出されていた――貨物船を拿捕する任務はわが小隊に与えられた。

私たちがジブチに上陸したとき、向こうの小隊の連中がどれほどハッピーだったかは想像できるだろう。自分たちのものだと思っていた任務を〝盗《と》られた〟うえに、荷降ろしと作戦の準備を手伝うという屈辱まで味わわされたのだから。

飛行機から降りると、私はすぐに友人を見つけて声をかけた。

「やあ！」

「うるせえ」と彼は応じた。

「元気か？」

「くたばっちまえ」

　それが彼なりの歓迎だった。無理もない。同じ立場だったら私も頭にきたと思う。そのうち彼らの態度も和らいだが。彼らが怒っていたのは状況に対してであって、私たちに対してではなかった。しぶしぶながら任務の準備を手伝ってくれた。そして、インド洋に展開していた強襲揚陸艦USSナッソーから来た郵便・補給用ヘリコプターに乗せてくれた。

　揚陸艦というのは強襲用の大型艦のことで、兵員とヘリコプター、ときには海兵隊のハリアー攻撃機ものせる。一直線のフライトデッキを備えた、昔ながらの空母のような外観だ。かなり大きく、強襲任務の際に前線の作戦指揮所として使える指揮管制機能がある。

　船舶を拿捕する方法は、条件や対象に応じていくつかある。北朝鮮の貨物船に乗り込むのにヘリコプターを使うこともできたが、写真を見ると、デッキの真上にワイヤーが何本も張られていた。これでは船に降りる前にワイヤーを取り除かなければならず、時間がよけいにかかってしまう。

　ヘリコプターでは相手の不意を突くことができないとわかったので、私たちはRHIBを使用することにした。ナッソーのそばで、SBU（特殊舟艇部隊）に運ばれてきたボートを使いながら予行演習を繰り返した（SBUはSEAL専用のタクシーサーヴィスで、RHIB、Mk－V、その他SEAL関連の船を運用する。戦闘への兵員投入に特化した装備と訓練を与えられており、飛び交う銃弾をものともせずにSEALを戦場に届けたり戦場から連れ出したりしてくれる)。

そのあいだにも貨物船はこちらに近づいてきていた。貨物船が射程圏内に入ったところで、私たちは襲撃のための準備をした。が、ボートに乗り込む前に、待機しろという連絡が入った。スペイン軍が介入してきたという。

なんだって?

スペイン海軍のフリゲート艦ナバラが、北朝鮮の貨物船の前に立ちふさがったのだ。貨物船は国旗を掲げず船名も隠していたので、誰の目にも怪しいと映っていたわけだ。その後の報告によると、貨物船がナバラの停船命令に従わなかったために、スペインの特殊作戦部隊が投入されたらしい。当然彼らはヘリコプターを使い――私たちの予想どおり――銃撃してワイヤーを切るのに時間を取られた。聞いた話から察するに、貨物船の船長はその時間差を利用して、自分の不利になるような書類や証拠を破棄したのではないだろうか。

私たちの知らない動きが水面下でさかんになされていたことは明らかだ。

なんであれ。

貨物船を拿捕する私たちの任務は一瞬で変わった。乗り込んで船を確保し、スカッドミサイルを見つけるというものに。

ミサイルを見つけるのが難しいとは誰も思わないだろう。しかし今回は、どこにも見あたらなかった。船倉はセメントの袋でいっぱいだった。三六キロ入りの袋が、数十万もあったにちがいない。

スカッドミサイルがある場所は、一カ所しか考えられなかった。私たちはセメントをどかしにかかった。この袋の次はあの袋、と。この二四時間は私たちの受け持ちだった。一睡もせずに、ひたすらセメントの袋をどかした。私だけで数千袋はやっつけた。悲惨だった。体がセメントの粉だらけになった。肺がどうなっているかは神のみぞ知る。ようやく、下から貨物コンテナが出てきた。懐中電灯とのこぎりの出番だ。

私はのこぎりにクイッキー・ソーを使った。カットオフ・ソーとも呼ばれる、円盤状の刃がついたチェーンソーのようなものだ。これがあればなんでも切れる。スカッドミサイルのコンテナでも。

セメントの下にはスカッドミサイルが一五発隠されていた。近くで見るのはこれが初めてで、正直かっこいいと思った。私たちは写真を撮ると手を振ってEOD要員――〝爆発物処理〟、つまり爆弾処理の専門家――を呼び、ミサイルがもう用をなさないことを確認させた。

その頃には小隊の全員がすっかりセメントの粉で覆《おお》われていた。何人かは洗い落とそうと船べりに向かった。私は行かなかった。潜水訓練のことがあったので、危ない橋は渡らないことにしていた。あんなに大量のセメントが水に触れたら、どうなるかわかったものではない。

私たちは貨物船を海兵隊に引き渡すと、強襲揚陸艦ナッソーに戻った。司令部から、「投入時と同様の適切な方法で」私たちを回収してクウェートに戻す、との通達があった。もちろん真っ赤な嘘だ。ナッソーには結局二週間もいた。フライトデッキにはヘリコプターが数えきれないほどあるのに、どういうわけか海軍は私たちをジブチに送るための一機を空けられなかったのだ。待つあいだ、私たちはテレビゲームをしたりバーベルを上げたりして過ごした。そして眠った。

残念ながらゲームソフトは〈マッデン・フットボール〉しかなかった。私はかなり強くなった。それまではたいしたことがなかったテレビゲームの腕が、今では名人級だ。とくに〈マッデン・フットボール〉に関しては。たぶんこのときにはまってしまったのだ。私がナッソーで過ごした二週間を、いまだに妻は腹立たしく思っていることだろう。

スカッドミサイルについて補足。輸出先はイエメンだった。少なくともイエメン政府はそう言っている。サダム・フセインが亡命する見返りにリビアと交わしたなんらかの取り引きの一部なのではないかとの憶測もある。本当かどうか私にはわからないが。いずれにせよ、ミサイルは押収されずにイエメンへ運ばれ、フセインはイラクにとどまった。私たちは戦争に備えるため、クウェートに戻った。

クリスマス

その年の一二月は、家族から離れて過ごす初めてのクリスマスだった。少し気が滅入った。記憶に残るパーティもなく、その日が来て、ただ過ぎていった。

それでも、タヤの家族が送ってくれたプレゼントは覚えている。遠隔操作のハマーだ。小さなラジコンのおもちゃだが、走らせるのは楽しかった。基地で働くイラク人の何人かは、そういうものを一度も見たことがないようだった。自分のほうに走ってくると、悲鳴をあげて逃げ出すのだ。誘導ミサイルか何かだと思ったのだろうか。彼らが甲高《かんだか》い声をあげながら反対方向に駆けていくのを見て、私は腹を抱えて笑った。イラクではささやかなスリルでも貴重だった。

私たちのために働いていた者には、あまりいいとは言えない人間もいた。みんながアメリカ人をとくに好きというわけでもなかった。

私たちの食事に精液を入れた男までいた。

そいつはすぐに基地から放り出された。男がしたことをみんなが知ったら、仕返しに殺そうとするやつが出かねないと上層部はわかっていたのだ。

クウェートのキャンプは二カ所あった。アリ・アル＝サレムとドーハだ。どちらも私たちの設備はほぼ必要最小限のものだった。

ドーハはアメリカ陸軍の大規模な基地で、第一次湾岸戦争と、これから起きる第二次湾岸戦争の両方で重要な役割を果たした。倉庫を与えられた私たちは、海軍戦闘工兵隊シービーに手伝ってもらって部屋をいくつかこしらえた。シービーにはのちにまた似たような助けを頼むことになる。

アリ・アル＝サレムは、ずっと原始的な基地だった。少なくとも私たちにとっては。与えられたのはテントと棚、それぐらいだった。お偉いさんはSEALがそれほど物を必要としないと思ったのだろう。

クウェートにいるあいだに、私は初めて砂漠の砂嵐を見た。昼がいきなり夜になった。砂があちこちで渦を巻いていた。遠くのほうから黄褐色のでかい雲が近づいてくる。そして急に真っ暗になって、まるで旋回する縦坑のなかにいるような、水の代わりに砂を使うおかしな洗濯機ですすがれているような感じになる。

私がいたのは航空機の格納庫で、ドアは閉まっていたが、空中を舞う砂埃の量は信じられないほどだった。砂粒は細かく、絶対に目に入れたくなかった。二度と出てきそうになかったからだ。目を守るにはゴーグルを装着する必要があるとすぐにわかった。サングラスではだめだ。

60の射手

新米の私は、60の射手だった。

知っている人も多いと思うが、〝60〟はM60汎用マシンガンのことだ。ベルト給弾式のこの銃は、いくつもの派生型を生みながら数十年ものあいだアメリカ軍で使われている。M60は一九五〇年代に開発された。使用するのは7・62ミリ弾。柔軟な設計なので、戦車の同軸機銃としても使えるしヘリコプターにも搭載できる。また、兵士が運搬する軽量の分隊支援火器にもなる。ヴェトナム戦争では主力だったが、歩兵には〝ブタ〟と呼ばれ、しょっちゅう悪態をつかれていた。銃身が熱くなるため、数百発撃つたびにアスベストの手袋を使って銃身を取り替えなくてはならないのだ。戦闘ではあまり使い勝手がいいとは言えない。

海軍が長年かけて大幅に改良したので、この兵器は今も強力なマシンガンだ。最新の型は改良の度合いが激しいあまりに、海軍ではMk43Mod0という別の名称で呼ばれているほどだ（まったく別個の兵器と見るべきだという主張もあるが、ここで議論するつもりはない）。一〇キロ程度とわりあい軽量で、比較的短い銃身を持つ。スコープなどを装着できるレールシステムもある。

ほかに現在使用されているのは、M240、M249、その派生型のMk46だ。

原則として、うちの小隊では射手が運搬するマシンガンをいつも〝60〟と呼んでいた。実際にはMk48とかの別物であってもだ。イラクにいるあいだにMk48を使うことが多くなっていったが、特段の理由がないかぎり、私は分隊支援火器をすべて60と呼ぶ。細かい分類は他人に任せている。

〝ブタ〟という古いニックネームは今でも生き残っていて、60の射手の多くがブタとか、それをもじった名前で呼ばれる。うちの小隊では、友人のボブがそうだった。

　私は一度もその手の呼び方をされなかった。〝テキサス野郎〟がニックネームだった。ほかにもいろいろ呼ばれていたなかでは、社会的に受け入れやすい部類だ。


　戦争が避けられない状況になってきたため、私たちはクウェートの国境に沿ってパトロールを開始した。イラク側が侵入して先制攻撃を仕掛けてこないよう警戒するためだ。また、今後の戦闘で担《にな》う任務に向けた訓練も始まった。

　つまり、ＳＥＡＬの砂丘《デューン》バギーとしても知られるＤＰＶでかなりの時間を過ごすことになったということだ。

　ＤＰＶ（砂漠偵察車両《デザート・パトロール・ヴィークル》）は、離れて見ると最高にかっこいい。それに、平均的なＡＴＶ（全地形対応車）よりもはるかに装備が充実している。前方に50口径マシンガンとＭｋ19グレネードランチャー、後方にはＭ60を搭載。さらにはＬＡＷロケット弾まである。これは第二次世界大戦期のバズーカとパンツァーファウストの精神を受け継ぐ、使い捨ての対戦車兵器で、ＤＰＶのパイプ状の上部フレームに特殊な金具で取りつける。車両のてっぺんにある衛星無線アンテナと、その横の円柱状の無線アンテナがかっこよさをさらに引き立てる。

　写真で見るＤＰＶは、ほとんどどれも砂丘を飛び越えたり、軽々とウィリーをしたりしている。しびれるほどかっこいい画像だ。

　ただ、残念ながらしょせん画像は想像。現実ではない。

私の理解では、ＤＰＶはバハ・カリフォルニアの砂漠レースで使われた設計を基にしている。何ものせなければすごい機体だったのだろう。問題は、何ものせないなどありえないということだった。武器を搭載しただけでもかなりの重さになる。それに背嚢《はいのう》と、砂漠で何日か生きられるだけの水と食糧。予備のガソリン。おまけにフル装備のＳＥＡＬ隊員三人――運転手、ナヴィゲーター、〝ブタ〟の射手。

私たちの場合はさらにテキサスの旗を後部に立てる。上等兵曹と私がテキサス出身だったので、これは必須のアクセサリーだった。

こうして重量はあっというまに増える。ＤＰＶにはフォルクスワーゲンの小型エンジンが使われていたが、私の経験から言わせてもらえば、これは欠陥品だ。乗用車とか、戦闘と関係ないサンドバギーだったらいいのかもしれないが、実際には二、三日使って戻ってくると、ほぼ必ず同じだけの時間をかけて修理するはめになった。どうしてもベアリングやブッシュに何かしら故障が起きるのだ。メンテナンスは自分たちでやらなければならなかった。運のいいことに、うちの小隊にはアメリカ土木学会の認証を受けたメカニックがいたので、車両の整備は彼が受け持ってくれた。

そして何より最大の欠点は、二輪駆動だということだった。これは地面が少しでも柔らかいと大問題になる。走りつづけていればたいてい大丈夫なのだが、停まると往生する。クウェートではＤＰＶを絶えず砂から掘り出していた。

ちゃんと動いているときはとても面白かった。運転手とナヴィゲーターが並んでいる背後の、一段高い射手用の座席に私は座った。戦術弾道ゴーグルとヘリコプタータイプのヘルメットを装着し、五点式シートベルトで体を固定した状態で砂漠を駆けた。一時間に一二〇キロほど進んだ。ときには50口径マシンガンを数発撃ち、座席の横にあるレヴァーを上げて座席を一八〇度回転させると、今度はM60をつかんでさらに何発か撃った。移動中に側面から攻撃を受けたシミュレーションをするときは、携行していたM4カービンを手に取って敵の方角に発射することができた。

大型マシンガンを撃つのは楽しい！

上下に大きく跳ねながら砂漠を走る車両から狙いを定めるとなると、また話はちがってくる。標的を照準からはずさないよう銃を上下に動かすことはできるが、正確に捉えるのは無理だ。そこを切り抜けるのに充分な銃撃を浴びせるのがせいぜいである。

DPVは三人乗りが四台と、六人乗りが二台あった。六人乗りは味もそっけもない仕様だった。ふたりずつの座席が三列に、武器は前部に60があるだけ。私たちは指揮統制車として使っていた。乗るのはひどくつまらなかった。スポーツカーに乗る父親を見ながら、母親の運転するステーションワゴンに乗せられているようなものだった。

訓練は数週間行なわれた。私たちはランドナヴィゲーションを重ねて土地勘を養い、見える範囲の安全を確認し、国境に沿ってSR（監視と偵察）を実施した。穴を掘って車両を迷彩ネットで覆い、砂漠のまんなかに隠そうとした。DPVは簡単ではなかった。どうやっても、砂漠のまんなかに隠そうとしているDPVにしか見えないのだ。また、ヘリコプターからDPVで展開する訓練も行なった。着陸と同時にヘリコプターの後部から飛び出す――まるで車輪上のロデオだった。

一月の終わり近くになると、私たちは不安を感じはじめた。実際に戦争になることにではなく、私たち抜きで開戦してしまうことに対してだ。当時、SEALの配備期間は通常六ヵ月だった。出航したのが九月だから、あと数週間で交替してアメリカに帰らなくてはならない。

私は戦いたかった。訓練してきたことを実戦で試したかった。私をSEALの隊員に鍛えあげるために、アメリカ市民の納めた多額の税金が投資されていた。祖国を守りたかった。自分の義務を果たし、自分の仕事をしたかった。

そしてなんといっても、戦闘のスリルを味わいたかった。

ただ、タヤの見方は大きくちがっていた。

タヤ

戦争に向けて兵力の増強が続いているあいだ、わたしはずっと怖かった。公式にはまだ戦争は始まっていなかったけれど、危険な任務が行なわれているのはわかっていたから。SEALが出動するのは、いつも危険が迫っているとき。クリスはわたしが心配しないように、たいしたことないって言っていた。でも、わたしはそこまで鈍感じゃないから、本当はどういう状況なのかわかった。不安な気持ちはいろいろな形で現われた。びくびくするようになったし、そこにないものが見えたような気がすることもしょっちゅうあった。明かりを全部つけないと眠れなくなって、毎晩自然と目が閉じるまで本を読んだ。ひとりきりになったり考えにふける暇ができたりしないように、なんでもした。

　クリスがヘリコプターの事故に遭ったと言って電話してきたことが二回ある。どちらも全然重大ではなかったけれど、ニュースになってわたしが心配してるんじゃないかと気を揉《も》んでいた。

「ニュースで聞いたときのために言っておくけど」とクリスは言った。「ヘリコプターはちょっとぶつかっただけで、体はなんともないからね」

　ある日、またヘリコプターの訓練に参加しなきゃいけないと言われた。次の日の朝、ニュースを見ていると、ヘリコプターが国境の近くで墜落して全員死んだというニュースが流れた。乗っていたのは特殊部隊《スペシャル・フォーシズ》の兵士だとニュースキャスターは言った。

　軍で〝特殊部隊《スペシャル・フォーシズ》〟といえば陸軍の特殊部隊のことだけど、ニュースではＳＥＡＬを指してそう呼んだりする。すぐに最悪の事態が頭をよぎった。

　その日の昼間はクリスから電話がなかった。電話すると約束していたのに。

　あわてないで、クリスじゃないから――そう自分に言い聞かせた。

　自分の仕事のことだけを考えることにした。夜になっても電話はなく、不安がますますつのって……パニックになりかけた。眠れなかった。仕事をして疲れてたのに。平静を装っても込みあげてくる涙をこらえつづけて、くたくただったのに。

一時頃になると、もう気が変になりそうだった。

電話が鳴った。わたしは急いで電話に出た。

「やあ、ベイビー！」それまででいちばん明るい声でクリスが言った。

わたしは大声で泣きだした。

どうしたんだってクリスに何度も訊かれたけど、説明しようとしても言葉を絞り出すことさえできなかった。怖いのとほっとしたのが混ざって、わけもわからず泣きじゃくった。

ニュースは二度と見ないとそのとき誓った。

4　生きられるのはあと五分

砂丘《デューン》バギーに泥は禁物

装備をつけてシートベルトを締めた私は、ＤＰＶの射手用の座席で身を震わせていた。二〇〇三年三月二〇日、陽《ひ》はすっかり沈んでいた。空軍の輸送ヘリコプターＭＨ－53ペイヴロウがクウェートの滑走路から飛び立った。ＤＰＶはヘリコプターの後部に積まれていて、私たちはここ数週間予行演習してきた任務に向かうところだった。待ち望んでいたものが実現しようとしていた。イラクの自由作戦が開始されたのだ。

私の戦争がついに始まる。

汗をかいているのは、高揚感のためだけではなかった。フセインが何を用意して待ち構えているかわからなかったので、ＭＯＰＰ装備（任務志向防護態勢装備。宇宙服とも呼ばれる）をフル装着するよう命令が出ていたのだ。このスーツは化学兵器による攻撃から身を守ってくれる。が、快適性についてはゴムでできたパジャマかと思うような代物《しろもの》で、ガスマスクまでつけると不快指数が二倍になる。

「海上飛行中《フィート・ウェット》！」と誰かが無線で言った。

私は銃をチェックした。どれも準備はできていた。50口径マシンガンも。あとはチャージングハンドルを引いて弾丸《たま》を装填《そうてん》するだけでよかった。

私たちはヘリコプターの後方にまっすぐ向いていた。後部ランプドアが上まで閉まりきっていなかったので、機体との隙間から夜空が見えた。突然、帯状の夜空に赤い染みができた。情報部がないと主張していた対空レーダーと対空兵器をイラク軍が作動させたのだ。敵を混乱させるためヘリコプターのパイロットは囮《デコイ》のフレアとレーダー攪乱《かくらん》用の金属片《チャフ》を発射した。

次は曳光弾が来た。狭い長方形の闇に銃弾が光の弧を描いた。

くそ、と私は思った。このままでは人を撃つ前にこっちが撃墜されてしまう。

イラク軍からはなんとか逃れることができた。ヘリコプターは飛行を続け、地上に向かって急降下した。

「陸上飛行中《フィート・ドライ》！」と誰かが無線で言った。陸の上に来たのだ。

にわかに騒然となった。私たちが所属するチームの任務は、イラクの石油資源を奪取することだった。一九九一年の砂漠の嵐作戦ではイラク人によって爆破あるいは放火されたが、今回はその暇を与えてはならない。ペルシア湾にあるガスと石油のプラットフォーム《GOPLAT》、そして沿岸地帯の製油所と港湾地域を、SEALとポーランド軍特殊部隊GROMが奪うことになっていた。

もっと内陸のアルファウ石油精製地域を襲撃するのが私たち一二名の任務だった。行動が数分遅れたせいで激しい砲火を浴びた。ヘリコプターが着陸する頃には、ひどい状況になっていた。

ランプドアが下りて傾斜路ができると、運転手がアクセルを踏んだ。車両が傾斜路を走り下りるあいだに、私は弾丸《たま》を装填して銃撃の準備を整えた。ＤＰＶは勢いよく柔らかいダートに降り立ち——すぐにスタックした。

　ふざけるな！

　運転手はエンジンの回転を上げたり、シフトレバーを前後にガチャガチャやったりして、ぬかるみから脱出しようとした。私たちは少なくともヘリコプターから降りていたが、ランプドアに半分のった状態でスタックしたのが一台いた。ヘリコプターは上下に動いて必死にその車両を降ろそうとした。パイロットは銃撃されるのがいやで速く退避したかったのだ。

　無線からは別のＤＰＶ部隊が到着する様子が聞こえてきた。ほとんど全員が石油のにじむぬかるみにはまっていた。上陸地点の地面は固いと情報部のスペシャリストが請け合っていたのに。そう、イラク軍が対空兵器を持っていないとうそぶいたのは、そいつとその同僚だ。よく言われるように、〝軍事情報《ミリタリー・インテリジェンス》〟活動などという言葉は矛盾しているのだ。

「はまった！」と上等兵曹《チーフ》が言った。

「ああ、こっちもだ」と大尉が言った。

「スタックかよ」と別の隊員が言った。

「くそ、なんとか抜け出さないと」

「よし、全員降車して所定の位置に向かえ」とチーフが言った。

私は五点式シートベルトをはずして後部の60（M60マシンガン）を手に取ると、製油所への行く手をさえぎっているフェンスめがけて走った。ゲートを確保するのが私たちの仕事だった。車両が使えないからできないということはない。

ゲートが視界に入る位置に瓦礫《がれき》の山を見つけた私は60を据えた。カールグスタフを持った男が隣にやってきた。技術的な話をすると、カールグスタフは無反動砲の一種で、強力なロケット弾を発射して戦車を破壊したり建物に穴を開けたりできる。私たちの許可なしでは誰もそのゲートを通れないのだ。

イラク軍は製油所の外に防御線を張っていた。その唯一の問題は、私たちが内側に上陸したことだった。彼らと製油所のあいだ――つまり、彼らの裏を突く位置に私たちはいた。

向こうにとってはそれが気に入らなかった。こちらを振り返って銃撃してきた。

毒ガス攻撃をしてこないとわかるや、私はガスマスクを脱ぎ捨てた。60で反撃をくらわせる標的はいくらでもいた――正直、多すぎるほど。数は向こうが圧倒的に多かった。が、それは問題にならなかった。私たちは航空支援を要請した。何分もしないうちに、さまざまな航空機が頭上に現われた。F／A‐18戦闘攻撃機、F‐16戦闘機、A‐10A攻撃機、AC‐130ガンシップまで。

ウォートホッグ（イボイノシシ）という愛称でよく知られている空軍のA‐10攻撃機はすごかった。このジェット機の動きはゆっくりだが、それはわざとだ。ゆっくり低空飛行して地上の標的に最大限の銃撃を浴びせる設計になっているのだ。爆弾とミサイルのほかに、30

ミリ・ガトリング砲が装備されている。その夜、そのガトリング砲が敵を蹴散らした。イラク軍の装甲車両が市《まち》から向かってきたが、近くまで来ることはなかった。イラク兵は途中で自分たちがやられると気づいて逃げようとした。

大きなまちがいだ。こちらから見えやすくなるだけだ。攻撃機は彼らに狙いを定めて逃がさなかった。照準に捉えたら、次の瞬間にはもう照準から消す。銃撃の音が空気を伝わってきて――ダダダダダダダダ――次いで反響音が聞こえ――ダァダァダァ――すぐあとに二次爆発やなにか、銃撃による騒音が続く。

うおっ、と私は思った。すごい。最高だ。いかれるほどやばくて最高だ。

毒ガス攻撃

朝になるとイギリス軍の部隊が飛来した。が、すでに戦闘は終了していた。当然、いやみを言わずにはいられなかった。

「いらっしゃい、戦闘は終わったから」と私たちは言った。「おたくらは安全だよ」

受けなかったとは思うが、よくわからない。イギリス人は奇妙な英語を話すので。くたくたになっていた私たちはゲートのなかに戻り、銃撃戦でほぼ全壊した家屋に向かった。廃墟に入って瓦礫《がれき》の隙間に横たわると、眠りに落ちた。

私は数時間後に起きた。一緒に眠っていた連中も、大半が活動しはじめていた。外に出て、油田の防御線を確認した。その際、イラク軍が置き去りにしていった防空設備をいくつか見つけた。が、情報部の報告書を更新してやる必要はなかった。防空設備はもう使いものにならなくなっていたからだ。

死体がいたるところに転がっていた。尻を吹き飛ばされた死体もあった。出血多量で死んでいたが、死ぬ前に足を引きずって航空機から逃げようとしたらしい。泥に血の跡が伸びていた。

私たちが態勢を整えていると、遠くにトヨタのピックアップトラックが見えた。道を走ってこちらに近づいてきて、二キロほど離れたところで停まった。

戦争中は白い民生用のピックアップトラックがイラク軍に軍用車として使われていた。たいていはトヨタ・ハイラックスだった。さまざまな型が製造されている小型ピックアップトラックだ（アメリカではよくSR5と呼ばれていた。北米では販売が終了していたが、海外では売られていた）。私たちは何が起きているのかわからずに、しばらくトラックを見つめた。すると、ボヒュッという音がした。

数メートル先で何かがビシャッといった。トラックの荷台からイラク兵が撃った迫撃砲弾だった。被害を与えることなく油でぬかるんだ地面に沈んでいた。

「爆発しなくてよかった」と誰かが言った。「死ぬところだった」

着弾した穴から白い煙が立ちのぼってきた。

「毒ガスだ！」と誰かが叫んだ。

私たちは全速力で走ってゲートに向かった。が、タッチの差でイギリスの衛兵がゲートを勢いよく閉めてしまい、開けてくれなかった。

「入れるわけにはいかない！」と衛兵が大声で言った。「毒ガスをくらったんだろ」

海兵隊がヘリコプターのコブラで頭上を越え、迫撃砲のトラックに対処しているあいだ、私たちは自分たちが死ぬのか見きわめようとしていた。

数分経っても息をしていたので、あの煙がただの煙だったとわかった。泥から湯気が立ったのだろう。どうでもいい。シューシューという音がしただけで、爆発もなければ毒ガスもなかった。

心底ほっとした。

シャッタルアラブ川

アルファウを確保した私たちは、ＤＰＶ二台に装備を取りつけて出発した。めざすは北――イランとイラクを隔てながらペルシア湾に流れ込むシャッタルアラブ川だ。自爆ボートや機雷敷設艦が川を下ってペルシア湾に向かうのを探すのが私たちの仕事だった。放棄されたイラクの国境検問所があったので、そこを監視の拠点にした。

戦争が始まったときの交戦規定はごく単純だった。一六～六五歳ぐらいの男を見たら撃て。男は全員殺せ。

公式の文言はちがうが、要はそういうことだった。ただ、このときはイランを監視していたので、少なくともイランに向けては発砲しないよう厳命が下されていた。

毎晩、川の反対側から一発だけ銃弾が飛んできた。そのたびに私たちは律儀に報告を入れて反撃の許可を求めた。返事はいつもきっぱりした「だめだ！」だった。大きくてはっきりした声だった。

今思い返すと、的確な指示だった。私たちの武器で強力なものといえば無反動砲のカールグスタフ一挺と60二挺ぐらいだった。対するイラン側には大砲がうなるほどあり、照準も調整されていた。向こうは傷ひとつ負わずにこちらを壊滅させることができた。実際のところ、挑発に乗ってきたら、私たちを殺そうという魂胆だったのだろう。

それでも癪《しゃく》に障った。撃たれればこちらも撃ち返したい。

開戦当初の高揚感は薄れ、気分がだれてきた。ただぶらぶらしているしかなかった。ひとりが持っていたヴィデオ・カメラを使って、ふざけているところを撮影したりした。ほかにやることはほとんどなかった。イラク軍の兵器をいくつか発見したので、積み上げて爆破した。それでおしまいだった。イラク軍は私たちがいるほうにボートを派遣してこず、イラン兵は毎晩一発だけ撃ってきては水に隠れて、こちらの反応を待っていた。私たちにできるいちばんの気晴らしといえば、川に入ってイランのほうに小便をすることぐらいだった。

交替しながら一週間見張りをした。四人が休んでふたりが働き、無線を傍受して川を監視した。そしてようやく別のSEAL部隊と交替すると、クウェートに戻った。

バグダッド急進撃

その頃には、いわゆるバグダッド急進撃が始まっていた。アメリカ軍と有志連合軍の部隊が国境を越えてイラクに入り込み、日ごと順調に進軍していた。

私たちは何日かクウェートのキャンプで無為に過ごしながら、任務が与えられるのを待った。国境の検問所にいたときもいらいらしたが、今度はさらにもどかしかった。戦闘に参加したかった。遂行できる任務ならいくらでもあった。もっと内陸にある〝存在しない〟対空兵器をいくらかでも除去するとか。しかし、司令部は私たちを使う気がないようだった。

戦端を開く要員として私たちは配備期間が延長されていた。が、そろそろSEALチーム5と交替でアメリカに帰還させられるという噂が立っていた。戦闘が熱くなっているときにイラクを離れたいやつはいなかった。士気はどん底まで落ちた。全員がむしゃくしゃしていた。

もっと悪いのは、開戦直前にイラクがスカッドミサイルを何発か発射したことだ。ほとんどはパトリオットミサイルによって迎撃されたが、一発だけ撃墜されずに着弾した。それで〈スターバックス〉が破壊されたことは有名だが、そこは戦争前の訓練期間にみなで足繁く通った店だった。

コーヒー店を狙うなんて最低だ。それが〈ダンキンドーナツ〉だったら、もっと最低になっていたところだ。

ブッシュ大統領が宣戦布告した直接の原因は〈スターバックス〉が破壊されたことだとい

うジョークがあった。国連に逆らうのは勝手だが、カフェインを摂《と》る権利を侵せば報いを受けるというわけだ。

鬱々《うつうつ》としてぼやいているうちに三、四日が過ぎた。そしてようやく、海兵隊と合流してナーシリーヤ方面に進攻することになった。戦場に戻ったのだ。

ナーシリーヤ近郊

ナーシリーヤはユーフラテス川沿いにあるイラク南部の都市で、クウェートの約二〇〇キロ北西に位置する。市《まち》自体は三月三一日に海兵隊が攻略したが、それからも周辺での活動が長く続いた。イラク兵の小集団と、民兵組織フェダイーンが抵抗をやめず、アメリカ軍への攻撃を継続したのだ。開戦後数日のうちにジェシカ・リンチ陸軍上等兵が捕虜にされたのが、ナーシリーヤ近郊だった。

イラク戦争で海兵隊が戦ったなかで、この地域での戦闘が最も激しかったとする歴史家もいる。ヴェトナム戦争とのちのファルージャの戦闘で行なわれた、きわめて残忍な銃撃戦に匹敵するのだという。海兵隊はナーシリーヤの市《まち》に加えて、ジャリバ飛行場、ユーフラテス川に架《か》かる橋、バグダッドへの進路を確保する高速道路と町を、戦争の初期に奪取した。その過程で遭遇した狂信的な抵抗勢力とは、バグダッド陥落後も交戦することになる。

ここでの戦いで私たちが果たした役割はきわめて小さい。非常に激しい戦闘に加わったことは何度かあるが、そのときも戦うのはほとんど海兵隊だった。だからその大部分はここに書くことができない。戦闘の全体からすれば、私は巨大な風景画を細いストローから見ていたようなものだった。

一緒に働いてみると、陸軍と海兵隊のちがいにすぐ気づく。陸軍はすこぶるタフだが、能力は部隊ごとにまちまちだ。士気が高くて一流の兵士が揃《そろ》っているところもあれば、てんでだめなところもある。大半はその中間だ。

私の経験から言うと、海兵隊は何があっても献身的に任務を遂行する。全員、死ぬまで戦う覚悟を持っている。望みは出動して殺すことだけ。最高に有能な連中だ。

私たちは夜中に三人乗りのＤＰＶ二台で砂漠に出動した。ＭＨ53ヘリコプターの後部から出た。地面は充分に固く、スタックしなかった。

アメリカ軍の先頭部隊の後方だったので、あたりに敵の部隊はいなかった。砂漠を進んで陸軍のベースキャンプに着いたところで数時間休憩してから、海兵隊の先頭部隊の前方へ偵察に出た。

砂漠には何もないわけではなかった。荒れ地が見渡すかぎり広がってはいたが、町が点在し、遠くのほうにはごく小さい集落が並んでいた。この任務のとき、私たちはたいてい町の周囲をまわり、遠巻きに観察した。敵の拠点を特定し、襲撃するか迂回するかを判断できるよう海兵隊に無線で報告するのが仕事だった。高台に上がって車両をしばらく停め、あたりを見渡すこともあった。

その日の昼間に一度だけ重大な接触があった。ある市《まち》の周囲をまわっているときだった。どうやら市《まち》に近づきすぎたらしく、攻撃を仕掛けられた。私は50口径マシンガンで応戦し、DPVで逃げ出したときには、60で掃射した。

数百キロも走っただろう。午後遅くに少しだけ停まって休息を取り、日が暮れてからまた出発した。その夜も敵の銃撃を受けたところで、命令が変更になった。私たちは上層部に帰投を命じられた。そのために迎えのヘリコプターまで用意された。

銃撃を受ければ敵の位置が判明するから、それが私たちの仕事だと考えることもできる。充分に近づいて敵の砲火を誘ったことで未知の大軍を発見できたと考えることもできる。であれば、私たちは任務をきちんと果たしていたと考えることもできる。

これらの考えはまちがいではないだろう。が、われわれの司令官にとっては、すべてがまちがいだった。敵との接触を避けるべきだと司令官は考えていた。被害が出るリスクを少しでも冒したくない、と。それで任務を適切に行なうことができなくなったとしても、だ(付け加えるなら、その夜の銃撃でも前日の撃ち合いでも、被害はまったく出なかった)。

腹立たしかった。私たちは一週間偵察にあたるつもりで出動したのだ。燃料も水も食料もたっぷりあったし、必要とあれば補給する方法もわかっていた。まったく、ずっと先のバグダッドまで行くこともできたのに。そのときバグダッドはまだイラク軍の手中にあった。

私たちは肩を落として基地に戻った。

それが私たちの戦争の終わりではなかった。むしろ、これから起きる災難の兆《きざ》しだった。念のために言っておくが、SEALの隊員は誰も死にたいとは思っていない。第二次世界大戦の名将ジョージ・パットンの言葉どおり、戦争の目的はクソ敵を倒すことだ。それでも、戦いたくてしようがない。

その気持ちには個人的な部分がある。アスリートが大きな試合に出てフィールドやリングで闘いたいと思っているのと同様に。が、それ以外の部分、というか大部分は、愛国心だ。こういうことは口でいくら説明しても伝わるものではない。次の話をすればいくらかは伝わるだろうか。

基地に戻った少しあとの夜、私たちは激しい銃撃戦のまっただなかにいた。放棄された古いレンガ造りの建物の二階で、一〇人の隊員がざっと四八時間、防弾装備をフル装着して四〇度もの暑さのなかで戦った。ほぼ間断なく銃弾が撃ち込まれ、周囲の壁に穴が穿《うが》たれた。マガジンを交換する以外、休む暇はなかった。

陽《ひ》がのぼる頃になってようやく、弾丸がレンガを穿つ音と銃声がやんだ。戦闘は終わった。不気味なほど静かになった。

海兵隊が掩護に駆けつけたときには、誰もかれも部屋の壁に寄りかかるか床にへたりこんだ状態で、傷に包帯を巻いたり、ただ余韻に浸ったりしていた。

外にいた海兵隊員がアメリカ国旗を取り出して高く掲げた。誰かが国歌を演奏した——どこから音楽が流れてきたかわからないが、その象徴性は圧倒的で、胸に強く訴えてきた。今でも最も脳裡に焼きついている記憶のひとつだ。

みな戦いで疲れていたが、立ち上がり、窓に近づいて敬礼した。星条旗が文字どおり夜明けの光のなかではためくのを見ながら、音楽にのる歌が響くのを全員が感じていた。なんのために戦っているかを思い出した私たちは、ひとり残らず涙をとめどなく流し、血と汗がしたたるままに任せた。

私はまさしく国歌で歌われる〝自由の地、勇者の故郷〟に生きている。陳腐な言い方だとは思わない。心の底からそう感じるのだ。大リーグの試合でも、国歌斉唱中にしゃべったり帽子を取らなかったりするやつがいると腹が立つ。それを黙っていられる性質《たち》ではない。

私をはじめとしたＳＥＡＬの仲間たちにとって、愛国心は戦場に飛び込むことと深く結びついていた。しかし、そんな部隊であっても、どれだけ戦えるかはリーダーシップにかかっているところが大きい。上層部、つまり私たちを率いるお偉方たちに。ＳＥＡＬの士官はさまざまだった。いいのもいれば、悪いのもいた。ただの臆病者も。

まあ、そういうやつもひとりの人間としてはタフなのかもしれないが、個人的なタフさだけではいい指揮官になれない。タフさを支える戦術と目標が必要なのだ。

うちの司令官は、一〇〇パーセントの成功を求めていた。それも被害はゼロで。一見すると立派な方針だ。成功したくない者はいないし、被害者を出したい者もいない。が、戦場においては非現実的なただの矛盾だ。成功一〇〇パーセント、被害ゼロ。こんな方針では、できる任務などほとんどない。現実的であれなんであれ、リスクをまったく取らないということだからだ。

理想を言えば、私たちはナーシリーヤ周辺の全域で狙撃・監視を行なうことができたし、前哨任務を海兵隊に代わってすることもできた。海兵隊が進軍する助けをもっとできたはずだ。海兵隊員の命を救うことも。

海兵隊が通ろうとしている大きな都市や町を、夜間に出動して襲撃したかった。できるかぎり敵を多く殺して標的を弱体化させたかった。そういう任務も何回かはやったが、全力を尽くすにはほど遠かった。

悪

それまで、イスラム教については詳しくなかった。キリスト教徒として育てられたので、何世紀も宗教的な対立があったことは知っていた。十字軍や、いつ終わるとも知れない戦いと残虐行為が繰り返されたことくらいは。

ただ、キリスト教が中世の頃とは様変わりしたことも知っていた。私たちはちがう宗教を信じている人がいてもその人を殺したりしない。

フセインの軍隊が逃げるか壊滅するかしたあとに私たちがイラクで戦っていた相手は、狂信者だった。こちらがイスラム教徒ではないという理由で憎しみを向けてきた。独裁者を追い出した私たちを殺そうとしていた。自分たちと別の宗教を信仰しているという理由で。宗教は寛容さを説くものではないのか？

敵を殺すには距離を置かなければならない、と言われる。そこへいくと、イラクの武装勢力と距離を置くのは実に簡単だった。先に書いた、自分の子供を巻き添えにして手榴弾のピンを抜いた母親は、おぞましい例のひとつにすぎない。

私たちが戦った狂信者は、曲解した信仰にのみ価値を置いていた。しかも、そのうち半分は口でそう言っているだけで、ほとんどのやつは祈りもしなかった。私たちと戦えるように薬物を使っているやつも大勢いた。

武装勢力の多くは臆病者だった。戦意をかきたてるためにクスリを常用していた。クスリがない素の状態なら、クズ同然だった。私が持っているヴィデオ・テープに、こういうのがある。捜索を受けている家に、父親と娘がいる。彼らは階下《した》にいて、何があったのか階上《うえ》で閃光手榴弾が炸裂する。

その映像の父親は娘の陰に隠れる。殺されるのが怖くて自分の娘を盾にしたのだ。

隠された死体

たとえ臆病者であっても、人を殺すことは可能だ。武装勢力の連中には交戦規定も軍法会議も関係なかった。そのおかげで、やつらは目に入った西洋人を無差別に殺すことができた。

兵士であろうがなかろうが。

ある日、私たちはアメリカ兵の捕虜が閉じ込められているという家に派遣された。建物には誰もいなかった。が、地下室に入ると、地面が掘られた跡がはっきり残っていた。そこで私たちは明かりをつけ、地面を掘り起こしはじめた。

ほどなく、ズボンをはいた脚が現われた。埋められて間もない死体も。

アメリカ兵だ。陸軍か。

その隣からも陸軍兵士の死体が出た。さらにもう一体。今度は海兵隊の迷彩服を着ていた。海兵隊には弟が9・11の直前に入隊していた。連絡を取り合っていなかった私は、弟もイラクに派遣されたのではと考えた。

死体を引き上げるのを手伝いながら、なぜかわからないが、それが自分の弟だと確信していた。

が、ちがった。黙禱《もくとう》を捧げてから、また掘りはじめた。

次の死体も、海兵隊員だった。私は腰をかがめ、直視することを自分に強いた。

弟ではなかった。

しかし、死体がひとつ引き上げられるたびに――死体は大量にあった――弟が見つかるという確信が強くなっていった。胃が締めつけられた。地面を掘りつづけた。吐きそうだった。

ようやく終わった。弟はいなかった。

私は一瞬ほっとし、嬉《うれ》しいとすら思った――どれも弟でなかったことに。次いで、死体となって掘り起こされた若者たちに対する悲しみに襲われた。

その後、弟と連絡を取ってみると、イラクにはいるものの死体が見つかった場所の近くに行ったことはないとのことだった。弟は弟で不安や困難を抱えていたのだと思うが、私はその声を聞いてだいぶ落ち着いた。

いくつになっても兄であることは変わらない。弟を守ってやりたかった。いやはや、もう私の世話など必要ないというのに。弟は海兵隊員で、タフな男なのだ。それでも、昔からの本能は一生消えないものだ。

別の場所では、化学兵器に利用されるはずだった化学物質の詰まったドラム缶が見つかった。イラクに大量破壊兵器はなかったと言われているが、そう言う連中は完成した核爆弾しか頭にないらしい。フセインが溜め込んでいた致死性の高い大量の化学兵器や原料物質のことは無視している。

理由はおそらく、ドラム缶に書かれていた輸入先がフランスやドイツだったからだろう。アメリカの仲間だとされている西側の国だ。

侵攻される前にフセインがどれほどの量を隠すことができたのか、私はいつも気になる。開戦するまでに何度も警告が発せられていたから、何トンもの化学物質を移動して埋蔵する時間があったことはまちがいない。どこへ行ったのか、どこで見つかるのか、どんな被害が出るのか――重要な問いだと思うが、答えはいまだに出されていない。

ある日、私たちは砂漠に何かが埋まっているのを発見した。埋設されたＩＥＤ（即席爆発装置）だと考え、爆弾処理要員を呼び出した。砂のなかから現われたのは、なんと驚いたことに爆弾ではなく、航空機だった。

フセインは砂漠に多数の戦闘機を埋めていたのだ。ビニールで覆《おお》ってから隠そうとしていた。砂漠の嵐作戦のときのように私たちが通り過ぎると考えたのだろう。そして速攻を決めたら撤退する、と。

その考えは甘かった。

私たちは死ぬ

北進する海兵隊を支援する任務が続いた。先頭部隊の前方に出て、待ち構えている敵の集団を偵察するのが主な内容だった。情報部によれば、この地域には敵の兵士が少数いるということだったが、大部隊はいないと考えられていた。

このとき私たちは小隊の一六人全員で任務にあたっていた。町の縁《へり》で、いくつかの建物をフェンスで囲った狭い区画のそばにさしかかったときのことだ。近づくや、銃弾を浴びせられた。

すぐに激しい銃撃戦になった。数分後には、包囲されていることがわかった。数百人のイラク勢に退路を断たれていた。

私もほかの隊員も大勢のイラク人を殺した。が、ひとり撃ち殺すとそこから四、五人が湧いてくるようだった。それが何時間も続いた。戦闘はさらに激しさを増し、不意にやんだ。

イラクでの銃撃戦はほとんどが散発的だった。猛烈な銃撃戦が何分か、場合によっては一時間かさらに長く展開されても、やがてイラク側が撤退する。あるいは私たちが。

このときは事情がちがった。戦闘は寄せては引いてを繰り返しながら夜どおし続いた。圧倒的な人数で私たちを包囲したことを認識しているイラク人が撤退する気配はなかった。少しずつ、こちらとの距離を詰めてきた。やられるのは火を見るよりも明らかになった。

終わりだ。私たちは死ぬのだ。運が悪ければ捕まって捕虜にされる。家族のことが頭をよぎった。これからどれほど恐ろしいことになるのかも。最初に死ぬ覚悟を決めた。

弾丸《たま》を撃ちつづけた。が、敵はさらに近づいてきた。私は突撃を受けたときの対応を考えはじめていた。拳銃を使い、ナイフ、両手――なんでも使う。

そして死ぬ。タヤのことを考えた。彼女をどれだけ愛しているかを。雑念はすべて振り払い、戦闘に意識を集中させた。

イラク人が迫ってきていた。生きられるのはあと五分。頭のなかでカウントダウンが始まった。

そばにあった小隊の無線から金切り音がし、通信が入った。「六時の方向に接近中」

友軍が近づいていた。

天の助けだ。

実際には海兵隊だったが。これで死ぬことはなくなった。とりあえず五分以内に死ぬことは。

神に感謝！

戦場を離脱

その戦闘が配備期間で最後の遭遇戦となった。私たちは司令官に基地への帰投を命じられた。

宝の持ち腐れだ。海兵隊はナーシリーヤに毎晩出動して、抵抗が激しい地点を掃討しようとしていた。どこかの区域を任せてくれればパトロールをすることができた。敵を襲撃して駆逐することもできた——が、司令官は却下した。

それを私たちが聞いたのは前線の基地やキャンプでだった。やりがいのある任務を期待しながら暇を持て余していた。GROMは、ちゃんと出動して仕事をしていた。犬ころに率いられたライオンだな、と彼らに言われた。

海兵隊の連中はもっと辛辣《しんらつ》だった。毎晩戻ってくるたびに、こう言って私たちを攻撃した。

「おまえら、今夜は何人殺した？　ああ、そうか——引きこもってたんだな」

タマを潰される思いだった。が、彼らを責めることはできなかった。うちの上層部が揃いも揃ってタマなし野郎だったのだ。

私たちはバグダッドの北東にあるムカーライーン・ダムを奪取する訓練を繰り返していた。このダムは重要だった。水力発電所になっているうえ、水をあふれさせれば、周辺でイラク勢を攻撃している部隊の進軍を遅らせることができるからだ。しかし、作戦はずるずると延期され、そうこうしているうちに私たちと交替でペルシア湾に配属されることになったSEALチーム5に引き継がれた（うちのチームの基本方針に照らせば、作戦は成功と言える）。

命じられればできることがたくさんあった。それをしたところで戦況にどれだけの影響を与えられたかはわからない。確実に言えるのは、数は多くなくともあちこちで人の命を救えたということだ。いくつかの戦闘を一日かそれ以上短くすることもできたかもしれない。なのに、私たちは帰還の準備をせよと命じられた。配備期間が終了した。

数週間、私はやることもなく基地でのうのうとしていた。テレビゲームをして出航を待っている自分が、ちっぽけな臆病者に思えた。

はらわたが煮えくり返っていた。実際、海軍を辞《や》めよう、SEALを去ろうと思うほどに。

5　スナイパー

タヤ

帰ってきたクリスは、何もかもにうんざりしていた。とくにアメリカに。

家に向かう車のなかでラジオを聴いた。戦争のことは人の口にのぼらず、イラクで何も起きていないかのような日常があった。

「くだらない話題ばっかりだ」と彼は言った。「こっちは国のために戦ってるのに、みんな洟《はな》もひっかけない」

戦争が始まったとき、クリスはひどくがっかりしていた。クウェートに戻っていて、アメリカ軍に悪いことが起きたのをテレビで見たからだ。電話をかけてくると、こう言った。

「まったく。この仕打ちはないよな。いつでも命を捨てる覚悟はできてる。それを無駄にされてさ」

わたしは大勢の人が心配していると言わずにいられなかった。アメリカ軍全体のことだけでなく、彼のことを心配している、と。わたしがいて、サンディエゴとテキサスに友だちがいて、家族もいる。

　でも、彼が家に慣れるのは大変だった。寝ているとパンチをしながら目を覚ますのだ。彼が神経質なのは昔からだったけれど、今ではわたしが夜中に起きてベッドを出ると、戻るときに彼の名前を呼ばないといけなかった。ベッドに入る前に彼を起こさないと、彼が生きるために身につけた反射的行動で殴られてしまう。

　一度などは、目を覚ますと腕を両手でつかまれていた。彼は片手で前腕を、もう片手で肘《ひじ》のすぐ上をつかんでいた。ぐっすり眠ったまま、わたしの腕を折ろうとしていた。わたしはできるだけ動かないようにして彼の名前を呼びつづけた。声をだんだんと大きくして。彼を刺激しないように。でも腕の限界がくる前に止めるために。彼はようやく起きると、手を放してくれた。

　わたしたちは新しい習慣に徐々に慣れ、適応していった。

恐怖

　私はSEALを辞《や》めなかった。

　契約期間が長く残っていなければ、辞めたかもしれない。そして海兵隊に入っていたかもしれない。が、その選択肢はなかった。

　いくらか望みがあったからだ。隊員が帰還してチームが配備から戻されると、上層部の入れ替えがあって指揮官が新しくなる。うちの上層部が前よりよくなる可能性が常にあったわけだ。

私はタヤと話し、どれほど腹が立っているかを伝えた。彼女は当然ちがう見方をしていた。私が生きて無事に帰ってきて喜んでいた。一方、軍のお偉方は派手に昇進して戦争での功績を祝われていた。栄光を手に入れていた。

クソみたいな栄光を。

クソみたいな栄光を、自分たちは戦わなかった戦争と臆病な姿勢のおかげで手に入れたのだ。彼らが臆病だったせいで、私たちに仕事をさせていれば救えていたかもしれない命が失われた。しかし、それが政治というものだ。現実に命が奪われているときに、大勢のゲーム・プレイヤーがのうのうと互いを祝福しあうことが政治なのだ。

その後、実戦配備から帰還するたび、私は一週間ほど家を離れなかった。ただ家にとどまっていた。ふつう、装備類を下ろして片づけたら休暇を一ヵ月ぐらいもらえる。その最初の一週間私は、いつもタヤと家に閉じこもっていた。それからようやく家族や友人に会うことにしていた。

戦闘のフラッシュバックとか、その手の劇的なものはなかった。ただひとりになれればよかった。

ひとつだけ覚えているのは、初めての実戦配備のあとでフラッシュバックのようなものがあったことだ。ほんの数秒の出来事だったが。サンディエゴ近郊のアルパインの家でオフィスとして使っていた部屋で腰を下ろしていたときのことだった。その家には防犯アラームがついていて、タヤが帰ってきたときに何かの拍子で作動した。怖くて死ぬほど縮みあがった。一瞬でクウェートに戻っていた。私は机の下に飛び込んだ。スカッドミサイルの攻撃だと思った。

今では笑い話になっている。が、あの数秒間は本当に恐ろしかった。クウェートにいて実際にスカッドミサイルが飛んできたときよりも恐ろしかった。

防犯アラームについては、ほかにも数えきれないほど笑えることがあった。たとえば、ある日目を覚ますと、タヤはもう仕事に出かけていて、私がベッドから出たとたん、アラームが作動した。ヴォイス・モードになっていたので、機械の声でこんな警告が流れた。

「侵入者です！　家のなかにいます！　侵入者です！」

私は拳銃を取って侵入者を撃退に向かった。うちに侵入して生きて帰れるやつはいない。

「侵入者、リヴィングです！」

慎重に歩を進めてリヴィングルームに着くと、制圧するためSEALのスキルをすべて使った。

空《から》っぽだ。侵入者は利口《りこう》なやつだ。

私は廊下を進んだ。

「侵入者、キッチンです！」

キッチンにも異常はなかった。侵入者は逃げまわっているようだ。

「侵入者、廊下です！」

くそったれ！

それからかなり経ってから、侵入者が自分だと気づいた。防犯システムは私を追跡していた。タヤがアラームを家に誰もいない設定にして、動作感知器をオンにしていたのだ。笑ってくれてかまわない。私と一緒に。私をではなく。

私は家にいると脆《もろ》かった。実戦配備のあとは、毎度何かをやらかした。たいていはトレーニング中で、爪先や指を骨折したこともあるし、軽い怪我などはしょっちゅうだった。海外で実戦配備されていたときは、無敵だったのだが。

「スーパーヒーローのマントは戦場に置いてきちゃうのね」と言ってタヤはからかった。しばらくすると、それが本当だとわかった。

私がいないあいだ、父と母は神経質になっていた。私が帰還すると、すぐに会いたがった。私は一週間家にこもらなければならなかったので、口で言う以上に父と母は傷ついていたのだと思う。それでも、ようやく再会したときは、最高に嬉しい日になった。

私が実戦配備されたことが父には相当こたえたようで、母よりもはるかに不安を表に出していた。面白い——強い人間のほうがひどく心を痛めるものなのか。自分ではコントロールできないことがある。愛する人のそばにいてやれないから。私にもその気持ちはわかった。

私が海外に行くたびに、こういうことが繰り返された。母は平然とした態度をくずさず、いつもは泰然としている父が家族の心配をするのだった。

養成所

私は休暇を一部返上し、予定より一週間早くスナイパーの養成所に通いはじめた。このチャンスのためなら、もっと早く休暇を切り上げてもかまわなかった。

海兵隊のスナイパーには、昔から相応の熱い視線が注がれてきた。彼らの養成プログラムは今でも世界で最も優れたもののひとつと見なされている。実は、SEALのスナイパーもかつて海兵隊の養成所で訓練を受けていた。しかし、SEALはそれで満足せず自前の養成所を設立した。海兵隊のノウハウを多く取り入れつつ、SEALの任務に適したスナイパーを養成するために独自の内容を追加している。そのため、卒業するには海兵隊の二倍以上の時間がかかる。

スナイパーの訓練は、私が受けたなかではBUD/S（基礎水中爆破訓練）に次いで厳しいものだった。心が安まる暇がなかった。深夜と早朝にも訓練があり、いつも走らされるか別の方法でしごかれた。

それが訓練の肝だった。銃で撃つことができないから、あの手この手を使ってそれと同等の負荷を与えるのだ。私が聞いたところでは、養成所に入った隊員の半数しか卒業できないらしい。それもむべなるかな。

最初の何回かの訓練では、SEALの仕事の一部であるコンピューターとカメラの使い方を教わる。SEALのスナイパーは狙撃するだけではないのだ。むしろ、狙撃は仕事のごく一部でしかない。重要で、かつ必須の部分だが、それがすべてだと思ったら大まちがいだ。SEALのスナイパーは観察することの訓練を受ける。これはスナイパーの基礎となるスキルだ。ひとりで本隊に先行し、敵に関するできるかぎりの情報を探るという任務がある。価値の高い標的を射殺する任務を与えられたときでも、周辺の観察をすることがまず求められる。GPSのようにナヴィゲーションの最新のスキルとツールを使用し、同時に収集した情報を報告する術《すべ》も身につけなければならない。訓練はそこから始まるわけだ。

訓練の第二段階は――いろいろな意味で最難関だ――隠密行動《ストーキング》である。ここで脱落する訓練生がいちばん多い。ストーキングとは、人目に触れずに特定の場所に忍び込むことだが、言うは易《やす》く行なうは難《かた》し、だ。ゆっくり慎重に移動し、任務に最適の地点に行く。我慢強さの問題ではない。少なくとも、それだけが問題ではない。重要なのはプロフェッショナルの自制心だ。

私は我慢強い性質《たち》ではないが、ストーキングを遂行するには焦《あせ》りは禁物であることを学んだ。人を殺すモードになれば、一日が一週間でも二週間でも待つことができる。

もとい、待ったことがある。

必要ならなんでもやる。トイレ休憩がないなどというのは序の口だ。

訓練のひとつに、干し草畑を気づかれずに突っ切るというものがあった。私は何時間もかけて草と干し草をギリースーツに取りつけた。ギリースーツとは目の粗《あら》い麻布でできており、スナイパーがストーキングを行なう際にカモフラージュの土台になるもののことだ。ここに草、干し草、その他なんでもくっつけることで、まわりの景色に溶け込むことができる。ずんぐりした形になるので、畑を突っ切るときに尻から干し草を生やした人間には見えなくなる。草むらのように見えるのだ。ただし、このスーツを着ると暑いし汗をかく。しかも、透明人間になれるわけではない。地面の様子が変わったら、止まってカモフラージュをつくりなおす必要がある。どのような場所を移動しているのであれ、まわりと同じように見えなければならない。

こんなことがあった。野原をできるだけゆっくり進んでいると、近くからガラガラヘビの音がはっきり聞こえた。そのヘビは私が通らなければならない場所が大のお気に入りのようで、念じてもどいてくれなかった。成績をつける教官に場所を知られたくなかった私は、ゆっくり横に這《は》って、コースを変えた。戦わなくていい敵もいるのだ。

訓練のうちストーキングに関しては、最初の一発では成績をつけられない。成績をつけられるのは、二発目だ。つまり、撃ったあと姿が見えるかどうかということだ。

望ましいのは、見えない、である。もう何発か撃たなければならないこともあるし、それ以上に、そこからいなくなる必要があるからだ。死んでいなくなるのはお薦《すす》めできない。自然界に完全な円は存在しない。これは覚えておくべき重要な情報だ。つまり、スコープとライフルの銃身をなんとかしてカモフラージュしなければならないわけだ。私は銃身にテープを巻き、さらにそのテープをスプレー塗装してカモフラージュ効果を高めていた。また、スコープと銃身が植物の陰になるようにした。何もかも見る必要はない。標的さえ見えていればいい。

訓練のなかではストーキングがいちばん難しかった。私は忍耐力が足りないせいで落第しそうになったほどだ。

ストーキングを習得すると、次はいよいよ射撃に入る。

銃

兵器について訊かれることがよくある。スナイパーのときには何を使ったのか、訓練したのは何か、得意なのは何か、などだ。現場では、仕事と状況に適した兵器を使った。スナイパー養成所ではさまざまな兵器をひととおり学んだので、全部使えるのはもちろんだし、任務に最適なものを選ぶことができる。

養成所で使用した基本的な兵器は四つある。ふたつは着脱式マガジンを持つセミオートマティック・スナイパーライフル——5・56ミリ口径のMk12と、7・62ミリ口径のMk11だ（銃について話すときは、口径の値だけ言うことが多い。Mk12なら「5・56」という具合に。ああ、インチ式の口径のように数字の前に小数点はつけない。当たり前だが）。

お次は300ウィンマグ弾使用のスナイパーライフルだ。これもマガジンを使うタイプだが、ボルトアクション式だった。先ほどのふたつもそうだが、サプレッサーがついていた。これは銃身の先端につける装置で、銃口からの発射炎を抑えるとともに、弾丸の発射音を弱めてくれる。自動車のマフラーと思えばいい（サイレンサーと同じものと思っている人もいるが、実際は別物だ。技術的な詳細は省くが、サプレッサーは弾丸が射出するときに銃身から出る発射ガスを逃がす装置だ。一般的には二種類ある。銃身に取りつけるものと、銃身と一体になっているものと。サプレッサーに期待できる効果のひとつに、スナイパーが感じる〝キック〟、つまりライフル発射時の反動の軽減がある。このおかげで精密な狙撃が可能になる）。

あと、50口径スナイパーライフルもあった。それにはサプレッサーはついていなかった。四種類の銃をひとつずつ詳しく紹介しよう。

Ｍｋ12

正式にはアメリカ海軍Ｍｋ12特殊目的ライフルと呼ばれるこの銃は、銃身が一六インチ（約四〇センチ）である以外はＭ４カービンとまったく同じ構造だ。発射する弾丸は５・５６×45ミリで、マガジンの装弾数は三〇発だ（二〇発のボックスマガジンを取りつけることもできる）。

５・５６ミリ弾は、２２３と呼ばれるようになったカートリッジから派生したもので、それゆえにたいていの旧式軍用弾よりも小型軽量のため、人間を撃つには向かない。頭に命中させないかぎり、射殺するには数発必要になる。とくに、私たちがイラクで相手をしたクスリを使う狂信者の場合は。そして、よくある勘ちがいだが、スナイパーは必ず敵の頭部を撃ち抜くわけではない。私に関してはそう断言できる。私が通常狙うのは質量中心——体のまんなかあたりのちょうどよく肥《ふと》った部分だった。そこなら撃つ場所に困らない。

この銃は扱いがすこぶる簡単で、Ｍ４カービンとほぼ互換性があった。Ｍ４はスナイパー用ではないが、それでも役に立つ銃だ。実際、小隊に戻ったとき私は折りたたみ式銃床を持つＭ４の機関部の下半分《ロワーレシーバー》をはずして、Ｍｋ12の機関部の上半分に取りつけた。銃床を折りたたみ式にしてフルオートで発射できるようにするためだ（今では折りたたみ式の銃床が装備されたＭｋ12を見られるようになった）。

パトロールする際は銃床は短いほうがいい。そのほうがすばやく肩まで持ち上げて狙いをつけることができる。屋内や狭い場所での活動にも適している。

機関部を入れ替えたライフルについてもうひとつ補足。実際にフルオートを使ったことはない。この機能がどうしてもほしいのは、せいぜい敵の頭を下げさせておくときくらいだ。連射すると正確に狙って撃つことができない。が、フルオートが役に立つ場面もないわけではないので、必要になったときのため常に選択肢には入れておいた。

Ｍｋ11

公式名称はＭｋ11ＭｏｄＸ特殊目的ライフルで、ＳＲ25とも呼ばれる。きわめて用途が広く、そこがとくに気に入っている。パトロールに（M4の代わりに）使えて、スナイパーライフルにもなった。折りたたみ式銃床はなかったが、欠点はそれくらいだ。パトロールのときはサプレッサーを道具類と一緒にくくりつけておき、ライフルには取りつけずに出発する。狙撃が必要になったときには取りつけて使用した。が、道の上にいるときや徒歩で移動しているときには、すぐに撃ち返すことが可能だ。セミオートマティックだったので、標的に多数の銃弾を浴びせることができた。二〇発入りのボックスマガジンから7・62×51ミリ弾を発射した。これは5・56×45ミリNATO制式弾より大型で、標的を行動不能にする能力《ストッピング・パワー》が高かった。敵を動けなくさせるには一発で事足りた。

私たちの弾丸は、ブラック・ヒルズ社のマッチグレード弾だった。この会社の製造する狙撃用弾薬はおそらく世界一だ。

Mk11は現場でよく弾丸《たま》詰まりを起こすので評判が悪かった。訓練のときはそれほどでもないのだが、海外に行くと話は別だった。付属のダストカヴァーの何かが原因で、薬室に二発の弾丸が装塡《そうてん》されてしまうダブル・フィードを起こすことがそのうちわかった。ダストカヴァーを開けたままにすると、だいぶ改善された。実際にはほかにも欠点があったが、個人的にはこの問題がいちばん気に入らなかった。

300ウィンマグ

この銃はまったく次元がちがうスナイパーライフルだ。

読者の多くが気づいたと思うが、３００ウィンマグという呼称は、このライフルで使われる７・６２×67ミリの３００ウィンマグ弾（３００ウィンチェスター・マグナム弾）に由来する。これは汎用性のある高性能の弾薬で、精確さとストッピング・パワーがきわめて優れていた。

海軍以外ではこの弾丸を別の銃（あるいは少しちがう銃）で使用している。最も有名なのはまちがいなく陸軍のＭ24ＳＷＳライフルだろう。これはレミントン社のＭ７００ライフルがベースになっている（そう、狩猟用として民間人にも売られているライフルだ）。私たちのライフルは、マクミラン社製の銃床を土台にして、特注の銃身とＭ７００の作動部《アクション》を使っていた。いいライフルだった。

私が三度目に配備された小隊――ラマディに行った小隊――の３００ウィンマグは新型だった。アキュラシー・インターナショナル社の銃床を使い、銃身と作動部も一新されていた。この新型は銃身が短くなって折りたたみ式銃床を備えており、最高のライフルだった。

３００ウィンマグはわざと少し重くしてある。それでレーザーのような射撃が可能になっている。標的が一〇〇〇ヤード（九〇〇メートル強）かそれ以上離れていても、どんな標的にでも難なく命中させることができる。標的がもっと近ければ、距離計の調整はそれほど気にしなくていい。設定を五〇〇ヤードに合わせておけば、一〇〇～七〇〇ヤードの範囲なら細かく調整しなくても標的に当たる。

私が敵を仕留めるときに使ったのは、ほとんどが３００ウィンマグだった。

50口径

50口径ライフルは大きさも重さも桁《けた》ちがいなので、私は好きではない。イラクではまったく使わなかった。

12・7×99ミリの弾丸を発射する、こういった銃の評価には誇大なもの、あるいはでっちあげまである。アメリカ軍や世界中の軍隊で、いくつかの50口径ライフルやその派生型が現役で使われている。バレット・ファイアーアームズ社が開発したバレットM82やバレットM107といったライフルのことを聞いたことがある人もいるかもしれない。射程がおそろしく長いので、正しく使えば優秀な銃であることはまちがいない。それでも、あまり好きではなかった（アキュラシー・インターナショナル社のモデルにひとつ好きな50口径ライフルがある。比較的コンパクトで、折りたたみ式銃床がついていて、精密さも多少よい。当時は手に入らなかったが）。

50口径ライフルは対車両銃として完璧だと誰もが言う。が、本当のことを言えば、車両のエンジン・ブロックを撃ち抜いても停めることはできない。すぐには。ガソリンが漏れ出すので、そのうちには停まる。が、即座に停まることは絶対にない。338口径や300口径のライフルでも同じ結果を得られる。いや、車両を停止させる最善の方法は、運転手を撃つことだ。これならいろいろな銃でできる。

338

訓練のときにはなかったが、戦争中に338ライフルが使われるようになった。これも名前の由来は銃弾で、マクミランやアキュラシー・インターナショナルなど多数の会社で製造されている。50口径弾よりも落下量が少なく遠くへ飛び、軽くて安いが、威力は同程度。素晴らしい兵器だ。

私は最後の実戦配備のときに338を使った。それ以前からあれば、もっと使っていたと思う。唯一の欠点は、私のモデルにはサプレッサーがなかったことだ。建物のなかで撃つと、振動が強くて痛いほどだった。何発か撃ったら耳が痛かった——文字どおりの意味で。

せっかく銃について書いているので、今気に入っているGAプレシジョン社の銃にも触れておきたい。この会社は一九九九年にジョージ・ガードナーが設立した小さな会社だ。彼と社員が細かいところまで細心の注意を払っているので、同社の銃は素晴らしいの一語につきる。退役するまでは使う機会がなかったが、今では愛用している。

ライフルのシステムで重要な部分がスコープだ。私は海外で三二倍スコープを使っていた（スコープの数字は、倍率を表わしている。ごく簡単に言うと、倍率が高ければ、それだけ遠くのものが見やすくなる。が、スコープには状況との釣り合いというものがある。使用する状況を考慮して選ばなければならない。わかりやすい例を挙げると、三二倍スコープをシヨットガンにつけても役には立たないだろう）。また、環境によっては、暗視スコープ同様に、赤外線と赤色レーザー光線を切り替えられる装置を使うこともあった。

SEALではナイトフォース社のスコープを使っていた。非常に透過率の高いレンズを使っていて、過酷な環境でもきわめて耐久性に優れていて、照準はまったくぶれなかった。実戦配備されたときには、標的からの距離を測定するのにライカ社のレンジ・ファインダーを使っていた。

私の銃のほとんどは、銃床に調整可能な頰あて《チーク・ピース》がついていた。コームとも呼ばれ（厳密にはコームは銃床の頂上部のことだが、言い換えで使われることがある）スコープを覗くときに目の位置を調整することができる。昔は固い発泡材をくっつけて銃床の高さを調節していた（スコープの固定リングが大きくなり、サイズが多様になっているので、銃床の高さを変える機能は重要性が増している）。

ライフルの引き金は二ポンド（約九〇〇グラム）にして使っていた。非常に軽く引ける。発射のとき銃が動かないように、驚くほど軽いのが理想だ。抵抗はいらない。位置について、用意して、指をかけて引き金を優しく絞ってやれば、弾丸が飛び出す。そういうのがよい。

ハンターである私は、撃ち方なら知っていた。つまり、A地点からB地点に銃弾を飛ばす方法なら。スナイパー養成所では、その裏にある理屈を教わった。とくに興味深かった話をひとつ紹介しよう。それは、ライフルの銃身は銃床のどことも接していてはいけないというものだ。精度を上げるためには銃身が抵抗なく浮くようにする必要があるからだ（銃床の構造上、銃身は銃床に〝浮く〟ようになっている。接しているのはライフルの基部だけだ）。弾丸を発射すると、銃身が振動する。この振動はバレル・ウィップと呼ばれ、銃身が何かに触れていることを示している。その影響で精度も下がる。それから、コリオリ効果というものも教わった。地球の自転が原因で発生するこの効果は、ライフルの銃弾に影響を与える（超長距離での話だが）。

養成所では、こうした専門的なデータをすべて実体験する。たとえば、移動している標的のどれだけ先を狙えばいいのかということを。標的が歩いているのか走っているのか、彼我の距離によっても変わる。これを繰り返し訓練して自分に叩き込む。頭だけでなく、腕、手、指にまで。

狙撃をするとき、私はエレヴェーションは調整するが、たいていウィンデージは調整しない（簡単に言えば、エレヴェーションとは銃弾が飛んでいるあいだに落下する高さを補正すること。ウィンデージは風の影響を補正することだ）。風は絶えず変わる。風の影響を補正しようとしているあいだにも変わってしまう。エレヴェーションはまた話が別だ。もっとも、実際の戦闘ではほとんどの場合、入念に調整している暇などない。撃たなければ、撃たれてしまう。

試験

私はクラスでいちばんのスナイパーではなかった。それどころか、実技試験で不合格になった。養成所から追い出される可能性すらあった。

海兵隊とちがって、私たちは戦場で観測手《スポッター》と組んで行動しない。一緒に行動しているなら、見ていないで自分も撃て、というのがSEALの基本理念だ。ただし、訓練では観測手を使っていた。

私が試験に落ちると、試験官は私と観測手のあらゆることを調べ、問題の原因を探した。スコープは完璧、設定もよし。ライフル自体に問題はなかった——

不意に試験官が私を見上げて言った。

「嗅《か》ぎタバコは？」質問というより断言だった。

「ああ……」

試験中は嗅ぎタバコを口に入れていなかった。それが訓練との唯一のちがいで——問題の原因であることが判明する。嗅ぎタバコを頬の内側に含んだ私は、試験を見事に突破した。

スナイパーというのは縁起をかつぐ生き物だ。野球選手と同じく、ちょっとした儀式やジンクスがある。野球の試合を見ると、打席に向かうときいつも同じ行動をとっているバッターがいる。十字を切ったり、地面を蹴ったり、バットを振ったりする。スナイパーも同じだ。

訓練のあいだも、訓練が終わってからも、私は決まったやり方で銃を保管し、同じ服を身につけ、何もかもきっちり同じ状態にした。すべては私がいっさいをコントロールできるかどうかにかかっている。銃は必ず仕事を果たす。私も確実に自分の仕事を果たさなければならない。

SEALのスナイパーに求められるのは、狙撃だけではない。訓練が進むと、地形と環境を分析するよう教えられた。私はスナイパーの目で状況を見ることを学んだ。

自分を撃つとしたら、何を準備する？

あの屋根からなら分隊を全員仕留められる。

そういう場所を見つけたら、さらに時間をかけて観察する。私は養成所に入れるほどだから視力はかなりよかったが、身につけるべきは見ることよりも見抜くことだ。どんな動きをすると相手の注意を惹《ひ》いてしまうのか。どんな微妙なことから待ち伏せがばれてしまうのか。勘を鈍らせないために、練習は欠かせなかった。観察するのは大変な作業だった。私は外に出て、遠くのものを見つける訓練をした。いつも自分の技術を磨こうと努めた。休暇のときでも。テキサスの牧場には、動物や鳥がいる。遠くを見れば、動きや形、そして景色の不自然なところを見つける訓練になる。

しばらくは、自分のあらゆる行動が訓練の役に立つと感じた。テレビゲームであっても。うちには友人が結婚祝いにくれた携帯型ゲーム機があった。携帯型のひとり用ゲームが結婚祝いとして適しているかどうかはわからないが、訓練のツールとしては申し分なかった。このゲームでは、ばらばらに並べられた麻雀牌から対になるものを探す。私はコンピューターと対戦して、観察スキルを繰り返し磨いたものだ。

前にも言ったし、これからも言いつづけるが、私は世界最高の射手ではない。私より優れた射手は大勢いた。養成所の同じクラスにもいた。卒業したときの私の成績は、まんなかくらいだった。

クラスで最優秀の成績だった男が、偶然にも同じ小隊にいた。が、彼は私ほど多く人を射殺することはなかった。私がイラクにいるあいだ彼は数カ月フィリピンにいたから、それも影響したのだろう。スナイパーになるにはスキルが要る。が、それに加えてチャンスが必要だ。そして運が。

イルカにぶたれ、サメに食われる

スナイパー養成所でひと夏過ごした私は、所属する小隊に戻って訓練の途中から参加した。一年後の再配備に向けて、さまざまな訓練をこなした。そして、また水中でひどい目に遭った。

海の動物を見ると誰しも心が温まるらしいが、私が目の前で見たときはそうでもなかった。

その頃、海軍はイルカを沿岸警備に利用する計画を進めていた。私たちは標的として実験に使われた。ときには予告もなく。突然現われたイルカに、思い切りぶたれるのだ。イルカは体の側面を狙うよう訓練されていて、肋骨《ろっこつ》を折るほどの力があった。事前に知らされていないと、何が起きているのかわからない。真っ先に思うのは――少なくとも私が思ったのは――サメに襲われた、だった。

あるときのことだ。私たちが海に出ているのをイルカは見逃さなかった。私はひどくぶたれ、浜辺に向かって逃げ出した。桟橋《さんばし》が見えたので、その下に隠れた。イルカが追ってこないことはわかっていた。

助かった。

そう思った瞬間、脚を強く締めつけられた。強烈に。

アシカだった。桟橋を守るよう訓練されていたのだ。

私は桟橋の陰から出て広い海に戻った。アシカに食われるくらいなら、イルカにぶたれたほうがましだ。

しかし、それよりはるかに悪いのが、サメだった。

ある日の晩のこと、私たちはサンディエゴの近くで訓練を行なっていた。暗いなかを泳いで湾を突っ切り、目標の船に吸着爆弾を仕掛けるという内容だった。単純にして標準的なSEALの任務だ。

SEALの隊員は、みんな私のように水が嫌いなわけではない。むしろ、訓練中にそこらを泳いで別の隊員にいたずらをするほど水が好きなやつが多い。たとえば、爆弾を仕掛けたら海底に潜り、次のダイヴァーが来るのを待つ。普通は上から充分な光が差しているので、二番手が来たら影が浮かんですぐわかる。いよいよ犠牲者――ダイヴァーのことだ――が爆弾を仕掛けに現われたら、最初のダイヴァーは浮上して目標のフィンをつかみ、ぐいと引っ張る。

二番手のダイヴァーは死ぬほど驚く。サメだと思って訓練を放り出してしまう。そして装備の特別清掃をやらされることになる。

その日、私が船の下に来て爆弾を仕掛けると、何かにフィンをつかまれた。

サメだ！

そう思ったが、すぐに気持ちを落ち着けた。SEALの隊員がいたずらをすることを思い出したのだ。

どうせ誰かが驚かせようとしてるだけだ、と私は自分に言い聞かせた。そして、逆襲してやろうと思って振り返った。

私が中指を立てた相手は、サメだった。私のフィンがたいそう気に入ったらしく、それに噛《か》みついていた。

大きなサメではなかったが、サイズが足りないぶんは強情さでカヴァーしているらしく、まったく放さなかった。私はナイフを取り出すと、フィンを切った。牙でぼろぼろなのに、後生大事にしてなんになる？

サメがフィンの切れ端を咀嚼《そしやく》しているあいだに、私は水面にあがった。警備艇に合図して停め、船側に取りついてまくしたてた。船に乗せてくれ、今すぐ！　腹を空《す》かせたサメが下にいるんだ！

別の訓練のとき――まだ実戦配備される前だ――私はほかの三人と潜水艦でカリフォルニア沿岸に投入された。ゾディアック・ボート二艘で上陸すると、隠れ場所をこしらえ、偵察を行なった。所定の時刻になったところでボートに乗り込み、潜水艦と落ち合って帰還するため、海に出た。

運の悪いことに、うちの上官はランデヴー地点として潜水艦に誤ったグリッド座標を伝えていた。なんと島をひとつ隔てるほど遠くを。

そのときの私たちは当然知る由《よし》もなく、ただぐるぐるまわっていた。潜水艦と無線がつながらないか試したが、遠すぎた。そのうち、水をかぶったかバッテリーが切れたかして無線が作動しなくなった。連絡がつく望みはなくなった。

私たちはほぼ一晩中ボートで海の上にいた。夜明けが近くなった頃、とうとう燃料が底をつきはじめた。空気が抜けて船体がつぶれそうになってきた。私たちは岸に戻って待つことにした。少なくとも眠ることができるように。

岸に向かう途中、アシカが泳いで近づいてきた。人懐《ひとなつ》こそうだった。テキサス出身の私はアシカを見たことがなかったので、自然と興味をそそられてそのアシカに見入った。不細工だが、可愛《かわい》くて面白い生きものだ。

突然、ピシャッという音とともにアシカは水中に消えてしまった。

次の瞬間、アシカの――そして私たちの――まわりに、先の尖《とが》った大きなひれが水面からいくつも突き出していることに気づいた。どうやら、何頭ものサメがアシカを朝食にすることにしたらしい。

アシカは大きかったが、この数のサメを満足させるには小さすぎた。サメは円を描きながらボートに近づいてきた。ボートの舷側はかなり沈んでいて、危険なほど水面が近くなっていた。

私は岸のほうを見た。かなり遠かった。

くそっ、と思った。食われるのか。

私と同じボートに乗っていた隊員は、少なくともSEALにしては肥《ふと》り気味だった。

「沈みそうになったら」と私は言った。「撃ち殺すからな。おれが泳いで岸に着くまで、サメに食われててくれ」

彼は悪態をついただけだった。冗談だと思ったのだろう。

本気だった。

タトゥー

なんとか食べられずに岸にたどり着くことができたのだが、そのあいだ海軍は総出で私たちを捜索していた。メディアもニュースを流しはじめた――SEAL隊員四人が海で消息不明。

そんなことで有名になりたくはなかった。

しばらくして、私たちはようやくパトロールの飛行機に見つけられ、Mk-Vボートに回収された。丁重に面倒を見てもらい、家に帰ることができた。

このときは例外だったが、ボートや船に乗って本気で嬉しいと思ったことはほとんどない。海に出ると、たいていうんざりした。BUD／Sをがんばれたのも、海に配備されたらという不安に突き動かされた部分が大きかった。

最悪なのは潜水艦だ。最大級のものでも窮屈な感じがする。最後に乗ったときは、筋力トレーニングをすることもできなかった。私たちがいた区画とジムのあいだに原子炉があり、私たちは原子炉のエリアを通る許可を与えられていなかったのだ。

空母はそれよりずっと大きいが、うんざりさせられることに変わりはない。それでもラウンジでテレビゲームができるし、ストレス解消にジムへ行くのを禁じられないからましだが。実際のところ、ジムに行くようにと司令官から具体的に指示されたこともある。

空母キティホークに乗ったとき、彼らはギャングのことで問題を抱えていた。どうやら乗組員のなかにギャングのメンバーがいて、艦の規律に著しく違反していたらしい。私たちは空母の司令官に呼ばれ、ギャングたちがジムにいるからひとつ頼む、と言われた。

そこで、体を動かしにジムに向かい、入ってドアに鍵をかけてこの問題を解決した。

一年後の配備に向けて訓練していたとき、私は体調をくずして潜水訓練を休んだ。そのとき頭のなかに光が走った。それからというもの、訓練スケジュールに潜水が入ると、ほぼ毎回悪い病気にかかった。あるいは、どうしてもそのとき受けなければならないスナイパーの訓練を見つけて出張した。

ほかの隊員には、忍者みたいに姿をくらますのが誰よりもうまいとからかわれた。

素直に認めるしかない。

初めてタトゥーを入れたのもこの頃だ。SEALに敬意を表したかったが、自分が〈トライデント〉にふさわしいとは思えなかった（SEALの正式な紋章は、中央に錨《いかり》があり、錨と十字に交差した三つ叉の槍《トライデント》、矛《ほこ》にとまって目を光らせているワシがあしらわれ、手前にフリントロック式の拳銃が配されている。この紋章を〈トライデント〉と呼ぶ。俗に〈バドワイザー〉とも呼ぶが、由来がBUD／Sなのかビールなのか、人によって言うことがちがう）。

そこで、代わりに〈フロッグ・ボーン〉にした。カエルの骸骨《がいこつ》のように見えるタトゥーだ。これも伝統的なSEALとUDT（水中破壊工作部隊）のシンボルだ。この紋章は、亡くなった同胞に敬意を表している。タトゥーはカエルが背中から肩越しに前を覗くように入れてもらった。まるで、先人たちがうしろから見ていて、守ってくれているように。

誕生

私はSEALの隊員であると同時に、ひとりの夫でもあった。帰郷後、タヤと私は自分たちの家族をつくろうと決めた。

とんとん拍子に進んだ。避妊具なしで愛し合うようになると彼女はすぐ妊娠した。妊娠中の経過も順調だった。ただ、出産だけは大変だった。

なんの因果か、タヤは血小板数が少ないという問題を抱えていた。運の悪いことに、それが判明したのがかなり遅かった。そのため、硬膜外麻酔といった鎮痛剤を使わずに出産せざるをえなくなった。彼女は自然の状態で出産した。訓練も準備もなしに。

生まれたのは男の子だった。三六〇〇グラムあまりの、なかなか大きな子だった。

女性というのは、余裕がまったくなくなるといろいろ表に出てくるものだ。私はタヤにぼろくそに言われた（彼女は言っていないと言うが、私のほうがよくわかっている。SEALの隊員とその妻だったら、どっちを信じる？）。

出産は一六時間に及んだ。終わり近くになって、笑気麻酔なら使ってもいいということになった。が、使用する前に医者から警告を受けた。子供が受けるかもしれない影響を、可能性が高いものから低いものまですべて告げられた。

選択の余地はないと思った。彼女は恐ろしい痛みに耐えている。なんとか軽減してあげなくては。私は麻酔を使うよう医者に言った。内心、子供が障害を持ったらどうしようと不安だった。

それから、子供がかなり大きくてなかなか産道を通らないと言われた。吸引装置か何かで頭を引っ張れば、出てくるのを助けられる、と。そのあいだ、タヤは陣痛の合間に意識を失っていた。

「わかりました」と私は言った。本当にはわかっていなかったが。

医者は私を見て言った。「コーンヘッドみたいになるかもしれませんが」

なんてこった、と私は思った。笑気麻酔でおかしくなったうえに、コーンヘッドとは。

「なんでもいいから出してくれ」と私は言った。「妻が死んでしまう前に。早く！」

息子はいたって健康だった。が、本当のところ、出産が終わるまで私はずっと頭がおかしくなりそうだった。妻が想像を絶する痛みと闘っている横で、ただ見ているしかないというのは、この世で最も絶望的な感覚だった。

彼女の出産を見ているときの落ち着かなさは、戦闘でも味わったことがなかった。

タヤ

あのときは気が変に昂《たかぶ》ったり落ち込んだりして、とにかく感情の揺れが激しかった。出産に合わせてわたしたちふたりの家族が市《まち》にやってきた。みんなとても幸せだった。けど、クリスがすぐイラクに行ってしまうことがわかっていた。

それだけが嫌だった。

クリスは初め赤ん坊の泣き声が我慢できなくて、そのことがわたしにはストレスだった。戦争はどうにかできるのに、何日か泣き声を聞いただけでどうにもならなくなる？

泣き声が気にならない人はほとんどいないけれど、クリスはとくに苦手みたいだった。

その先数カ月は彼がいないから、わたしひとりで子供の面倒を見ることになるのはわかっていた。それより重要なのが、新しい体験も魔法のような出来事もわたしだけが引き受けるということだ。どう向き合ったらいいのか不安だったし、可愛い子供との思い出がみんなわたしだけのものになるのが、悲しかった。あとで一緒に思い出を語り合うことができないなんて。

彼がいなくなるのが腹立たしくて、同時に彼が戻ってこないんじゃないかと恐ろしかった。そして、おかしくなりそうなほど、彼が愛《いと》おしかった。

ナヴィゲーション訓練

スナイパー養成所のほかにも、私は上等兵曹《チーフ》のナヴィゲーション訓練に〝自発的に〟参加させられた。実際はいやいやだった。

ナヴィゲーションは戦闘で重要なスキルだ。ナヴィゲーターがいなければ、戦場への行き方すらわからない。戦闘終了後の帰り方は言うに及ばず。直接行動《DA》の場合、ナヴィゲーターは目的地までの最適な経路を割り出し、代替《だいたい》案を考え、任務が終わったら安全な場所に連れていく。

問題は、SEALのナヴィゲーターは直接行動の際に実戦に参加する機会があまりないことだ。私たちのやり方だと、ほかの隊員が家か何かに突入するとき、ナヴィゲーターは車両で待機する役を任される。すばやく離脱しなければならないとき、すぐ対応するためだ。

助手席に座ってコンピューターに数字を打ち込むなど、ごめんこうむりたかった。が、チーフは経路を計画するとき頼れる人間を求めていた。そして、上官に何かしろと言われれば、やるしかなかった。

ナヴィゲーション訓練の最初の一週間、私は机について顔をしかめながらタフブックのノートパソコンの前で過ごした。コンピューターの機能、GPSへの接続方法、衛星画像と地図の操作方法を学習した。また、ブリーフィングなどのために、その画像を取り込んでパワーポイントに貼りつける方法も学んだ。

そう、SEALもパワーポイントを使うのだ。

二週目はもう少し面白かった。サンディエゴを車両で走りまわり、いくつもの経路を計画したり、実際にたどったりした。もっとも、格好よかったと言うつもりはない。重要であることは確かだが、あまり心は躍らなかった。

しかし、そのナヴィゲーターのスキルのおかげで、偶然にもほかの隊員より先にイラクに行くことになった。

6　死の分配

戦場に戻る

訓練が終わりに近づいた頃、テロリストらしき連中や抵抗運動のリーダーたちを直接攻撃する新部隊がバグダッドで編成されていることを知った。その部隊はポーランドの特殊作戦部隊GROMが統率していた。ポーランド人は大方のやっかいごとを引き受けようとしていたが、スナイパーとナヴィゲーターの補強が必要だった。そのため、二〇〇四年九月、私はGROMを支援するナヴィゲーターとして一足先にイラクへ派遣された。私以外のSEAL隊員は翌月出国の予定だったので、現地で合流することになった。

タヤのもとを離れるのは心が痛んだ。彼女はまだ産後の肥立ちの期間中だった。だが私はSEALでの自分の職務はさらに重要だと感じていた。私は戦闘に戻りたかった。戦地に行きたかった。

あのときは、息子を愛していたのに心を通わせられなかった。赤ん坊が蹴とばした妻のお腹に触れるのもためらっていた。どちらかというと私は、相手のことをよく知らないうちは、その人とうまく接することができない。たとえ血のつながりがあっても、私自身が準備できるまでは。

時が経つとともに息子との絆は生まれたが、あのときはまだ、父親になるという真の意味を何ひとつ実感できていなかった。

通常、SEALの配備や帰還は密かに行なわれる。それが特殊作戦だ。せいぜい近親者が少し集まるだけで、誰も来ないことさえある。私が任地に赴く際には、時期が時期だっただけに、戦争反対のデモ集団のそばを通り過ぎることになった。戦地へ向かう軍隊に抗議し、赤ん坊殺しや人殺しなどと書いたプラカードを掲げていた。

彼らは抗議する相手をまちがえている。議会で票を投じたのは私たちじゃない。戦争をしましょうと投票したことはない。

私はこの国を守ることに同意したのだ。戦争という手段を選んだわけでもない。たまたま私は戦うことが好きなだけだ。だが派遣される戦地も選べない。私を戦場へ送るのはあなたたちなのだ。

彼らはなぜ、議員会館やワシントンで抗議しないのだろう。私たちに対して抗議している人々は、私たちが守れと命令された人々なのだ。どうにも面白くない気持ちだったと言わせてほしい。

そんな人々ばかりではないことはわかっている。軍隊を支援して〝私たちはあなた方を愛している〟という看板を掲げている家が何軒かあった。涙にあふれ、尊敬に満ちた歓送迎のセレモニーも数多くあったし、そのうちのいくつかはテレビで報じられた。だが、何年もあとになって思い出したのは、あの無知な抗議活動だ。

実際、SEALが大がかりな歓送迎会を行なわないことで困ったことはない。私たちは寡黙なプロフェッショナルであり、秘密任務に携わっているのであって、メディアを空港に呼ぶことは職務にない。

それでもときおり、私たちの任務が感謝されるのは嬉しいものだ。

イラク

イラクを離れた二〇〇三年の春以降、その地では多くのことが起こった。四月九日にバグダッドは陥落し、イラクはサダム・フセインの軍事政権から解放された。だがフセインが退いたあともさまざまなテロ勢力が攻撃を継続し、新たに開始するものもいた。彼らの矛先はイラク国民と国家の安定を支援するアメリカ軍に向けられた。テロ勢力にはフセイン軍の生き残りや、フセインが率いていたバース党の党員もいた。また戦前に、フセインが作りあげた民兵組織フェダイーンの兵士もいた。小規模の統率のとれていないイラクゲリラ集団もまたフェダイーンと呼ばれていたが、正確にはフセインの組織とは関係がなかった。こうした組織のメンバーはほとんどがイスラム教徒だったが、宗教よりも主に愛国心からテロ組織が生まれていた。

それから宗教的信仰を基にグループが組織された。彼らは自分たちを〝聖戦《ジハード》を行なう人〟という意味のムジャヒディーンと見なしていたが、つまりは神の名のもとの殺人者ということだ。彼らはアメリカ人と、自分たちが信仰している宗派以外のイスラム教徒を殺そうと決意していた。

イラクにはアルカイダもいた。ほとんどが外国のグループで、戦争はアメリカ人を殺す好機だと見ていた。彼らはテロリストのリーダー、オサマ・ビンラディンに忠誠を誓った急進的なスンニ派のイスラム教徒だった。オサマ・ビンラディンについては説明の必要はないだろう。二〇一一年、SEALが追いつめて、本人にふさわしい最期を遂げさせた。

また、イラン人と共和国軍や革命防衛隊もいた。彼らは直接戦うこともあったが、通常は代理戦争を通してアメリカ人を殺し、イラクにおける支配力を強めるために戦っていた。メディアに「反政府勢力」として知られるようになる連中がほかにも死ぬほどいたのはまちがいない。すべてが敵だった。

私に銃口を向けたりIED（即席爆発装置）を仕掛けている連中の正体が誰なのかということは、たいして気に留めなかった。彼らが私を殺そうとしているという事実だけが、知りたかったことのすべてだった。

サダム・フセインは二〇〇三年一二月に捕らえられた。

二〇〇四年、アメリカは公式に暫定政権に主権を返し、国家の舵取りをイラクに任せた。

少なくとも机の上では。しかし、同じ年、反政府活動が激しく拡大した。その春の戦闘は、イラク侵攻当初と同様の熾《はげ》しさだった。

バグダッドでは、ムクタダー・アル＝サドルという名の強硬なシーア派の聖職者が狂信的な信者による武装勢力を組織し、アメリカ軍を攻撃させた。彼はバグダッドのサドルシティで大きな権力を誇っていた。サドルシティはスラム地区で、ムクタダーの父親であり、大アヤトラ（シーア派の最高権威）で一九九〇年代はフセイン政権と対立していたムハンマド・サーディック・アル＝サドル師の名にちなんで名づけられた。イラクの平均水準と比べても極端に貧しい地区で、急進的なシーア派教徒であふれていた。マンハッタンの約半分の大きさで、バグダッドにあるグリーンゾーンの最北に位置していた。アーミー運河とイマーム・アリ通りを越えた先にあった。

あちこちで見かける普通のイラク人が暮らす場所をこの国の中流階級だと考えたとしても、アメリカ人の目にはスラムにしか見えない。フセインが支配していた何十年もの月日は、石油の埋蔵量から考えれば、かなり豊かになれたはずの国を極貧国に変えていた。都市のなかでまだましだと思える場所でさえ、大半の道路が舗装されておらず、建物もひどく荒廃していた。

サドルシティは、そんなイラクにあってもよりひどいスラムだった。当初は貧困生活者向けの公共住宅地区だったが、戦前までに、フセインのスンニ派政権によって差別を受けたシーア派の難民収容所になっていた。戦争が始まると、さらに多くのシーア派がその地区に流れ込んできた。おおよそ二〇平方キロメートルのなかに二〇〇万人以上の人が暮らしているとする報告書もあった。

碁盤の目のようになっていて、通りはどれも五〇メートルから一〇〇メートルの長さだ。地区内の大半の場所には、二階か三階建ての建物が密集している。私が見た建物の仕上げはおそろしくひどいものだった。上出来だと思える建物でさえ、装飾で描かれた線が端と端でずれていた。通りの多くは下水管がむき出しで、あちこちにゴミが散らかっていた。

ムクタダー・アル＝サドルは二〇〇四年の春、アメリカ軍に対する攻撃を開始した。この狂信的な聖職者が六月に停戦を宣言するまでに、武装勢力は多くのアメリカ兵とおびただしい数のイラク人を殺した。軍事的観点からみると攻撃は失敗だったが、反政府勢力はサドルシティで勢力を保ちつづけた。

一方、スンニ派の武装勢力はバグダッド西部にある広範なアンバール県を制圧していた。ラマディやファルージャといった都市部で強い勢力を維持していた。

民間軍事会社の要員《コントラクター》四人の遺体を冒瀆《ぼうとく》し、ファルージャの橋から吊した様子を収めた映像がアメリカ人を震えあがらせたのは、その春のことだ。事態が悪化する前触れだった。すぐあとで海兵隊は市内に移動したが、激しい戦闘を繰り広げた末に作戦は中止された。その時点で市内の二五パーセントを支配下に収めていたと思われる。海兵隊が引き払うと、イラク軍が市内を制圧するためにファルージャに入った。机上では彼らが反政府武装勢力を締め出すと思われていた。だが現実はまったくちがっていた。秋になる頃には、ファルージャに住んでいるのは、ほぼ全員が反政府武装勢力だけになっていた。アメリカ人にとっては春の時点よりも事態はさらに悪くなっていた。

二〇〇四年九月に私がイラクに赴任したとき、私の隊はファルージャを一気に奪回するための新しい作戦の訓練に入っていた。だが私はポーランド軍との作戦に加わるためにバグダッドに向かった。

GROMとともに

「カイル、おまえ、入る」

ブリーフィング中のポーランド人下士官は私を指さし、ふさふさした顎《あご》ひげを優しくなでた。私はポーランド語がほとんどわからないし、彼も英語がうまくないが、何を言いたいのかはすぐにわかった。作戦行動中は彼らと一緒に家屋に入れという意味だ。

「くそったれ、了解だ」私は言った。

彼は微笑んだ。世の中には世界共通語というものがある。

一週間の任務ののち、私はナヴィゲーターから攻撃チームの一員に昇格していた。これほど嬉しいことはない。

ナヴィゲーター兼務だった。私の任務は目標に設定した住宅への安全な進攻および退却ルートを見つけ出すことだ。武装勢力はバグダッド地区で活動を続けていたが、戦闘は次第に減り、ＩＥＤの脅威や待ち伏せはまだほかの地域ほど大きくはなかった。だが状況が急変する可能性も高いため、私は慎重にルートを選んだ。

私たちはハマーに乗り込み出発した。私は助手席に座った。方向を指示するためのポーランド語はもう覚えていた。プラヴォコレイ（右折）と運転手に指示して通りを抜けた。私の膝の上にはコンピューター、右側にはマシンガンのスイングアームがあった。私たちは乗降と銃撃をしやすくするために、ハマーのドアを取り去っていた。右側面と後部に据えられたマシンガン以外にも、旋回できるターレットに取りつけた50口径が後部に備えられていた。私たちは攻撃目標に到着するとすぐにトラックを離れた。私はようやく戦闘に戻ってこられたので興奮していた。

ポーランド軍は私を突入時の列の六番目か七番目にした。ちょっと期待はずれだ。そんなに後方では何もできない。だが愚痴《ぐち》をこぼすのはやめにした。

GROMが民家を攻撃する方法は基本的にSEALと変わらないが、あちこちに多少のちがいはある。たとえば、角を曲がるときや作戦中に掩護射撃をする方法などだ。だが、大半は実力行使するのみだ。ターゲットを奇襲し、容赦なく攻撃し、制圧する。

SEALとちがう兵器で私がいちばん気に入っていたのは閃光手榴弾だ。アメリカ軍のものは、光りながら大音響で一度爆発する。一方、ポーランド軍のものは連続して爆発する。私たちはそれをセヴン・バンガーと呼んでいた。銃声に似た大きな音をたてる。ここから移動になるときには、できるだけ多く持っていくことにした。

手榴弾が爆発するとただちに私たちは移動した。ドアをくぐると、下士官がチームに指示を出しているのが見えた。彼が私に前進するよう無言で指示を出すと、私は敵を追い払い、自分の安全を確保するために部屋に走り込んだ。

部屋のなかは空《から》だった。

人影なし。

私は階下に戻った。ほかの隊員が目的の男を発見し、すでにハマーに乗せているところだった。家のなかにいたほかのイラク人は、死の恐怖に怯《おび》えながら立ちすくんでいた。

家の外に出ると、私はハマーに乗り込み、基地への帰り道を指示した。任務はこともなく終わったが、GROMに対しては実りがあった。このときから私は正式な一員として認められたのだ。

バッファローの小便入りウォッカ

その後二週間半にわたって直接攻撃を仕掛けたが、トラブルらしきことが起こったのは一度だけだった。私たちが強襲したとき、ひとりの男が抵抗しようとしたのだ。残念なことに、彼は素手で武器は持っていなかった。武装しボディアーマーを身につけた兵士たち相手では何もできない。いかれていたのか、蛮勇なのか。両方だったかもしれない。

GROMは、その男をさっさと片づけた。手配リストからろくでなしがひとり消えた。

私たちはさまざまなタイプの容疑者を捕まえた。アルカイダの資金提供者、爆弾製造犯、反政府武装勢力、外国人武装勢力。それがトラック一台分にもなったこともある。

GROMはSEALとよく似ていた。任務中はきわめてプロフェッショナルだが、それ以外の時間は根っからのパーティ好きだった。いつもポーランド製のウォッカを持っていて、とくにズブロッカを愛飲していた。

ズブロッカは、何百年も前からあるそうだが、アメリカで見たことはなかった。バッファローグラスの葉っぱが一枚ボトルに入っている。その葉っぱはポーランドのとある草原のものだ。バッファローグラスには薬効成分があるらしいが、GROMの友人たちからもっと面白い、というよりは面白くない話を聞いた。彼らによれば、ヴィーゼントの名で知られるヨーロッパバイソンは、その草原を歩きまわっては草に小便をかけるそうだ。酒造家は特別な効果を出すためにその葉っぱを酒に入れるという（実際には蒸留過程でバッファローグラスのいくつかの成分は安全に中和され、香りだけが残る。だが、友人たちはそれを教えてくれなかった。翻訳するのがむずかしかったのかもしれない）。

私は疑いをぬぐえなかったが、ウォッカは疑いなく強く、なめらかだった。それはまさに、ロシア人はウォッカのことなんか何もわかっちゃおらず、ポーランド人はウォッカを美味《おい》しく作る、という彼らの主張を裏づけるものだった。

アメリカ人は公式には飲酒が禁止されていた（私も公式には、飲まなかった）。

そのばかげたルールはアメリカ兵だけに適用されていて、一本のビールさえも買うことができなかった。多国籍軍の他国のメンバーは、ポーランド人であろうと誰であろうと買うことができた。

幸運なことに、GROMはシェアするのが好きだった。バグダッド空港の免税店に行き、ともに働くアメリカ人がほしがるビールやウイスキーなどを買ってくれた。


私はスナイパーのひとり、マシューと仲良くなった（彼らは安全のために、全員が仮名を使っていた）。さまざまなライフルや戦闘の状況について長時間語り合った。彼らがやってきたことや武器の選択について情報交換した。のちに、私は彼らとの合同演習の段取りをつけ、SEALの作戦行動の背景についての知識を少し与えた。そして家屋のなかに隠れ場所をどのように作るかを教え、彼らが国に戻って練習できる訓練をいくつかやってみせた。私たちは、〝スナップ〟という飛び出す標的や、〝ムーヴァーズ〟という左右に動く標的を使って訓練した。

いつも面白いと感じていたのは、私たちが言葉を使わずにうまくコミュニケーションできていることだった。作戦行動中でさえ。彼らは振り返って、手で合図した。プロフェッショナル同士ならば、何をすべきか指示される必要はない。お互いに読み取りあって、反応するのだ。

装備する

イラクにはどんな装備を持っていったのかとしょっちゅう訊かれる。答えは、状況による、だ。私は配備のたびに少しずつ調整していた。通常の装備は以下のとおりだ。

拳銃

SEALが支給する標準的な拳銃はシグ・ザウアーP226で9ミリ弾を使用する。よくできた武器だが、9ミリ弾よりもう少し威力がほしかったので、あとでP226の代わりに私物の拳銃を持ち歩くようになった。現実的に考えると、戦闘で拳銃を使うときは、すでに窮地に立っているはずだ。狙って撃つ時間はないかもしれない。大口径なら敵を殺せなくても、命中すれば排除できる可能性が高い。

二〇〇四年、私は45口径弾を使うスプリングフィールドTRPオペレーターを持ち込んだ。M1911にカスタムグリップと、ライトとレーザーのコンボを装着できるレールが付いていた。色は黒く、銃身を太くしてある、素晴らしい拳銃だった。ファルージャで私の代わりに手榴弾をくらうことになったが。

実際、スプリングフィールドは丈夫だから修理もできた。だが安全性を優先して、シグのP220に交換した。P226とよく似ているが、45口径を使用する。

拳銃の携帯方法

一回目と二回目の実戦配備で使っていたのはドロップレッグホルスターだ（太もも上部に取りつけ、拳銃にすぐ手が届くようにする）。このタイプの問題点は銃そのものが動きまわりやすいことだ。戦闘中ばかりか、ただ走っただけでも太ももの上をすべる。二度の実戦のあとはヒップホルスターに変えた。これなら、拳銃はいつも思いどおりの場所に収まっている。

医薬品

全員がいつも、医薬品の入った小さな〝救急キット〟を携行している。少なくとも銃創を手当するための、さまざまな傷口用の包帯、静脈注射、止血薬は携行する。これはすぐに取り出せるようにしておかねばならない。手当してくれる人に探させるようではだめだ。私はホルスターの下あたりの、カーゴパンツの右ポケットに入れていた。私が撃たれたら、仲間がポケットの底を切り裂いて取り出すことができる。ほとんど全員がそうしていた。

衛生兵が来る前に戦地で誰かの手当をするときは、必ずその負傷者のキットを使う。自分のキットを使ってしまうと、次に誰かが、あるいは自分が負傷したときに使えなくなる。

ボディアーマーと装備

最初の実戦配備の際、私のSEALボディアーマーにはMOLLEシステムが備えられていた（MOLLEはモジュラー・ライトウエイト・ロードキャリング・エクイップメントの略で、さまざまなポーチや装備を取りつけてカスタマイズできるウェビングのこと。MOLLEという名称はナティック研究所が開発、製造したシステムの商標だが、多くの人が同じようなシステムを、そう呼んでいる）。

次の配備のときには、ボディアーマーと、ローデシアンリグを別々に装着した（ローデシアンリグは、ＭＯＬＬＥやそれに似た、装備を取りつけられるヴェストのことだ。ここでも大原則は自分の装備の携帯方法をカスタマイズできることだ）。

ヴェストを別に着用したことで、ボディアーマーを着たまま、装備をはずしておろすことができるようになった。これにより、体を横にしたときも楽になり、必要なものはすぐにつかめるようになった。スナイパーライフルを使うときは、伏せて照準器を覗く。そのときにストラップをはずしてヴェストを広げる。そうすればポーチに入れた弾薬がすぐに取り出せる。一方で、ヴェストに袖《そで》を通したままなので、私が立ち上がれば、一緒に持ち上がって元の位置に納まる。

（ボディアーマーについてひと言――海軍で支給されるボディアーマーはバラバラになることで知られている。それを知った妻の両親が、三度目の配備のあと、気前よくドラゴンスキンアーマーを私に買ってくれた。とても重いが、きわめてよくできているアーマーで、手に入るなかでは最高の品質だ）

ＧＰＳは手首に装着し、バックアップをヴェストにひとつ入れ、さらに昔ながらのコンパスも携行していた。ゴーグルは実戦配備のたびにふたつずつだめにしたが、曇らないように小型ファンがなかに取りつけられていた。そして、もちろんポケットナイフを携行していた

――BUD／S（基礎水中爆破訓練）を修了したあとに手に入れたマイクロテック社かエマーソン社かベンチメイド社のシースナイフのどれかを、配備先に合わせて携行した。

ほかの携行装備には、戦闘機のパイロットに友軍であることを知らせる四角いVS－17パネルがあった。理論上は、それによって攻撃してこないことになっていた。

当初、腰のまわりには何もつけないようにしたくて、予備の拳銃の弾倉さえも拳銃とは反対側のドロップレッグホルスターに入れていた（左脚側でも手が届くように高い位置に固定していた）。

私はイラクでは耳を守るイヤー・プロテクションを一度も使わなかった。イヤー・プロテクションにはノイズキャンセリング回路が組み込まれていて、敵の銃声は聞こえるが、全方向から音を拾うので、どの方角から発射されたのかわからなくなるからだ。

また妻の思いとは裏腹に、私はヘルメットをときどきしかかぶらなかった。正直なところ、ほとんどかぶっていない。アメリカ軍支給の標準的なものは、心地が悪く、弱い弾丸や破片くらいしか防げない。頭の上でぐらつかないように固定してみたものの、長時間かぶっているとうっとうしいだけだった。銃を構えているときも頭にかなりの重さがかかり、監視に集中するのが難しくなる。

拳銃の弾丸でもヘルメットを貫通するのを見たことがあったので、不快なことを我慢するのはやめにした。夜間だけは別で、暗視装置を取りつけるためにヘルメットをかぶった。

それ以外のときは野球帽をかぶっていた。私たちの小隊のロゴであるキャデラックのマークがついた帽子だ（正式にはチャーリー小隊だが、頭文字や音が同じ別の名前で呼ぶことがSEALではよくあった。それでチャーリーはキャデラックになった）。

なぜ野球帽なのか？

かっこよさは見た目が九割だ。野球帽をかぶっているとかっこよく見える。

キャデラック・キャップのほかに、もうひとつお気に入りの帽子があった――9・11の際に仲間を失ったニューヨーク市消防署の帽子だ。父があの事件のあと、歴史のある消防署〈獅子の穴〉を訪れた際に手に入れたものだ。第二三分隊のメンバーから、戦地に赴く息子さんにと渡されたそうだ。

「復讐してほしいと伝えてくれ」と彼らは言ったという。

もしこれを読んでいるのなら、私がやり遂げたことを伝えたい。

当時は手首にGショックをはめていた。今は、その黒いゴムバンドの腕時計は、SEALの標準装備であるロレックス・サブマリナーと交代させられている（伝統が途絶えたのは残念だと思った私の友人が、最近、手に入れてくれた。ロレックスを身につけているのは、いまだに妙な気分だ。特殊部隊の大先輩である潜水工作員《フロッグマン》の時代に戻ったかのようだ）。

寒いときは、自分のノースフェースの上着を持っていった。信じられないかもしれないが、配給部から防寒具が支給されなかったのだ。そのことにはここでは触れないでおくが。

私はM4カービンと弾倉一〇個（三〇〇発）をウェブギアの前面に装着していた。ラジオやライト、ストロボなどはポケットに入れた（ストロボは夜間にほかの部隊や航空機、船舶、ボートなどと落ち合う際に使われる。友軍であることを確認する場合にも使われる）。

スナイパーライフルを持つときは、二〇〇発の弾丸を背嚢《はいのう》に入れていた。ウィンマグやPGM338を使うライフルの代わりにMk11を携行するときは、M4は持たない。その場合、狙撃用の弾丸はウェブギアのすぐ手が届くところに入れておく。そして最後は拳銃用の弾倉三個だ。

私はメレル社製ハイカットのハイキングシューズを履《は》いていた。快適で、実戦配備にも耐え抜いてくれた。

起きろ、カイル

GROMに同行するようになって一カ月ほど経った頃、私は肩を揺すられて目を覚ました。

私は飛び起きて、侵入者を殴り倒そうと身構えた。

「おい、おい、落ち着け」私を起こした少佐が言った。SEALの上官だった。「服を着て、オフィスに来てくれ」

「イエッサー」私はぼそぼそと言った。短パンをはき、ビーチサンダルをつっかけ、廊下に出た。

面倒なことになったなと思ったが、理由が見あたらない。ポーランド人とはうまく付き合ってきたし、これといった喧嘩《けんか》もしていない。オフィスへ向かいながら、言い訳をあれこれ考えていた。到着したときはまだ、何も思いついていなかった。

「カイル、スナイパーライフルと必要な装備をまとめろ」少佐が言った。「ファルージャへ行け」

少佐は段取りについて話しはじめ、作戦の詳細についてもいくつか付け加えた。海兵隊が大規模な作戦行動を計画しており、それを支援するスナイパーを必要としている。

おおっ、これはすごいぞ、と私は思った。悪党どもを殺すんだ。私はそのまっただなかに行くのだ。

武装キャンプ

歴史的観点から見れば、ファルージャでは二度の戦闘があった。最初は春の戦闘で、前に書いたとおりだ。ひどく歪《ゆが》められたメディア報道と数多くのアラブ諸国のプロパガンダによって政治的配慮を求められたため、攻撃開始直後に海兵隊は撤退を余儀なくされ、反政府武装勢力を市内から排除するという目的を達成できなかった。海兵隊に代わって、暫定政権に従うイラク軍が市《まち》を制圧し支配することになっていた。

だが、そうはならなかった。海兵隊が引き上げた直後に、武装勢力がファルージャを完全に占拠した。武装勢力とつながりのない市民は殺されるか、逃亡した。平和を望む者は――

理性ある者は誰であれ――できるだけ早く立ち去ったか、死を迎えた。

ファルージャを含むアンバール県には、多様な反政府勢力があちこちにあった。最大勢力はイラクのムジャヒディーンで、〝イラクのアルカイダ〟やほかの急進的なグループに属する外国人も大勢いた。イラクのアルカイダのリーダー、アブドラ・アル＝ジャナビ師は市内に本拠地を構えていた。アフガニスタンでオサマ・ビンラディンとともに戦ったヨルダン人はアメリカ人を殺すと明言していた（報道とは正反対に、アブドラ・アル＝ジャナビ師はファルージャから逃亡し、今もなお姿を隠している）。

反政府武装勢力は、テロリストであり犯罪集団でもある。IEDを製造し、政府高官やその家族を誘拐し、アメリカ軍を攻撃し、宗教的信条や政治的立場の異なるイラク人を殺害する――考えつくあらゆることをする。ファルージャは彼らのアジトになり、暫定政府の転覆を謀《はか》り、自由な選挙を阻止するための、イラクの〝反〟首都となった。

アンバール県、なかでもファルージャ周辺地区はメディアを通じてスンニ・トライアングルとして知られるようになった。地理的にも――バグダッドもラマディもバクバも含んでいる――民族構成においても、かなり大雑把《おおざっぱ》なくくり方だ。

（イラクのイスラム教徒についての背景――イラクには、イスラム教徒の二大勢力、スンニ派とシーア派が存在する。戦前、シーア派は主に南部と東部、バグダッドから国境までに居住しており、スンニ派はバグダッド周辺と北西部を支配していた。両者は共存していたが、互いに憎み合っていた。シーア派が大多数だったにもかかわらず、フセイン政権のときは差別を受け、政府の要職からは締め出されていた。最北部はクルド人が支配していて、大半がスンニ派だったが、独自の伝統を持っているため自分たちをイラクの一部だと考えていなかった。フセインは、彼らを劣等民族だとして政治的弾圧のために、化学兵器を使用した卑劣な民族浄化運動を行なった）

反政府武装勢力は、ファルージャを周辺地域やバグダッドへの攻撃拠点とする一方で、さらなる攻撃に持ちこたえられるように相当な時間を費やして都市を要塞化した。銃弾や兵器を備蓄し、ＩＥＤを用意し、民家を補強した。地雷を埋め込み、待ち伏せするために道路を封鎖した。住居の壁に〝ねずみ穴〟を作り、表通りを行くことなく家から家へ移動できるようにした。市内にある二〇〇のモスクの大半は、補強されシェルターになった。やつらは、アメリカ人が礼拝所を神聖なものとして敬うことを知っていたので、攻撃をためらうだろうと考えたからだ。病院は武装勢力の本部に転用され、プロパガンダ機関の作戦基地として使われた。つまりは、ファルージャは二〇〇四年の夏までには、テロリストの要塞と化していたのだ。

実際、反政府武装勢力は定期的に、周辺のアメリカ軍基地にロケット砲を撃ち込んだり、主要道路を移動するトラックを待ち伏せしたりするなど自信にあふれていた。ここに至って、アメリカ軍はいいかげんにしろとばかりに、ファルージャを奪回することを決意したというわけだ。

作戦名はファントム・フューリーと名づけられた。ファルージャを孤立させ、供給や増援を断つ。武装勢力を一掃し、組織を壊滅させる。

第一海兵師団の隊員が攻撃の中心となり、ほかの部隊も重要な役割を担《にな》った。SEALのスナイパーは、海兵隊の小規模な襲撃グループに統合され、監視といつもどおりの狙撃任務を遂行することになった。

海兵隊は武装勢力の不意を突くさまざまな作戦を繰り出しながら、襲撃の準備に数週間を費やした。悪党どもも何かが起こることは知っていた。ただ、それがいつどこで起こるのかまではわからなかった。市《まち》の東部の守りが厳重に固められた。やつらはそこから攻撃の火の手が上がると考えていたのだろう。

しかし、攻撃は北東部から市街地へと進攻することになっていた。私が向かった先だ。

到着するまで

少佐の命令を受けると私は、ただちに装備をまとめ、私をヘリコプターのところまで送り届けるために待機しているピックアップトラックに向かった。A60——ブラックホークH-60——が、私ともうひとり、GROMで一緒に任務にあたっていた通信のスペシャリストのアダムを待っていた。互いに微笑み合った。本当の戦闘に入るので興奮していた。

イラク全土からSEALの隊員が同じようにして、市《まち》の南部に位置する巨大な海兵隊の基地キャンプ・ファルージャをめざしていた。私が到着したときには、キャンプ内に専用の小さな基地が設営されていた。私はアラモと呼ばれていた建物内の細い通路を、荷物にぶつからないように進んでいった。壁に沿って装置や装備、拳銃の箱、金属製スーツケース、段ボール箱、そしてなぜかソーダの箱が置かれていた。スタジアムツアー中のロックバンドのようだ。

ただし、私たちのツアーには尋常ではないレベルの打ち上げ花火が伴っている。チーム3のスナイパー以外に、チーム5とチーム8の隊員も襲撃に加わった。私は西海岸の隊員とはすでに顔見知りだった。ほかの隊員とはその後の数週間で敬意を払う間柄になった。

やる気に満ちあふれていた。海兵隊を助けるため、誰もが戦闘を始めたくてたまらなかった。

国内戦線

戦闘が近づくと、妻と息子のことが気になりはじめた。私のかわいい赤ちゃんはすこやかに成長していた。タヤは息子の成長ぶりを見せるために写真や動画を送ってきはじめた。電子メールで画像も送られてきた。

私は今もそのときの動画を思い出すことができる――息子は仰向《あおむ》けになって、満面の笑みを浮かべ、手足をばたばたさせて、まるで走っているようだった。

とても活発な子供だった。父親にそっくりだ。

感謝祭、クリスマス――イラクでは、そんな休日など何の意味もなさない。だが、息子がそうした日々を過ごしている姿を見られないくやしさはまた別の話だ。私が離れている日々が増えるにつれ、そして息子が成長する姿を見れば見るほど、私は、息子の成長の手助けをしたいと思うようになった――父親が普通にすることを。

私は攻撃開始を待っているときにタヤに電話をかけた。

とても短い会話だった。

「いいかい、どことは言えないけれど、しばらく出かけることになった」私は言った。「ニュースを見ればきっとわかるよ。今度はいつ電話ができるかわからない」

それにはしばらく時間がかかった。

戦闘開始

一一月七日の夜、私は十数人の海兵隊と数人のＳＥＡＬ隊員とともに海兵隊の水陸両用車に詰め込まれた。戦闘を前にして誰もが緊張していた。大型装甲車が轟音とともに息を吹き返し、キャンプを出て市《まち》の北部を抜け広大な砂漠へ向かう、長大な装甲車列の先頭にゆっくりと近づいた。

飾り気のない車内で、私たちは膝をつき合わせるようにしてベンチに座った。三列目となるベンチが無理やりに中央に突っ込まれた。ＡＡＶ－７Ａ１水陸両用強襲輸送車は、リムジンとはちがう。両側の人間を押さないようにしたくても、自分の意思でできることはほとんどない。狭いなんてものではない。乗り込んだ全員が、シャワーを浴びたばかりだったことだけはありがたかったが。

最初は寒かった——一月だったが、テキサス生まれには真冬に思えた——だがほんの数分もすると、ヒーターで息苦しくなり、スイッチを切ってもらった。私は自分の背嚢《はいのう》を床に置いた。自分のMk11を両脚で挟み、床尾にヘルメットをのせ、枕の代用品にした。移動中にうたた寝しようと思ったのだ。目をつむっていると、時間が早く経つ。

たいして眠れなかった。後部扉の細い窓にときおり目をやったが、その前に座っている男にさえぎられ、窓の外は見えなかった。それはたいしたことではなかったが——見えたとしても、ほかの装甲車や土埃《つちぼこり》、何もない砂漠の一区画だけなのだから。私たちは海兵隊とともに一週間ほど演習を行なって、車両の乗り降りから建物に狙撃用の穴を開けるのに使う弾薬の種類まで、あらゆることを打ち合わせた。無線での指示と全体戦略のちがいに振りまわされながらも、同行している分隊を掩護するための最善策について意見を交換し、屋上から狙撃するのがいいのか、最上階からがいいのかなど、一〇ばかりの暫定的な戦術を取り決めた。

私たちの準備は万端だったが、軍隊でよくある〝急げ、そして待機しろ〟状態にあった。私たちをのせた輸送車はファルージャの北で停止した。

私たちは数時間座ったままだった。体じゅうの筋肉が痙攣《けいれん》していた。ついに、後部の傾斜路を下ろして、外で手足を伸ばしていいという決定が下された。私はベンチから体を起こし、そばにいたSEALの隊員と無駄話でもしようと外へ出た。

結局のところ、夜明け近くに車内に戻り、市《まち》の北部をめざして前進することになった。キャタピラのついた鉄の車の内部にはアドレナリンがあふれていた。いつでも戦う準備ができていた。

私たちの目的地は市《まち》の北西部の角を見下ろせる集合住宅だった。もともとのファルージャの境界線から、ざっと七〇〇メートル離れており、その建物からは海兵隊が攻撃を仕掛ける範囲がすっかり見渡せた。スナイパーにとって格好の立地だ。あとは占拠するだけだ。

「五分だ」と下士官が叫んだ。

私は背嚢に片腕を通し、銃をしっかりとつかんだ。

水陸両用車ががくんと停車した。後部の傾斜路ががたんと下がると、私は仲間と一緒に飛び降り、身を隠す木や岩がある小さな木立に向かって走った。すばやく移動した。撃たれることよりも、ここまで私たちを移送してきた大編隊の車両に轢《ひ》かれるほうが恐ろしかった。巨大な水陸両用車が人間のために停まってくれるとは思えなかった。

私は地面に伏せると、背嚢を脇に置き、不審なものがないか建物全体に目を配った。弾が飛んでくるのでは、と内心思いながら、窓とその周辺を目で確かめた。海兵隊が輸送車から続々と降りてきていた。その輸送車以外に、ハマーと戦車と数十台の支援車両が見えた。海兵隊員が次から次へと、集合住宅に押し寄せた。

彼らはドアを蹴破りはじめた。ドアロックを吹き飛ばすショットガンの銃声が鳴り響く以外の音はほとんど何も聞こえなかった。海兵隊が拘束した数名の女性のほかには、建物周辺に人影は見えなかった。

私は目視を続けた。何かを見つけようと監視を続けた。

通信兵がそばにやってきて、準備を始めた。彼は集合住宅のなかを次々と制圧している海兵隊の進捗状況をモニターしていた。なかにいた住人たちは連れ出され、安全な場所に連れていかれた。建物内に抵抗するものはいなかった――反政府武装勢力がいたとしても、私た

ちの姿を見て逃げ出したか、親米派の忠誠心あふれるイラク人のふりをしていたのだろう。

海兵隊員は最終的に二五〇人の市民を集合住宅から移動させた。それは予想していた人数の十分の一程度だった。銃を撃った直後ではなく（海兵隊は火薬反応を調べた）、指名手配されておらず、疑わしくもない世帯主は、三〇〇ドル与えられて移動するように命じられた。海兵隊の将校によれば、住宅に戻って必要なものを持ち出し、それから退去することが許されたそうだ。

（この作戦中に、名の知られた反政府武装勢力の何人かが捕らえられ身柄を拘束された）

小高い場所から市《まち》を監視しながら、私たちはムスタファというイラク軍のスナイパーを注意深く見つけようとしていた。報告によれば、ムスタファは射撃競技のオリンピック選手で、その腕前をアメリカ兵とイラクの警官と兵士を相手に見せつけていた。彼の実力を誇示する、いくつもの動画が投稿されていた。

私は彼と出くわしたことはなかったが、後日、私たちのスナイパーがムスタファだと思われるイラク人スナイパーを射殺した。

集合住宅へ

「了解」通信兵が無線に応えた。「おれたちの出番だ」

私は木立を出て、ＳＥＡＬの大尉が監視活動を指揮している集合住宅へと走った。大尉は地図を広げ、翌日の攻撃地点を教えてくれた。

「掩護すべき場所は、ここと、ここ、そしてここだ」彼は言った。「全員で実行できる部屋を探せ」

大尉が建物を指したので、私たちは散開した。私はＢＵＤ／Ｓのときに一緒だった、スナイパーのレイ（身元保護のために彼をそう呼ぶ）とペアになった。

レイは筋金入りの銃マニアだった。銃を愛しており、知りつくしていた。射撃の腕前はともかく、ライフルについては、私が知っていることよりも彼が忘れてしまったことのほうがおそらく多いだろう。

会うのは何年かぶりだが、訓練のときの記憶によれば、馬が合いそうだった。行動を共にする相手は信頼できる人間であってほしい――結局のところ、自分の命はまさにその相手にかかっているのだから。

レンジャー・モロイと呼んでいた、レンジャー隊員が、私たちと一緒にハマーのなかでライフルや装備の見張りをしていたことがあった。彼は私に300ウィンマグ弾を使うライフルを手渡してくれた。射程距離がMk11よりも長いこのライフルは、狙撃するために身を隠せる場所が見つかれば役に立つ。

階段を駆け上がりながら、狙撃のための設定を考えていた。建物のどちら側がいいのか、だいたいどこに位置すればいいのかもわかっている。最上階に着いたときにはすでに——屋上ではなく部屋のなかから狙撃することに決めていた——廊下を歩きながら、適切な視界が確保できる部屋を探した。部屋のなかに入り、セッティングに使えそうな家具を探した。

私にとって、この誰かの住居は戦場の一部でしかない。住宅もそのなかにあるものすべてが、私たちの目的を達成する——市《まち》を一掃する——ために使うものでしかない。

スナイパーは長時間、伏せるか座っていることが必要になるので、できるだけ快適に過ごせる家具を見つけたい。ライフルをのせる台も必要だ。このときは窓からの狙撃だったため、体を高い位置に保たねばならなかった。家のなかを探すと、ベビーベッドのある部屋があった。見つけものだったし、うまく使えそうだった。

レイと私はベビーベッドを横倒しにして台座にした。それからドアを蝶番《ちょうつがい》のところからはずして、そのベッドの上にのせた。これで頑丈な台ができた。

ほとんどのイラク人はベッドで寝ない。丸めた毛布か、厚いマットか毛布を直接床に敷いて使う。そうしたものをいくつか見つけ、ドアの上に敷いた。これで伏せて銃を構えるときに、まあまあ快適で、充分な高さがあるベッドになった。丸めたマットには、銃の端をのせることにした。

窓を開けた。いつでも撃てるようになった。

私たちは三時間で交代することにした。レイが先に監視についた。

私は共同住宅のなかを何か気の利いたもの——金か銃か爆弾——がないか、くまなく探してまわった。拾う価値のあるものは、タイガー・ウッズ・ゴルフゲーム機くらいだった。

それを取得する権利はなかったし、持ち帰っていないというのが公式記録だ。もし持ち帰っていたとしたら、配備期間中ずっと遊んでいられただろう。本当にそうしていたら、今の私がそのゲームが上手な理由の説明になる。

もしそうだったならばだが。


午後遅く、私は300ウィンマグ弾のライフルを構えた。市《まち》は見渡すかぎり、黄褐色と灰色で、まるで色あせた旧《ふる》い写真のようだった。ほとんどの建物がレンガ造りか、レンガ色の漆喰《しっくい》で塗りこめられていた。石も道路も灰色だった。細かな霧状になった砂漠の砂は舞い上がり、家屋を覆《おお》っていた。樹木や草もあることにはあるが、全体の風景は砂漠のなかに、ぼんやりとした色に塗られた箱が並んでいるように見えた。

建物のほとんどは低層住宅で、二階建てのなかにときおり、三階建てや四階建ての建物が見えた。光塔《ミナレット》や礼拝者の塔が不規則に灰色の世界から突き出ていた。モスクの丸屋根があちこちにあり、こっちにあるのは小さな十個の卵に守られた緑色の卵、あっちにあるのは沈む太陽の日に映えて白く輝く白カブのように見えた。

建物は隣接して建てられ、通りは碁盤の目で、ほとんど幾何学的な模様になっていた。あちこちに塀が目立つ。すでに戦火にさらされたあとなので、市《まち》の隅だけでなく、大通りにまで瓦礫《がれき》が散乱していた。私の視界からはさえぎられていたが、正面の方角には、半年前、反政府武装勢力が民間軍事会社ブラックウォーター社の四人の遺体を冒瀆《ぼうとく》した悪名高き橋があった。この橋は、私のいる場所からすぐ南の地点で逆V字形になるユーフラテス川に架かっていた。

目下の課題は、この建物から七〇〇メートル離れたところにある線路だった。南の幹線道路を越えたところに盛り土と鉄道の構脚があった。この窓の左側に見える東部には、市《まち》の中心部からはずれた場所にある操車場と駅があり、そこに線路が続いていた。

海兵隊の攻撃は線路を越えて南下し、ユーフラテス川から市《まち》のはずれにあたる立体交差の幹線道路のある地区にまで及ぶことになっていた。この地区はおよそ五キロの幅がある。当初の計画では、一一月一〇日までに三日弱で国道一〇号を二・五キロ進むことになっていた。たいした距離ではないと思うかもしれない――ほとんどの海兵隊員はおそらく三〇分で歩けるだろう――だが、その道は爆弾が仕掛けられたネズミの巣と過剰に武装した民家のまえを通っている。海兵隊は文字どおり、一軒一軒、一区画一区画、戦闘しながら進むことになり、進攻するにつれて状況は悪化していくだろうと考えていた。ネズミを穴から追い出せば、次の穴に集まる。遅かれ早かれ、走りまわる場所がなくなる。

窓の外を見ながら、戦闘が早く始まらないかと願っていた。標的がほしかった。誰かを撃ちたかった。

そう長く待たずにすんだ。

私のいる建物からは、鉄道の線路と盛り土、その先の市街地に続いていくところまでよく見通せた。

狙撃の配置についてまもなく、私は何人も射殺した。ほとんどが市街地近くだった。反政府武装勢力は、攻撃態勢を整えるためか、海兵隊をスパイするために、その地区に侵入しようとしていた。八〇〇メートル離れた場所の、線路を越えた盛り土の下なら、おそらく見られていないから安全だと考えたのだろう。

大まちがいだ。

私がはじめて狙撃したときの気持ちは、すでに述べた。あのときを振り返ると、心のどこかに、無意識のうちに〝この人を殺していいのか?〟と問いかけるためらいがあった。

だが交戦規定は明解そのものだし、そのうえ、照準器のなかに見える男はまちがいなく敵だ。その男が武装していて、海兵隊に向かって移動しているという事実からだけではない。もちろんそれは、交戦規定に基づく重要なポイントではあるが。一般市民は市《まち》に留まらないように警告を受けていた。誰もがみな脱出できたわけではないだろうが、害のない人間はほとんど残っていない。市《まち》の境界内に留まり、戦闘可能な年齢で、気が触れていない人間はほぼ悪党だ。やつらは四月に自分たちが海兵隊を追い出したと思っていて、それと同じように今回も追い出せるだろうと考えていた。

最初のひとりを撃ち殺したあとは、ずっと楽になった。覚悟を決めることも、特別な精神修養もしない——照準器を覗いて、標的に照準を合わせ、仲間が殺される前に敵を殺す。

その日私は三人仕留めた。レイはふたり。

私は照準器を覗いているときも両方の目を開けておく。右目は照準器越しに見ていて、左目は市《まち》全体を見ている。これで状況把握がしやすくなる。

キロ中隊と

海兵隊は市内に進攻するとほどなく、私たちがいる集合住宅からでは掩護ができない地点に到達した。私たちは階下に向かい、次に備えた——市街地での任務だ。

私は市《まち》の西側に位置する海兵隊のキロ中隊に同行し、支援するように命じられた。彼らは、一区画ごとに一掃していく攻撃の最前線の部隊だった。すぐ後方には別の中隊が従い、地域一帯の安全確保と反政府武装勢力が後方から反撃してこないように見張りを固めた。狙いはファルージャを一区画ごとに掃討することだ。

この地区の建物は、多くのイラクの市街地と同様に、隣家との境に厚いレンガと漆喰《しっくい》の塀が立てられていた。あちこちに反政府武装勢力が隠れられる人目につかない裂け目があった。硬い土やセメントで平らにされている裏庭は、長方形がいくつも並べられたまさに迷路だった。近くに川があるのに、乾燥して埃っぽい。ほとんどの家には水道がなく、屋根に水をためていた。

私は、第一段攻撃の第一週のうち、数日間を海兵隊のスナイパーとともに行動した。多くの時間を海兵隊のスナイパーとJTAC、つまり空爆要請ができるSEALの隊員と組んでいた。ほかにも海兵隊の支援員が何人か、安全確保の任務の合間に別の任務で助けてくれた。彼らはスナイパーになりたがっている海兵隊員で、この任務のあとに、海兵隊のスナイパー学校に派遣されるのを望んでいた。

毎朝、約二十分間の〝砲撃〟——迫撃砲、大砲、爆弾、ミサイル、ロケット砲による——が行なわれた。敵の主要な拠点に、おびただしい数の砲弾が降りそそぐ。敵の弾薬庫や集積所を破壊し、激しい抵抗が予測される地点の勢力を削ぐためだ。遠くに黒い煙が立ちこめる。弾薬庫に命中すると、二次爆発によって地面も空気も震えた。

最初、私たちは海兵隊の先発部隊の後方にいた。だが、地上にいるその部隊よりも前方にいれば、本体をめがけて集まってくる反政府武装勢力に奇襲をかけることができるので、より効果的だとすぐに気がついた。

その結果、戦闘回数が一気に増えることになる。私たちは隠れ家になる家を占拠することにした。

その家屋の一階部分が一掃されると、私は最上階から屋上へ続く階段を駆け上がってみた。このあたりによくあるように、小さな小屋のようなものが屋上への出入口を覆《おお》っていた。屋上に異常がないことを確認して、壁際に移動すると銃をのせるものを調達し、ライフルを設置した。通常は、屋上には椅子や敷物など、少しでも快適にするために使えそうなものがある。ないときは、下の階に行けば必ずあった。私はＭｋ11に変更することにした。市街地の配置を考えると比較的近距離だと気づいたのだ。Ｍｋ11のほうがウィンマグ弾のライフルよりも使い勝手がいいし、この距離なら殺傷能力は変わらない。

一方、地上の海兵隊は、道の両側にある家を一軒ずつ掃討しながら通りを進んでいた。私たちが掩護できない地点まで海兵隊が移動すると、私たちはすぐに移動して新たな場所を占拠し、初めから同じことを繰り返した。


多くの場合、私たちは屋上から狙撃した。視界は良好だし、椅子などがよくあったからだ。市街地の家の屋上はたいてい低い塀に囲まれていて、敵の反撃を防ぐこともできた。それにすばやく動けた。攻撃は私たちが配置につくのを待って始まるわけではない。

屋上が使えない場合は、上層階の窓から狙撃することが多かった。ごくまれに射撃場所の確保のために爆薬で壁に狙撃穴《スナイパーホール》を開けることもあった。だがめったにない。たとえ小さな爆破で済んだとしても、そのことで射撃場所を知られたくないからだ（穴は私たちが引き上げたあとに塞《ふさ》がれた）。

使われなくなって久しいオフィスビルから狙撃することもあった。窓際の机を部屋の奥まったところにしつらえた。外壁が自然の陰を作り、身を隠すのに役立った。

悪党ども

私たちが戦っていた敵は、凶暴で武装していた。たった一軒の家から、マシンガンやスナイパーライフルなど、二〇挺以上の銃のほかに手製のロケット砲台と迫撃砲台が見つかった。長い区画のなかのたった一軒の家の話だ。なかなかしゃれた家で、実際、エアコンや豪華なシャンデリアや西洋の家具があった。そこで午後の休憩をしたが、とても快適だった。

その家屋を注意深く調べると、武器はすぐに見つかった。海兵隊がなかに入るとグレネードランチャーは食器棚に立てかけてあり、ロケット弾は棚の下のティーカップの横に積み重ねてあった。別の家では、ダイビング用のボンベが見つかった。その家にいた反政府武装勢力は、密かに川を渡って攻撃していたようだ。

ロシア製の武器もよく見かけた。ほとんどが旧式で、ある家には第二次世界大戦中に作られたと思われるライフルグレネードがあった。私たちは共産党の鎌と槌《つち》のマークがついた双眼鏡を見つけた。ＩＥＤは壁に仕込まれたものも含めて、あちこちにあった。

ファルージャでの戦闘については、反政府武装勢力がいかに狂信的だったかについて多くの人が書いている。やつらは狂信的だったが、それは宗教のせいばかりではなかった。麻薬を使っているものが大勢いた。

この軍事行動の後期に、私たちは反政府武装勢力が使っていた、郊外にある病院を占拠した。そこでは焦げたスプーンや麻薬を打つ器具や、戦いの心構えをするために使った証拠品が見つかった。私は専門家ではないが、やつらはヘロインを熱で溶かして戦闘の前に打っていたように思えた。聞いた話では、処方薬や手に入る薬などあらゆる薬を使って、士気を高めていたようだ。

それはやつらを撃ったときにわかることがある。何発かくらっても、感じていないやつもいるのだ。彼らを突き動かしていたのは、宗教とアドレナリンだけでなく、血に飢えているせいでもなかった。すでに天国へ向かう途中だったのだ。少なくとも心はもう。

瓦礫の下で

ある日私は休憩をとるために屋根を下りて、もうひとりのSEALのスナイパーと一緒に裏庭に向かった。ライフルに取りつけてある二脚を開いて、下に置いた。

突然、私たちの真向かいで爆発が起こった。三メートルしか離れていない。身をかがめ、振り向くとブロック塀が粉々《こなごな》になるのが見えた。その向こう側にAKライフルを肩に掛けた、二人の武装勢力が驚いた顔をしているのが見えた。私たちも同じ顔をしていたにちがいない。やつらも休憩中だったが、ロケット弾の流れ弾が当たったか、IEDか何かが爆発したのだろう。

西部劇の決闘のようだと思った――早く拳銃を撃ったほうが生き残る。

私は自分の銃を取り出して撃ちはじめた。同僚も同じことをした。

やつらに当たったが、倒れなかった。やつらは角を曲がって家のなかを走り、やってきた道を戻って通りに出ていった。

家から飛び出すとすぐに、道路で安全確保を行なっていた海兵隊員に射殺された。

戦闘が始まってまもなく、ＲＰＧのロケット弾が私のいた建物に命中した。

ある日の午後、私は最上階で窓から離れた場所で配置についた。地上の海兵隊は前方の通りで銃撃を始めた。私は掩護を始め、標的をひとりずつ倒していった。イラク人は私に向かって発砲したが、幸運にも正確に狙えなかった、いつものように。

するとロケット弾が建物の側面に当たった。壁が爆発の衝撃を受け止めたが、それは良くも悪くもあった。いい面は、私が吹き飛ばされずにすんだことだ。だが、その爆発で壁から大きな塊が落ちてきた。それが私の脚の上に転がり落ち、私の膝はコンクリートの床に叩きつけられ、一時的に身動きできなくなった。

死ぬほど痛んだ。私は瓦礫を蹴散らし、一区画先のろくでなしどもに向けて撃ちつづけた。

「全員無事か？」一緒にいた仲間が叫んだ。

「大丈夫、大丈夫」私は叫び返したが、言葉とは裏腹に私の脚は悲鳴をあげていた。どうしようもなく痛い。

反政府武装勢力が引き返してきて、戦況は激化した。いつものやり方だ――休止、激闘、そして休止。

銃撃戦がすっかり終わると、私は立ち上がって部屋を抜け出した。階下で、仲間のひとりが私の脚を指さした。

「脚を引きずってるぞ」彼は言った。

「くそったれの壁が落ちてきやがった」

彼は上を見上げた。壁が崩落したあとに大きな穴が開いていた。そのときまで、ロケット弾が当たった部屋に私がいたことに誰も気づいていなかったのだ。

それからしばらく私は脚を引きずっていた。かなり長いあいだ——結局両膝とも手術を受けなければならなかったのだが、二年間引き延ばした。

医者には行かなかった。医者に行けば、前線からはずされる。私にはなんとかやっていけるとわかっていた。

懲罰はいやだ

撃つことを怖がるな。IEDやライフルを手にしたやつが仲間のもとに向かっているのを見たら、引き金を引く正当な理由がある（実際には銃を持っていたからといってイラク人を撃つ理由にはならない）。交戦規定に詳しく書かれているものの、たいていの場合、危険な状況は見ればわかる。

だが、はっきりとはわからない場合がある。反政府勢力であることはほぼまちがいなく、おそらく悪いことをしているにちがいなくても、その男の向かう方向が、軍隊のいる地区ではないときなど、状況や周囲の環境から疑いが残る場合だ。友だち相手に男らしいところを見せつけたいだけで、私に監視されていることにも、アメリカ軍が近くにいることにも気づいていない。そんなことが実によくある。

そんなとき、私は撃たない。

撃てないのだ——自分の身の心配をしなければいけなくなるから。正当ではない銃撃は殺人罪で告訴されるかもしれないからだ。

私はしばしば考えてみる。〝あいつが悪党だということはわかっている。通りであんなことやこんなことをしていたことがあった。だが、今は何もしていない。もしも私が撃ち殺したら、弁護士に釈明できない。懲罰を受ける〟。前にも言ったように、何事にも事務処理が必要だ。殺人を承認するには、書類と裏づけ証拠と証人がいる。

だから私は撃たないのだ。

ファルージャではとくに、迷うようなことはたいしてなかったが、私はいついかなるときも、すべての殺人は弁護士に釈明できるものでなくてはならないということを心に留めておいた。

私の見解。私の標的となった人間が、悪いことをしそうだ、というのでは正当化できない。実際に悪いことをしたのでなければ。

そうした考えを基準にしていても、標的には事欠かなかった。平均して一日に二、三人で、それより少ない日も多い日もある。終わりは見えなかった。

私たちがいた屋上から数区画先の屋根の上に、ずんぐりした給水塔が建っていた。野生の黄色いトマトのようだった。

ひとりの海兵隊員がその塔に上って、格子に取りつけられたイラク国旗をはずそうとしたとき、私たちはすでに数区画先に移動していた。彼が上っている最中に、それまでの攻撃のあいだ身をひそめていた反政府武装勢力が銃撃を始めた。ほんの数秒のあいだに、海兵隊員は撃たれて動けなくなった。

私たちは通り沿いにもと来た道を引き返し、屋根を乗り越え、銃を撃っている男を見つけた。その地区を制圧したのち、仲間のひとりに旗を取りに行かせた。私たちはその旗を海兵隊員の病室へ届けた。

本性を現わしたランナウェイ

それからまもなく、イラク人反政府武装勢力と通りで出くわしたとき、私は、ランナウェイと呼ぶことになる男と一緒だった。私たちは通り沿いにあった塀のわずかな窪《くぼ》みにしゃがみこんで、降りそそぐ弾丸の雨がやむのを待った。

「帰り道を切り拓こう」私はランナウェイに言った。「先に行け。掩護する」

「よし」

　私は身を乗り出して掩護射撃を行ない、イラク人を後退させた。ランナウェイが私を掩護できる態勢を作るまで、数秒待った。準備の時間は充分とったと思い、私は通りに飛び出して走りはじめた。

　銃弾があちこち飛び交ったが、ランナウェイからはない。すべてイラク人が撃ったもので、やつらは弾丸で私の背中に自分の名前を刻もうとしていた。

　私は塀際に飛び込み、隣の門のなかに滑り込んだ。一瞬混乱した。ランナウェイはどこだ？

　近くにいるはずだった。交代で掩護しあえるように。だが、姿はどこにも見えなかった。通りで追い越してしまったのか？

　そうじゃない。くそったれは、あだ名どおりの行動をとったのだ。

　私は反政府武装勢力に足止めをくらい、不可解な仲間に蒸発されて、身動きできなくなった。

　イラク人の銃撃が熾烈《しれつ》になったので、私は救援を頼んだ。海兵隊が二台のハマーを差し向けてくれ、私が伝えたすべての目標を撃破してくれた。ようやく私は脱出できた。

　そのときはすでに、いったい何が起こったのかを理解していた。直後にランナウェイと会ったときは、ほとんど絞め殺すところだった――たぶん殺していただろう、そこに将校が居合わせていなければ。

「どうして逃げ出したんだ？」私は問いただした。「掩護もせずにとっとと逃げやがって」

「ついてくると思ったんだ」

「このクソ野郎」

私が銃撃されているさなかにランナウェイが逃げ出したのは、その週でもう二度目だった。指揮官は私たちのペアを解散させた。賢明なる決断だ。


「とにかく撃ちまくれ」

ランナウェイがらみの命がけの冒険からしばらくしてのことだ。屋上での狙撃任務の際に、階下へ降りようとしたところ、すぐそばでおびただしい数の銃撃音が轟きわたった。外へ走り出たが、銃撃戦は見あたらない。それから無線で負傷者が出たことを知った。

イーグルと呼ぶことになる仲間と私が走っていくと、一区画先で銃撃を受けて退却してきた海兵隊に遭遇した。彼らによれば、そこから遠くないところでほかの海兵隊員が反政府武装勢力に釘づけにされているという。私たちは救出に向かうことにした。

私たちは近くの家から狙おうとしたが、高さが足りなかった。イーグルと私はさらに近づいて、別の家を試した。そこから屋根に上がっている海兵隊員が見えた。四人のうちふたりが負傷していた。彼らからの情報は錯綜しており、私たちがいる場所からは敵を撃つことができなかったので、負傷した兵士を助けるために彼らをそこから移動させることにした。私が運んだ若者は腹を撃たれていた。

通りに出て、撃たれていないふたりの海兵隊員から正確な方角を聞き出すと、私たちはまちがった家を攻撃していたことがわかった。反政府武装勢力のいる方角に向かって路地を進んだが、すぐに障害物にさえぎられて進めなくなった。来た道を戻った。大きな通りに出る角を曲がったとき、背後で大きな爆発音が聞こえた——武装勢力は私たちが来るのを見て、手榴弾を放り投げたのだ。

私のうしろからついてきていた海兵隊員のひとりが倒れた。イーグルはスナイパーだったが、衛生兵でもあったので、腹を撃たれていた兵士が路地から運び出されたあと、倒れた海兵隊員の手当をした。一方で私は、残りの海兵隊員とともに武装勢力の拠点のほうに向かって進んだ。

曲がり角の近くで、敵の銃撃を受けて身動きがとれず、うずくまっている海兵隊員のグループに出くわした。彼らもまた先ほどの四人の救出に向かったものの、立ち往生させられていた。私はみんなを集めて指示を出した。少人数のグループが通りを走り抜け、ほかの隊員がそれを掩護射撃する。釘づけにされたままの海兵隊員たちは、ここから五〇メートル先、およそ一区画分先にいた。

「敵の姿が見えているかどうかは関係ない」私は言った。「とにかく全員で撃ちまくれ」

私は立ち上がった。そのとき、テロリストが道の中央に飛び出してきて、機関銃の弾丸をこれでもかというくらい浴びせてきた。ベルトにつながった弾薬をすべて撃ちつくすまで。私たちはできるかぎり応戦しながら、物陰に身をひそめた。体に穴が開いていないか、それぞれが確かめた。奇跡的に、誰も撃たれていなかった。

このときまでには、同行の海兵隊員は一五から二〇人になっていた。

「いいか」私は言った。「もう一度だ、今度はうまくやるんだ」

私はそこから飛び出して、走りながら銃を撃った。イラク人の機関銃手はそれまでの集中砲火で殺されていたが、通りの奥には悪党どもがまだいくらでもいた。

走りだしてすぐに気がついた。誰ひとり海兵隊員がついてきていない。

くそっ。私は走りつづけた。

武装勢力は、私に照準を定めはじめた。私はMk11を脇の下に固定し、走りながら銃撃した。セミオートマティックは優れた万能兵器だが、とりわけこんな状況では小さな二〇連装の弾倉が頼もしい。私は二〇発撃ちつくすと弾倉を飛ばし、新しい弾倉をはめ込んで、銃撃を続行した。

敵の潜む家の近くで、壁のそばにうずくまっている四人を見つけた。そのうちのふたりは海兵隊の従軍記者だった。あてにしていたよりもずっと激しい光景が見られたことだろう。

「掩護する」私は叫んだ。「ここから出ろ」

叫ぶなり飛び出して、彼らが走っているあいだ撃ちつづけた。最後の海兵隊員が通り過ぎるとき、私の肩を叩いた。自分が最後だという合図だ。あとに続くために、右側を眺めて、側面を確認した。

目の端に、地面に力なく横たわる人影が映った。海兵隊の迷彩服だ。

どこから現われたのか、私がここに到着したときにすでにそこにいたのか、それともどこかから這《は》ってきたのか、見当もつかない。彼のもとに駆け寄ると、両脚を撃たれているのがわかった。私は新しい弾倉を叩き込むと、その兵士のボディアーマーの背中をつかみ、引きずりながら走ってうしろに下がった。

私が走っていると、反政府武装勢力のひとりが手榴弾を投げてきた。どこか近くで爆発した。塀が粉々《こなごな》になって、尻から膝のあたりに降りそそいだ。幸運にも、私の拳銃がいちばん大きな破片を受け止めた。本当に運がよかった——さもなければ脚に大きな穴が開いていただろう。

尻はしばらくひりひり痛んだが、今でも充分に役目を果たしている。

迷彩服の兵士と私は、もう撃たれることなく、ほかの海兵隊のもとにたどり着いた。

私はその兵士が誰だったのかわからないままだ。少尉だとあとで聞かされたが、それ以上のことを知る機会はなかった。

ほかの海兵隊員が、彼の命を救ったのは私だと言った。だがそれは私ひとりでしたことではない。全員無事に帰還できたのは共同作業の結果だった。みんなで一緒に成し遂げたことだ。

海兵隊は、私が彼らの隊員の救助を支援したことを感謝し、将校のひとりが私をシルヴァースター章に推薦した。

聞いた話だが、それは現場に行かない将軍たちに却下された。あの攻撃作戦では海兵隊員が誰もシルヴァースター章をもらっていないのだから、SEALの隊員にやるわけにはいかない、という理由で。代わりに、V（戦闘中の武勇を示す）のついたブロンズスター章をもらった。

思い出すとおかしくなる。

勲章は悪いものではないが、とても政治的なものだし、私は政治が好きになれない。結局のところ私はSEAL在籍中に、勇敢さを讃《たた》えられて、ふたつのシルヴァースター章と五つのブロンズスター章をもらった。私は自分の職務を誇りに思っているが、決して勲章目当てに働いたわけではない。そんなものがあろうとなかろうと、ほかの軍人たちとなんら変わるところはない。勲章では語りつくせないことが多くある。さっきも言ったが、最後は、その妥当性よりも政治的判断になってくる。もっと勲章をもらってもいいと思える人も、そんなにもらう必要はないと思う人もいたが、それはそのときの国などの都合によって左右される。そんな思いがあって、私は家にもオフィスにも勲章を飾っていない。

妻はいつも、表彰状はまとめるか額に入れるかして、勲章は飾っておけという。政治的だろうとなかろうと、それは私の軍隊でのキャリアの一部なのだからと。

そう思える日がくるかもしれない。

まあ、そういうことはないだろう。

あの攻撃作戦で私の制服は血まみれになってしまったので、海兵隊が彼らの制服を一式くれた。私は迷彩服に身を包んだ海兵隊員の一員のように見えた。

誰かほかの人の制服を着ているのは妙な感じがする。だが、同じ服を着せてくれたのは、私をチームメンバーのひとりと見なしてくれたからだと思うと、とても名誉なことに思えた。さらに、フリースのジャケットと帽子がもらえたことはありがたかった——イラクは寒かったから。

タヤ

ある実戦配備のあと、ふたりでドライヴに出かけたとき、やぶからぼうにクリスが言いだしたことがあった。「人が特別な死に方をしたときは、独特なにおいがするって知ってた？」

わたしは言った。「いいえ、知らないわよ、そんなこと」

少しずつ何の話かわかった。

思ったとおり、ぞっとするような話だった。

いつも淡々と話す。彼は何度も、わたしが耐えられる内容かどうか確認するようなことを言った。彼にはこんなふうに言ってあった。わたしはあなたが戦争で何をしたかなんて、本当に、全然気にしないから。無条件で支えるからとも。でも彼は、ゆっくりとわたしの顔色をうかがわずにはいられなかった。クリスは、わたしが彼のことを変な目で見ないかどうか、知りたかったのだと思う。それから、また配備につくことがわかっていたから、わたしをこわがらせたくなかったのだと思う。

わたしの理解では、兵士が戦地ですることを問題視する人というのは、共感する力のない人なのだと思う。アメリカが戦うことに関して特別なイメージがある人たち。わたしは想像できる。誰かに撃たれ、血を流しながら家族を守るために敵に立ち向かう人たちの姿を。その敵は、子供の陰に隠れ、死んだふりを装って至近距離で手榴弾を投げてくる。そして自らがピンを抜いた手榴弾で自分の幼子を殺しても良心の呵責《かしゃく》を感じない——そんな敵を相手にフェアプレーを心がけろなんて言われても、気にすることはない。

クリスが交戦規定を守っているのは、そうしなければいけないから。大局的には交戦規定があることはいいことだと思う。問題は、交戦規定は細かいことまで決めこんでいるというのに、テロリストたちはジュネーヴ条約のことなど少しも気にかけていないということだ。だから、邪悪で倒錯していてルールを守らない敵に立ち向かう兵士たちのひとつひとつの攻撃を非難するなんて、ばかげているどころじゃない。卑劣な行為だ。

わたしは夫やほかのアメリカ兵が無事に帰還することを心から望んでいる。だから、夫が無事でありさえすれば、わたしは何を話されても驚かない。あの話を聞かされる前であっても、戦争は素敵とかいいことだなんて思ってもいなかった。

カイルがすぐ間近で相手を殺した話を聞かされたときにわたしが思ったのは、神様ありがとう、夫が無事でよかったということだった。

わたしはこうも思った、かっこいいって。

たいていは、殺しや戦争のことを話さなかったのだけれど、だんだん話すようになった。悪いことばかりじゃない。ある日、クリスは地元の店にオイル交換に行って、何人かと一緒にロビーで順番を待っていた。そして窓口の係がクリスの名前を呼び、クリスは料金を払ってまた腰をかけた。

自分の車を待っていた男が彼を見てこういった。「クリス・カイルかい？」

クリスは答えた。「ああ」

「ファルージャにいた？」

「そうだ」

「なんてこった、あんたはおれたちの命の恩人だ」

男の父親が出てきて、カイルに礼を言い、握手を求めてきた。誰もが言っていた。「あんたはすごい、誰よりも敵をやっつけたんだから」

クリスは恥ずかしがって、ぼそりとつぶやいた。「こっちはこっちでみんなに助けられた」

そのとおり。

7　窮　地

地上

その若者は興奮と不信が入り混じった目で私をじっと見ていた。若い海兵隊員で、熱意にあふれていたが、前の週に行なわれた戦闘でその熱意が薄らいでいた。

「スナイパーになりたいか？」私は尋ねた。「今すぐにでも？」

「ええ、それはもう！」若者はようやくそう言った。

「よし」私はそう言って、Ｍｋ11を手渡した。「Ｍ16をよこせ。おまえはこのスナイパーライフルを使えばいい。おれは正面から突入するぞ」

そう言うと、私はいま同行している海兵隊の分隊のところへ向かい、家屋への突入を手助けすると伝えた。

この数日間、反政府武装勢力は表へ出て戦おうとしなくなっていた。監視中のスナイパーによる殺傷率は低下していた。悪党どもはみな家屋のなかに閉じこもっていた。外に出たら私たちに撃たれることを知っているのだ。

といって、あきらめてもいなかった。それどころか、家屋のなかに陣取って小部屋や狭い廊下で海兵隊員を待ち伏せ、戦いを挑んできた。大勢の仲間が運び出され、救急搬送されるのを私はこの目で見た。

しばらく前から地上で戦ってはどうかと考えていたが、ついにそれを実行することにした。そこで狙撃班《スナイパー・チーム》を手伝っていた兵士をひとり選んだのだった。かなり見込みのありそうな、いい青年だった。

屋根から地上に降りたのは、うんざりしていたからでもある。さらに大きな理由としては、海兵隊に同行すれば、もっと活躍して彼らを守れる気がしたからだ。海兵隊員は建物の正面から入って殺されていた。私は彼らが突入するのを見守り、銃声を聞き、次に気づいたときには、彼らはいましがた撃たれた仲間を担架で運んでいた。その光景に私は苛立ちを覚えた。

海兵隊を敬愛してはいるが、正直なところ、彼らは私とはちがって室内での制圧について訓練を受けたことがない。海兵隊が得意とする任務ではないのだ。彼らはみな屈強な戦士だが市街戦についてはまだまだ学ぶべきことがあった。そのほとんどは単純なことだ。部屋に突入するとき、ライフルをどのように構えていれば奪われにくいかとか、室内に入ったらどこへ動くべきかとか、市街地で敵に三六〇度囲まれた状況ではどのように戦えばいいのかとか――つまり、SEALだったら寝ていてもできるようになるまで叩きこまれることだ。

私がいた分隊には将校がいなかった。最も階級の高い下士官は二等軍曹、海兵隊式に言えば、E‐6だった。私はE‐5で下の階級だが、彼はべつに気にすることもなく、私に制圧の指揮をとらせてくれた。しばらく行動を共にしていたので、ある程度の信頼を得ていたのだろう。彼にしても部下が撃たれて負傷することを望んではいなかった。

「なあ、おれはSEALで、きみたちは海兵隊だ」私は若者たちに言った。「おれはきみたちより優れているわけじゃない。ちがっているのはきみたちよりも長いあいだ、こうした任務を専門として訓練を受けてきた、ただそれだけのことだ。ぜひとも手伝わせてほしい」

戦闘の合間に私たちは少しばかり訓練をした。爆薬を扱った経験のある海兵隊員に私の爆薬を渡し、錠前を吹き飛ばすやり方についてざっと予行演習をした。そのときまで、分隊は少量の爆薬しか持ち合わせておらず、ドアをぶち抜いて突入することが多かったため、当然時間はかかるし、敵の攻撃を受けやすくなっていた。

小休止の時間は終わり、私たちは突入を開始した。

屋内

私が先頭に立った。

最初に突入する家屋の外で待ちながら、以前運び出される姿を見た兵士たちのことを考えた。

ああはなりたくなかった。

だが、その可能性はある。

そうした雑念を頭から締め出すのは容易ではなかった。それに、怪我でもしたらかなり面倒なことになるのはわかっていた――地上で戦うことは、少なくとも表向きは、私の任務ではない。自分ではまちがいなく正しいことであり、絶対にしなくてはならないとさえ思っていたが、軍のお偉方は腹に据えかねるだろう。

だが、撃たれてしまえば、そんなこともどうでもよくなる。

「さあ、行こう」私は言った。

私たちは扉を吹き飛ばした。私が先頭に立った。訓練と本能が体を自然に動かした。玄関の間を制圧すると、脇によけて仲間に動きを指示した。部隊の動きは迅速で自然だった。ことが順調に進みはじめ、家屋の奥に入ったときには、何かが私の内面を支配していた。死傷者が出るかもしれないなどということはもう気にもしていなかった。頭にはドアと家屋と部屋のことしかなかった――その三つだけで充分だった。

家屋に突入して何が起こるかは誰にもわからない。何事もなく、一階の各部屋を制圧したからといって、ほかの部分も安全とはかぎらない。二階にあがりながら、部屋はすべて空《から》っぽだろうとか、何の問題もないだろうと考えるかもしれないが、そういう感覚は危険だ。どこに何があるかわかったものではない。それぞれの部屋の制圧をしなくてはならないし、それが済んでも油断は禁物だ。家屋全体を制圧したあと、外から銃弾や手榴弾が飛んできたことが何度もあった。

家屋の多くは小ぶりで狭かったが、戦闘が続くにつれて私たちは市《まち》の裕福な地域も通るようになった。そうした地域では道路は舗装されており、建物は外から見るとミニチュアの宮殿のようだった。だが、正面玄関を抜け、室内を覗《のぞ》いてみると、そのほとんどは跡形《あとかた》もなく破壊されていた。それほどの財産を持つイラク人はすでに逃げたか、殺されていた。

戦闘が小休止すると、よく海兵隊員を外に連れ出して実地訓練を行なった。他の分隊が昼食をとっているあいだ、私は室内の制圧について自分が学んできたことをすべて彼らに伝授した。

「いいか、おれはひとりの仲間も失いたくないんだ！」そう言って檄《げき》を飛ばした。その場で反論はさせなかった。本来なら休憩するはずの時間に走りに走らせ、厳しくしごいた。だが、さすがは海兵隊だった——どんなにしごいても、もっと教えてくれと応じてきた。

私たちは広い居間のある家屋に突入し、住人を完全に不意打ちにした。

だが、驚いたのは私も同じだった——飛び込んだ私の目の前に、砂漠用の迷彩服を着た男が大勢立っていた。第一次湾岸戦争の砂漠の嵐作戦で使われた、茶色にチョコレートチップ色の斑《はん》が入った着古した服だった。全員が武器を携帯していた。すべて白人で、ひとりかふたり、ブロンドの男がいた。明らかにイラク人でもアラブ人でもなかった。

いったい何者だ？

私たちはお互いに顔を見合わせた。そのとき、私の頭のなかで何かがはじけた。私はM16

の引き金を引き、一瞬のうちに男たちを倒した。

あと〇・五秒躊躇《ちゅうちょ》していたら、血を流して床に横たわっていたのは私のほうだった。男たちはチェチェン人だった。どうやら西洋社会との聖戦《ジハード》のために雇われたイスラム教徒らしかった（室内を捜索したら、彼らの旅券が出てきた）。

年寄り

私たちがいったい地区をいくつ制圧したか、それはわからない。いくつの家屋を制圧したかとなれば、なおさらだ。海兵隊は慎重に練りあげた計画に沿って行動していた——私たちは毎日、昼食までに決められた地点に進み、夕暮れまでに別の目標地点に到着していなければならなかった。突入隊全体が入念に計画された順序で市《まち》を移動し、武装勢力がつけこんで私たちの背後を突いてくるような見落としや盲点がないかを確かめた。

ときおり、まだ家族で暮らしている建物にあたることもあったが、たいていの場合、私たちが出会ったのは武装勢力だった。

家屋は一軒ごとにくまなく捜索した。ある家屋に入り、地下室へ降りかけたところ、かすかにうめき声が聞こえた。ふたりの男が壁に鎖で吊るされていた。ひとりはすでに死亡しており、もうひとりは虫の息だった。ふたりとも電気ショックと別の何らかの手段でむごたらしい拷問を受けていた。どちらもイラク人で、どうやら知的障害者のようだった。武装勢力は確実な口封じを行なう前に少し愉しむことにしたらしい。

衛生下士官が死んだ男の処置をしているあいだに、もうひとりの男も息を引き取った。床に黒い横断幕があった。狂信者たちが西洋人の首をはねるときにヴィデオに残したがる、あの手のものだ。切断された手足もあった。想像を絶するほど、おびただしい量の血が流れていた。

すさまじい悪臭が漂う場所だった。

二、三日後、海兵隊のスナイパーも地上に降りることになった。私たちふたりで直接《D》行動《A》を率いることになった。

私たちは通りの右側にある家屋を制圧し、続いて通りを渡った左側の家屋に、さらに向かい側へと移動した。行ったり来たりを繰り返し、ジグザグに進んでいった。これにはかなりの時間がかかった。門を迂回して玄関に向かい、ドアを爆破して突入せざるをえなかった。屋内のくずどもには準備する時間が充分あった。言うまでもないが、私が提供した分を合わせても、手持ちの爆薬は足りなくなってきた。

私たちは海兵隊の装甲車とともに任務にあたった。彼らは私たちに併走して、道路の中央を進んでいった。搭載した武器は50口径だけだったが、強みはそのサイズにあった。あの力強い銃撃を受けたら最後、どんなイラクの壁もひとたまりもなかった。

私は装甲車の指揮官に歩み寄った。

「すみません。頼みがあります」私は言った。「爆薬が切れかけてましてね。正面の塀を突き破って、玄関に50口径弾を五発ほど打ち込んでくれませんか。そうしたら後退してくれてかまいません。あとは、おれたちがやります」

このやり方にしたところ、爆薬は節約できたし、仕事もはかどるようになった。階段を昇り降りし、屋根まで駆け上がり、また降りてきて、次の家屋に突入する――一日に五〇軒から一〇〇軒の家屋を制圧するまでになった。

海兵隊は息があがることがほとんどなかったが、私はファルージャにいた約六週間で九キロ以上やせた。ほとんどは地上で汗となって流れた。きつい仕事だった。

海兵隊はみな私よりもずっと若かった――実際、なかには十代の若者もいた。当時、私はまだ童顔だったのだろう。彼らと話をしていて、何かのきっかけで年齢を打ち明けると、顔をじろじろ見られ、「そんなに歳なんですか？」と言われたものだ。

当時、私は三〇歳。ファルージャでは年寄りだった。

ごく普通の一日

海兵隊による制圧が市《まち》の南端まで進むと、私たちの班の地上戦は徐々に少なくなっていった。私は屋根の上に戻り、もっと標的を見つけてやると思いながら監視を再開した。形勢はすっかり逆転していた。アメリカ軍は悪党どもに支配されていた市《まち》をほぼ奪回し、抵抗勢力が崩壊するのは時間の問題だった。もっとも、戦闘のさなかにいた私に確かなことはわからなかったが。

私たちが墓地を神聖視することを知っている武装勢力は、しばしば墓地を武器や爆薬の隠し場所にした。あるとき、私たちは市《まち》の中心にある、壁に囲まれた巨大な墓地を隠れた場所から監視していた。フットボールの競技場が縦に三つ、横にふたつ入る広さがあり、墓石や霊廟がところ狭しと並ぶ、セメントでできた死者の市《まち》だった。私たちは祈りの塔やモスクに近い、墓地を見下ろせる屋根の上に狙撃陣地を構えた。

　屋根はかなり手の込んだ造りだった。周囲を囲むレンガの壁のところどころが鉄格子になっていて、絶好の狙撃場所だった。私は尻をつき、格子の隙間に置いたライフルを覗いて、数百メートル先の墓石のあいだの小路を注視した。埃と砂がかなり宙に舞っていたので、ゴーグルはつけたままにした。銃撃戦で石造の建物が砕け、その破片やセメントのかけらが飛んでくることを考え、ヘルメットのストラップをきつく締めておくのもファルージャで学んだことだ。

　墓地のなかを動くいくつかの人影が見えた。そのひとつに照準を合わせ、撃った。数秒も経たないうちに激しい銃撃戦となった。武装勢力は墓石の陰から姿を現わしては消えた。地下道があったのかもしれないが、どこから現われるのかまったくわからなかった。近くの60から空薬莢《からやっきょう》が飛び散っていた。

　まわりの海兵隊員が敵に弾丸を浴びせるなか、私は狙撃の成果を確認しながら撃っていた。まわりのしていることすべてが背景に溶け込んだ。私はスコープを慎重に標的に合わせ、質量中心（胴体）に照準を合わせると、引き金をそっとなめらかに絞った。銃身から弾丸が放たれたのが不思議なくらい、そっと。

標的は倒れた。私は次の標的を探した。さらにその次を。これがさらに続いた。

やがて、標的はひとりもいなくなった。私は腰をあげ、体が墓地から完全に隠れるところまで数メートル移動した。そこでようやくヘルメットを取り、壁にもたれかかった。屋根には空薬莢が散らばっていた——数千とまではいかなくても、数百はあった。

誰かがペットボトルの水を分けてくれた。海兵隊のひとりは背嚢《はいのう》を首のところまで上げ、枕にしてひと眠りしていた。別の者は階下《した》まで降りて店に入った。そこはタバコ屋だった。その男は香りのついたタバコを何カートンか手にして戻ってきた。タバコに火がつくと、いつもこの国に立ちこめている強烈なにおい——下水と汗と死のにおい——がチェリーのにおいと混ざり合った。


ファルージャのごく普通の一日。

市《まち》の通りは破片やさまざまな残骸《ざんがい》で埋めつくされていた。もともとショーケースのような美しい市《まち》ではなかったとはいえ、今や廃墟と化していた。道路のまんなかにひしゃげたペットボトルが捨てられたままとなり、その隣には木片やひん曲がった金属片が山となっていた。私たちは三階建ての建物が並ぶ地区に来ていた。いちばん下の階は店舗ばかりで、どの店の日除けにも埃《ほこり》や砂がこんもりと積もり、明るい色だった生地がかすんでぼやけていた。ほとんどの店の入口には金属のシャッターが下りていて、銃弾の破片があばたのような跡になっていた。正式な政府が指名手配している反政府武装勢力のメンバーを載せたチラシが貼られているところもあった。

いまも当時の写真を持っている。ありふれた、およそ劇的ではない光景でも、戦争の影は見逃しようがない。ところどころに、戦前の普通の暮らしをうかがわせる、戦争とはまるで無関係なものがある。たとえば、子供のおもちゃとか。

どうも戦争と平和は折り合いが悪いようだ。

スナイパー史上最高の狙撃

空軍、海兵隊、海軍は上空からの支援を行なっていた。かなり近い地区への空爆を要請できたのも、彼らを充分信頼していたからだ。

私たちから通りひとつ離れたところで別の部隊に同行していた通信兵が、大勢の武装勢力が立てこもった建物から激しい銃撃を受けていた。通信兵は無線で海兵隊を呼び出し、空爆要請の許可を求めた。許可が下りるとすぐにパイロットに連絡し、目標地点とその詳細を伝えた。

「危険が迫っている！」通信兵が私たちに警告してきた。「物陰に隠れろ」

私たちは建物のなかに退避した。どれくらい巨大な爆弾が投下されたのか見当もつかないが、爆風で壁が揺れた。三〇名の武装勢力が死亡したと仲間からあとで聞いた。上空からの支援がいかに重要か、いかに大勢の敵が私たちを殺そうとしているかがよくわかった。

上空を飛んでいたパイロットたちの腕がきわめて正確だったことは言っておかなくてはならない。多くの状況下で私たちは爆弾やミサイルを数百メートル圏内に投下してくれと要請した。落とされたのが四五〇〇キロ以上ある爆弾だったことを考えると、投下範囲はかなり狭かったはずだ。だが、事故は一度もなく、彼らならやってくれると信頼していた。

ある日、私たちの近くにいた海兵隊が、数ブロック先のモスクの尖塔《ミナレット》から銃撃を受けた。狙撃犯の位置はわかったが、こちらから撃つことはできなかった。敵は眼下の市《まち》の大半を支配できる絶好の位置にいた。

通常、モスクに関連するものはすべて狙撃禁止となっているが、狙撃者がいたことから合法的な攻撃対象となった。私たちは尖塔《ミナレット》への空爆を要請した。高くそびえた塔は上部が窓のついたドームで、二本の通路が周囲をめぐっているせいか、空港の管制塔のように見えた。屋根はガラスパネルで、先端には先の尖《とが》ったポールが立っていた。

軍用機が降下してきたため、私たちは身をかがめた。爆弾は空を切り裂き、尖塔《ミナレット》の先端を直撃すると、天井部分の大きなガラスパネルを突き抜け、そのまま路地の向こうの畑に落ちた。爆発は不完全だった――爆発したことはしたが、それほどの威力はなかった。

「くそっ」私は思わず口走った。「撃ちそこないだ。行くぞ――くそったれはおれたちでやっつける」

私たちは数ブロック走り、尖塔《ミナレット》に入ると、永遠に続くかと思える階段を昇りはじめた。いつなんどき、スナイパーの護衛やスナイパー自身が上から発砲してきてもおかしくなかった。だが、そうはならなかった。塔の上にたどり着いて、ようやくその理由がわかった。塔のなかにひとりでいたスナイパーは窓を突き抜けた爆弾によって首をはねられていた。爆弾の成果はそれだけではなかった。偶然だが、着弾地点には武装勢力が大勢いた。ほどなく彼らの遺体と武器が見つかった。

あれは私が見てきたなかで最高の狙撃《スナイパーショット》だと思う。

配置換え

私が海兵隊のキロ中隊に二週間ほど同行したところで、上層部はSEALのスナイパーを全員呼び戻した。スナイパーが必要とされる場所への配置換えをするためだ。

「いったいなにやってんだ？」最初に顔を合わせたSEALの隊員にそう言われた。「おまえ、地上で仕事をしてるんだって？」

「ああ。誰も表に出てこないもんでね」

「何のまねだ？」腕をつかまれ、脇に連れていかれた。「わかってるな、こんなことをしてるのが司令官に知れたら、ここにいられなくなるぞ」

彼の言うとおりだったが、受け流した。心の底では自分のやるべきことは理解していた。それに直属の上司にあたる士官を心から信頼していた。一本気で、やるべき仕事は必ずやり遂げる人だった。

言うまでもないが、上層部とはこれまでずっと連絡を取っていなかったので、私を呼び戻す命令を発することはもちろん、現状を把握するのさえ、かなり時間がかかっただろう。

ほかにも大勢が集まってきて、地上戦こそスナイパーが必要とされる場所だという意見に賛同してくれた。彼らが結局どうしたかはわからない。もちろん、公式には全員が屋根の上で待機し、狙撃をしていたことになっている。

「そういや、おれは海兵隊のあのM16の代わりに――」東部出身の仲間が言った。「自分のM4を持ってきてるんだ。よかったら貸してやるよ」

「ほんとか？」

私はその銃を借り、かなりの敵を倒すことができた。M16とM4はどちらも武器として優れている。海兵隊は彼らのふだんの戦法に関するさまざまな理由から、最新モデルのM16を好む。もちろん、接近戦なら銃身の短いM4が私の好みなので、ファルージャにいた残りの期間に仲間の銃を借りられたのはありがたかった。

私はキロ中隊から数ブロック離れたところで任務にあたっていたリマ中隊に同行することになった。リマ中隊は〝穴埋め〟作業をしていた――暴徒たちが密かにアジトにしたり、こちらが見落としていた彼らの拠点を制圧する任務だ。彼らは数多くの戦闘を実際に目の当たりにしていた。

その夜、海兵隊が昼間に制圧した家屋に出向いて、中隊長と話をした。中隊長はキロ中隊での私の仕事の内容をすでに知っていた。少し話をしたところで、この隊で何をしたいのかと訊かれた。
「一緒に地上の任務に就きたいです」
「いいだろう」
リマ中隊も優れた男たちの集まりだった。

母さんには言わないで

数日後、ある地区の制圧を続けていると、近くの通りから銃声が聞こえた。私は同行していた海兵隊員にこの場を離れるなと告げ、何か力になれることがないかと現場に駆けつけた。海兵隊の別の部隊がいた。路地を進んでいたら、いきなり激しい銃撃を受けたらしい。私が現場に到着したときにはすでに後退し、物陰に退避していた。数メートル先の路上に仰向《あおむ》けに横たわり、痛みに声をあげていた。逃げきれなかった若い隊員がいた。

私は威嚇《いかく》射撃をしてから、若者のところに駆け寄った。体を抱えて引っ張るつもりだった。近寄ってみると、腹を撃たれていて重傷だった。私は膝をついて、若者の背中から両腋に手を差し入れると、そのままうしろに引きずりはじめた。

途中でなぜか不覚にも足をすべらせた。私は若者を腹にのせた恰好で、うしろ向きに倒れた。すでに疲労困憊《こんぱい》で、息もあがり、数分間そこにじっと横たわった。依然として敵と味方のあいだで銃弾が飛び交い、私の体すれすれのところを銃弾がかすめていった。

若者は一八歳ぐらいだった。あまりにもひどい怪我だった。助かりそうもないのは明らかだった。

「お願いです、自分が苦しんで死んでいったことは母さんには言わないでください」消え入りそうな声で若者が言った。

くそっ、おまえが誰なのかも知らないんだぞ、と私は思った。おまえの母親には何も言わないさ。

「わかった、わかったよ」私は声に出して言った。「心配するな。心配はいらない。みんな、すごかったって言ってくれるさ。すごかったって」

若者はそこで息を引き取った。すべてうまくいくという私の嘘を聞くこともなく、死んでいった。

海兵隊員たちがやってきた。若者を私から引き取ると、ハマーの後部に乗せた。私たちは上空からの攻撃を要請し、路地先の銃弾が発射された地点を制圧した。

私は自分の受け持ち地区に戻り、戦いを続けた。

感謝祭

私はそれまで見てきた死傷者のことを考えた。そして次に運び出されるのは自分かもしれないと思った。だが、やめるわけにはいかなかった。家屋への突入も、屋根からの掩護射撃もやめるつもりはなかった。同行している若い海兵隊員を失望させることなどできなかった。

私は自分に言い聞かせた。おれはSEALだ。もっとタフで優れていなければならない。彼らを見捨てるわけにはいかない。

自分は海兵隊員よりタフで優れていると考えていたわけではない。SEALがそういう目で見られているのはわかっていたということだ。そういう人々を失望させたくなかった。彼らの目に私があきらめた姿をさらしたくなかった。あるいは私自身の目に。

それこそ、私たちが叩き込まれた考え方だった。おれたちは〝最高のなかの最高《ベスト・オブ・ベスト》〟だ。おれたちは無敵だ。

私自身が〝最高のなかの最高〟かどうかはわからない。だが、やめてしまえばそうでなくなるのはわかっていた。

そして自分は無敵だという確信はあった。そうにちがいなかった。殺されることなく、ありとあらゆる窮地をくぐり抜けてきたのだから……これまでのところは。

私たちが戦いの真っ只中《ただなか》にいるあいだに感謝祭はあっというまに終わった。

ご馳走にありつけたことは覚えている。しばらくのあいだ——おそらく三〇分ほど——攻撃がやみ、私たちが狙撃地点を設置した屋上まで食事が運ばれてきた。

十人前の七面鳥、マッシュポテト、鶏の詰め物、サヤインゲン——それがすべて大きな箱に入って届けられた。

すべて一緒くただった。箱を分けるでもなく、仕切りがあるわけでもない。すべてがひとつに積み重なっていた。

皿も、フォークも、ナイフも、スプーンもなかった。

私たちは箱に手を突っ込み、指でつまんで食べた。それが感謝祭だった。

それでも、それまでの携帯口糧《MRE》に比べたら、うまさは格別だった。

沼沢地への攻撃

リマ中隊に一週間ほど同行してからキロ中隊に戻った。私が離れているあいだに誰が撃たれ、誰が亡くなったかを聞くのはつらかった。

攻撃がほぼ終息してきたところで新しい任務を与えられた。いったん出ていった武装勢力が戻ってこられないように哨兵線を張る仕事だった。私たちが受け持つ地区はユーフラテス川を越えた、市《まち》の西側となった。私はこの新しい任務からスナイパーに返り咲いた。今回の任務ではほとんどの場合、比較的長い距離を撃つことになると考え、３００ウィンマグ弾を使うライフルに戻すことにした。

ブラックウォーター橋から数百メートル下流の、ユーフラテス川を見下ろす二階建ての建物を狙撃場所にした。川を渡ったところは雑草などが伸び放題の沼沢地になっていた。私たちが攻撃をしかける前、武装勢力がすぐ近くの病院を司令部にしていたこともあって、いまだにその近辺は野蛮人を惹《ひ》きつける磁石となっているようだった。

毎晩、そこから入り込もうとする輩《やから》がいた。私は毎晩、狙撃を行ない、ひとりか、ふたり、ときにはそれ以上を仕留めた。

新生イラク軍が駐留していたのはその近辺だった。あの愚か者たちはなにを勘違いしたか、私たちの方角にも数発撃ってきた。それも毎日。私たちは狙撃場所にＶＬパネル――敵ではないという意思表示――を掲げたが、銃撃がやむことはなかった。彼らの指揮官に無線で連絡をしても銃撃はやまなかった。もう一度無線をつなぎ、指揮官に文句を言った。それでもやまなかった。銃撃をやめさせるために、私たちはありとあらゆる手を尽くした。空爆を要請する以外はすべて。

ランナウェイの帰還

キロ中隊でランナウェイとまた一緒になった。その頃にはもう怒りは冷めており、ある程度礼儀正しく接したが、この男に対する気持ちに変わりはなかった。

それはランナウェイのほうも同じだったろう。まったく情けない話だった。

ある晩、ランナウェイは私たちと同じ屋根の上にいた。そのとき、どこからか武装勢力が銃弾を撃ってきた。

私は高さ一・二メートルの外壁の陰にかがみ込んだ。銃声がおさまったので、壁越しに覗いて狙撃してきた場所を確かめようとしたが、あまりにも暗かった。

また銃弾が飛んできた。誰もがまたかがみ込んだが、私は少ししゃがむだけにした。次の銃撃が来たら暗闇に銃口が光るのが見えるかもしれないと思ったのだ。だが、何も見えなかった。

「おい」私は言った。「連中の腕は確かじゃないな。どこから撃っているんだろう？」

ランナウェイの返事はなかった。

「ランナウェイ、銃口が光らないか、目をこらせ」と私は言った。

答えはなかった。さらに二、三発の銃弾が続いたが、どこから飛んでくるのかまるで見当がつかなかった。ついに私は振り向き、ランナウェイに何か見えたか尋ねようとした。

姿も形もなかった。ランナウェイはすでに階下《した》に向かっていた——私が知るかぎり、ランナウェイを止めたのは海兵隊が安全のために封鎖したドアだけだ。

「あそこにいたら殺されちまう」私が追いつくと、ランナウェイはそう答えた。

私はランナウェイをその場に残し、安全確保についている海兵隊員をひとり、代わりに屋上によこすよう命じた。そうすれば、あの男も、少なくとも逃げ出したりはしないだろう。

ランナウェイはやがて、戦闘への参加はなさそうな、どこか別の任地に異動となった。あの男はすでに一度臆病風に吹かれている。とっくの昔にここを去るべきだった。面目丸つぶれとなったとしても、それだけですんだはずだ。明らかな証拠が万人の目にさらされた今、ランナウェイは時間をかけて本当の自分は意気地《いくじ》なしではないと皆を説得しなければならなかった。

〝偉大な戦士である〟ランナウェイは海兵隊に向かって、監視任務ではSEALもスナイパーも生かされていないと断言した。「SEALはこんなところにいるべきじゃない。これは特殊作戦任務じゃないんだから」とランナウェイは言った。しかも問題はSEALのことだけにとどまらないという自説を表明した。「イラク人の連中は態勢を立て直してきっとおれたちを倒しにくる」

ランナウェイの予測が少々はずれていたことはあとでわかった。だが、そう、あの男には軍事計画担当者としての輝かしい未来が待っていた。

沼沢地

私たちにとっていちばんの問題は武装勢力が隠れ蓑《みの》として利用している、川の向こうに広がる沼沢地だった。川の両岸には樹木や低木が生えた無数の中洲が点在しており、そのあちこちに古い建物の土台や堆積《たいせき》した川底の土や岩が山となり、低木のあいだから顔をのぞかせていた。

武装勢力は草木のあいだから突然姿を現わしては、銃撃をしかけ、低木のなかにすばやく戻って姿を消した。草木の茂みは厚く、彼らは姿を見せずに、川どころか、私たちにさえ接近することができた。九〇メートル以内まで接近してくることも珍しくなかった。イラク人といえども、その距離なら、何かしらに命中させることはできた。

事態をさらに複雑にしたのは沼沢地に棲息する水牛の群れだった。おまけに水牛はよく歩きまわった。物音がしたり、草が揺れても、それが暴徒なのか動物なのかわからない。私たちはいろいろと頭をひねり、結局、草木を焼きつくすために沼沢地へのナパーム投下を要請した。

要請は却下された。

そのうち、夜が更けるとともに、敵の数が増えていることに気がついた。こちらが監視されているのは明らかだった。いずれ敵は私が殺しきれないほどの頭数を揃えてくるかもしれなかった。

そうなったらそうなったで、抗戦することに喜びを感じないわけではないが。

海兵隊は、暴徒に対する空からの支援を要請するため、FAC（前線航空管制官）を送り込んできた。派遣されたのは交替制で地上勤務についていた海兵隊の航空機操縦士、つまりパイロットだった。彼は何度か空爆の方向を指示しようとしたが、毎回、上層部に却下された。

当時聞いた話では市内の破壊があまりにもひどく、軍としてはこれ以上の付随的損害《コラテラル・ダメージ》は望ましくないということだった。大量の草や泥を吹き飛ばすと、どうしてファルージャの外観が悪化するのか見当もつかないが、私は一介のSEALにすぎず、そうした複雑な問題は理解できない。

それはともかく、そのパイロットはいい人だった。気取ったり、居丈高な態度をとったりすることがなかった。言われなければ、将校とは思わないだろう。みな彼のことが好きで、尊敬していた。何の悪感情もないことを見せようとして、ときどきライフルを触《さわ》らせたり、スコープを覗かせたりした。実際に撃たせはしなかったが。

FAC以外にも、海兵隊は重火器分隊を送り込み、スナイパーを増員した。さらに迫撃砲手を送り込んできた。迫撃砲手は白燐弾《はくりんだん》を持ってきており、それで低木を焼き払おうとした。残念ながら沼沢地のごく一部に火がつくにとどまった。あまりに湿っていたので、燃えるのは短時間だけで、すぐに火は弱まり、完全に消えた。

次に試したのはテルミット手榴弾だった。テルミットは焼夷性の爆発物で、燃焼温度は摂氏二二〇〇度もあり、数秒で厚さ約六・三ミリの鋼鉄を突き破った。私たちは川辺まで近づき、テルミットを対岸に投じた。

それもうまくいかなかった。そこで自家製の調合爆弾を作ることにした。海兵隊のスナイパー隊と迫撃砲手がその沼沢地を念頭に入れて創意工夫を凝らし、知恵を絞った。案のなかで個人的に気に入ったのは、迫撃砲手がいつも携行する成形された〝チーズ〟爆薬を使うという独創的なアイディアだった（チーズは迫撃砲弾の推進力を向上させる。砲弾を発射する際のチーズの量を変えると、着弾距離が調整できるのだ）。チーズを発射筒に押し込み、導爆線の束とディーゼルオイルを加え、時限式信管を差し込んだ。そうやってこの怪しげな装置を川の向こうに放り投げたらどうなるかを確かめた。

まずまずの閃光が走ったが、結局、考案したどのプランもたいした成果はあがらなかった。

火炎放射器さえあったら……。

沼沢地はその後も武装勢力が大勢いる〝攻撃対象が豊富な環境〟でありつづけた。私はその週だけで一八人か一九人は仕留めたはずだ。ほかの人が仕留めた分も合わせると三〇人以上になった。

あの川は悪党どもにとって特別な魅力を備えているらしく、私たちがあの沼沢地を焼き払おうとあの手この手を尽くしているあいだに、彼らは川を渡るためにあらゆる手段を試していた。

そんな中でもいちばん不思議だったのは、ビーチボールを使ったものだ。

ビーチボールと長距離の狙撃

ある日の午後、屋根で監視をしていると、完全武装した一六人ほどの集団が隠れ場所から現われた。フルボディアーマーに身を包み、重装備だった（あとでわかったのだが、彼らはチュニジア人で、どうやら敵のグループのひとつがイラクでアメリカ兵と戦うために雇ったらしい）。

それだけならおかしくもないが、男たちはかなり大きくてカラフルなビーチボールを抱えていた。

自分の見ている光景が信じられなかった――彼らはビーチボールひとつにつき四人ずつの

グループに分かれて川に入ると、ビーチボールで体を浮かせ、手足をばたばたさせて川を渡りはじめた。

それを阻止するのが私の仕事だが、ひとりずつ狙撃する必要はなかった。そもそも、これからの銃撃戦に備えて弾薬は節約しなくてはならなかった。

私はひとつ目のビーチボールを撃ち抜いた。四人の男は残った三つのビーチボールめがけて手足を動かした。

ヒュン。

ふたつ目のビーチボールにもヒットした。

なかなか愉しかった。

いや――かなり愉しかった。彼らは仲間うちで戦っていた。アメリカ兵を殺害するはずの巧妙な計画が逆に彼らを追い込んだ。

「これは見物《みもの》だぞ」三つ目のビーチボールを撃ち抜きながら、海兵隊員に声をかけた。みな屋根の縁まで出てきて、敵が仲間同士で最後のビーチボールを争う姿を眺めた。ボールに手が届かなかった者はすぐに川に沈んで溺《おぼ》れた。

彼らが争うのをしばらく眺めてから、最後のボールを撃ち抜いた。海兵隊員たちは残りの暴徒たちを溺れる苦しみから解放した。

以上がいちばん不思議な狙撃だが、最長距離狙撃を体験したのも、ちょうどその頃だった。

ある日、武装勢力の三人が上流の河岸に姿を現わした。およそ一五〇〇メートル離れており、射程圏外だった。それまでにも同じように何人かがそこに立つことがあった。あまりにも離れており、撃ってくるはずがないことを知っているのだ。米軍の交戦規定《ROE》上は撃ってもかまわないのだが、距離がありすぎて狙撃する意味がなかった。彼らも自分たちは安全だと理解していたようで、不良少年のグループみたいに私たちをからかいだした。

ＦＡＣがやってきて、私が彼らをスコープで覗いているのを見て笑いだした。

「クリス、いくらきみでも届かないよ」

まあ、撃ってみるとはひと言も言っていないが、彼の言葉を聞いたら、やりがいのある挑戦に思えてきた。ほかの海兵隊員もやってきて、同じようなことを私に言った。

私はできるわけがないと言われると、できるさと考える性分だ。だが一五〇〇メートルはあまりに遠く、スコープで拡大しても狙撃の助けにはなりそうもなかった。そこで少々頭のなかで計算し、にやついている愚か者の背後にある木を頼りに照準を合わせた。

そして撃った。

月と地球と星々が一直線に並んだ。神様が弾丸に息を吹きかけ、銃弾は愚か者の腹に命中した。

仲間ふたりはあわてふためいて逃げ出した。

「仕留めろ！　仕留めろ！」海兵隊員たちが雄叫びをあげた。「撃ち殺せ」

あのとき、彼らは私が撃てば、この世で命中しないものはないと思ったにちがいない。だが、本当のことを言えば、狙った相手に命中しただけでも幸運だった。走っている人間に命中させるなど不可能だった。

それがイラクで標的の死亡が確認された最長距離狙撃記録のひとつとなった。

誤解

スナイパーはいま話したような、とてつもない長距離の狙撃をいつもしていると世間は思っている。戦場では確かに大半の兵士よりも長い距離の狙撃をするが、それでもおそらくほとんどの人が考えているよりはずっと短いはずだ。

自分の狙撃距離を測ることにこだわったことはない。狙撃の距離はまさに状況しだいだ。私が狙撃で敵を倒したのは、その大半が市街地で、そうした場所では一八〇メートルから三六〇メートル程度だ。標的がそれぐらい離れた地点にいるので、狙撃もその距離となる。

郊外では事情がまったく異なる。通常、郊外での狙撃は七三〇メートルから一一〇〇メートルとなる。そうした場所では338口径あたりの銃が役に立つ。

好みの距離があるかと訊かれたことがある。答えは簡単。近ければ近いほどいい。

前にも話したが、スナイパーについてもうひとつ世間から誤解されているのは、いつも頭部を狙っていると思われていることだ。個人的には頭を狙ったことはほとんどない。絶対に命中すると確信できれば別だが、戦場ではまずありえない。

どちらかといえば、質量中心を狙う——体の中心を狙って撃つということだ。それならはずしにくい。どこに当たっても、相手は必ず倒れる。

バグダッドへの帰還

川岸で一週間過ごしたのち、私は呼び戻され、SEALの別のスナイパーと交替することになった。この男は以前、この任務で負傷して短期間はずれていたのだが、すでに任務に戻る準備が整っていた。私はスナイパーとして人並み以上の敵を倒した。そろそろ交替してもよい頃だった。

司令部の命令でファルージャ基地に戻され、そこで数日間過ごした。この戦争で本当にありがたかった、数少ない休息のときだ。市街地でのせわしい戦闘を経たあとだけに、束の間のヴァケーションが待ち遠しかった。暖かい食事とシャワーが本当に心地よかった。

数日間のんびり過ごしたところで、バグダッドに帰還してGROMに同行せよという命令が下った。

バグダッドへ向かう途中、私たちの乗ったハマーが地中に埋められていたIED（即席爆発装置）をくらった。爆発が起きたのは車両のすぐ後方で、全員が震えあがった。もっとも私ともうひとり、制圧の開始当時からファルージャに駐留している男は別だったが。私たちは顔を見合わせ、目配せすると、また目を閉じて眠りに身をまかせた。私たちがこのひと月に経験してきた爆発やら何やらと比べたら、これぐらい何でもなかった。

私がイラクに行っているあいだに、所属する小隊はフィリピンに送られていた。現地軍を鍛えあげ、過激派テロリストと戦えるようにするという、さほど刺激的とは言えない任務だ。それがようやく終了すると、今度はバグダッドに送られてきた。

私はほかのSEALの隊員とともに空港で彼らを出迎えた。

大喜びされるものと思っていた――ようやく家族の一員と再会できた、と。

飛行機から降りてくるなり、彼らは毒づいた。

「よう、くそったれ」

さらにひどい言葉が続いた。ほかのすべてについても言えることだが、SEALは下品な言葉の使い方にも優れていた。

妬《ねた》むものよ、汝《なんじ》の名はSEALなり。

この数カ月間、どうして彼らからまったく音沙汰がないのだろうと思っていた。率直なところ、妬まれる理由がわからなかった――私が知るかぎり、私のしてきた仕事の内容は彼らの耳には届いていないはずだった。

あとでわかったのだが、上等兵曹《チーフ》がファルージャでの狙撃報告書でSEALの連中を〝喜ばせていた〟らしい。小隊の仲間がフィリピン人と友好の握手を交わし、とくに何をするでもなく時を過ごし、人生に嫌気がさしていた頃、私は愉しみをひとり占めしていたのだ。

ようやく機嫌を直してくれた彼らは、現地での私の活動について、助言なども挟んで、ちょっとしたプレゼンテーションをしてくれないかとまで言ってきた。パワーポイントを使うチャンスがまた訪れた。

お偉方とのお愉しみ

かつての仲間と合流した私は、彼らとともに直接《D》行動《A》を開始した。情報部がIEDの製造者や資金提供者を探し出すと、私たちはその情報を受け取り、家屋に突入して対象者を捕らえた。突入を開始するのは朝方のかなり早い時間帯だった——ドアを爆破してなだれ込み、ベッドから抜けだす間も与えず、捕まえた。

　こうした作戦がほぼひと月続いた。その頃になると、直接《D》行動《A》も長く続けている日課のようなものになった。ファルージャに比べ、バグダッドはずっと危険が少なかった。

　私たちはバグダッド国際空港の近くに寝泊まりし、そこから出勤した。ある日、チーフが近づいてきて、いかにも上官らしい笑みを浮かべた。

「少しは愉しいこともしなくちゃな、クリス」チーフは言った。「PSDをやってくれ」

　SEAL流の嫌味だった。PSDとは〝要人警護部隊《パーソナル・セキュリティ・ディテール》〟、つまりボディガードだ。小隊はこれまでもイラクの政府高官を警護する任務に就いてきた。武装勢力が政権の混乱を狙って政府高官を誘拐するようになったからだ。あまり報われない仕事だった。私はそれまでなんとか回避してきたが、どうやら〝忍者の煙幕《ニンジャスモーク》〟の効果は消えてしまったらしい。私は小隊を離れ、市《まち》の反対側にあるグリーンゾーンに向かった（グリーンゾーンはバグダッドの中心にあり、多国籍軍やイラクの新政府のための安全な地区として作られたものだ。セメントの壁と鉄条網によって市《まち》のほかの地区とは物理的に分離されていた。出入りできる場所は少なく、しかも厳重に警戒されていた。イラク政府の建物とともに、米国など同盟国の大使館がこの地区にあった）。

私はまるまる一週間、持ちこたえた。

イラクのいわゆる政府高官は、警護の人間に自分のスケジュールを教えず、同乗者についても詳しいことは明かさないことで評判が悪かった。グリーンゾーンの警戒レベルの高さを考えると、ゆゆしき問題だった。

私は〝前方警護《アドヴァンス》〟を担当した。つまり、政府高官の車列より前を行き、前方のルートの安全を確認し、チェックポイントに立って通過する車列の各車両を確認する仕事だ。このやり方でいけば、イラク高官の車両は標的とならずに、チェックポイントをすみやかに通過できる。

ある日、私はイラクの副大統領を乗せた車列の前方警護に就いていた。ルートの確認はすでにすませ、空港の敷地外にある海兵隊のチェックポイントに到着していた。

バグダッド国際空港は市《まち》のグリーンゾーンとは反対側にある。その日、空港敷地内の安全は確認されていたが、周辺地域やゲートに通じる幹線道路はまだときおり銃撃にさらされていた。そこはテロリストにとっては主要な攻撃目標だった。なぜなら空港に出入りする人間は、ほぼまちがいなく、アメリカ人やイラクの新政府と何らかの形で関係しているからだ。

私は車列にいる同僚と無線で連絡を取り合っていた。彼は乗っている人物や、車の台数といった詳しい情報を伝えてきた。そして、先頭と最後尾に陸軍のハマーがついていることも。私は簡単な目印としてそれをチェックポイントの警備兵に伝えた。

ハマーに先導された車の列がものすごいスピードで近づいてきた。私たちは一台一台数えた。見よ、しんがりを務めるハマーも現われた。

すべて順調だった。

そのとき、ハマーの背後からさらに二台が現われ、猛スピードで追ってきた。

海兵隊員が私を見た。

「あの二台はうちのじゃない」私は言った。

「どうします？」

「ハマーを寄せて、50口径銃の照準を合わせろ」私は怒鳴りながら、M4を取り出した。

そして道路に飛び出し、相手がこちらに気づいてくれることを祈りながら銃を構えた。

だが、停まらなかった。

ハマーが私のうしろに停まった。射手はいつでも発射できる準備ができていた。誘拐なのか、たんに道に迷った車なのか、判然としないまま、私は警告の一発を放った。

すると二台は向きを変え、いま来た道をあわてて引き返していった。

誘拐未遂？　自爆テロリストが怖気《おじけ》づいた？

そうではなかった。二台のドライヴァーは副大統領の友人だった。私たちに伝えるのを副大統領が忘れていたのだ。

副大統領は喜んではいなかった。司令官も同じだった。私は要人警護《PSD》からはずされた。それはさほど悪い話ではなかった。次の週、何もせずにグリーンゾーンでじっとしていなければならなかったことを除けば。

小隊長は私を呼び戻して直接行動《DA》をやらせようと手を尽くしてくれた。だが司令部は私に少々お灸《きゅう》をすえることにしたらしく、何もやらせてもらえなかった。作戦に参加させない——考えうるかぎり、SEALにとってこれほど耐えがたい拷問はない。

ありがたいことに、司令部による吊るし上げはそれほど長くは続かなかった。

ハイファ・ストリート

二〇〇五年一二月、イラクは国政選挙の準備を進めていた。フセイン政権の崩壊後、初の選挙であり、建国以来初の自由で公正な選挙だった。反政府武装勢力はあらゆる手を尽くして選挙を妨害しようとしていた。選挙管理委員会の役人があちこちで誘拐されていた。街中で処刑される者もいた。

否定的選挙戦術《ネガティブ・キャンペーン》とはまさにこのことだ。

バグダッドのハイファ・ストリートはとくに危険な場所だった。選挙管理委員会の役人が三名殺害されたことから、陸軍はこの地区の選挙管理委員を守る計画を立てた。戦略上、スナイパーの監視が必要だった。

私はスナイパーだった。手は空《す》いていた。わざわざ手を挙げるまでもなかった。

私はアーカンソー州兵を集めた陸軍部隊に加わった。強者《つわもの》ぞろいの、気さくな男の集まりだった。

従来の軍の分け方に慣れている人が聞いたら、海軍のSEALが陸軍と、その意味では海兵隊と行動を共にするのは前代未聞だと思うかもしれない。だが、私がイラクにいた当時は、それぞれの軍がうまく交わっていることが珍しくなかった。

どの部隊も〝戦力要請〟を提出することができた。この要請には、どの軍であるかに関係なく、手が空いている部隊が応えた。だから、今回の場合のように、スナイパーが必要であれば、手の空いたスナイパーがいる軍が人員を派遣した。

海軍、陸軍、海兵隊のあいだではいつも兵の行き来が行なわれていた。それぞれちがった組織とはいえ、少なくとも戦闘中はお互いに敬意を払っていたように思う。私が行動を共にした海兵隊員や陸軍兵の大半はまちがいなく一流だった。例外はある——だが、例外なら海軍にもいる。

新しい任務に出向いた初日、自分には通訳が必要かもしれないと思った。テキサス流の鼻にかかった私のしゃべり方のことをからかいたがる人間はいる。ところが、あの田舎者どもときたら——考えただけでも腹が立つ。重要な情報は経験の長い下士官や将校から伝えられ、彼らが話すのは標準的な英語だった。だが、田舎から出てきたばかりの兵士たちは、私が知るかぎり、中国語でもしゃべっていたのではないだろうか。

私たちは選挙管理委員会の役人が三名殺害された場所に近い、ハイファ・ストリートから任務を開始した。州兵軍がアパートメントを建物ごと確保し、秘密の待機場所とした。私はなかに入り、アパートメントを一室選んで、狙撃場所を確保した。

ハイファ・ストリートはハリウッド大通りとまではいかないが、悪党にうってつけの通りだった。グリーンゾーンのはずれのアサシンズゲートから北西方向に約三・二キロ続いていた。ここは数多くの銃撃戦、あらゆる種類のＩＥＤの爆発、誘拐、暗殺の現場となってきた――ひとつ事件名を挙げれば、それは必ずといってよいほど、ハイファ・ストリートで起きていた。米軍兵士はここを名誉戦傷章大通り《パープルハート・ブールヴァード》と呼んでいた。

監視に使用した建物は一五、六階建てで、ストリート全体を見渡すことができた。私たちはできるかぎり移動を繰り返し、狙撃位置を変えて、常に敵の不意を突いた。近くの幹線道路の向こうには平べったい建物が何棟かあり、無数のアジトが隠れていた。すべて幹線道路沿いにあった。悪党どもは職場からあまり遠くないところから仕事に出かけていた。

バグダッドの反政府勢力は実に雑多な構成だった。ムジャヒディーン、元バース党員、イラク陸軍の元兵士がいた。イラクのアルカイダやサドルなどの狂信的集団に忠誠を誓った者もいた。当初は黒や、ときには緑の飾り帯《サッシュ》をかけていたが、かえって目立ってしまうと気づいてからは、ほかの人と同じように平服を着るようになった。私たちに正体を見破られにくいように民間人のなかに交ざろうとした。彼らは小心者だった。女性や子供の陰に隠れようとしたばかりでなく、どうやら私たちが女性や子供を殺してくれないものかと期待していたふしがある。私たちが悪者に見えれば、彼らの主義主張が通りやすくなる。それがあの連中の考え方だ。

ある日の午後、私はバスを待っている十代の少年を上から見ていた。やがてバスが停まり、少年より年上の若者の集団が降りてきた。突然、私が見ていた少年はきびすを返し、反対方向に早足で歩きだした。

集団はすぐに追いついた。ひとりが拳銃を取り出し、少年の首に腕を巻きつけた。

それを見た瞬間、私は撃った。私が守った少年は走り去った。誘拐しようとした集団の二、三人を仕留めたが、残りは逃げた。

選挙管理委員会の役人の子息は格好の標的だった。武装勢力は家族を利用して役人自身に圧力をかけ、手を引くようにと迫った。選挙を手伝ったり、投票したりするとこうなるという見せしめとして、役人の家族をあっさり殺害することもあった。

卑猥《ひわい》と現実離れ

ある晩、アパートメントを制圧した。私たちが入ったときには誰もおらず、放置された家屋と思われた。私は別のスナイパーと交替で監視任務についていたので、休憩時間になると、待機場所をもっと快適にできるものが何かないか探してまわった。

たんすの空いた引き出しになんともセクシーなランジェリーが入っていた。股のところが開いているパンティとネグリジェ――かなりそそられるものだった。

だが、私のサイズではなかった。

建物では不思議な、ほとんど現実離れしたものが、つまりどんな状況でも場ちがいとしか思えないものが見つかることがよくある。ファルージャで屋根の上で見つけた車のタイヤもそうだし、ハイファ・ストリートのアパートメントの浴室にいたヤギもそうだ。

何かそうしたものを見つけると、その日じゅう、どういう事情であそこにあったのだろうとよく考えた。そうしていると、やがて不自然なものが自然なものに見えてきた。

それほど珍しくなかったのはテレビや衛星放送の受信アンテナで、どこにでもあった。砂漠にもあった。テントを家がわりにした遊牧民の小さな居住地に行き当たったことが何度かある。二、三匹の動物と広々とした土地以外何もないところだったが、それでも衛星アンテナは腐るほどあった。

わが家への電話

ある晩、私は監視任務についていた。何事もなく穏やかな夜だった。バグダッドでは夜は動きがほとんどなかった。武装勢力は、夜間はふつう攻撃を仕掛けてこなかった。暗視装置や赤外線センサーなどの技術を備えた私たちのほうが有利なことを知っていた。私は少し時間をもらい、本国の妻に電話をかけることにした。たまたまきみのことを考えていたんだとひと言伝えるだけのために。

衛星電話を取り出し、自宅にかけた。タヤと話をするときは、実際は監視任務についていたり、どこかの現場にいたりしたとしても、たいていは基地にいると言うことにしていた。心配をかけたくなかった。

その夜はどういうわけか、いま自分がしていることを打ち明けた。

「話をして大丈夫なの？」タヤが言った。

「ああ、問題ない」私は言った。「動きは何もない」

さらに二言《ふたこと》三言《みこと》話しただろうか。いきなり、何者かが通りから建物に向けて発砲してきた。

「何なの？」タヤが言った。

「ああ、なんでもない」私は平然と答えた。

もちろん、その言葉を発しているあいだも、銃声は激しさを増していった。

「クリス？」

「ああ、そろそろ切らなくちゃ」私は妻に言った。

「大丈夫？」

「ああ、大丈夫だ。すべて順調だよ」私は嘘をついた。「何でもない。あとでまたかけるよ」

そのとき、RPGのロケット弾が近くの外壁に当たった。建物の一部が顔に当たり、武装勢力のおかげで痣《あざ》がふたつとすぐに消えるタトゥーがひとつ顔に残った。

受話器を下に置き、応射した。通りに敵の姿を認め、ひとりか、ふたりを始末した。一緒にいた仲間はそれより大勢の敵を倒した。残りの敵はその場から慌《あわ》てて逃げていった。銃撃戦が終わったところで受話器を取った。バッテリーが切れていて、かけ直すことはできなかった。

それから数日間は忙しかった。タヤに電話をして、どうしているかを確かめる暇ができたのは二、三日経ってからのことだった。

電話に出るなり、タヤは泣きだした。

彼女から聞いてわかったのだが、私はきちんと電話の回線を切らずに受話器を置いてしまったらしい。バッテリーが切れるまで妻は銃声や口汚い言葉も含めて銃撃戦の一部始終を耳にした。そして、言うまでもなく、バッテリーはいきなり切れるから、それがいっそう不安を煽《あお》る結果になったのだった。

私は妻をなだめた。だが、本当に彼女の気持ちが楽になったかどうかは疑わしい。

タヤはいつもものわかりがよく、常日頃から私には隠しごとをする必要はないと言っていた。私の身に現実に起こりうることよりもずっとひどいことを想像してしまうのだとも言った。

私にはそこまではわからない。

実戦配備されているあいだに戦闘が小康状態となって自宅に電話をかけたことは、そのとき以外にも何度かあった。戦闘は全体的にペースが速く、絶え間なく続いたから、ほかに選択肢はあまりなかった。基地に帰還するまで我慢するとなると、一週間以上待つことになる。それに、そのときになってかけようと思っても、必ずしもかけられるわけではない。

銃撃戦に慣れてきたということもある。撃たれることは仕事の一部にすぎなくなった。RPG？　いつものことだった。

私の父は、ある日作戦中の私から電話がかかってきたときのことをこんなふうに話す。なかなか暇がなく、しばらく電話をかけてこなかった私から、その日は珍しく電話がかかってきた。受話器を取った父は私の声を聞いて驚いた。

私がささやき声だったのでなおさら驚いた。

「クリス、なんでそんなふうにひそひそ話すんだ？」父は言った。

「作戦中なんだよ、父さん。現在地を敵に知られたくないんだ」

「ああ、そうか」父は少し動揺しながら、そう答えた。

そのとき、実際に話を聞かれるほど近くに敵がいたかどうかは、今となっては疑わしい。だが、その数秒後、電話の向こうから銃声が聞こえてきたと父は断言する。

「もう切るよ」父が何の音かを確かめる前に、私はそう言った。「またかける」

父によると、私はその二日後にまたかけてきて、電話を唐突に切ったことを謝ったらしい。あのとき聞こえてきたのは銃撃戦の始まりだったのかと父に訊かれ、私は話題を変えたそうだ。

名を馳せる

ファルージャで瓦礫《がれき》の下敷きになって痛めた膝はまだ痛んだ。抗炎症薬のコルチゾンを注射してもらおうとしたが、できなかった。あまりしつこく頼みたくはなかった。怪我のせいで任務からはずされたくなかった。

ときおり、鎮痛剤のモートリンを服用し、氷で冷やした。したことといえば、それぐらいだった。もちろん戦闘に入れば、大丈夫だった――アドレナリンが分泌されると、人は何も感じないものだ。

たとえ痛みがあっても、私は仕事が気に入っていた。戦争はれっきとした愉しみではないかもしれないが、私はたしかに愉しんでいた。戦争は自分に向いていた。

その頃までに私はスナイパーとして多少の評判を得ていた。確認のとれた射殺はかなりの数に達していた。あれだけの短期間にしては――いや、どれだけの期間であろうとも――かなりの数だった。

同じ班の仲間は別として、私は名前も顔も人にはあまり知られていなかった。だが、噂が広まり、あの地にいることもあって、評判はまずまず上がっていった。

どこに狙撃場所を設定しても私は標的に恵まれた。そのため、シフト時間まるまる、あるいは数日間連続で、武装勢力はおろか人っ子ひとり目にすることもない仲間のなかには、苛立ちを隠さない者が出てきた。

ある日、SEALの同僚スマーフとあるアパートメントに入ると、彼はずっと私のあとについてきた。

「どこに設置する？」スマーフが訊いてきた。

私はあたりを見渡し、よさそうな場所を見つけた。

「あそこだ」スマーフにそう言った。

「よし。じゃあ、よそへ行ってくれ。おれがここを使う」

「ああ、おまえにやる」私はそう言ってその場を離れ、別の場所を見つけた——そして、すぐにそこからの狙撃でひとり始末した。

しばらくのあいだ、私が何をするかに関係なく、目の前でことは自然に起きた。事実の捏《ねっ》造《ぞう》はしていない——私の狙撃にはすべて証人がいる。ひょっとしたら人より少し遠くまでよく見えたのかもしれない。もしかしたらトラブルの予想が人よりうまかったのかもしれない。

あるいは、これがいちばん正解に近そうだが、たんに幸運だったのだろう。

自分を殺そうとする者の標的にされることもまた幸運とするなら。

あるとき、私たちはハイファ・ストリート沿いの家屋にいた。スナイパーがあまりにも大勢いて、狙撃場所はトイレの小窓しかなかった。私は実際そこにずっと立っていた。

それでもふたり始末した。

私はただの幸運な、くそったれだった。

ある日、武装勢力が武器の隠し場所と攻撃の拠点として、空港内のインディペンデンス基地に近い、町はずれの墓地を使っているという情報が入った。墓地がよく見える場所を確保するには、かなり高いクレーンをよじのぼるしかなかった。のぼりきったら、あとは網状のデッキに乗ればいいだけだ。

どれくらいの高さまでのぼったのかはわからない。知りたくもない。私は高いところが得意ではない――考えただけで、咽喉《のど》にタマが詰まって締めつけられる気がする。クレーンの上からはおよそ七三〇メートル離れた墓地がよく見渡せた。

結局、そこからは撃たなかった。見えたのは会葬者と葬儀だけだった。だが、のぼってみるだけの価値はあった。

IEDを持っている人間を捜すことに加え、私たちは爆発物そのものにも警戒しなければならなかった。爆弾は至るところにあった――ときにはアパートメントの建物のなかにもあった。ある日の午後、別のチームはぎりぎりのところで難を逃れた。爆発が起きたのが、制圧を終えて建物をあとにした直後だった。

州兵は移動の足としてブラッドレー歩兵戦闘車を使っていた。上部の砲塔に同軸機関砲とミサイルが装備されているので、見た目は戦車に少し似ているが、実は仕様によって兵員輸送車にも斥候《せっこう》車にもなる。

定員は確か六名のはずだが、私たちは八名から一〇名詰め込んだ。車内は蒸し暑く、閉所恐怖症になりそうだった。後部扉の近くに座らないかぎり、何も見えなかった。じっと我慢して、目的地への到着するのを待つしかない。

ある日、狙撃任務を終えた帰りにブラッドレーに拾ってもらった。ハイファ・ストリートから脇道に入ったところで、突然、爆発音がした。巨大なＩＥＤの直撃を受けた音だった。車両の後部が持ち上がり、路面に叩きつけられた。車内は煙が充満していた。

真向かいに座った男が口を動かしていたが、なにも聞き取れなかった。爆発で耳が聞こえなくなっていた。

気がつくと、ブラッドレーはまた動きはじめていた。なんとも頑丈な車両だ。基地に戻ると、司令官は軽く肩をすくめただけだった。

「キャタピラーを吹き飛ばすこともできなかったのか？」と司令官は言った。まるで落胆したような口ぶりだった。

戦争では固い友情が育《はぐく》まれる――陳腐な言いまわしだが、これは真実だ。そしてそのあとに、環境はがらりと変わる。私は州兵ふたりと親友になった。本当の良い友人だった。ふたりのことは命を預けられるほど信頼していた。

しかし今、かりに自分の命が危機に瀕したとして、命を預ける相手としてあのふたりの名前をあげることはできないだろう。どうして当時はあのふたりが特別だったのか、それをわかってもらえるように彼らのことを語れるかどうかもわからない。

アーカンソーから来たあのふたりとは本当に仲良くやっていたと思う。おそらくそれは、三人ともただの田舎者だったからだろう。

そう、ふたりは田舎者だった。私みたいな南部人《レッドネック》もいれば、見た目からしてまったく別の生き物かと思える田舎者もいるということだ。

その後

選挙がやってきて、過ぎていった。

米国のメディアはイラク政府の選挙を大々的に取り上げたが、私にはどうでもいいことだった。その日は外出さえしなかった。結果はテレビで知った。

イラク人が国をまともに機能する民主国家に変えると本気で信じていたわけではないが、一時は見込みがあると思っていた。今は、信じられるかどうかはわからない。とことん腐りきったところなのだ。

とはいえ、私は民主主義をイラクにもたらすために命を危険にさらしたわけではない。命を危険にさらしたのは友人のためであり、友人や同じ国の仲間を守るためだ。戦争に行ったのも祖国のためであり、イラクのためではない。祖国が私を現地に送り込んだのは、あのくそったれどもが私たちの国にやってこないようにするためだ。

イラク人のために戦ったことなど一度もない。あいつらのことなど、くそくらえだ。

選挙が終わるとまもなく、ＳＥＡＬの小隊に送り返された。小隊のイラク駐留期間も残りわずかとなり、私は帰国を心待ちにするようになった。

バグダッドの駐屯地にいることは、ひとりで使える狭い個室があることを意味した。私の荷物はクルーズボックスが四つか五つ、スタンリーのキャスター付きボックスがふたつ、それに大小さまざまな背嚢だった（クルーズボックスというのは小型トランクの現代版だ。防水加工で、長さは約九〇センチある）。配置につくとなると、詰める荷物は多くなる。

テレビも持っていた。最新の映画はすべて海賊版のＤＶＤがバグダッドの屋台で五ドルで売られていた。私はジェイムズ・ボンド映画のボックスセットと、クリント・イーストウッドを何本か、それにジョン・ウェインを買った。私はジョン・ウェインの大ファンだ。わかってもらえると思うが、とくに西部劇が好きだ。大のお気に入りは『リオ・ブラボー』だろうか。

映画以外ではコンピューターゲームにも少し時間を費やした。『コマンド＆コンカー』が個人的には好きだった。スマーフがプレイステーションを持っていたので、ふたりでタイガー・ウッズになった。

私はスマーフをあっさり叩きのめした。

直《D》接行動《A》

バグダッドが少なくとも一時的には落ち着いたので、司令部はハバニヤーにＳＥＡＬの基地を開く意向を固めた。

ハバニヤーはアンバール県にあり、ファルージャから東へ約一九キロに行ったところにある。ファルージャのような武装勢力の温床ではなかったが、サンディエゴでもなかった。第一次湾岸戦争以前にサダム・フセインが神経ガスなど、化学剤を使用した大量破壊兵器を製造する化学工場を建設した地域だ。アメリカを支持する人はあまりいなかった。

それでもアメリカの陸軍基地があった。基地を率いていたのはあの有名な五〇六連隊、通称〈バンド・オブ・ブラザーズ〉だ。が、当時彼らは韓国から送られてきたばかりで、ごくひかえめに言って、イラクのイの字もわかっていなかった。誰しも苦労して学ばなくてはならないということだ。

ハバニヤーは実に厄介《やっかい》な場所だった。私たちがあてがわれたのは放置された無人の建物だったが、私たちが必要とするものをまるで満たしていなかった。任務の助けとなるコンピューターや通信装備を備えたTOC――戦術作戦司令部《タクティカル・オペレーションズ・コマンド》――を建てなくてはならなかった。

士気は低下した。私たちはこの戦争に役立つことを何もしていなかった。私たちがしていたのは大工仕事だった。大工は立派な職業だが、私たちの仕事ではない。

タヤ
検査をした医師がどういうわけかクリスは結核だと診断したのは、今回の配備のときだった。そのうち結核で死ぬと言われたらしい。

　本人がそれを聞いたあとに、わたしからクリスに話かけたことを覚えている。彼はそれも運命だと受け止めていた。死ぬことを受け入れていて、銃や拳《こぶし》で戦えない病気で死ぬなら、母国ではなく、向こうで死ぬことを望んでいた。

「同じことさ」とクリスは言った。「おれはそのうち死ぬ。きみはほかの男を見つけてくれ。こっちではいつも誰かが死んでいる。死んだ男の奥さんは別の男を見つけているよ」

　あなたはかけがいのない人なのだと説明しようとした。それでもひるむ様子がないので、同じくらい説得力のあることを言ってみた。「でも、あなたには息子がいるのよ」

「だから何だ？　ほかの男が見つかれば、そいつが息子を育てるさ」

　クリスはあまりにも頻繁に人の死を見ているために、人は代わりがきくと思いはじめているんじゃないだろうか。

　わたしは打ちひしがれた。クリスが本気でそう思っていたからだ。いま考えても嫌になる。戦場で死ねたら最高だと彼は考えていた。それはちがうと説得してみたけれど、信じてくれなかった。

　再検査の結果、結核の疑いは晴れた。でも、クリスの死に対する考えは変わらなかった。

　基地ができあがり、直接行動《DA》がはじまった。反政府武装勢力と目される者の氏名と居住先がわかると、夜間にその家に突入し、本人の身柄と収集した証拠をＤＩＦ——勾留尋《ディテンション・インテロ》問《ゲーション・》施設《ファシリティー》、つまり米国でいう留置場――に預けた。

預ける過程で写真を撮った。べつに観光をしていたわけではない。私たちにとって、さらに重要なのは、上層部にとって担保となるからだ。写真があれば、私たちが本人に暴行を加えていないことが証明できる。

ほとんどの作戦は機械的だった。たいしたトラブルもなく、抵抗されることもほとんどなかった。だが、ある晩、仲間のひとりがある家屋に踏み込んだところ、なかにいたかなり恰幅のよいイラク人が素直に同行するなんてまっぴらだと腹をくくり、激しい取っ組み合いをしかけてきた。

私たちの目には、仲間のSEALのほうがぶちのめされているように映った。ただ、当のSEALによると、足をすべらせて転んだだけで、加勢は無用だという。

どうにでも好きなように解釈できると思うが、私たちは全員で突入し、仲間が大怪我をする前に太っちょを取り押さえた。そのSEALはしばらく〝転倒〟のことでからかわれた。

こうした任務の大半では、確保すべき対象者の写真が入手できた。写真が手に入れば、それ以外の情報もかなり正確であることが多かった。ほとんどの場合、対象者はいるとされる場所にいたし、ほぼ完璧といっていいほど、作成された計画どおりにことは進んだ。

だが、あまりスムーズにいかないこともあった。写真がない場合は情報自体が怪しいということがだんだんとわかってきた。アメリカ軍は疑わしい者を連行すると知って、人々は不満や不和の解消に情報提供を利用していた。陸軍などの機関に連絡を入れ、あの男は反政府勢力の手助けをしているとか、なにか別の犯罪を行なっているとか通報してきた。

私たちに〝誤認〟逮捕された連中にとっては不愉快きわまりないことだったにちがいない。だからと言って、私はそれで心を大きく乱されるようなことはなかった。それはあの国がいかにひどい状況にあるかを示す一例にすぎなかった。

後知恵

ある日陸軍から、基地に入る五〇六連隊の車列のためにスナイパーによる監視を行なってほしいという要請が入った。

私は少人数のチームを連れて出かけ、全員で三、四階建ての建物を占拠した。私は最上階に狙撃場所を確保し、周辺の監視をはじめた。まもなく車両隊がやってきた。周囲に目を凝らしていると、道路近くの建物から男がひとり現われ、車列の進行方向に移動しはじめた。男はAKを手にしていた。

私は撃った。男は倒れた。

車列はそのまま通り過ぎた。大勢のイラク人が現われ、私が射殺した男を取り囲んだが、私が見たかぎりでは、誰も車列を脅《おびや》かすような動きはしておらず、攻撃する位置にもいなかったので、狙撃はしなかった。

数分後、無線が入った。私が男を射殺した理由を調べるため、陸軍が調査班を派遣するという。

なんだって？

陸軍の司令部にはすでに無線で事の顚末《てんまつ》を報告してあった。念のため、もう一度無線をつなぎ、同じ話を繰り返した。耳を疑った――誰も私の話を信じていなかった。

戦車の車長がやってきて、死んだ男の妻から聴取した。夫はコーランを持ってモスクに向かっていたと妻は答えた。

そうきたか。ばかげた話だったが、将校である車長は――推測にすぎないが、イラクに来て日が浅いのだろう――私の話を信じようとしなかった。兵士たちが男の持っていたライフルを探しはじめたが、すでに大勢の人間が現場に立ち入っており、そんなものはとっくに消えていた。

車長は私がいるあたりを指し示した。「銃弾が飛んできたのはあのあたりからですか？」

「そうです、そうです」男の妻はそう答えた。もちろん、銃弾がどこから飛んできたかなど、わかるわけがなかった。この近くにいたわけではないのだから。「その男は陸軍です、陸軍の制服を着ていましたから」

このとき、私はふた部屋分奥まったところにいた。SEALの迷彩服の上にグレイのジャケットを羽織《はお》り、衝立《ついたて》のうしろに立っていた。男の妻は悲しみのあまり、幻覚を見たのかもしれないし、私を悲しませるために思いついたことを口にしただけなのかもしれない。

私たちは基地に呼び戻され、小隊全体が一時帰休を命じられた。私は〝作戦への参加不可〟と通告された――五〇六連隊が事件をさらに詳しく調査するあいだ、基地の外には出られなくなった。

大佐が私を聴取したいと言ってきた。聴取には私の上司である士官も同席した。私たちはみな、いらいらしていた。交戦規定を破ってはいない。証人なら大勢いる。へまをやらかしたのは陸軍の〝調査担当官〟のほうだ。

口を閉じておくのは大変だった。が、ついに大佐に向かってこちらから切り出した。「コーランを持った人間を撃ったりはしません――撃ちたい気持ちはやまやまですが、撃ちません」少々かっとなっていたんだと思う。

いずれにせよ、ほかにどれくらい〝調査〟が行なわれたかは神のみぞ知るだが、その三日後になってやっと、大佐は正当な射殺《グッドキル》だったことを認め、この件を不問に付すことを決めた。それでも、この連隊からまた監視の要請が入ったときには、私たちは冗談じゃないと答えた。「おれが誰かを撃つたび、裁判にかけて、処刑するつもりだろ」私は言った。「お断わりだ」

いずれにしろ、あと二週間で帰国の途につけることになっていた。直接行動《DA》を何度か行なったのを別にすれば、その頃はほとんど、ヴィデオゲームをしたり、ポルノを観たり、トレーニングで汗を流したりしていた。

今回の配備は、スナイパーとしてかなりの数の射殺に成功して終えることができた。その大半はファルージャでのものだ。

プロのスナイパーとしていちばん有名であり、真のレジェンドとして私が尊敬するカルロス・ノーマン・ハスコック二世は、ヴェトナム戦争での三年間の従軍中に九三回の射殺を達成している。

自分もその部類に入るなどと言うつもりはない――私のなかでは、ハスコックはこれまでも、これからも、最も偉大なスナイパーだ――が、少なくとも数字だけで言うなら、私も人からかなりの仕事をやり遂げたと思われるぐらいにはなった。

8　家族との衝突

タヤ

飛行機が到着するとき、滑走路まで行って出迎えたの。ほかにも何人か奥さんや子供たちが来ていた。わたしは息子と一緒にいて、大興奮してた。天にも昇る気持ちだったの。そばにいた奥さんに話しかけたのを覚えてる。「すごいと思いません？　ドキドキですよね？　もう待ちきれないわ」

「まあね」って彼女は答えた。

わたしは心のなかで思った。たぶん、わたしはまだ慣れてないのだと。

後日、その奥さんは、クリスの小隊にいるＳＥＡＬのご主人と離婚したそうだ。

家族の絆

私は約七カ月前にアメリカを発《た》っていた。息子が生まれてわずか十日後のことだった。私は息子を愛していたが、前述のとおり、絆を育《はぐく》む機会は皆無だった。新生児というのは、布にくるまった世話のやける存在でしかない――メシを食わせ、風呂に入れ、寝かしつけるだけの相手だ。ところが今や、その息子に個性が芽生えていた。ハイハイをし、より人間らしくなっていた。私はタヤが送ってくれた写真のなかで息子の成長を見守ってきたが、じかに接するほうがずっと強烈な体験だった。

自分の息子だという実感が湧いた。

私たちはパジャマ姿で床に寝っころがって、一緒に遊んだ。息子は私の体じゅうを這《は》いまわった。私は〝高い高い〟をしたり抱っこして歩きまわったりした。ほんのささいな――たとえば、息子の手が私の頰に触れるというような――ことでさえ喜びだった。

とはいえ、戦地からマイホームへという極端な環境の変化に、私はまだ適応しきれずにいた。ある日、戦闘していたと思ったら、翌日には、川を越えてアルタカダム航空基地（アメリカではTQと呼ばれている）へ行き、帰国したのだから。

昨日は戦争、今日は平和。

自宅に帰るたびに、私は違和感を覚えていた。とくにカリフォルニアでは、ささいなことでも苛立ちの種になった。たとえば交通事情だ。車を走らせると、どこもかしこも異常なほど混んでいる。一方、私はＩＥＤ（即席爆発装置）を警戒する癖がまだ抜けてない――ゴミひとつ見ただけで、急ハンドルを切る。ほかのドライヴァーには強気で対抗する。それがイラクでの運転作法だったからだ。

一週間ほど、私は自分の殻に閉じこもっていた。そこから、タヤと私の関係に問題が生じはじめたのではないかと思う。

初めて親になって、ご多分に洩れず、私たちも子育てについての意見がくいちがうようになった。たとえば、添い寝について。タヤは私が不在のあいだ、添い寝用ベビーベッドに息子を寝かせ、ずっと息子と一緒に寝ていた。帰国したとき、私はそれをやめさせたいと思った。私たちはその点について、まったく意見が合わなかった。私は息子を子供部屋のベビーベッドで寝かせるべきだと考えた。その意見を聞いて、タヤは息子との親密な時間を奪われると感じた。彼女は段階を踏んで親離れさせるべきだと考えていた。

私はそんなふうには考えられなかった。私にとって、子供とは自分の部屋の自分のベッドで寝るものだったからだ。

今でこそ、それがごくありふれた論争だとわかるが、私たちの場合、問題はそれだけではなかった。タヤにしてみれば、何カ月もひとりで子育てしてきたところへ、私が割り込んできて、日々の習慣や育児方法に口をはさんできたという気持ちだったことだろう。妻と息子はきわめて親密な関係で、そのことは私も素晴らしいと思っていた。しかし、私もふたりと一緒にいたかった。何もふたりのあいだに割って入ろうとしたわけではなく、ただ私も家族の輪に加わりたかっただけなのだ。

実際には、両親のそんな諍《いさか》いなど息子にとってはどこ吹く風で、すやすやと眠っていたのだが。母親との特別な関係にも変わりはなかった。

戦場とはずいぶんちがうものの、自宅での生活にも面白いところがあった。隣人や親しい友人は、私には心身を日常に慣らすための時間が必要だということを完全に理解してくれていた。そして慣らし期間が終わった頃を見計らって、ささやかなウェルカムホーム・バーベキュー・パーティを開いてくれた。

私が不在のあいだも、彼らはとても親切だった。通りの向かいに住む隣人たちは、わが家の芝刈りを手配してくれ、おかげで経済的にとても助かった。また、たったひとりで重荷を背負うタヤを、なにくれとなく助けてくれた。小さなことに思えるかもしれないが、私にとっては大きなことだった。

帰宅したからには、もちろん、その手の仕事は私の仕事になった。わが家には猫の額ほどの裏庭がある。五分もあれば全部芝を刈れるほどの大きさだ。しかし狭いながらも、庭の片側にはツルバラが生えており、ポテトブッシュの茎に絡まっていた。ポテトブッシュは一年を通して小さな紫の花を咲かせる。

この組み合わせは、見た目はじつに愛らしかった。とはいえ、バラは防弾ヴェストさえ貫きかねない棘《とげ》を持つ。裏庭の芝刈りをするとき、ツルバラのある隅を刈る段になると、必ずどこかしら引っかかれた。

ある日、バラが度を越したふるまいをし、私の脇腹を突き刺した。私は一気に片をつけることに決めた。芝刈り機を持ち上げ、腰の高さに構えると、くそったれども（ツルバラとポテトブッシュ）を刈り落とした。

「ちょっと！　正気なの？」とタヤが叫んだ。「あなたが刈ってるのは、ポテトブッシュよ」

　これは功を奏した。なにしろ、それ以降、棘に刺されたことはなくなったのだから。

　それから、馬鹿まるだしの悪ふざけもした。愉しむことや、他人を笑わせることが、私はいつだって好きだった。ある日、キッチンの窓から、家の裏手に住む隣人の姿を見かけた。そこで椅子の上に立って窓を叩き、彼女の注意を惹《ひ》いてから、尻をむき出しにして見せた（彼女の夫も海軍のパイロットだから、きっとこうした悪ふざけには慣れっこのはずだ）。

　それを見たタヤは、あきれたように目をぐるりとまわした。本人は認めようとはしなかったが、彼女も面白がっていたと思うのだが。

「よくそんなことできるわね？」とタヤは私に言った。

「彼女、笑ってただろ？」と私は答えた。

「あなた、もう三〇歳なのよ」とタヤはなおも言った。「よくそんなことできるわね？」

　いたずらをしてみんなを笑わせるのが大好きなのも、私の一面だ。毎日同じことを繰り返すだけでは味気ない――私はみんなに愉しんでほしいと思う。腹を抱えて笑ってほしい。それにはやりすぎなくらいでちょうどいい。私の家族や友人たちは、エイプリルフールの日にとりわけ腹筋崩壊の危機を迎える。とはいえ、それは私のいたずらよりも、タヤのいたずらによる部分が大きいのだが。私たち夫婦はどちらも笑うことが好きなのだと思う。

一方、私の負の側面は、きわめて短気なことだ。SEALになる以前から怒りっぽかったが、それが今では輪をかけてキレやすくなっていた。もし運転中、誰かに割り込まれでもしたら――カリフォルニアではまったくないとはいえない――怒り狂うだろう。その車を道路から突き落とそうとするか、あるいは車を停めさせて腹いせにぶちのめすかもしれない。私には気を静める方法を学ぶ必要があった。

もちろん、SEALとしての評判が強みになることもあった。

義妹の結婚式で、牧師と話す機会があった。途中で、彼女――女性の牧師さんだった――が、私のジャケットのふくらみに気づいた。

「銃をお持ちですか？」彼女は尋ねた。

「ええ、持ってます」と私は答え、軍隊にいることを説明した。

その牧師は私がSEALであることを知ってか知らずか――私からは話さなかったが、噂はすぐに広まるものだ――いざ式を始めようとして、人々がちっとも静かにならず、席にも着かないと見ると、私のところへやってきて、背中を軽く叩いてこう言った。「みなさんを着席させてもらえるかしら？」

「ええ、いいですよ」

私はほとんど声を荒らげることもなかった。ささやかな式は無事続行された。

タヤ

長いこと不在にしていた人が家に帰ってくると聞けば、とかく肉体的な愛と欲求の話になるものだ。「あなたの服を今すぐはぎ取りたいわ」みたいに。

わたしも、お決まりのそんな気持ちでいたのだけれど、現実はとかく予想どおりにはいかない。

わたしには、彼と新たに知り合う必要があった。変な話だ。結局、期待が大きすぎたんだろう。夫が戦地に行くときは、ものすごく寂しくて、家にいてほしいと思った。だけど彼が帰ってきたからといって、すべてが完璧になるわけじゃない。それなのに、完璧であるべきなのにと思ってしまう。彼は戦地で戦っていたし、わたしはわたしで大変な思いをしてきたしで、悲しみから、不安、怒りまで、ぐちゃぐちゃのいろんな感情を抱いていた。

彼が帰ってきたときには、人見知りするような気持ちだった。わたしは母親になったばかりで、半年以上もひとりで子育てをしていた。わたしも彼もまったく別の世界で、それぞれ変化し、成長しつつあった。彼にとってわたしの生活は未知の世界だったし、わたしにとって彼の生活は未知の世界だった。

クリスには申し訳なく思った。何がいけないんだろうって思っている様子だったから。わたしたちのあいだには、けっして埋まることのない、それ以前に話し合うことすらできない溝があった。

住居侵入訓練

私たちは戦地からは長く離れていたものの、再訓練や、場合によっては新たなスキルの取得訓練でずっと忙しかった。私はFBIとCIAとNSA（国家安全保障局）が共同運営する訓練センターに通った。そこでは錠前破りや車両の窃盗の方法を教わった。じつに面白かった。その訓練センターがニューオリンズにあるという点も悪くなかった。

彼の地で目立たぬ行動と諜報活動を学ぶうちに、内なるジャズ魂に火がつき、私は顎ひげを伸ばした。ピッキング訓練は驚きの連続だった。私たちはさまざまな錠前に挑戦し、その授業が終わる頃には、私や訓練仲間の侵入を食い止められる錠前があるとは思えなくなっていた。車の窃盗はもう少し難しかったが、私はこちらでも上々の腕前を身につけた。

小型カメラや盗聴器を見とがめられずに装着する訓練も受けた。訓練の成果を実証するため、機器をストリップクラブに持ち込み、たしかに潜入したという（映像の）証拠を提示しなければならなかった。

あくまで国家のために、やむをえず……。

最終試験には、バーボン・ストリートで車を盗むというテストもあった（テスト終了後には元の場所に返却したが、私の知るかぎり、所有者はまったく気づいていなかった）。残念ながら、こうしたスキルはすぐに劣化する。私は今でも錠前を破ることはできるが、時間がかかりすぎるだろう。犯罪に手を染めようと思ったら、ブラッシュアップが必要になる。

通常の訓練課程に、パラシュート降下の資格更新があった。飛行機から飛び降りること――というより、飛行機から飛び降りたあと、無事に着地することと言うべきだろう――は、重要なスキルであり、かつ危険なスキルでもある。聞いたところによると、陸軍の計算では、実戦において一部隊の七〇パーセントの隊員が無事に着地して再集合し、戦闘を開始できれば上々の結果と見なすそうだ。

考えてもみてくれ。一〇〇〇人の隊員がいたとすると、三〇〇人は無事に着地できないということだ。それでも、陸軍にとってはたいした数字ではないらしい。

ふうん。

SEALになった直後、私はフォート・ベニングへ行き、陸軍の訓練に参加した。今思うと、訓練初日に、すぐ目の前にいた兵士が降下を拒んだ時点で、私は自分の置かれた状況を理解すべきだったのだろう。教官が彼をなだめすかしているあいだ、私たち訓練生は全員その場で立ったまま待って――そして考えて――いた。

私は高いところが怖かった。この訓練が自信を高めてくれるとも思えなかった。くそっ、と私は思った。あいつはどこを見て、あんなに怖がってるんだ？

SEALであるからには、ビシッと決めてみせる必要があった――少なくとも、意気地《いくじ》なしと思われるわけにはいかなかった。私は目を閉じて宙に飛び出した。

スタティックラインジャンプ（飛び降りると自動的にパラシュートを開くコードが引かれる、主に初心者向けの降下方法）の訓練を始めたばかりの頃、私は顔を上げて開傘を確認するというミスを犯した。

教官からは上を向くなと指示されていた。しかし、私はなぜなんだろうと呑気《のんき》に考えていた――パラシュートが開く瞬間までは。その一瞬に感じた、パラシュートがあるから死なずにすむという比類なき安堵《あんど》感は、顔の両側のロープバーン（ロープとの摩擦による火傷）のせいですっかり薄れてしまった。

上を向いてはいけない理由は、パラシュートが開く際に頭の横をかすめていくライザーにぶつからないようにするためだったのだ。まあ、痛い思いをしてようやく学べることもあるというわけだ。

それから、夜間降下の訓練をした。夜間では接近する地面が見えない。衝撃を分散するため、パ《P》ラシュート・ラ《L》ンディング・フ《F》ォールという転倒方法を行なう必要がある――が、いったいいつやればいい？

私は自分に言い聞かせる。何かに当たった瞬間に転がるんだ。

当たっ……たら……あたっ……た……あたたたた……!!

私は夜間降下をするたびに、頭をぶつけていたように思う。

言わせてもらうなら、私はスタティックラインジャンプよりもフリーフォールのほうがいい。べつにフリーフォールが愉しかったと言っているわけではない。ただ、そっちのほうがずっとましだったというだけだ。いわば、絞首刑よりは銃殺刑を選ぶというようなものだ。

フリーフォールは降下のスピードが断然遅く、コントロールも効きやすい。降下中に見事な離れ業《わざ》や曲芸を披露したり、古き良き時代にHALO（高高度降下低高度開傘）をした様子を撮影したビデオがたくさんあることは承知している。が、そのなかに私のジャンプは含まれていない。降下中、わたしはただひたすら腕にはめた高度計を見つめている。かくして、適切な高度に達した瞬間、パラシュートの展開コードが引かれることとなる。

陸軍での最後のパラシュート降下訓練の際のことだ。降下中、私の真下に別の兵士のパラシュートが入り込んできた。そういう場合、下のパラシュートによって私の真下の風が〝盗まれて〟しまう。すると……通常よりさらに降下速度が上がる。

その結果、状況によってはきわめてドラマティックな展開が待っている。私の場合、地上七〇フィートの高さにいたのだが、そこから急降下して、数本の木の枝と地面に激突した。私はこぶと痣《あざ》だらけになり、肋骨《ろっこつ》を何本か折った状態で、自力で歩いて戻った。

幸い、それが訓練最後のジャンプだった。苦行を耐えに耐えた私も、私の肋骨も、訓練終了を喜んだ。

兵士を吊り下げて飛行するスパイ・リギングはパラシュート降下よりは多少ましだ。もちろん、目くそと鼻くそを比べるようなものではある。スパイ・リギングはクールに見えるかもしれないが、ひとつ動きをまちがえるだけで、メキシコへ振り落とされる。あるいはカナダへ。ひょっとすると中国へも。

それなのに、なぜか私はヘリが好きだ。スパイ・リギングの訓練で、私の小隊はMH-6リトルバードと組んで訓練を行なった。すばやく偵察と攻撃を行なう小型ヘリコプターで、特殊作戦に用いられる。私たちが使用したヘリには両側にベンチシートが備えつけられ、それぞれのシートに三人ずつSEALが座ることができた。

私のお気に入りのヘリだ。

実は乗る前には、そのくそヘリに乗るのを死ぬほど恐れていた。しかし、いざパイロットがヘリを離陸させ、機体が宙に浮かんだとたん、私は夢中になった。大量のアドレナリンがほとばしった――低空高速飛行。見事だった。スピードのおかげで体は揺れもせず、風による振動《バフェッティング》を感じることすらない。

くそったれなことに――もし落下しても、何も感じないだろう。

そういうヘリを操縦するのは、世界でもトップクラスの凄腕パイロットたちだ。全員が第一六〇特殊作戦航空連隊《SOAR》のメンバーで、特殊戦要員と組むために厳選された人材だった。明らかに、彼らの腕は群を抜いていた。

〝普通の〟パイロットが操縦するヘリコプターだと、いざファストロープ降下をしようとしたら高度が不適切だったということがままある。高すぎてロープが地面まで届かないのだ。気づいたときにはもう手遅れで、手の打ちようがなく、おとなしく地面に落ちてうなり声をあげるしかない。また、多くのパイロットにとって空中停止《ホヴァリング》は不得意分野で、私たちが地上のしかるべき場所に降り立つまで機体をとどめておくことに苦労している。

　SOARのパイロットとの任務では、そういったことはいっさい起こらない。初めてだろうがなんだろうが、いつでも適切な場所にとどまることができ、降ろしたロープはしかるべき場所まで届く。

マーカス

二〇〇五年七月四日はカリフォルニアらしい爽やかな一日で、雲ひとつない青空が広がっていた。私とタヤは息子を連れて、郊外の丘陵地帯にある友人宅を車で訪ねた。みんなで私のSUV〈ユーコン〉の後部座席にブランケットを広げて座り、谷間の先住民居留地の打ち上げ花火を見た。そこは絶好の観覧スポットで、迫力満点の花火を見下ろすことができた。

　私は昔からずっと独立記念日を祝うのが好きだった。その日が象徴するもの――その日が意味するもの――を愛しているし、もちろん花火やバーベキューも大好きで、ただ愉しい時間を過ごしてきた。

　しかしその日は、赤や白や青の輝きをゆったり眺めていると、突然、私のなかに悲しみが広がった。私は深く暗い穴に落ちていった。

「最低だ」花火が炸裂した瞬間、私はつぶやいていた。

花火大会をけなしたわけではない。友人のマーカス・ラトレルにもう二度と会えないかもしれない、と不意に理解したのだ。友人を救いたくても、自分には何もできないことが悔しかった。しかも彼がどんなトラブルに直面しているのかさえ、誰にもわからない状況だった。

花火大会の数日前、私はマーカスが行方不明になったという連絡を受けていた。またSEALの知り合いから、マーカスと同行していた三人の隊員が死亡したことも聞いていた。マーカスたちはアフガニスタンでタリバンに待ち伏せされ、数百人のタリバン兵に包囲されて、死に物狂いで戦った。救援に向かった一六名の隊員もヘリのチヌークごと撃墜され、全員死亡した（詳しくはマーカスの著作『アフガン、たった一人の生還』をぜひ読んでほしい）。

当時の私にとって、戦闘で友人を亡くすことは、ありえないとは言えないまでも、現実味の乏しいことに思えた。戦火をくぐり抜けてきた人間がそんなことを言うのは奇妙に思えるかもしれないが、そのときの私たちは、己の強さに自信を持っていた。うぬぼれていたのかもしれない。われわれほど優れた戦士が傷つけられるわけがない――そんな境地に至っていたのだ。

私の小隊は誰ひとり重傷を負うことなく戦い抜いてきた。ある面では、訓練のほうがよほど危険に思えた。

実際、訓練中には事故が起こった。直前の拿捕《だほ》訓練中にも、私の小隊のひとりが船の側面をのぼる途中で落下し、ボート上にいた二名の隊員に激突した。三人とも病院に搬送され、ボートに乗っていた隊員のひとりは首の骨を折る重傷を負った。

私たちは危険を顧みることはない。しかし家族はそうはいかない。つねに危険を意識せざるをえない。誰かが入院したときは、その家族だけでなく、ほかの隊員の妻や恋人も交代で看病にあたることが多い。そんなとき、彼女たちは否応なく理解する――次は、自分の夫や恋人に付き添うことになるかもしれない、と。


花火を見たあとも、私はマーカスのことで心が張り裂けそうだった。一晩じゅう、自分だけの暗い穴のなかにもぐり込み、数日間そこに閉じこもっていた。

もちろん、訓練は続けていた。ある日、上等兵曹《チーフ》が部屋を覗き、廊下に出るよう合図した。

「おい、マーカスが見つかったぞ」ふたりきりになったとたん、チーフは言った。

「よかった」

「相当まいってる」

「でしょうね。でも、あいつならきっと大丈夫です」マーカスを知る誰もが、それが真実だとわかっていた。彼はやられっぱなしの男ではない。

「ああ、そうだな」チーフは言った。「だが、めった打ちにされて、ぼろぼろになってる。簡単にはいかないだろう」

たしかに簡単ではなかったが、マーカスはあきらめなかった。実際、健康問題に悩まされつづけていたにもかかわらず、退院後まもなく戦地に復帰した。

いわゆる、エキスパート

　ファルージャでの功績のおかげで、私は何度か上層部の会議に引っ張り出され、スナイパーの実戦配備方法について意見を請われた。今や私は軍隊での内容領域専門家《サブジェクト・マター・エキスパート》——軍隊語でＳＭＥ——になっていた。

　正直、うんざりだった。

　軍の上層部と話せるなんて名誉なことだと思うかもしれないが、私は自分の仕事に集中したかった。椅子に座って、戦争とはいかなるものか、口頭で説明しようとする時間など、拷問でしかなかった。

　たとえば彼らはこんな質問をする。「われわれはどんな装備を用意すべきかね？」　まったく見当ちがいな質問というわけではないだろうが、私の頭にはこれ以外の回答は思い浮かばない——おいおい、あんたたちは揃いも揃って大馬鹿なのか？　そんな基本的なことは大昔に考えておくべきだろうが。

　それでも私は彼らに、スナイパーをどのように養成すべきか、彼らをどのように使うべきかについて自分の考えを話した。また市街地の監視役の訓練強化や、屋内の隠れ場所確保など、実戦で必要性を感じた事柄についても進言した。攻撃開始前に、まずスナイパーを現地入りさせる案についても話した。そうすれば強襲チームは事前に現地情報を入手できるからだ。スナイパーがより能動的、より攻撃的に動くための方法も進言した。またチームをスナイパーと組んだ攻撃に慣らすため、訓練中に隊員の頭越しに射撃を行なったらどうかとも提案した。

お偉方には装備の問題——たとえば、M11のダストカヴァーや、銃身の先で小刻みに揺れる減音器《サプレッサー》が、ライフルの命中精度を下げること——についても伝えた。

どれも私にとっては当然すぎるほどの事柄だが、彼らにとってはそうではなかったようだ。請われれば、意見を述べた。しかし、たいていの場合、彼らは私の意見を本気で求めているわけではなかった。ただ私に、すでに彼らが出した結論やすでに彼らの頭にある考えに、太鼓判を押させたいだけなのだ。軍に必要だと思う装備の名を挙げても、それとは別の装備をすでに何千個も購入したという答えが返ってくる。ファルージャで成功した戦略を提案しても、文献か何かを事細かに引用し、その戦略が役に立たない理由を私に説明する始末だった。

タヤ

クリスが家にいるあいだ、わたしたちは何度も衝突した。彼の兵役期間満了が近づいていて、わたしは再入隊してほしくなかった。

彼はすでに期待以上の働きで国家への責務を果たした——わたしにはそう思えた。それにわたしや息子には彼が必要だった。

わたしはずっと、人間は、神と、家族と、国家に——この順序で——責任を果たすべきだと信じてきた。でも彼はそうじゃなかった。彼にとっては家族よりも国家のほうが大切だった。

　それでも、まったく聞く耳を持たなかったわけじゃない。きみが再入隊するなと言うならやめるよって、いつも言ってくれた。

　でも、そんなことはできなかった。だから言った。「あなたに指図なんてできない。そんなことをしたら、きっとあなたはわたしを嫌いになるし、一生わたしを恨んで過ごすことになるもの。

　でもね、これだけは言わせて。あなたが再入隊したら、わたしたち夫婦のあり方を思い知らされることになる。そしたら、いろんなことが変わるわ。わたしにはわかるの。変えたくないと思っても、きっと変わってしまうだろうってことが」

　結局、彼が再入隊したとき、わたしは思った。オーケー、わかったわ。あなたにとっては、父であり夫であることより、ＳＥＡＬであることのほうが重要なのね。

新入り

　次の実戦配備に向けての訓練中に、小隊は新人メンバーを迎えた。目立つ新入りも何人かいた。たとえばドーバーとトミーは、どちらもスナイパー兼衛生下士官だった。しかし、第一印象がいちばん強烈だったのは、ライアン・ジョーブだ。その理由は彼がＳＥＡＬらしく見えないだけでなく、ぜい肉の塊だったからだ。

　そんな男がチームに配属され、私はあぜんとした。筋骨隆々で引き締まった体つきの男の集団に、丸くてなよなよした新人がやってきたのだ。

私はライアンに近づき、いちゃもんをつけた。「なんだ、デブ野郎？　おまえ、それでもSEALのつもりか？」

全員が彼をこきおろした。ライアンとBUD／Sから知り合いだった士官――以後、LTと呼ぶ――は彼を弁護したものの、LT自身が新入りなので、たいした助太刀にはならなかった。いずれにせよ、新入りだというだけで私たちはライアンのケツを蹴っただろうが、体重のせいで彼は輪をかけてひどい目に遭うことになった。私たちは本気で彼を辞《や》めさせるつもりだった。

しかしライアン（彼の姓――Job――は、耳たぶ《イヤーローブ》と同じく、ジョーブと伸ばして発音する）は辞めなかった。彼の決意は誰よりも固かった。その後、目の色を変えて体を鍛えはじめ、体重を落とし、体を絞った。

それ以上に重要なのは、ライアンがやれと命じられたことをすべてやり遂げた点だ。彼は努力家で真面目で、とても愉快なやつだった。やがて彼の評価は一変し、私たちはライアンを、いいやつだ、男のなかの男だと考えるようになった。どんな体型をしていようとも、彼は真のSEALだった。それもとびきり上等の。

実際、私たちはライアンに相当な〝試練〟を与えた。小隊でいちばん体のでかいやつを探して、そいつを背負えと命じた。ライアンは背負った。訓練中はいちばんきつい任務を命じた。彼は不平も言わずにやり遂げた。そのうちに、彼は私たちを爆笑させるようになった。

顔の表情がものすごく豊かだったからだ。上唇を突き出し、目をぐるりとまわし、顔をひん曲げる。そんな変な顔を見せられたら、もうお手上げだ。

彼のこの特技を使って、私たちは愉快な――少なくとも私たちにとっては愉快な――遊びを編み出した。

あるとき、私たちはライアンにチーフに向かってその顔をしてこいと命じた。

「で、ですが……」ライアンは口ごもった。

「やれ」私は命じた。「チーフをおちょくってくるんだ。新入りに拒否権はない。さあ、やれ」

彼は従った。チーフはライアンに馬鹿にされたと思い、彼の首根っこをつかんでぶん投げた。

私たちはますます調子に乗った。ライアンはその顔をあちこちで披露するはめになった。そのたびに彼はこてんぱんにやられた。そしてついに、私たちはある士官のところへ行ってこいと命じた。その男は体格がでかく、たとえ同胞のSEALからでも、ちょっかいを出されるのを嫌うタイプだった。

「やってこい」仲間のひとりが言った。

「そ、それは無理です」ライアンは抵抗した。

「今すぐやらなけりゃ、おまえの首を絞めてやるぞ」私は警告した。

「お願いですから、今すぐ首を絞めてもらえませんか？」

「いいからやるんだ」私たちは口をそろえて言った。

ライアンは士官のところへ行き、変な顔をしてみせた。ぶちのめされたライアンは、床を叩いてギブアップしようとした。

「ギブアップは許さん」士官は一喝し、殴りつづけた。

ライアンはどうにか生き延びた。これを最後に、私たちは彼に変な顔をさせるのをやめた。

小隊に入った当初は、誰もがいじめの洗礼を受ける。私たちは相手が誰だろうと容赦しなかった。下士官だろうが士官だろうが平等に扱った。

当時、新入りはまだ〈トライデント〉を受け取っておらず――つまりまだ本物のSEALではなく――チーム内での一連の〝試練〟に合格したあと渡されることになっていた。うちの小隊にはちょっとした儀式があり、そのなかに隊員全員を相手にするボクシングの試合が含まれていた。新入りはそれぞれ三ラウンドを戦い抜かねばならず――ノックアウトされたら、それで一ラウンドと数える――その後、晴れて記章をもらい、仲間として迎えられるのだった。

私はライアンの安全担当官で、彼が殴られすぎないように配慮していた。ライアンはヘッドギアをつけていたし、全員がグローブをはめていたが、いじめが過熱することもある。安全担当官とは、いじめが度を越さないように目を配る立会人のようなものだ。

ライアンは三ラウンドでは満足しなかった。もっと続けたいと言った。長く闘えば、全員を倒せるとでも思ったのだろう。

実際には、そこまで長く持ちはしなかったが。事前にライアンには、何をしようと勝手だが、安全担当官である私を殴ることは許さないと警告してあった。それにもかかわらず、隊員のパンチを浴びて頭が朦朧《もうろう》としたライアンは、振り上げた拳で私を殴った。

そこで私はやるべきことをやった。つまり、彼をノックアウトした。

マーク・リー

実戦配備が間近に迫り、小隊が強化された。司令部は別の隊の若いSEAL、マーク・リーを助っ人として投入した。彼はすぐにうちの隊になじんだ。

マークは体育会系で、いかにも典型的なSEALといった屈強で逞《たくま》しい体つきの男だった。海軍に入る前は、プロテストを受けたほどのサッカーの選手だった。脚の怪我のせいで選手生命を断たれなければ、おそらくプロの選手になっていただろう。

身体能力だけでなく、マークには優れた点が多々あった。聖職をめざして学んだ経験があり、神学校はほかの生徒たちに透けて見える偽善に嫌気がさして退学したものの、今でも信仰心が篤《あつ》かった。のちに実戦配備に入っても、作戦行動前にはかならず小さな祈りの会を開いていた。もちろん、聖書や宗教全般について造詣《ぞうけい》が深かった。それを人に押しつけることはないが、もし誰かが神や信仰について語りたいと望んだときには、いつでも喜んで応じていた。

とはいえ、彼は聖人ぶっていたわけではなく、お高くとまってSEAL稼業に不可欠な悪ふざけに乗らなかったわけでもなかった。

マークが加わった直後、小隊はネヴァダ州での訓練任務に入った。一日の訓練が終わると、隊員は4ドアトラックに乗り込み、寝るために基地に戻った。ある日、マークと私とボブという名のSEALが、三人で後部座席に座った。たまたまボブと私が、首を絞められた体験について話しはじめた。

すると新入りの熱心さで――たぶん無邪気さも手伝って――マークが言った。「私は首を絞められたことがないんです」

「なんだって?」そう言って、私は身を乗り出し、このウブな男の顔をまじまじと見た。首を絞められるのはSEALの必須科目なのに。

マークは私を見た。私も彼を見た。

「やってみてください」マークは言った。

ボブが身を乗り出したところへ、私が割り込み、マークの首を絞めた。首尾よくやり終え、私はシートの背にもたれた。

「おい、てめえ」ボブが背筋を伸ばした。「おれがやろうと思ったのに」

「おれにやらせるためにかがんだのかと思ったんだよ」

「そんなわけねえだろ。おれはただ腕時計が壊れないように前のやつに渡してただけだ」

「そうか、なら」と私は言った。「マークが起きたら、今度はおまえがやればいい」

ボブは実際そのとおりにした。その晩のうちに、小隊の半数が彼を狙ったのではないかと思う。マークはよく耐えた。もちろん、新入りには拒否権などなかった。

上官

私は新しい司令官が好きだった。攻撃的で、優れた指揮官であり、隊員に口うるさいことを言わなかった。ひとりひとりの顔と名前を覚えているだけでなく、妻や恋人のことまで知っていた。隊員が亡くなると心から悼《いた》み、それでいて実戦で腰が引けることはなかった。訓練ではいっさい手を抜かず、事実、スナイパーの追加訓練を認めてくれた。

最先任上等兵曹——以後、プリモと呼ぶ——もまた、一流の指揮官だった。昇進など屁とも思わず、自分を取りつくろったり、言い逃れをすることにも興味がなかった。つねに任務成功と職務完遂だけを考えていた。彼はテキサス人であり——ということで、私は少し贔屓《ひいき》目《め》で見ているかもしれない——つまりは、すごいやつだった。

プリモの訓示はお決まりの一喝で始まった。「おまえら、何やってやがる？　さっさとひと暴れしてこい！」

プリモは戦闘一筋の男だった。SEALがなすべきことを知っており、私たちにそれを求めた。

戦場を離れると、お人よしの南部人の顔をのぞかせた。

オフや訓練中に、隊員がトラブルに巻き込まれるのは日常茶飯事だ。なかでも、バーでの喧嘩《けんか》は大問題になる。あるときバーにプリモがやってきて、ちょっと来いと呼ばれたときのことを覚えている。

「いいか、どうせおまえらは喧嘩するんだろう」彼は私たちに言った。「だからやり方を教えてやる。まず先に殴る——それも強くだ。そうしたら逃げろ。捕まらなけりゃ、おれには関係ねえ。おまえらが捕まると、おれもこってりしぼられることになるんだからな」

私はその忠告をしっかり胸に刻んだが、いつもそのとおりにいくわけではなかった。

プリモがテキサス出身だからか、それとも彼自身、喧嘩っ早い性質《たち》だからか、プリモは私と、やはりテキサス人のペッパーに目をかけてくれた。私たちはプリモのお気に入りとなり、トラブルになるとプリモが尻拭いをしてくれた。私が士官の誰かと揉《も》めたときには、プリモがとりなしてくれた。その件で私を叱ることはあっても、上層部とはうまく話をつけてくれた。その代わり、職務完遂のために必要とあらば、プリモはいつでも私とペッパーをあてにすることができた。

タトゥー

自宅にいるあいだに、私は腕のタトゥーをふたつ追加した。ひとつは〈トライデント〉だ。ようやく本物のＳＥＡＬになれた気がして、今ならその資格があるように感じたからだ。腕の内側に彫ったので誰にも見えないが、私にはそこにあるとわかる。べつにひけらかしたいわけではなかった。

腕の前部にはエルサレムクロスを彫った。自分がイスラム教徒ではないと知らしめたかったからだ。色は血を表わす赤にした。私は自分が戦ってきた〝野蛮人ども〟を憎んでいた。それはこれからもずっと変わらない。やつらは私からあまりに多くのものを奪った。

タトゥーでさえ、私と妻のあいだでは火種になった。そもそも彼女はタトゥーが好きではなかったし、私の事の運び方――妻が待っているのに夜遅くまで帰らず、突然タトゥーを見せて驚かせた――が、ふたりの諍《いさか》いに拍車をかけた。

タヤはタトゥーを見て、それもまた印《しるし》だと考えた。私が変わりつつあり、彼女の知らない誰かになってしまう印のひとつなのだと。

私はまったくそんなふうには考えてはいなかった。確かに彼女が喜ばないのを知ったうえでやったことは認める。しかし許可を求めるより、許しを請うほうがいいではないか。

本当は腕の全面に彫りたかった。つまり私のなかでは、少しは譲歩したつもりだったのだ。

出発準備

私が家にいるあいだに、タヤは第二子を身ごもった。それで妻はまた大きなストレスを抱えることになった。

私の父がタヤに言ったそうだ。自分の息子に会って一緒に過ごせば、クリスもきっと再入隊する気も戦地に戻る気もなくすだろう、と。

しかし、さんざん話し合ってきたものの、結局、私は自分がすべきことについて迷うことはほとんどなかった。私はSEALだ。戦争をするための訓練を受けた。私は戦争に向いていた。私の祖国は戦争中で、祖国が私を必要としていた。

それに私は戦場が恋しかった。興奮とスリルを味わいたかった。悪いやつらを殺すのが好きだった。

「もしあなたが死んだら、私たちみんなの人生が壊れてしまうのよ」タヤはわたしに言った。「あなたは自分の人生だけじゃなく、わたしたちの人生まで危険にさらそうとしているから頭にくるのよ」

そのとき、私たちは互いの意見が合わないという点で意見が一致した。

実戦配備の時期が近づくにつれ、私たちの関係はさらによそよそしくなった。タヤは感情的に私を遠ざけ、来るべき夫不在の日々に備えて鎧《よろい》をまといつつあるかのようだった。私が彼女の立場でも同じことをしたかもしれない。

「わざとそうしてるわけじゃないの」ふたりのあいだに起きつつあることを理解し、それについて話し合うことができた数少ない機会に、彼女はそう言った。

私たちはまだ愛し合っていた。奇妙に聞こえるかもしれないが、私たちは近くて遠かった。互いを必要としつつ、それでいて距離を置く必要もあった。ほかのことに取り組む必要も――少なくとも、私の場合は。

私は出発を心待ちにしていた。また任務につけると思うと血が騒いだ。

出産

実戦配備開始の数日前に、私は首の嚢胞《のうほう》を取るため医者へ行った。診察室で、医者は嚢胞の周辺に局部麻酔をし、それから首に針を刺して内容物を吸引しようとした。

——と思う。実際には知らないのだ。というのも、針が刺さった瞬間、私は発作を起こして失神したからだ。意識を取り戻したときには、診察台の上で頭を乗せるべき場所に足をのせて横たわっていた。

発作や吸引処置から、それ以外の悪影響はいっさい出なかった。なぜ私がそんな反応をしたのか、誰にも見当がつかなかった。誰の目から見ても、私はぴんぴんしていた。

しかし、ひとつ問題があった。発作を起こした事実は、海軍から病気除隊させられる根拠となるからだ。幸いなことに、その診察室に、かつて一緒に任務についたことのある衛生下士官がいた。彼は、報告書に発作を記載しないか、私の実戦配備や軍歴に影響の出ない形で記載するか、いずれかの方法で処理するよう（どちらになったのかは知らない）医師を説得してくれた。その後、その話が話題に出たことはない。

しかし発作は別の悪影響を及ぼした。発作のせいで、妻のもとに駆けつけられなかったのだ。私が気を失っているあいだ、妻は妊婦の定期健診を受けていた。娘の出産予定日は三週間後に、実戦配備は数日後に迫っていた。検診で超音波検査をした際、検査技師がモニター画面から目をそむけたのを見て、妻は何かがおかしいと感じたそうだ。
「この赤ちゃんはすぐに生まれそうですよ」と言って、技師は席を立った。医者を呼びにいくとき、技師はたいていそう言う。

お腹の赤ん坊の首にへその緒が絡まっていた。さらにタヤは破水をし、羊水――成長する胎児に栄養を与え、保護する液体――の量が減っていた。
「帝王切開をします」と医者は言った。「心配しないで。明日には赤ちゃんを取り出せますから。大丈夫ですよ」

タヤは何度も私に電話をかけていた。が、私が駆けつけたときには、すでに病院のベッドの上だった。

私たちはふたりで不安な一夜を過ごした。翌朝、医者は帝王切開をした。手術中に動脈でも傷つけたのか、そこらじゅうに血が飛び散っていた。私は死ぬほど妻を心配した。本物の恐怖を味わった。それよりもひどかったかもしれない。

私が戦地にいるあいだ一秒ごとに妻が味わわされているものとは、比べるべくもないのかもしれない。それでも、私は恐ろしいほどの絶望を味わった。

耐えるのはもちろん、認めることすら難しいことだった。

娘は無事に生まれた。私は彼女を抱き上げた。息子の場合と同じく、娘も生まれてくるまではどこか遠い存在だったが、抱いているうちに、温かい気持ちと愛情があふれはじめた。

私が赤ん坊を手渡そうとすると、タヤは奇妙な顔で私を見た。

「抱きたくないのか？」私は尋ねた。

「抱きたくない」彼女は答えた。

おいおい、と私は思った。私はもうすぐ出発しなければならないのに、妻は娘に触れようとすらしない。

数秒後、タヤは手を伸ばし、娘を抱き上げた。

助かった。

二日後、私は戦地へ向かった。

9 パニッシャーズ

「迫撃砲手をやっつけにきました」

大規模な攻撃計画を遂行しようとする軍隊ならば、兵士を戦場に送り込む方策くらい確保しているはずだと思われるだろう。

それは大まちがいだ。

嚢胞《のうほう》の治療やら娘の誕生やらで、アメリカを発《た》つのが小隊の仲間よりも一週間遅れた。私がバグダッドに到着した二〇〇六年四月には、ほかの隊員たちはすでに西のラマディへ送られていた。バグダッドには、ラマディに向かう方法を知る者はいないようだった。私は自力で仲間に追いつくしかなかった。

ラマディでは激しい戦闘が行なわれており、直行便などありえなかった。そのため、行き当たりばったりに打開策を講じるしかなかった。同じくラマディに向かう陸軍のレンジャー隊員に偶然出会った。私たちは仲間となり知恵を出し合って、バグダッド国際空港からの移動手段を探しまわった。

やがて、西方の基地で陸軍が反政府武装勢力の迫撃砲手に悩まされていると将校が話しているのを耳にした。偶然にも、その基地に向かう便があるということもわかり、レンジャー隊員と私はそのヘリコプターに大急ぎで向かった。

私たちが乗り込もうとしたとたん、大佐に呼び止められた。

「ヘリコプターは満員だ」大佐はレンジャー隊員に怒鳴った。「これに乗らなければならない理由があるのか？」

「大佐、われわれは貴部隊の迫撃砲問題に対処するスナイパーです」と私は銃ケースを持ち上げて言った。

「おお、そうか」大佐は乗組員たちに怒鳴った。「このふたりはこの便で行かなければならない。すぐに乗せてやれ」

私たちはヘリに飛び乗り、その結果、大佐の部下がふたり降ろされた。

私たちが基地に到着する頃には、迫撃砲攻撃はおさまっていた。しかし私たちにはまだ問題が残っていた。そこからラマディに向かう便がないのだ。車で行ける可能性は、七月にダラスで雪が降るよりも低かった。

しかし私には考えがあった。レンジャー隊員を連れて基地の病院に行き、衛生下士官を探した。私はSEALで数多くの衛生下士官と一緒に働いたが、そのときの経験から、海軍の衛生下士官は常に問題解決の方策を熟知しているのを知っていた。

SEALのチャレンジコインをポケットから取り出して手のなかにしのばせ、握手の際に衛生下士官の手にすべりこませた（チャレンジコインとは、隊員の武勇や功績を讃《たた》えるための特別な記念品だ。ＳＥＡＬのチャレンジコインは、その希少性と象徴的な意味からとくに価値が高い。海軍の一員にそれを手渡すことは、フリーメイソンの秘密の握手のような効果がある）。

「聞いてくれ」と私は衛生下士官に言った。「どうしてもお願いしたいことがある。私はＳＥＡＬのスナイパーだ。私の部隊はラマディにいる。私もそこに行かなければならない。彼も一緒に」とレンジャー隊員を手で示した。

「わかりました」と衛生下士官はささやくような小声で言った。「事務所に来てください」

私たちは彼の事務所に入った。衛生下士官はゴム印を取り出して私たちの手に押し、その横に何か書き加えた。

それは負傷の程度を示す符号だった。

衛生下士官は私たちをラマディへ救急搬送してくれたのだ。戦場からではなく戦場へ救急搬送されたのは、あとにも先にも私たちだけだろう。

また、こんな独創的なことを考えつくのは、ＳＥＡＬだけだと思った。

どうしてこれがうまくいったのかわからないが、とにかくうまくいった。押し込まれたヘリコプターでは、私たちの「怪我」がどのようなものかはもちろん、私たちの行き先についても、誰からも尋ねられることはなかった。

シャーク基地

ラマディはファルージャから五〇キロほど西に位置し、同じアンバール県にある。ファルージャから逃げ出した武装勢力の多くは、そこに潜伏していると言われていた。それを裏づける証拠はたくさんあった。ファルージャの制圧以降、ラマディでの攻撃が多発していた。二〇〇六年までに、ラマディはイラクで最も危険な市《まち》――これほど不名誉な称号があるだろうか――と見なされるようになった。

私たちの小隊は、市《まち》の郊外を流れるユーフラテス川沿岸にあるキャンプ・ラマディに送られていた。シャーク基地と呼ばれる私たちの宿舎は、別の任務で先に来ていた部隊が設営したものであり、キャンプ・ラマディの鉄条網の外側にあった。

私がやっと到着したときには、小隊の仲間たちは任務のためすでにラマディ東部に送られていた。市街地を通り抜けてそこまで行くのは不可能だった。腹が立った。任務に参加するには、到着が遅すぎたのだ。

小隊の仲間と合流できるまで私に何かできることはないかと思い、監視塔での警備を司令部に願い出た。武装勢力は、大胆にも基地の近くまで忍び寄ってはAKを乱射していた。

「よし、やってくれ」と快諾された。

私は監視塔に向かった。スナイパーライフルを手に持ち場につくや、遠くでふたりの男がこそこそ動きまわっているのを発見した。銃を撃つための隠れ場所を探していたのだ。陰から姿を現わすのを待ち構えた。

バン。

まずひとり仕留めた。その仲間が背を向けて走り去ろうとした。

バン。

そいつも仕留めた。

七階建て

小隊に合流できるチャンスを待っていたころ、ラマディの北端に駐屯する海兵隊からスナイパーの要請があった。前哨基地の近くにある七階建てのビルからの監視を手伝ってほしいという。

司令部から狙撃班をつくるよう命じられた。前哨基地にスナイパーはあとふたりしかいなかった。ひとりは怪我《けが》の治療中で、モルヒネで朦朧《もうろう》としていた。もうひとりは上等兵曹《チーフ》だったが、明らかに参加したくなさそうだった。

私はモルヒネ中毒のほうに声をかけたが、結局チーフのほうがチームに加わることになった。

戦力増強のため、60の射手をふたり調達した。そのうちのひとりがライアン・ジョーブだった。私たちはひとりの将校とともに、海兵隊の支援に向かった。

その〝七階建て〟の建物は、海兵隊の前哨基地から二〇〇メートルほど離れたところにそびえるおんぼろビルだった。褐色のセメント造りで、戦前は幹線道路だった通りの近くに位置していた。一見、近代的なオフィスビルのように見えないこともなかった。ガラスのない窓や、ロケット弾や砲弾が撃ち込まれてできた大きな穴さえなければ、充分それで通用したかもしれない。あたり一帯で最も高い建造物であり、市《まち》を完全に見渡すことができた。

夕方まだ早く、数名の海兵隊員と地元のジュンディたちとともに警護に上がった。ジュンディとは私たちに味方する、まだ訓練中のイラク人の民兵や兵士のことだ。さまざまなグループがあり、グループごとに技能や能力に差があったが、たいていの場合は技能も能力も持ち合わせていなかった。

まだ明るいうちに、あちこちに散らばった武装勢力から何度か銃撃された。建物の周辺はひどく荒廃していて、しゃれた飾りのついた鉄製の門と白漆喰《しろしっくい》の塀が、砂まみれの空地同士を隔てていた。

夜の帳《とばり》が下りると、私たちはいきなり悪党の群れに取り囲まれた。やつらは海兵隊を襲撃しに前哨基地に向かうところで、私たちの建物は偶然、やつらの通り道沿いにあったのだ。とにかく、数えきれないほどの人数だった。

最初、やつらが私たちに気づいていなかったので、まるで狩猟シーズンが到来したかのようになった。そのうち、ひとブロックほど離れたところからRPGで私たちに狙いを定めている三人の男を発見した。私はそいつらをひとりずつ順番に撃ち、それでロケット弾をよけるために伏せる手間が省けた。

すぐに弾の流れがこちら向きに変わった。海兵隊から無線で、前哨基地まで退避するよう命じられた。
海兵隊の前哨基地までは危険な道を数百メートルも行かなければならない。60の射手のひとりと将校と私が掩護射撃をする間に、ほかのメンバーは階下に降り、海兵隊の基地へ移動した。彼らが退却し終えると、事態は急激に緊迫化し、私たち三人は武装勢力に取り囲まれてしまった。私たちはそのビルに留まった。

ライアンは海兵隊の前哨基地に到着するなり私たちの窮状を知った。ライアンとチーフは、私たちを掩護しに行くかどうかをめぐって口論になった。チーフは、すでに海兵隊キャンプに退避したイラク人のジュンディたちと一緒にそこに留まることが自分たちの任務だと主張した。だからライアンに留まるよう命じた。ライアンはその命令に背《そむ》かずに何ができるかをチーフに告げた。

そして海兵隊の建物の屋上に駆け上がり、海兵隊と一緒に、武装勢力を撃退しようとする私たちを掩護射撃した。

海兵隊は私たちを救出するためにパトロール隊を派遣した。前哨基地からやってくる彼らを監視していると、その背後で武装勢力の兵士がひとり動いているのが見えた。
私は一発撃った。パトロール隊は地面に伏せた。背後のイラク人も同じく地面に伏せたが、その男が起き上がることはなかった。

「そこに（武装勢力の）スナイパーがいるぞ。しかも腕がいい」パトロール隊から無線で呼びかけられた。「もう少しでやられるところだった」

私は無線に答えた。

「馬鹿野郎、それはおれだ。うしろを見ろ」

彼らは振り向き、ロケットランチャーを構えた野蛮人が地面に倒れて死んでいるのに気づいた。

「なんてこった、ありがとう」とその海兵隊員は答えた。

「いいってことよ」

実際、その夜はイラク人側にもスナイパーがいた。私はそのうちふたりを仕留めた。ひとりはモスクの光塔《ミナレット》にあがっていて、もうひとりは近くの建物の屋上にいた。この武装勢力の攻撃は充分に計画されたもので、このあたりで遭遇したなかではよく統制されているほうだった。夜にこのような攻撃が行なわれるのも珍しかった。ふつう武装勢力のやつらは、暗闇で事を起こして運を試したりはしない。

ようやく夜が明けると、銃撃戦は徐々にやんだ。海兵隊は私たちの掩護のために装甲車両を出してくれたので、私たちはそれに乗って海兵隊のキャンプに戻った。

海兵隊の司令官に状況を報告するため私は上階に行った。何も言い終わらないうちに、がっしりした海兵隊将校がオフィスに駆け込んできた。

「七階建てにいたスナイパーはどいつだ？」と将校は大声で言った。

私は振り返ってそれは自分だと告げ、どんな非難を受けるのかと身構えた。

「ぜひとも握手させてくれ」と将校は手袋をはずした。「きみは命の恩人だ」

　この将校こそ、私が先ほど無線で馬鹿野郎と怒鳴った相手だった。あとにもさきにも海兵隊員からこれほど感謝されたこともない。


〈ザ・レジェンド〉


　その後すぐに、小隊の仲間が東方での任務から戻ってきた。彼らはいつものようにあたたかく私を迎えてくれた。

「ザ・レジェンドがここに来てるのは知っていたよ」と彼らは私を見るなり言った。「キャンプ・ラマディでふたり殺し、北側で死者の山ができたと聞いてすぐに、ザ・レジェンドがやってきたんだとわかったよ。あんなところで人を殺したのは、おまえが初めてだ」

　私は笑った。

〈ザ・レジェンド〉というあだ名がつけられたのはファルージャ時代にさかのぼる。ビーチボール事件の頃か、あの長距離射撃を見事命中させたときだったかもしれない。それまで私のあだ名はテキサスだった。

　もちろん、たんなる〈レジェンド〉ではない。〈ザ・レジェンド〉にはたんなる冷やかし以上のニュアンスが含まれていた。仲間のひとり、確かドーバーだったと思うが、私のあだ名を〈でっちあげ《ザ・ミス》〉と言い換え、分相応にしてくれた。

このようなあだ名に悪意はなく、ある意味、正装でのメダル授与式よりも光栄だった。

　私はドーバーが大好きだった。彼はスナイパーで、新人だったが、かなりの腕前だった。彼は銃撃戦でも口喧嘩でも決して屈することがなかった。私はドーバーには本当に甘くて、新米いじめのときにも殴らなかった——そんなには。からかわれることはあったが、〈ザ・レジェンド〉はあだ名としては上等なほうだった。たとえばドーバー。もちろん彼の本名ではない（現在、彼はいわゆる〝政府の仕事〟をしている）。このあだ名は、テレビのコメディドラマ『コーチ』の登場人物に由来する。ドラマのなかのドーバーは典型的な筋肉バカだった、実際のドーバーは知的な男だったが、そんな事実はあだ名をつけるときにはまるで考慮されなかった。

　だが、最高のあだ名といえばやはり、ライアン・ジョーブの〈ビグルズ〉だろう。

　でかくてドジな彼にぴったりの、でかくてドジなあだ名だった。ドーバーがそのあだ名の発案者だった。ビグルズという言葉は、〈ビッグ〉と〈忍び笑い《ギグルズ》〉の合成語で、もともとはドーバーの親戚につけられたものだったそうだ。

　ある日ドーバーがその話をして、ライアンのことをビグルズと呼んだ。別の隊員もライアンをそう呼ぶと、またたくまにそのあだ名が定着した。

〈ビグルズ〉

　ライアンは当然、そのあだ名を嫌がり、そのためますます定着することとなった。

その後、誰かが小さな紫色のカバの人形を見つけた。当然、それはカバに似ている者に進呈された。そうしてライアンは、〈砂漠カバのビグルズ〉とあいなった。

しかし、さすがはライアン、すべてを逆転させた。このあだ名を、彼をジョークにするものではなく、彼のジョークにしてしまったのだ。世界一の60射手、砂漠カバのビグルズ。

ライアンはそのカバの人形をどこに行くにも、戦場にさえ持っていった。そんな彼は誰にも好かれた。

パニッシャーズ

私たちの小隊には〈キャデラック〉とは別に通称があった。

パニッシャーズと自称していたのだ。

このコミック・ヒーローになじみのない人のために説明すると、パニッシャーは一九七〇年代にマーベル・コミックのコミック・シリーズに登場した。悪を正し、私刑執行人として裁きを下す凄《すご》い奴だ。同名の映画が公開されたばかりで、パニッシャーは白いドクロのマークが描かれたシャツを着ていた。

イラク派遣前に仲間の通信兵から、小隊の通称をパニッシャーズにしようと提案された。パニッシャーがやることすべてに私たちは魅了されていた。悪を正し、悪いやつを殺す。悪人を震えあがらせる。

すべて、私たちがやっていることと同じだった。そこで、パニッシャーのシンボルマークであるドクロを拝借し、私たちなりに手を加えた。自分たちのハマーやボディアーマー、ヘルメット、そしてすべての銃にそのマークをスプレー塗料で描いた。可能なかぎりの建物や壁にも吹きつけた。やつらに知らしめたかった。「おれたちはここにいる、そしておまえらをやっつける」と。

それは私たちなりの心理作戦だった。

おれたちに気づいたか？　おまえらを成敗するのはおれたちだ。さあ、怖がれ。これからおまえらを皆殺しにする。ざまあみろ。

おまえらは悪党だ。だがおれたちはもっとたちが悪い。おれたちは凄腕の悪魔だ。

装備にスプレーするのに使った型《かた》を、私たちの仲間の小隊も使いたいと言ってきたが、断わった。パニッシャーズは私たちのものだと、彼らには伝えた。自分のシンボルは自分で探すべきだ。

ハマーにつけるあだ名には、あまり深い意味はなかった。デュークやスネーク・アイズなど、たいていは『G.I.ジョー』の登場人物からつけられた。戦場が地獄だからといって、ささやかな愉しみすら持てないというわけではない。

その派遣ではトップも含め、いいチームに恵まれた。士官たちは立派な人だったし、トニーという素晴らしい上等兵曹《チーフ》がいた。

トニーはスナイパーとしての訓練を受けていた。彼はたんなる凄腕ではなく、凄腕の爺《じい》さんだった。少なくともＳＥＡＬにしては。当時彼は四〇歳だという噂だった。

ＳＥＡＬでは通常、四〇歳まで戦場に出つづけることはない。それより前にガタがきてしまうのだ。しかし、トニーはなんとかＳＥＡＬにしがみついてきた。彼は筋金入りのつわもので、彼と一緒なら、たとえ地獄の底に突き落とされても無事戻ってこられただろう。

パトロールに出るとき、スナイパーの常として私はいつも先頭に立った。トニーはほとんどいつも、私のすぐうしろにいた。普通、チーフは隊列の後方にいて、みんなを後方から掩護するものだ。しかしこの小隊では、先頭にスナイパーをふたり配備するほうがずっと効率的であると士官ＬＴが判断したのだ。

小隊が全員基地に戻ってすぐの夜、私たちはラマディから東に約一七キロメートル移動した。そのあたりは緑が豊かで、これまで任務を遂行していた砂漠と較べると、ベトナムのジャングルのように見えた。私たちはそこをベトラムと名づけた。

小隊が再集結してからまもないある夜、私たちはパトロール区域に配備され、武装勢力の拠点と疑われる場所に徒歩で向かっていた。やがて橋の架かった巨大な水路に行き着いた。このような橋にはたいてい罠が仕掛けられていて、これもそうだという確かな情報を得ていた。そのため、私は橋のたもとまで近寄り、レーザーを照射して仕掛け線《トリップワイヤー》を探した。

橋の上まで照らしたが、何も見つからなかった。私は少しかがんで、もう一度試した。それでも何も見つからない。考えつくかぎりあらゆる場所を探したが、導線も、IED（即席爆発装置）も、ブービートラップも、何もなかった。

しかし、この橋には罠が仕掛けられていると聞かされていたので、何かがあるにちがいないと確信していた。

私はもう一度探しはじめた。小隊のEOD（爆発物処理専門家）がうしろに控えていた。私がトリップワイヤーや爆弾そのものを見つけさえすれば、彼がすぐにそれを処理してくれることになっていた。

しかし、どうしても見つけられなかった。最後に私はトニーに言った。「渡ってしまいましょう」

誤解しないでほしい。私はその橋を無謀に突き進んだわけではない。ライフルを片手に持ち、もう片方の手で急所を庇《かば》った。

そんなことをしていても、IEDが爆発してしまえば命は守れないが、少なくともすべての器官が揃った状態で葬儀に臨むことはできる。

橋は全長三メートルほどだったが、渡りきるのに一時間はかかったはずだ。ようやく橋の向こう側にたどり着いた頃には、全身汗びっしょりになっていた。私は仲間たちにゴーサインを出そうと振り返った。しかしそこには誰もいない。みんな岩や茂みの陰に隠れて、私が爆発を起こすのを待っていた。

先頭に立って私のすぐうしろにいなければならないはずのトニーまでもが。

「くそったれ！」と私は怒鳴った。「いったいどこにいたんだ？」

「爆弾で吹き飛ばされるのはひとりで充分だと思ってな」とトニーは橋を渡りながら当然のように言った。

タープス

ファルージャでは、統制のとれた方法で市中を移動し、徹底的な襲撃が行なわれた。成功裡に終わったが、この攻撃により多くの損害も生じた。イラク新政府への支持が損なわれたともいわれている。

それが真実か否かは議論の余地がある——私は大いに反論したい——が、アメリカ軍の最高司令部はラマディがファルージャの二の舞とならないことを望んでいた。そのため、破壊を最小限に抑えたラマディ陥落計画を陸軍が練っているあいだ、私たちは近隣での戦闘に送られた。

私たちはまず直接行動《DA》から始めた。タープスと呼ばれる通訳を四名抱えていて、彼らは地域住民との交渉の手伝いをした。少なくともひとり、通常はふたりが私たちに同行して、

タープスのうち、私たち全員のお気に入りはムースだった。優秀で、二〇〇三年のイラク侵攻からずっとこの仕事をしていた。ムースはヨルダン人で、タープスのうち私たちが銃を持たせたのは彼だけだった。彼なら戦えると信頼できたからだ。ムースはアメリカ人になりたがっていて、そのためなら死んでもかまわないと思っているようだった。戦闘状態になる

といつも、彼も一緒に戦った。

射撃の腕はそれほどでもなかったが、敵の頭をひっこめさせることはできた。なにより、撃てるときと撃てないときを見分けられた。これは口で言うほど簡単じゃない。

シャーク基地の近くにわれわれがゲイ・トゥウェイと呼ぶ小さな村があった。そこは武装勢力の巣窟だった。門をこじ開け、徒歩で入り込むと、われわれが探し求めていた標的のど真ん中に行き着いた。村には私たちが三度、四度と襲撃を繰り返した家があった。最初の訪問で壊した扉は、わざわざ直されることもなくそのままになっていた。

なぜ武装勢力たちがその家に何度も戻ってきたのかはわからないが、私たちも何度もそこに戻った。そして、そのあたりについてだんだん詳しくなっていった。

まもなく、ゲイ・トゥウェイとベトラムの村で敵との接触が増えるようになった。陸軍州兵の部隊がそのあたりを管轄しており、私たちは彼らと共同で任務を遂行するようになった。

標的

最初の任務のひとつは、ベトラムの川沿いにある病院周辺の地域を奪還する陸軍の支援だった。その四階建てのコンクリートの建物は数年前に建設が開始されたものの、その後打ち捨てられたままになっていた。イラクでは医療の整備が何よりも求められており、陸軍はイラク国民のためにこの病院を完成をさせようとしていた。しかし、陸軍は作業のためにその建物に近寄ることができなかった。彼らが来るや、武装勢力に銃撃されるからである。それで私たちの出番となった。

私たちの小隊一六名は、武装勢力が潜む近隣の村を掃討するため、二〇名ほどの陸軍州兵とチームを組んだ。ある日の早朝、市《まち》に入ると手分けして家屋を捜索した。

私はMk12を抱えて先頭に立ち、どの建物にも真っ先に侵入した。家屋が安全だと確認されると、屋根にあがり、武装勢力を見張って地上の仲間を掩護した。武装勢力は、私たちがいるとわかればすぐに攻撃してくるはずだった。仲間たちは、安全を確認しながら交互に前進した。

都市部とはちがい、ここの家屋は隣同士が密着しておらず、そのためこの作業は時間がかかり、また広範囲にわたった。が、まもなくテロリストたちが私たちの居場所と目的に気づき、モスクから小規模な攻撃を仕掛けてきた。やつらはモスクの壁に隠れながら、地上の兵士たちにAKを連射しはじめた。

銃撃戦が始まったとき、私は屋根の上にいた。私たちはすぐに、ありとあらゆる武器で悪人どもを攻撃した。M4、M60、スナイパーライフル、40ミリ・グレネード、LAWロケット、手元にあるものは何でも。モスクに火がついた。

すぐに私たちの優勢となった。武装勢力がもともと潜んでいた下水管か何かに戻ってしまう前に捕まえようと、地上の兵士たちはモスクに向けて移動しはじめた。私たちは彼らがモスクに入れるように、銃口を上げて照準を彼らの頭上にずらした。

戦闘の最中に、仲間の銃――おそらく私のすぐ横で構えられていたM60マシンガン――から飛び出した熱い空薬莢《からやっきょう》が私の足を直撃し、ブーツのなかの足首の脇に入り込んだ。死ぬほど熱かったが、どうすることもできなかった。壁の陰から悪人どもが次々と現われては、仲間を殺そうとしているのだから。

私はコンバットブーツではなく、普通のハイキングブーツを履《は》いていた。軽くて履き心地がよく、通常ならば足を保護するのに充分だったので、いつもそうしていた。不運なことに、その戦闘の前に靴ひもを上まで結ぶのを怠《おこた》っていた。ズボンとブーツのあいだに隙間ができ、たまたま飛び出した空薬莢がそこに落ちてしまったのだ。

戦闘中は〝タイム〟を求められない。そういうこともBUD／Sの教官は教えてくれただろうが。

戦闘がおさまってから、私は立ち上がって空薬莢を引き抜いた。はがれた皮膚がごっそりとくっついていた。

モスクを占拠すると、村の残りの家屋の作業に移り、そして一日の任務を完了した。

さまざまな殺し方

付近の抵抗運動を抑えるため、陸軍の部隊とはその後も何度か一緒にパトロールに出た。パトロールの際に取る行動は、危険かもしれないが、シンプルだった。こちらの姿を見せ、武装勢力からの攻撃を誘う。ひとたび向こうが姿を現わせば、反撃して殺すことができる。

たいていそれでうまくいった。

村やモスクを追われた武装勢力は病院に退却した。やつらは病院の建物に逃げ込むのを好んだ。大きく、たいてい造りが頑丈なため、防御しやすいからだけではない。テロリストの占拠後であっても私たちが病院への攻撃をためらうことを知っているのだ。

しばらく時間はかかったが、陸軍司令部は結局、病院への攻撃を決定した。

よし。その攻撃計画を聞いて私たちは口々に言った。さあ、仕事に出かけるぞ。

病院から空き地越しに二、三〇〇メートル離れた一軒の家を監視の拠点とした。武装勢力が私たちを見つけたとたん、猛攻撃を受けるはめになった。

武装勢力が銃を構える病院の屋上に向けて、仲間のひとりがカールグスタフでロケット弾を発射した。ロケット弾はそこにどでかい穴を開けた。死体が四方八方に飛び散った。

このロケット弾のおかげで武装勢力の士気が下がった。抵抗が弱まったところで、陸軍は病院に突入し占拠した。彼らが下に降りてくる頃には、抵抗はほぼおさまっていた。私たちが殺しそびれた数人の男たちはどこかに逃げ去った。

このような戦闘で、敵対する武装勢力の人数を当てるのは難しい。四、五人の武装勢力がかなり善戦する場合もある。状況によっては十数人でも、物陰に隠れながら部隊をしばらく足止めさせることは可能だ。しかし、大規模な武力に直面すると、武装勢力の半分ほどはこっそり逃げ出すと見てまずまちがいない。

私たちはカールグスタフを以前から携行していたが、私が知るかぎり、それで誰かを殺したのはそのときが初めてだった。SEALの部隊としても初めてだったかもしれない。少なくとも、カールグスタフを建物に向けて発射したのは確かに初めてだった。当然、噂が広まると、みんなが使いたがった。

厳密には、カールグスタフは対装甲車両用に開発されたものだが、私たちが実証したように建物にも充分役立った。実際、ラマディには最適だった。強化コンクリートを突き抜け、なかに隠れている者は皆殺しになる。爆発の超過気圧で、建物の内部も壊滅状態となる。カールグスタフ用に数種類の弾を用意していた（カールグスタフはロケット発射装置ではなく無反動ライフルと見なされる）。武装勢力は土手などの障壁の陰で安全に隠れていることが多い。その場合、やつらの頭上で爆発するように空中炸裂弾を込める。空中炸裂弾は地上で爆発するどんな弾よりもずっと役立った。

カールグスタフは比較的使いやすい。イヤー・プロテクションを二重につけて、発射時の自分の立ち位置に気をつける必要があるが、その効果は絶大だ。しばらくすると、小隊の誰もがカールグスタフを使いたがった。誰が発射するかをめぐって喧嘩《けんか》までしていたほどだ。

人を殺すのも、それが職業となればそのやり方に創意工夫を凝らすようになる。

戦闘では、できるだけ強力な武器を投入したくなる。また、敵を倒す新しくて独創的な方法を、あれこれ考えるようになる。

ベトラムにはあまりにも多くの標的がいたため、私たちはこう自問しはじめた。「やつらを殺すのにまだ使っていない武器はなんだろう」

「まだ拳銃では殺してなかったか？　それじゃあいっぺんやってみるか」

さまざまな武器を使うのは、経験を積むためや武器の実戦での能力を知るためだった。しかし、それがゲームのようになることもあった。毎日銃撃戦を繰り返していると、ちょっとした変化がほしくなるものだ。なんといっても、武装勢力は大勢いて、銃撃戦も無数に行なわれていたのだ。

カールグスタフは、建物から撃ってくる武装勢力に対して非常に効果的だとわかった。もっと軽くて持ち運びやすいLAWロケットもあったが、撃ってみて不発弾が多いことが判明した。それに、LAWロケットは再装弾できないので一発撃つとそれでおしまいだ。カールグスタフは文字どおりの意味でも比喩的な意味でも大当たりだった。

ほかに、40ミリ・グレネードランチャーもよく使われた。このランチャーには、ライフルの下に装着するものと、単独の武器として使用するものの二種類があり、私たちはどちらも持っていた。

通常使用しているグレネードは、爆発時に金属片を周囲に飛び散らせる〈フラグ〉だった。

昔ながらの対人兵器で、その効果は実証済みだった。

今回はサーモバリック爆薬を用いた新型のグレネードも持たされていた。その威力はずばぬけて高く、敵のスナイパーのもとに着地するや、爆発による超過圧力で小さな建物ならばもろとも吹っ飛んでしまう。もちろん、たいていは大きな建物に向けて発射したが、それでもその破壊力は強烈だった。激しい爆発が起こり、火が上がると、そこにはもう敵はいない。これを愛用せずにいられようか。

グレネードは、距離を見積もり、ランチャーの角度を調整して発射する、ケンタッキー・ウィンデージと呼ばれる技術を用いて発射する。私たちはM79——ヴェトナム戦争で初めて使用された独立型のもの——がお気に入りだった。照準器がついていて、狙いを定めて撃つのが若干容易だったからだ。いずれにせよ何度も繰り返し使うため、すぐに使いこなせるようになる。

私たちは出動するたびに、必ず敵と接触した。

大歓迎だった。

タヤ
クリスが派兵されてからは、子供たちの世話で大忙しだった。母が手伝いに来てくれたけれど、それでも大変だった。
ふたり目を出産する準備ができていなかったのかもしれない。わたしはクリスに怒っていたし、彼のことが心配だった。そのうえ、自分ひとりで赤ちゃんと幼児を育てるのは不安だった。息子はまだ一歳半で何にでも興味を持つ時期だったし、赤ちゃんのほうは大変な甘えん坊だった。

バスローブ姿でカウチに座って泣くしかなかった日々を今でも覚えている。娘に授乳し、息子に食事をさせ、その合間にカウチで泣いていた。

帝王切開の傷痕はなかなか癒《い》えなかった。「帝王切開から一週間後には、床を磨けるくらい回復した」と多くの女性たちから聞かされていた。でもわたしは六週間経ってもまだ痛みがあって、回復の兆《きざ》しはなかった。みんなみたいに回復しないのが腹立たしかった（あとで、彼女たちが早く回復したのは、二度目の帝王切開だったからだとわかった。誰もそうは言ってなかった）。

自分が無力に思えた。強くなれない自分に怒りを感じた。もう、うんざりだった。

ラマディ東部の戦闘での標的までの距離には、３００ウィンマグ弾を使うライフルがぴったりだったので、パトロールにはいつもそれを携行するようになった。陸軍が病院を制圧したあとも、武装勢力は銃撃や襲撃をやめなかった。すぐに、迫撃砲まで撃ち込まれるようになった。そこで私たちが駆り出された。私たちは陸軍を攻撃する武装勢力と戦い、迫撃砲の射手を見つけ出すのに努めた。

ある日、病院からそう遠くない二階建ての建物に拠点を構えた。陸軍は特別な機器を使って迫撃砲の発射場所を突き止めていた。私たちがその二階建てを選んだのは、発射場所として特定した地域の近くだったからだ。しかし、その日はどういうわけか、武装勢力は休息することにしたようだった。

殺されつづけるのにいいかげんうんざりしたのかもしれない。

私たちはやつらをおびきよせられるか確かめることにした。私はいつも星条旗をボディアーマーの内側にしのばせていた。それを取り出すと、鳩目に550コード（パラシュートコードとも呼ばれる多目的のナイロン製ロープ）を通した。そのコードを屋根のへりに結びつけ、建物の側面に垂れ下がるように、旗のもう片方の端を投げ下ろした。

数分で、マシンガンを手にした五、六人の武装勢力が出てきて、旗をめがけて撃ちはじめた。

私たちは撃ち返した。敵の半数は倒れ、あとの半数は逃げ出した。

その旗は今でも手元にある。星がふたつ撃ち抜かれている。敵の命と引き換えにしたと考えれば、まずまずの代償といえるだろう。

私たちが前進すると、武装勢力は遠くに後退し、私たちとのあいだに障壁を挟もうとする。ときには、遠く離れた壁や土手の向こう側から攻撃するために航空支援を要請しなければならなかった。

副次的な被害をもたらすおそれがあるため、司令部やパイロットは爆弾の投下に乗り気ではなく、代わりに機銃掃射を行なった。海兵隊のコブラやヒューイなど、マシンガンやロケット弾を撃てる攻撃ヘリコプターが掩護に来てくれることもあった。

ある日の監視中、上等兵曹《チーフ》と私は、七〇〇メートルほど離れたあたりで車のトランクに迫撃砲を積み込んでいる男を発見した。私はそいつを撃った。その男が出てきた建物から別の男が現われたので、チーフが撃った。私たちは空爆を要請した。F／A18が飛来してその車にミサイルを叩き込んだ。すさまじい爆発が続けざまに起こった。やつらは私たちに見つかる前にすでに爆発物を車に積み込んでいたのだ。

眠れるイラク人に囲まれて

それから二、三日後の夜、私は真っ暗闇のなか、近くの村を横切っていた。人をまたぎながら。といっても死体ではない。イラク人が眠っていたのだ。暖かい砂漠では、イラク人が家族そろって外で寝ていることがよくある。

武装勢力のひとりが店を開いている市場への攻撃が予定されており、そこで監視するため持ち場に向かう途中だった。情報部によれば、私たちが爆破した車に積まれていた兵器は、その店からのものだという。

六キロほど手前で、私は四人の仲間とともに車から降り、残りの仲間と別れた。彼らは朝になってから攻撃を開始する予定だった。私たちの任務は、彼らより先に現場に入り、一帯の偵察と監視をし、彼らがやってくるときにはその掩護をすることにあった。

夜中に武装勢力が支配する地域を歩くのは、想像するほど危険ではない。やつらはたいていいつも眠っていた。イラク人たちは、私たちの部隊がいつも昼間にやってきて、暗くなる前に去っていくのを見ていた。そのため、私たちは全員基地に帰っているものと思い込んでいたのだろう。護衛は配置されておらず、見張りもいない。あたりを監視する哨兵もいなかった。

もちろん、用心して歩かなければならなかった。めざす地域に向かって暗闇を歩いていく途中で、仲間のひとりが眠っているイラク人を踏みつけそうになった。彼は幸運にも、すんでのところで気づき、誰も起こすことなく歩き通すことができたが。枕の下に置いた抜けた乳歯をひっそりとコインに換えてくれる歯の妖精も顔負けだった。

市場を見つけ、そこを監視するための準備を整えた。小さな平屋の小屋が数戸並んでいる。それが店になるらしい。窓はなく、扉を開けて小屋から直接商品を売るようだ。

隠れ場所に到着してまもなく、そのあたりには別の部隊もいるとの連絡が無線で入った。

数分後、私は疑わしい一団を見つけた。

「おい」と私は無線に呼びかけた。「AKを持った四人組がいる。ウェブギアをつけて、全員ムジャっぽい恰好をしている。こいつらは味方か？」

ウェブギアとは、武器を固定するため使う胴着やストラップのことだ。私が見つけた男たちはムジャヒディーンのようだった。全員が〝ムジャっぽい〟恰好――長い寝間着《ねまき》のような服とスカーフという、武装勢力が田舎《いなか》でしている服装――をしていた（街中では、武装勢力は西洋風の服装をしており、トラックスーツやジャージが人気だった）。

私は、武装勢力は川のほうからやってくると予想していたが、その四人組もそこから来ていた。

「待ってくれ。確かめてみる」と通信兵は無線で答えた。

私は四人組を監視した。やつらを撃つつもりはなかった。アメリカ人を殺す結果となるかもしれない危険など冒すわけにいかない。

味方の部隊がなかなか戦術作戦司令部《TOC》に応答しないので、私たちは待たされることになった。私は四人組が歩きつづけるのを監視しつづけた。

ようやく返事が返ってきた。「味方じゃない。別の部隊は来なかったらしい」

「よし。四人組はそのままそちらに向かわせよう」

（もし味方なら、そもそも見つけることなどできなかったにちがいない。忍者のように目立たないはずだから）。

みんな苛立ちはじめていた。ハマーに残っていた仲間たちは態勢を整え、砂漠を監視し、ムジャたちが現われるのを待った。私は自分の持ち場に戻り、仲間が敵を撃ちそうな場所を監視した。

数分後、私が見たのはなんと先ほど前を通り過ぎていった四人組だった。

私はひとり仕留めた。敵が隠れる間もなく、別のスナイパーがもうひとりを仕留めた。

するとそのうしろからさらに六、七人の武装勢力が現われた。

一気に銃撃戦に突入した。私たちはグレネードも発射した。小隊の仲間たちは銃声を聞いて、すぐにやってきた。しかし、私たちの目の前を通り過ぎていった兵士たちは跡形もなく消え失せていた。

奇襲計画は頓挫《とんざ》したが、小隊は暗闇のなか、市場への攻撃を開始した。店からは弾薬やAKが発見されたが、本格的な武器にしては、それほどめぼしいものはなかった。


私たちの前をすり抜けていったあの兵士たちがいったい何を企んでいたのか、結局わからずじまいだった。戦場に謎がまたひとつ加わった。

エリート中のエリート

アメリカ本国で有名なわれわれの同志、対テロ部隊のエリートたちは、SEALの誰からも尊敬されている。彼らはエリート中のエリートだ。

イラクで私が属していた小隊は、彼らとほとんど接することはなかった。彼らと唯一関わったのは、数週間後に本来ラマディだった地に侵攻したあとのことだ。私たちがそこで膨大な数の野蛮人たちを殺していると聞いて、スナイパーのひとりを派遣して見学させたのだ。どうしてうまくやれているのか知りたかったのだろう。

今から思うと、対テロ部隊に入ろうとしなかったことが悔やまれる。当時、対テロ部隊では、ほかの部隊ほどスナイパーの出番は多くなかった。強襲がほとんどで、私は強襲はしたくなかった。自分の仕事が気に入っていた。私はスナイパーでいたかった。すでにライフルで敵を倒すことができているのに、それを辞《や》め、東海岸に引っ越し、振り出しに戻って訓練を一から始める理由などなかった。ましてや、自分の能力を証明するためだけにＢＵＤ／Ｓのようなものをふたたび受けるなど、問題外だった。

それに、またスナイパーになるには、強襲を何年もやって昇進する必要があるだろう。私はすでにスナイパーだし、それが気に入っているのだから、そんなことをする必要はない。

しかし今になって、彼らの活動内容や業績を耳にすると、やってみるべきだったと思えてならない。

彼らは尊大でうぬぼれが強いといわれている。しかし、それは大まちがいだ。除隊後、彼らの何人かに会う機会を得た。私が経営する訓練施設に来てくれたのだ。彼らは地に足がついていて、自分たちの功績に対しとても謙虚だった。彼らと一緒に戦場に戻れたらどんなにいいだろうかと心底思った。

一般市民と野蛮人

ラマディへの攻撃は正式にはまだ開始していなかったが、私たちは何度も戦闘を行なっていた。

ある日、ハイウェイ沿いにＩＥＤが仕掛けられた疑いがあるとの情報が届いた。私たちは現場に向かい、そこを監視下に置いた。また近隣の家屋を調べ、車列やアメリカ軍基地を監視した。

状況によっては、一般市民と武装勢力を見分けるのが難しいこともあるが、ラマディでは、武装勢力のほうから、見分けやすいようにしてくれていた。たとえば、道路を監視しているUAV（無人航空機）が、爆弾を仕掛けている者を発見すると、ブービートラップそのものの位置を特定するだけではなく、家に帰る犯人を追跡する。それにより、敵の居場所に関する貴重な情報が得られる。

アメリカ人を攻撃しようとするテロリストは、近づいてくる車列に向かって妙な動きをしたり、基地に接近することで、自ら馬脚を露《あらわ》していた。やつらはAKを構えてこそこそ動きまわっていたので、すぐに見つけられた。

武装勢力のほうも、私たちを見つける方法を学んだ。私たちは小さな集落で家を占拠すると、安全のためそこの住民を家のなかに引きとめていた。近所から見て、午前九時に誰も外に出ていない家があれば、そこにアメリカ軍がいるとわかった。それはその地域の武装勢力に対し、どうぞこちらに来て殺してくださいと呼びかけているようなものだった。

武装勢力の動きはあまりにも予測どおりで、まるで時刻表に従っているかのようだった。だいたい朝の九時頃に銃撃してくる。正午くらいにはおとなしくなる。そして午後三時か四時頃になるとまた銃撃してくる。賭けているのが生死でなければ、滑稽《こっけい》な光景だったろう。

いや、その場合でも、ある意味では確かに滑稽に思えた。

敵がどこから攻撃してくるかはわからなかったが、やつらの戦術はいつも同じだった。武装勢力はまず、あちらこちらでまばらに連射することから始める。それからロケット弾を撃ち込んで炎を上げる。そして最後には散り散りになって逃げようとする。

ある日、病院の近くで武装勢力の一団を制圧した。当時は知らなかったが、陸軍情報部がその後教えてくれたことによると、その武装勢力の司令官が、それまで病院を攻撃していた部下が殺されたため、代わりの迫撃砲手をよこせと携帯電話で誰かに命じていたそうだ。

代わりの迫撃砲手は現われなかった。

残念だ。もし現われていたら、そいつらもまとめて殺していたのに。

戦争中アメリカ軍に多くの情報を提供したUAVプレデターは、いまや世間に知れわたっている。しかし、私たちが、背嚢に入るサイズのUAVを所持していたことはあまり知られていない。アメリカ本国であらゆる年齢の子供が遊んでいるラジコンと同じ大きさの、手で投げて飛ばすタイプの小さな飛行機である。

それは背嚢にすっぽりおさまる。私は実際に飛ばしたことはないが、なかなかかっこよく見えた。少なくとも私が見たところ、最も難しいのはそれをうまく飛ばすことだった。飛行させるためには、かなり強く投げなければならない。操縦者はエンジンの回転速度を上げてから空に向けて投げ飛ばすのだが、これにかなりの技術が要るのだ。

低空を飛び、小型エンジンが比較的うるさいため、このUAVの音は地上から聞こえてしまう。きしむような独特な音がするので、イラク人たちはすぐに、その音で監視されていると気づくようになった。その音を聞くとイラク人が警戒するので、ＵＡＶの本来の目的は果たせなかった。

一時、戦闘があまりにも激しくなったため、無線帯域をふたつに増やさなければならなくなった。ひとつは戦術作戦司令部《TOC》との連絡のため、もうひとつは小隊内で使用するためだった。無線があまりにも混み合っていたため、小隊内の交信をＴＯＣからの通信がさえぎるようになったからだ。

私たちが戦場に出はじめた頃、司令官は私たちの監視任務のリーダーに、戦闘状態に突入するたびに知らせるよう命じた。そのうち、私たちがあまりにもしょっちゅう戦闘状態に入るため、命令が訂正され、戦闘状態が一時間続いた場合にのみ知らせることとなった。

それがついには、誰かが怪我した場合にのみ連絡することとなった。

この時期、シャーク基地はまるで天国のようで、休息と気晴らしのためのちょっとしたオアシスと化していた。といっても、それほど豪勢だったわけではない。床は石造りで、窓は砂嚢《さのう》で塞《ふさ》がれていた。最初のうちは、折り畳み式ベッドが隙間なく並べられ、故郷を思わせるものといえば傷だらけの小型トランクだけだった。しかし、不足に思うことはなかった。三日間戦闘に出ては、基地に帰って一日休む。まず眠り、それから、テレビゲームをやったり、家に電話をかけたり、パソコンを使ったりして残りの時間を過ごした。するとたちまち、ギアを上げて戦闘に戻る時間になる。

電話で話すときには用心しなければならなかった。作戦保全にはことのほか厳しく、現在の活動、将来の計画、さらにはすでに終わった活動について外部に漏れるような会話は固く禁じられていた。

基地から発信される通話はすべて録音されていた。特定のキーワードを探知するソフトウェアがあり、会話内で使用されたキーワードが一定量に達すると、通話が中断され、そうなると非常に厄介な事態になる。あるとき、作戦について口をすべらせた者がいて、一週間、全員が外部と通信できなくなった。そいつは大変な恥をかいた。私たちはもちろんそいつを責めたて、そいつは心から反省した。

ときどき、武装勢力が仕事をやりやすくしてくれることがあった。

ある日、私たちは幹線道路近くの村にある家を拠点にした。いい場所だった。病院を攻撃するためにその地域を通り抜けようとしている数人の武装勢力を見つけることができたのだ。

突然、ボンゴトラック――運転台のうしろに資材を積むための荷台がついた作業用小型車――が幹線道路から私たちがいる家に向かって猛スピードで走ってきた。荷台には資材ではなく、武装した男が四人乗っていた。やつらは庭を突っ切るトラックの上から私たちに発砲しはじめた。幸運にも庭は奥行きがあった。

私は運転手を撃った。車は横すべりして停まった。助手席に座っていた男が外に飛び出し、運転席にまわりこもうとした。車がふたたび走りだす前に、私の仲間がその男を撃った。私たちは残りのやつらにも銃弾を浴びせ、全員を殺した。

その後まもなく、一台のダンプカーが幹線道路に向かっているのを発見した。あまり気に留めていなかったが、そのダンプカーはいきなり家の私道に曲がり込み、こちらに突進してきた。

その家にダンプカーを運転する者がいないことは家の持ち主から聞いていた。それに、そのスピードから、ゴミ収集のためにやってきたのでないことは明らかだった。

トニーが運転手の頭を撃った。トラックは向きを変え、近くの別の建物に衝突した。まもなくやってきたヘリコプターから音を立ててヘルファイア・ミサイルが撃ち込まれると、トラックは爆発した。爆発物が満載されていたのだ。

いよいよ計画実行

陸軍は六月のはじめまでに、ラマディを武装勢力から奪還する計画を固めた。ファルージャでは海兵隊が組織的に市《まち》に侵攻して武装勢力を追跡し、市《まち》から追い出した。ラマディでは武装勢力のほうから攻撃してくると予想された。

ラマディは河と湿地に挟まれたくさび形だった。市《まち》につながる道路は限られていた。北端と西端はユーフラテス川とハバニヤー運河に囲まれ、北西の先端近くには、川と運河をそれぞれ横断する橋がひとつずつあった。市《まち》の南側と東側は、湖や湿地、そして季節によって出現する排水用の運河が天然の障害物となり、外部から市《まち》を隔てていた。

アメリカ軍は市の境界線から侵攻することになっていた。海兵隊は北から、陸軍はそれ以外の三方から。私たちは市《まち》のあちらこちらに拠点を設置し、私たちが掌握していることを示して、敵の攻撃を誘う。やつらが攻撃してくると、私たちはあらゆる武器を使って反撃する。私たちは次々に拠点を設け、市《まち》じゅうに支配を拡大することになっていた。

ラマディの市《まち》はひどいありさまだった。行政は機能しておらず、無法地帯どころではなかった。市《まち》に入る外国人は、たとえ装甲車列であっても、たちまち殺害や誘拐の標的とされた。しかし、この市《まち》は一般のイラク人にとってはさらにひどい地獄だった。報告によると、イラク人に対する武装集団の攻撃の発生件数は毎日二〇件以上と推定されていた。この市《まち》で殺されたいなら、警察官になるのが手っ取り早い。その一方で、警察組織には汚職がはびこっていた。

陸軍がラマディのテロリスト集団を調査した結果、三種類に分類されることがわかった。アルカイダなどのグループと関わりを持つ強硬派の狂信的なイスラム主義者、それほど狂信的ではないが、アメリカ人を殺したいと思っている地元民、そして混乱に便乗して生計を立てようとしているだけの日和見主義の犯罪集団。

ひとつ目のグループは絶対に降伏しないため、壊滅させる必要がある。今回の作戦の主な対象はこの集団だ。あとのふたつの集団には、市《まち》を出るか、殺人をやめるか、またはこの市《まち》に平和をもたらすため部族の指導者に協力するよう説得することができるかもしれない。そのため、陸軍の計画の一部に、部族の指導者と協力して市《まち》に平和をもたらすことが盛り込まれた。部族の指導者たちはみな多かれ少なかれ、武装集団やそれがもたらす混乱状態にうんざりしており、武装集団がいなくなることを望んでいた。

実際の現地の状況や計画は、これよりもはるかに複雑だった。しかし、現場にいる私たちにとって、こういったことは何の意味もなかった。武装集団同士の微妙なちがいなどくそくらえだった。実体験を通じてわかっていたことは、私たちを殺そうとするやつらが大勢いる、ということだけだ。それで私たちは反撃した。

ジュンディ

このような作戦が私たちに及ぼした影響がひとつだけあった。そして、それは決して良いものではなかった。

建前上、ラマディへの攻撃はアメリカ軍のみによるものではないということになった。それどころか、ラマディを奪還して平和をもたらす活動の最前列中央に、イラク政府軍が据えられることになった。

イラク人は確かにそこにいた。しかし、最前列ではない。ある意味、中央ではあった。どういう意味か、おそらく想像とはちがうだろう。

〝戦争の前面にイラク人を立たせる〟のに協力するよう攻撃の開始前に命じられていた。これは、イラク人が自国の安定化を自ら主導していると、司令部やマスコミがまことしやかに宣伝するのに使われた言葉だった。私たちはイラク人の部隊を訓練し、適性があれば（必ずしも優秀であるとはかぎらない）、任務に同行させた。一緒に活動したイラク人は三つのグループに分かれていた。厳密には警官も含まれていたのだが、私たちは彼らをまとめて、アラビア語で兵士を意味するジュンディと呼んでいた。しかし、どこに属しているかに関係なく、使えない者ばかりだった。

ラマディの東部での任務には、少人数の偵察隊を、ラマディに入るときは特殊警察の一種であるSMPをそれぞれ連れていった。三つ目のイラク兵グループは、ラマディ郊外の村に同行させた。ほとんどの任務で、私たちは彼らを隊列の中央に入れた。つまり、先頭がアメリカ人、中央にイラク人、そして最後尾にアメリカ人。家屋に入ると、彼らは一階で警備をしながら座り込み、居住者がいるときはおしゃべりに興じていた。

兵士としてはまるでお話にならなかった。きっと、優秀なイラク人はみな武装勢力に入り、私たちの敵として戦っていたのだろう。ジュンディのほとんどは、まっとうな良心を持っていたのだと思う。しかし、プロの兵士としては……。

彼らが私たちに危害を及ぼすことはないにしろ、少なくとも役に立ってはいなかった。

SEALの仲間であるブラッドと私がある家に入ろうとしていたときのことだ。私たちは正面玄関の前に立ち、ジュンディのひとりがすぐうしろに控えていた。どういうわけかジュンディの銃が弾詰まりを起こした。彼は愚かにも安全装置をはずしたまま引き金を引いたので、私のすぐ横で銃弾が炸裂した。

私は家のなかから撃たれたと思った。ブラッドもそう思った。私たちはドアに向け銃弾を撃ち込んだ。

私のうしろで叫ぶ声が聞こえた。銃を暴発させたイラク人が誰かに引きずられていた。銃弾は家のなかからではなく、味方から発射されたのだとわかった。ジュンディは謝っていたのだろうが、耳を貸す気にはなれなかった。そのときも、あとになってからも。

ブラッドは撃つのをやめ、ドアに向かって飛んできたSEALの仲間はうしろに下がった。いったい何が起こったのかまだ整理がつかないうちに、ドアがいきなり開いた。

老人がひとり、手を震わせながら現われた。

「お入り、お入り」と老人は言った。「ここには何もない。何もない」

この老人は、もう少しで本当に何もなくなるところだったことに気づいていなかっただろう。

ジュンディの多くは、間抜けであるだけでなく、怠《なま》け者でもあった。何かを命じると、彼らは「インシャラー」と答える。

「神の御心のままに」と訳されることもあるが、実際には「やらない」という意味だ。

ジュンディのほとんどは、安定した給料を得るために入隊していた。戦いたいわけではなく、ましてや国のために死ぬなどとんでもなかった。部族のためなら、まだありえた。家族の延長である部族に対して、彼らは真の忠誠心を抱いていた。ジュンディにとって、ラマディで起きていることは、忠誠心とは何の関係もなかった。

イラクの問題の多くは、この国の文化が破壊しつくされたことと関わりがあると思う。イラク国民は生まれてこのかた、独裁政治のもとで生活してきた。イラク人にとって国家は何の意味もない。少なくとも良い意味は。サダム・フセインがいなくなったことをほとんどの国民は歓迎していたし、自由になったことを喜んでいたが、その本当の意味――自由には代償が伴うこと――を理解していなかった。

国民は政府から支配されなくなったが、政府から食料や物資を与えられることもなくなった。それは大きな変化だった。それに、教育や技術はひどく遅れていて、アメリカ人の目から見るとまるで石器時代のようだった。

かわいそうだと思うが、だからといって、私たちの戦争を彼らに取りしきらせたいとは思わない。

それに、発展に必要な道具を与えることは私の仕事ではない。私の仕事は殺すことであり、教えることではない。

ジュンディの体面を保つために、私たちはずいぶん努力した。

イラク人を前面に押し出す作戦のさなか、地方官僚の息子が誘拐された。地元の大学に隣接する家に監禁されているとの情報が入ったため、夜に大学の門を突き破って入り、監視に使うために大きな建物を占拠した。私が建物の屋上から監視しているあいだに、仲間が数人でその家を制圧し、何の抵抗もなく人質を救出した。

地元では大事件だった。記念写真の撮影が始まると、私たちはジュンディを呼び入れた。救出は彼らの手柄となり、私たちは背景に身を沈めた。

寡黙なプロ集団として。

このようなことはそこらじゅうで行なわれていた。イラク人の偉業や私たちがイラク人をどれほど鍛えあげたかについて、アメリカ本国ではたくさんの物語が伝えられただろう。そのような物語は、おそらく歴史書にも記されるにちがいない。

しかし、それらはみんなでたらめだ。現実はそんなものではなかった。

戦争の前面にイラク人を立たせるという発想からして、ふざけている。戦争に勝ちたいなら、戦って勝てばいい。国民を訓練するのはそれからだ。戦闘中にそれをやろうとするのはばかげている。もっとひどい惨事にならなかったのが奇跡のようだ。

司令監視所アイアン

村に入ると、砂利道からの砂埃《すなぼこり》が川とラマディの市《まち》の悪臭と混ざり合っていた。夜と朝のあいだで、あたりは真っ暗闇だった。私たちの標的はラマディの南端に位置する小さな村の中央にある二階建ての建物だった。線路の向こう側は市《まち》の中心部だった。

私たちは急いで家のなかに入った。住民は驚き、警戒しているようだった。しかし、その時刻にしてはさほど敵意を表わさなかった。タープスとジュンディが住民の相手をするあいだに、私は屋根にあがり、準備を整えた。

六月一七日、ラマディ作戦の開始日だった。私たちは、司令監視所アイアンの中核となる拠点、つまり、ラマディ侵攻の最初の足がかりを占拠しようとしていた。

私は村を注意深く観察した。たくさんの戦闘が予想されると聞かされていたし、それまでの数週間にラマディ東部で経験したことが、それを裏づけていた。ラマディ市内ではその近郊よりもさらに厳しい戦闘になると思っていた。緊張していたが、心の準備はできていた。

その家と周辺の安全が確保されたので、陸軍を呼び入れた。遠くから戦車がやってくる音が聞こえると、私はスコープでさらに注意深くあたりを見渡した。武装勢力にもこの音が聞こえているかもしれない。もしそうならすぐにでも攻撃に出てくるだろう。

陸軍は数えきれないほどたくさんの戦車でやってきた。彼らは近くの家屋を次々と占拠し、監視所の敷地とするためにその周囲に壁を築きはじめた。

武装勢力は来なかった。家を占拠し、村を占拠したが、何も起こらなかった。

周囲を見渡してようやく、私たちが占領したこの地域が、線路の向こう側の市《まち》の中心部とは地理的にも比喩的にもかけ離れた場所であることがわかった。ここは、イラクのなかでも貧しい人々が暮らす土地であり、高級住宅街とは正反対だった。このあたりのあばら家の住人たちは、食うや食わずの生活をしていた。武装勢力などどうでもよかったのだ。アメリカ軍のことは、もっとどうでもよかった。

陸軍が到着すると、私たちは村を二〇〇メートルほど出たところで、作業する陸軍兵を警護した。そのときもまだ、激しい戦闘を予想していた。しかし、ほとんど何も起こらなかった。唯一変わった出来事といえば、朝になってから知的障害を持つ少年を捕まえたことくらいだ。その子は歩きまわってノートに何やら書きつけていたため、スパイと見まちがわれたのだ。すぐに障害に気づき、意味のないことが書き連ねられたノートとともに釈放した。私たちはその静けさに驚いていた。正午になる頃には、私たちはすっかり手持ち無沙汰になっていた。がっかりしたとは言わないが――いろいろ聞かされていたあとだけに、拍子抜けした。

本当にここがイラクで最も危険な市《まち》なのか？

10　ラマディの悪魔

突入

　それから数日後の夜、私はSURC（小型河川舟艇）と呼ばれる海兵隊の喫水《きっすい》の浅い船に乗り込み、装甲舷縁の裏でデッキにしゃがみこんでいた。艇首では、60を構えた海兵隊が、この艇と残りの仲間を乗せたもう一艇を監視していた。この二艇は川上の上陸地点をめざして静かに進んでいた。

　武装勢力のスパイは橋や市《まち》のさまざまな場所に潜んでいた。陸路だったら敵に追跡されていただろう。しかし水路では、私たちは向こうにとって差し迫った脅威とはならないため、ほとんど関心が払われなかった。

　大所帯での移動だった。次の停止地点は市《まち》の中心に近く、敵の縄張りの深層部だ。

　私たちの艇は岸に向けて速度をゆるめ、運河の土手に乗り上げた。私は立ち上がり、艇首の小さな扉をくぐり、よろけそうになりながら降りた。陸に駆け上がり、立ち止まって小隊の仲間が集まるのを待った。八名のイラク人を艇に同行させていて、私たちの一行は通訳を含めると総勢で二〇名ほどだった。

海兵隊の艇は川に戻り、去った。

私は先頭に立ち、目標地点に向けて歩きはじめた。前方に小さな家が立ち並ぶのが徐々に見えてきた。細い路地、やや広い通り、密集する建物、大きな建造物の影。

それほど行かないうちに、ライフルのレーザーがだめになった。バッテリー切れだ。私は隊列の前進を止めた。

「いったい何事だ」と大尉がすぐにやってきた。

「いますぐバッテリーを交換しなければなりません」と私は説明した。レーザーがないと、何も見えないまま狙いを定めなければならなくなる。何も狙わずに撃つのと大差ない。

「だめだ。ここから出るのが先だ」

「了解」

私はふたたび歩きはじめ、近くの交差点まで隊列を率いた。前方、浅い排水用運河の岸辺沿いの暗闇に人影が現われた。手に持っている武器の影も目に入った。しばらく目を凝らして細部を確かめた。ＡＫ－47。もとから付いている弾倉に予備の弾倉がテープで留められていた。

ムジャだ。

敵である。男はこちらに背を向けて、運河ではなく道路のほうを監視していたが、しっかり武装しており、戦闘の準備ができていた。

レーザーがなければ、当てずっぽうで撃つしかない。私は大尉に合図を送った。大尉はす

ぐにやってきて、私の背後についたかと思うと――バン！　私の頭から一〇センチ
そいつを倒した。ついでに、私の鼓膜に穴を開けるところだった。私の頭から一〇センチもないところで発砲したのだ。

文句を言う暇はなかった。敵が死んだのか定かでなかったし、近くに別の武装勢力がいるかもしれないので、倒れたイラク人のもとに走り寄った。小隊全員が私に続き、散開して、曲がり角を守った。

男は死んでいた。私はAKを拾い上げ、占拠する予定の家までみんなと走った。手前には、もっと小さな家が立ち並んでいた。そこは川から数百メートルに位置し、市《まち》のはずれにある二本の幹線道路の近くだった。

イラクの多くの家と同じく、私たちがめざしていた家も二メートル近い高さの塀に囲まれていた。門には鍵がかかっていたため、私はM４を肩に担《かつ》ぎ、拳銃を片手に持ち、もう片方の手で塀をよじのぼった。

塀の上からは、住民が庭で寝ているのが見えた。敷地に飛び降りると、銃を彼らに向けた。うしろにいた小隊の仲間が門を開けてくれるはずだった。

私は待った。

待った。待った。

「どうした」私は小声で言った。「こっちだ」

返事はない。

「どうした！」

イラク人が次々と目を覚ました。

私は孤立してしまったことに気づき、静かに門に向かった。分厚い塀と鍵のかかった門で仲間と隔てられ、武装勢力とおぼしき十数人の集団に拳銃を向けている。まさに窮地だった。門を見つけてなんとかこじ開けた。小隊の仲間とイラク人のジュンディたちが駆け込み、庭で寝ていた住民を取り囲んだ（表は混乱状態で、私がひとりでなかにいることに誰も気づかなかったのだ）。

庭で寝ていた人々は一般市民だと判明した。小隊のメンバーは一発も発砲することなく彼らを集合させ、安全な場所に移動させた。一方、残りのメンバーは家屋に突入し、できるかぎり急いでそれぞれの部屋の安全を確保した。母屋《おもや》の近くに小屋が一戸建てられていた。仲間が武器や爆弾、その他怪しいものがないか捜索しているあいだに、私は母屋の屋根へと駆け上がった。

その建物が選ばれた理由のひとつは、その高さにあった。母屋は三階建てで、周囲を見渡すことができた。

動いているものは何もない。ここまでは順調だ。

「建物の安全が確保された」と通信兵は無線で陸軍に伝えた。「入ってきてくれ」

たった今占拠したこの家が司令監視所ファルコンとなるのだが、またしても戦うことなく手に入れた。

下士官兼計画立案者

私たちの上層部は、陸軍の指揮官たちに直接手を貸し、司令監視所ファルコンの計画立案を手伝っていた。計画の策定段階が終了すると、小隊長の意見が求められた。こうして私は作戦の立案に、かつてないほど深く関与するようになった。

複雑な気持ちだった。私には、彼らの役に立つような経験や知識があった。その一方で、やりたくない仕事をやらされるのは嫌だった。いわゆる〝管理業務〟や役所仕事。民間の職場になぞらえると背広とネクタイの仕事。

E－6である私は、小隊のなかでは古株のほうだった。通常小隊には、上等兵曹（E－7）と先任兵曹がひとりずついる。先任兵曹は普通E－6がなり、各小隊に一名しかいない。私たちの小隊にはE－6がふたりいた。私は運よくあとからE－6になったため、もうひとりのE－6であるジェイが先任兵曹だった。おかげで私はE－6に付随する管理業務の多くを免《まぬが》れた。一方で、E－6の特権は得られた。私にとって、童話『三びきのクマ』に出てくる次男坊のクマのような状況だった。半端仕事をさせるには上すぎて、管理業務をさせるには下すぎる。願ったり叶ったりだった。

コンピューターに向かって緻密な計画を立てたりするのは苦手だった。ましてやスライドショーを使ったプレゼンなどもってのほかだ。〝とにかくついてこい。実際にやってるところをみせてやるから〟と言うだけのほうがいい。それでも、書き残しておくことは大切だ。もし私がやられてだれかが引き継ぐときに、何がどうなっているのかわからないのでは話にならない。

私は、作戦の立案に関係のない管理仕事に悩まされた。E－5の査定だ。本当に嫌な仕事だった（ジェイは理由を作って出張か何かに行き、私にその仕事を残していった――ジェイもやりたくなかったにちがいない）。ただ、この仕事にもいいところはあった。私の仲間がいかに素晴らしいかがよくわかったからだ。私の小隊にはできそこないはひとりもいなかった。本当の精鋭集団だった。

階級や経験はさておいて、上層部は計画立案に私を関与させたがった。スナイパーは戦闘でますます重要な役割を担《にな》うようになっていたからだ。われわれスナイパーは、軍事用語でいうところの戦力多重増強要員ということになっていた。つまり、頭数以上の業績をあげているということだ。

計画ではたいてい、監視に最適な家、侵入ルート、兵士の輸送方法、標的を占拠したあとの行動といった、こまごまとしたことを決めなければならない。決定はきわめて微細な事柄にも及ぶ。たとえば、スナイパーが監視地点にどのように向かうのか、といったことだ。できるだけ目立たずに行ける方法が最も望ましい。それはつまり、徒歩で行くということだ。すでに私たちがいくつかの村で実践したように。しかし、ゴミの散らばった狭い路地を歩いて行くのは避けたい。ごちゃごちゃしていればそれだけ、ＩＥＤが仕掛けられたり、待ち伏せされたりする可能性が高まるからだ。

世間では、特殊作戦部隊は常にパラシュートやファストロープで現場に降り立つと勘違いされている。適切な場合にはそうするが、ラマディではどの場所にも、空から降り立つことはなかった。ヘリコプターは、スピードや比較的長距離を移動できることなどの利点がある。しかし、音がうるさく、街中では注意を引いてしまう。それに、比較的撃墜されやすい。ラマディの立地条件や目標地点の位置から、水路で向かうのが理に適《かな》っていた。水路なら、目標地域の近くまで密かにかつ比較的迅速に到達することができた。それに陸路を使うよりも、敵と接触する可能性が低かった。しかしこの決定により、予期しない問題が持ち上がった。船を調達できなかったのである。

通常、ＳＥＡＬは特殊舟艇チームと連携して任務に当たる。当時はＳＢＵ（特殊舟艇部隊）と呼ばれていたが、名前がちがうだけで任務は同じである。彼らは高速艇を操縦してＳＥＡＬの隊員を現場に送り届け、現場から連れ返す。訓練中にカリフォルニア沿岸でちょっとした迷子になったときも、ＳＢＵのボートで救出された。

ただ、ＳＥＡＬとＳＢＵはアメリカ本国でちょっとした諍《いさか》いを起こしていた。酒場で一部のＳＢＵの隊員たちがＳＥＡＬの一員だと名乗っていたのだ。映画スターを撮影所まで乗せていったタクシー運転手が、自分を映画スターだと言い張るようなものじゃないか、とＳＥ

ALの隊員たちは考えた。一部の隊員たちはそれを口にもした。

それでも、SBUにもいいやつはいる。自分たちの支援をしてくれる者たちに喧嘩を吹っかけるなど、いちばんやってはいけないことだ。

しかし、それはどちらにも言えることだ。ラマディでは、私たちと連携するはずのSBUの部隊が支援を断わったことが問題の発端となった。

彼らは、私たちへの協力など、役不足だと言ってきた。実際には、もっと優先度の高い部隊から呼ばれるかもしれないので、待機していなければならないと主張した。実際には呼ばれなかったのだが。

しかし、役不足とはどういうことなのか。彼らの仕事は、必要とされれば誰であろうと支援することではなかったのか。私たちは船を求めて探しまわり、SURC——岸に乗り上げることができる喫水《きっすい》の浅い小型舟艇——を所持する海兵隊の部隊を見つけた。装甲されていて、艇首と艇尾にはマシンガンが装備されていた。

そのSURCを操縦してくれた海兵隊員は最高のやつらだった。本来ならSBUがやるべきことをすべてやってくれた。SBUとはちがい、私たちのために。

彼らは自分たちの任務をよく理解していた。自分たちの仕事ではないなどとは思っていなかった。ただ、できるだけ安全な方法で私たちを送り届けることだけを考えていた。私たちの任務が完了すると、そこが大変な戦場だったにもかかわらず、ちゃんと迎えにきてくれた。彼ら海兵隊員は、いつもまたたくまに駆けつけてくれた。

司令監視所ファルコン

陸軍は戦車、装甲車、そしてトラックで乗り込んできた。兵士たちは砂嚢《さのう》を担《かつ》ぎ、家の弱っている箇所を補強した。私たちが制圧した家は、ふたつの幹線道路が交差する丁字路の角にあった。そのうち一本はサンセット通りと呼ばれていた。陸軍は戦略的に有利な立地条件であることとからこの場所に目をつけたのだ。行き止まりで、威圧感があった。

同じ理由から、攻撃目標にもなりやすかった。

戦車はすぐに敵の注意を引いた。陸軍が到着するや、ふたり組の武装勢力が家に向かってきた。ＡＫで武装していた。愚かにも、装甲車両を威嚇《いかく》できると考えていたのかもしれない。戦車から二〇〇メートルほどのところまで近づくのを待ってから、狙い撃ちした。簡単な標的だった。まともな攻撃を仕掛ける間も与えずに仕留めた。

数時間が経った。標的は次から次へと現われた。武装勢力はひとりかふたりずつ、私たちの背後から忍び寄ろうと、あたりを探っていた。

激しい戦闘にはならなかったが、標的は続々と現われた。現われては撃つ、という感じだった。

陸軍司令官が見積もったところ、私たちは戦闘開始から二四時間で、二四人の武装勢力を仕留めたそうだ。どれほど正確な数字なのかわからないが、私はその一日目に二、三人倒した。いずれも一発で。格別調子が良かったわけではない。敵までは三五〇から四〇〇メートルで、300ウィンマグ弾が命中しやすい距離だっただけだ。

まだ夜の明けきらないうちに、陸軍はファルコンの防御を堅固にし、敵に攻撃されても自分たちだけで防衛できる状態にした。私は屋上から降り、仲間と一緒にそこを出て、数百メートル先の荒れ果てた集合住宅に向けて走った。周囲で比較的高いその建物はファルコンからの見晴らしだけでなく、あたり一帯が見渡せた。私たちはそれを〝四階建て〟と呼んだ。

その後の戦闘では、そこが故郷から遠く離れた我が家となった。

私たちはそこを難なく占拠した。空き家だったのだ。


その夜はほとんど何も起こらなかった。しかし、日の出とともに悪党どもがやってきた。

武装勢力は司令監視所ファルコンを狙っていたが、うまくいかなかった。敵は、徒歩、車、原付自転車などで、攻撃を仕掛けられる距離まで近づこうとしていた。彼らがしていることはなにもかも見え透いていた。たとえば、ふたり組が一台の原付自転車に乗ってやってくるとしよう。ひとりはAKを持ち、もうひとりはグレネードランチャーを担いでいたりする。

冗談だろ、という感じだ。

私たちは次々に仕留めた。四階建てはスナイパーが隠れ撃つのに最適だった。その一帯ではいちばん高かったし、敵がこちらを撃てるくらい近づくと、敵の姿が丸見えになる。攻撃してくる者を狙撃するのは簡単だった。ドーバーが言うには、そこで監視を始めてから二四時間で、私たちは二四人の武装勢力を仕留めたそうだ。その後数日のあいだ、さらに多くの標的を撃った。

もちろん、最初の一発を撃ったあとは、そこはスナイパーの隠れ家ではなく、戦闘地点となる。しかし、攻撃されることは気にならなかった。武装勢力が攻撃してきてくれると、こちらとしては狙いやすくなるのでむしろ助かった。

一〇〇人目と一〇一人目

司令監視所アイアン周辺での活動が退屈きわまりないものだったとしたら、司令監視所ファルコン周辺での活動はそれとは正反対で、激しい戦闘が数多く繰り広げられた。陸軍キャンプは武装勢力にとって明らかに脅威であり、やつらは陸軍を追い払おうと必死だった。敵の洪水が押し寄せてきた。しかし、そうすることで私たちを手助けしてくれているようなものだった。

ラマディ作戦が開始されてすぐ、私はスナイパーとしての大きな節目を迎えた。そこでの配備における一〇〇人目と一〇一人目の殺害が確認されたのである。仲間のひとりが記念に、空薬莢《からやっきょう》を掲げた私の写真を撮影してくれた。

この配備では、仲間のスナイパー同士で誰が最も多く殺せるか、ちょっとした競争が行なわれていた。私たちは人数にこだわっていたわけではない。そもそも、撃った人数は、撃つべき標的がどれだけいたかに大きく依拠する。運の要素が大きく、いくら最高記録を出したくても、自分にできることは限られている。

しかし実際のところ、私はスナイパーのトップになりたかった。最初は三人で首位争いをしていた。そのうち、わたしともうひとりが三位以下を突き放すようになった。私のライヴァルはSEALの別の小隊に所属していて、ラマディの東側で任務についていた。一時期、彼の射殺数が急増し、私と差が開いた。

私たちの上官がたまたま私と市《まち》の同じ側にいて、各小隊の活動を記録していた。それには、スナイパーの射殺数も含まれていた。ライヴァルのスナイパーが私の記録を超えると、上官は私を軽くつねった。

「彼に抜かれているぞ」と上官はからかった。「もっと撃ったほうがいいんじゃないか」

その後あっというまに同点に並んだ。突然、市《まち》じゅうの悪党たち全員が私の照準器のなかに駆け込んできたかのようだった。私の記録は急増し、誰も追いつけなくなった。

運が良かったのだ。

ちなみに、仕留めたとしても、目撃者がいて敵の死亡が確認できなければ、記録には含まれない。そのため、敵の腹を撃って、そいつがこちらから見えないところに這《は》っていってしまったら、その後失血死したとしても数には入らない。

陸軍との仕事

二日ほど経つと攻撃が次第に収まったので、私たちは四階建てから司令監視所ファルコンまで徒歩でパトロールしながら帰った。そこで陸軍の大尉に会い、数日おきにキャンプ・ラマディにわざわざ帰るのは大変なので、ファルコンに拠点を置きたいと申し出た。

大尉は私たちを離れに同居させてくれた。陸軍の親戚と見なしてくれたのだ。

大尉には、制圧したい地域があればどこにでも手伝いに行くと申し出た。司令監視所周辺から敵を排除するのが大尉の任務で、私たちの任務はそれを掩護することだった。

「いちばん危険なところはどこですか」と私たちは尋ねた。

大尉は地図の上を指さした。

「そこに行きましょう」と私たちは言った。

大尉は呆れたように目をぐるりとまわしながら首を横に振った。

「きみたちはいかれてるな」と大尉は言った。「あの離れに居ていいし、そこに荷物を持ち込んでいい。どこにでも好きなところに行けばいい。しかし、これだけは言っておく。きみたちがそこに行っても、われわれは助けに行ってやれない。ＩＥＤだらけで戦車がやられてしまうからだ。だからそれは無理だ」

陸軍の多くがそうであるように、その大尉も最初のうちは私たちを胡散臭《うさん》そうに見ていた。彼らはみんな、私たちが自らを過大評価していると思っていた。自負心が強すぎて、できもしないのに大口をたたいていると。私たちが、彼らより上だとは思っていない――経験はこちらのほうが確かに豊富だが、思い上がってはいない――ことを証明してみせると、たいてい態度が軟化した。私たちは陸軍の部隊と任務を通じて強固な信頼関係を築き、帰還後も続くほどの友情まで芽生えた。

　大尉の部隊は非常線を張って捜索することを任務としていた。ひと区画を丸ごと封鎖し、くまなく調べあげるのだ。私たちは彼らと同行するようになった。日中は、こちらの存在をアピールするためパトロールした。私たちの姿を定期的に一般市民に見せることにより、彼らを守っていることを認識してもらうためだった。少なくとも、私たちがここにいることは知ってもらえる。小隊の半数は監視にあたり、残りはパトロールに行った。

　監視対象はだいたい四階建ての付近だった。隊員が地上でパトロールしていると、たいていいつも敵に遭遇した。私は四階建ての屋上から仲間のスナイパーと一緒に、隊員たちを攻撃しようとする者を仕留めた。
　四、五〇〇メートルから六、七〇〇メートル先の敵の陣地の奥深くに入り込み、悪党たちが現われるのを待つこともあった。大尉のパトロールを前方から監視することもあった。大尉の部下たちが現われると、すぐにありとあらゆる武装勢力を引き寄せた。私たちはそいつらを倒した。悪党たちは振り返り、私たちに発砲してくるが、こちらはひとりずつ仕留めた。私たちは守護者であり、囮《おとり》であり、殺人者だった。
　数日後、大尉がやってきて言った。「きみたちの腕は素晴らしい。どこにでも行ってくれてかまわない。必要なときは、いつでも助けに行く。正面玄関まで戦車で乗りつけてやるよ」

その瞬間、大尉は大尉で私たちの信頼と掩護を手に入れた。

ある朝私が四階建てで監視についていると、近くで仲間の数人がパトロールを始めた。彼らが道を横断しようとしたとき、近くを通る幹線道路のひとつであるJ通りを武装集団がやってくるのが見えた。

私はふたり仕留めた。パトロール中の隊員たちは散開した。そのうちの誰かが、何が起ったのかわからずに、なぜ自分たちに発砲したのかと無線で聞いてきた。

「きみたちの頭越しに撃ったんだよ」と彼に言った。「道の向こうを見てみろ」

武装勢力があたりにどっとなだれ込み、激しい戦闘が勃発した。RPGを抱えた男を発見した。そいつを照準器の十字線に捉え、慎重に引き金を引いた。

男は倒れた。

数分後、そいつの仲間がひとりやってきて、そのRPGを拾おうとした。

その男も倒れた。

しばらくそれが続いた。先の区画から、AKを持った別の男が私たちの仲間を撃とうとしていた。私はその男を仕留めた。そしてそいつの銃を拾いにきた別の男を仕留め、そしてまた次の男も仕留めた。

標的に恵まれた環境とでも言おうか。武装勢力の山がわらわらと湧いて出た。結局、やつらはあきらめて帰っていった。仲間はパトロールを続けた。その日はジュンディが任務に立ち会っていて、そのうちのふたりが銃撃戦で死亡した。

その日私が何人殺したか、数えるのは大変だったが、一日としては最多だったはずだ。


陸軍大尉と私たちの関係は良好だった。ある日大尉がやってきて言った。「ちょっと頼みがある。私がここを離れる前に一度でいいから、うちの部隊の戦車で主砲を撃ってみたいんだ。よかったら、出番がありそうなときに知らせてくれないか」

それからまもなく、私たちは銃撃戦に突入し、大尉の部隊を無線で呼んだ。呼び出された大尉は戦車でやってきて、希望どおり主砲を撃った。

その後数日間に、そのようなチャンスは何度も訪れた。大尉はラマディをあとにするまでに、結局三七回も主砲を撃った。

祈りと弾帯

私の小隊では、作戦が始まる前に必ずメンバーが寄り集まって祈りを唱えていた。祈りを主導していたマーク・リーはいつも、記憶している祈りの言葉を暗唱するのではなく、心から神に語りかけていた。

私は出動する前の祈りを欠かすことはあったが、夜帰ってくると必ず神に感謝を捧げた。任務から戻ったあとの儀式はもうひとつあった。葉巻だ。

作戦がひとつ終わると、数人で寄り集まって葉巻を吸った。イラクではキューバ産が手に入ったので、ロメオ・イ・フリエータ No.3を嗜《たしな》んだ。そうして一日の最後を煙とともに締めくくった。

私たちは皆、自分たちを不死身だと思っていた。また一方で、死ぬかもしれないという事実を受け入れていた。

私は死を直視することはなく、また死について考えることもほとんどなかった。死は、はるか彼方に潜んでいる実体のない概念のようなものだった。

私は実戦配備のあいだに、腕にはめる小さな弾帯を発明した。小さな弾薬入れで、設置した銃を動かさずに容易に再装塡《さいそうてん》できる。

銃床に結びつけるタイプの弾薬入れを短く切った。そして、それに紐《ひも》を通し、左手首に結びつけた。

私は銃を撃つときはいつも、狙いを定めやすいように銃の下に左の握りこぶしを挟む。それで、手首に結んだ弾帯が引き金の近くに来る。発砲後、照準から目をそらさずに、右手で弾帯から銃弾をつかみ取ることができるようになる。

トップ・スナイパーとして、私は新入りに、敵のどのような特徴に注目するべきかを教えた。武装勢力かどうかは、たんに武装しているかだけではなく、その動きからも判断できる。ファルージャで戦闘が開始されたばかりの頃に自分が教えられたアドヴァイスを彼らに伝えた。あの戦いがもう百万年も前のことのように思えた。「ドーバー、引き金を引くのを恐れるな」と私は若いスナイパーに言った。「交戦規定にひっかからなければ、撃て」

新人スナイパーが多少躊躇《ちゅうちょ》するのはいたって普通のことだった。アメリカ人なら、初めて撃つときは誰だってためらうだろう。自分がすでに攻撃されていたり、攻撃されそうなときであっても。

敵はそのような問題とは無縁のようだったが。私たちの仲間も、少し経験を積めばすぐにそうなった。

しかし、ある兵士が戦闘のストレス下でどれほど能力を発揮できるかは、やってみなければわからない。ドーバーはよくやっていた。本当によくやっていた。スナイパーによっては、極度の緊張で、訓練ならなんでもないような局面でミスを犯す者がいた。仲間のひとりは、とてもいいやつで、優秀なSEAL隊員だったが、ミスばかり繰り返す時期を経験していた。

人の反応とは、まったく予想できないものだ。

ラマディは武装勢力の巣窟だったが、一般市民も大勢いた。彼らはときどき、銃撃戦の最中に迷い込んできた。いったい何を考えていたのだろう。

ある日、私たちはラマディの別の地区の家のなかにいた。武装勢力の一団と交戦し、かなりの人数を射殺して、束の間の静寂のなか待機しているところだった。悪党どもはまだ近くにいて、攻撃のチャンスを待っているかもしれなかった。

武装勢力はいつも、私たちの居場所を仲間に知らせるため、道のまんなかに小さな石を置いていた。一般市民はそのような石を見つけると、普通はすぐに事態を把握する。そして何があってもそこには近寄らない。数時間経ってやっと、私たちの前に人が姿を現わす。もちろんその頃にこちらに姿を見せるのは、銃を手に私たちを殺そうとしている人間だけだ。

ところがなぜか一台の車が、その石を蹴散らし、死体の山のわきを通り過ぎ、こちらに猛スピードで向かってきた。

私は閃光手榴弾を投げたが車は停まらなかった。それで、車のボンネットを撃った。銃弾がエンジンルームを突き抜けた。車が停まり、運転席から男が降りてきて、片足で跳ねながら叫んだ。

車には女性がふたり乗っていた。市《まち》でいちばんの愚か者たちにちがいない。というのも、この期に及んでまだ、私たちにも、危険な状況にあることにも、まるで気づいていなかったからだ。彼らは私たちがいる家のほうに近づいてこようとした。私が閃光手榴弾をもうひとつ投げると、ようやく、もと来たほうに戻りはじめた。そこでやっと周囲に散らばった死体に気づいたらしく、叫びだした。

足の怪我を除いて、彼らは無事帰れたようだ。しかし、死なずにすんだのは奇跡だった。

激しい戦闘が絶え間なく続いた。それによっていっそう、私たちの戦闘への欲求はかきたてられた。戦いたくてたまらなかった。隠れている悪党には、姿を現わすようけしかけた。敵が出てきたらこちらも撃つことができる。

仲間のひとりがバンダナを持っていたので、私たちはそれを丸めてミイラの頭のようにした。ゴーグルを付けてヘルメットをかぶせると、兵士のように見えた。数百メートル離れたところからなら、確実にそう見えただろう。ある日戦闘の勢いがなくなったので、敵をおびきよせようと、それを棒に取りつけて屋根の上に掲げた。それが武装集団をふたり引き寄せ、私たちはどちらも仕留めた。

私たちはとにかくやつらを殺戮《さつりく》した。

私たちの監視があまりに首尾よく行なわれていたため、通りにいる仲間の兵士たちがやや不注意になっていた。あるとき、道の端の壁や窪《くぼ》みでできた小さな障壁に身をかがめながらではなく、道のまんなかを歩いている隊員を見かけた。

私は無線で呼びかけた。

「おい、障壁を伝って歩かなきゃだめじゃないか」と穏やかに注意した。

「なぜだ？」と小隊の仲間は答えた。「ちゃんと掩護してくれているからいいじゃないか」

冗談のつもりだったのかもしれないが、私は真剣に受け止めた。

「見えないものからきみを守ることはできない」と私は言った。「光の反射や動きで気づくことができなければ、向こうが撃ってくるまで、そこに敵がいるかなんて知りようがない。きみが撃たれたあとに敵を倒したところで、嬉しくはないだろ？」

ある夜シャーク基地に戻る途中、またもや銃撃戦に巻き込まれた。すばやく撃っては逃げていくタイプの攻撃だった。途中で、〈フラグ〉が飛んできて、仲間の近くで爆発した。武装集団が逃げ出したので、私たちは起き上がり、追いかけようとした。

「ブラッド、その足はどうした？」小隊の誰かが聞いた。

ブラッドは自分の足を見下ろした。血だらけだった。

「何でもない」と彼は言った。

あとで膝に金属片が刺さっていたことがわかった。そのときは痛くなかったのかもしれないが――それがどの程度本当だったかはわからない。SEALの創設以来、痛みを感じていることを認める者はこれまで誰ひとりいないからだ――シャーク基地に帰り着くと、放っておけるような傷ではないことがわかった。金属片が膝蓋骨《しつがいこつ》の裏まで突き刺さっていた。手術が必要な状態だった。

彼は航空機で搬送された。負傷によりラマディを離脱したのは、彼が最初だった。

現実を知らない人々

ＳＥＡＬの別の小隊は市《まち》の東部で、陸軍による司令監視所の設置を掩護していた。北部では海兵隊が、武装勢力を排除し地域を制圧する任務を行なっていた。

海兵隊が北部の川沿いにある病院を制圧するとき、私たちは数日間そこで彼らとともに任務にあたった。

武装勢力はその病院を集合場所に使っていた。海兵隊が突入すると、一五、六歳ほどの少年が通りに現われ、ＡＫ－47を海兵隊に向けて構えた。

私は少年を倒した。
一、二分経つと、ひとりのイラク人女性が駆け寄ってきて、地面に横たわった少年を見つけ、自分の服を引き裂いた。少年の母親であることは明らかだった。
武装勢力の家族が、自分の服を引き裂き、血を自分にこすりつけて悲しみをあらわにするのは、それまで何度も目にしていた。私は思った。子供を愛していたのなら、戦争から遠ざけておくべきだった。武装勢力になど入らないよう監督しておくべきだった。彼らが私たちを殺そうとするのを黙認しておいて、その結果彼らがどうなると思っていたのか。

残酷かもしれないが、たった今自分を殺そうとした者の死を一緒に悲しむなど、なかなかできるものではない。

もっとも、向こうも、こちらに対して同じことを感じていたのかもしれないが。

アメリカ本国の人々や、戦場に行ったことのない人、そして少なくともこの戦争に参加していない人は、イラクにいる部隊の行動を理解できないように思えることがある。人の死や戦場で見たことについて私たちがしょっちゅう冗談を言い合うのを見て、彼らは驚いたり、ショックを受けたりする。

残酷だとか、不適切だと感じるのかもしれない。別の状況でならば、おそらくそうなのだろう。しかし、私たちの置かれた状況では、充分理に適《かな》っていた。私たちは悲惨な状況を目にし、悲惨な状況を生き抜いていた。

ガス抜きの効果があったことも確かだ。異常な状況に適応するための手段だったのだ。人は、わけのわからないことに直面すると、折り合いをつけるための方法を探そうとする。笑いとばすのは、何らかの感情を抱き、それを何らかの方法で表現しなければならないからにすぎない。

作戦行動のたびに、生と死がシュールに交錯した。

同じ病院制圧作戦で、私たちは、海兵隊の到着前に周辺地域を偵察するため、一軒の家を占拠した。しばらくそこで潜伏していると、男がひとり手押し車を押してやってきて、裏庭にIEDを仕掛けようとした。新入りのひとりがその男を撃った。しかし、死ななかった。男は地面に倒れて転げまわったが、まだ生きていた。

たまたま、その男を撃った新入りは衛生下士官だった。

「おまえが撃ったのだから、おまえが助けろ」とみんなで彼に言った。彼は男に駆け寄って、蘇生を試みた。

残念ながらそのイラク人は死んだ。死ぬ間際に便を漏らした。部隊がその家を出るとき、衛生下士官はもうひとりの新入りと遺体を運び出さなければならなかった。

　海兵隊の敷地のフェンスにようやくたどり着いてみたものの、その死体をどうすればいいのかわからなかった。結局ふたりは、死体をフェンスの外に投げ、そのあとを追ってよじのぼった。まるでコメディ映画のようだった。

　一時間もしないうちに、自分たちを爆弾で吹き飛ばそうとした男を撃ち、その命を助けようとし、そしてその遺体を冒瀆《ぼうとく》する。

　戦場とは、なんとも奇妙なところだ。


　病院を制圧するとすぐに、私たちは海兵隊の艇を降りた地点に戻った。岸辺に降りると、敵のマシンガンが夜の静けさを切り裂いた。私たちは地面に伏せ、数分間じっとそこに横たわった。たったひとりのイラク人射手に足止めされてしまった。

　そいつの射撃がへたくそだったことを神に感謝する。

　生と死、そして喜劇と悲劇が常に微妙なバランスを保っていた。

タヤ
　クリスは本を朗読する自分の姿をビデオに録画して息子に残していったけれど、わたしはそれを一度も再生しなかった。クリスが声を詰まらせてばかりいるのを見たくなかったというのも理由のひとつだ。すでに感情におぼれてしまいそうだったのに、声を詰まらせながら息子のために本を朗読するクリスを見たら、さらに打ちのめされそうだった。

それに、わたしの気持ちもそれを阻《はば》んだ。クリスに対して感じていたのは怒りだったのかもしれない。あなたはわたしを置き去りにして、行ってしまった。もう勝手にして。厳しいようだが、それはわたしの防衛本能だったのかもしれない。

遺書についても同じだった。

クリスは派兵中、自分が死んだときに届くように、子供たちとわたしに宛てて手紙を書いていた。最初の派兵から帰ってきたとき、何を書いたのか読んでと頼んだ。彼は、どこかにやってしまったと言った。その後も、クリスが読んでくれることはなかったし、わたしも二度と頼まなかった。

もしかしたら、クリスに対して頭にきていただけなのかもしれない。でも、わたしはこう思っていた。あなたが死んでも、こんなものを崇《あが》めたりしないから。愛しているなら、生きているあいだにちゃんと伝えてよ。

クリスを責めるのは不当だったかもしれない。でも、当時のわたしの人生は不当なことだらけだった。

今ここで言ってみせなさいよ。いなくなってから、お涙ちょうだい的なことを聞かせないで。面と向かって伝えられないのなら、そんなのは全部でたらめよ。それがわたしの正直な気持ちだった。

守護天使か悪魔か

ラマディでの戦闘のあいだに、九六名のアメリカ兵が戦死した。負傷して戦場を離脱した兵士は数えきれないほどだった。そのいずれにも入らなかった私は幸運だった。何度も間一髪で助かるうちに、私には守護天使がついていると思いはじめた。

あるときのことだ。私たちは建物のなかにいて、外の武装勢力から銃撃されていた。廊下にいた私は、銃撃が収まると、仲間の様子を見に部屋のひとつに向かった。部屋に入ったとたん、銃弾が窓を打ち破り私の頭めがけて飛んできた。その瞬間、私はいきなりひっくり返り、仰向《あおむ》けに倒れた。

銃弾は、倒れる私の上をかすめていった。

なぜあんなふうに倒れたのか、飛んできた銃弾が見えるなんてことがありうるのか、私にはわからない。誰かが時間を止めて、私を押し倒したかのようだった。

私には守護天使がついているのだろうか。

さっぱりわからない。

「畜生、クリスが死んだ」と私が仰向けに倒れているのを見て仲間のひとりが言った。

「なんてこった」と別の隊員が言った。

「ちがう、ちがう」私は床に横たわったまま叫んだ。「大丈夫だ。なんでもない」

私は体に風穴があいていないか数十回も調べたが、かすり傷ひとつなかった。

無事だった。

ファルージャよりもラマディのほうが、IEDがさかんに使用されていた。武装勢力はIEDの設置方法について、開戦当初よりも知恵をつけていっていた。前にバグダッドでIEDがブラッドレー歩兵戦闘車をひっくり返すのを見たことがあるが、ラマディの武装勢力はそれぐらい強力なものを好んで使っていた。

私たちに同行していたEOD（爆発物処理）要員はSEALの一員ではなかったが、私たちは彼らをSEALの隊員と同じくらい信頼するようになった。建物への侵入時には、彼らを隊列の後方に配備し、何か怪しいものを見つけると前方に呼び寄せた。彼らの仕事は、それが何か識別することだった。爆弾だった場合、それが屋内であれば、一刻も早く脱出しなければならない。

私たちにはそのようなことは起こらなかった。しかしあるとき、私たちが家のなかにいるあいだに、武装勢力が正面玄関のすぐ外側にIEDをまんまと仕掛けていった。一〇五ミリ榴弾砲が二基、私たちを待ち受けていた。幸運にも、玄関から出る前にEOD要員がそれを発見した。私たちは二階の壁に大槌で抜け道をあけ、低い屋根伝いに脱出することができた。

お尋ね者

ラマディでは、アメリカ人なら誰もがお尋ね者だったが、なかでもスナイパーは別格だった。武装勢力は私の首に懸賞金をかけていたそうだ。

やつらは私に名前までつけていた。アル・シャイタン・ラマディ――〝ラマディの悪魔〟という意味だ。

私はそれを聞いて鼻が高かった。

つまり、やつらに大きな損害を与えたとの理由で、隊員のひとりにすぎない私を名指ししてきたのだ。やつらは私を排除したがっていた。いい気分にならずにはいられない。

敵は私のことをよく知っていた。私たちの味方のはずのイラク人たちのなかに、向こうに情報を流している者がいたにちがいない。腕の赤い十字架のタトゥーのことまで知られていた。

SEALの別の小隊のスナイパーにも懸賞金がかけられていた。最終的に彼の懸賞金のほうが高くなり、私は少し嫉妬した。

しかし、結局はそれでよかった。というのも、敵がポスターを刷るとき、私のポスターにまちがえて彼の写真を使っていたからである。私は大喜びで、その誤りを正さずにおいた。

戦闘が長引くにつれ、懸賞金の金額は上がっていった。

あまりにも高くなったので、妻が私の首を差し出したくならないかと心配になったほどだ。

進歩

私たちはほかにもいくつかの司令監視所の設置を手伝い、その間SEALの別の小隊も市《まち》の東部で同じ任務を行なっていた。数週間が数ヵ月になるにつれ、ラマディは変わりはじめた。

相変わらず悪の巣窟のままで、きわめて危険な場所だった。しかし、進歩の兆《きざ》しが見えた。部族の指導者たちが平和を求める声をあげ、評議会を結成して互いに協力するようになった。正式な行政機関はここではまだ機能しておらず、イラクの警察や軍隊は秩序の維持にあたるどころではなかった。しかし市《まち》の多くの地域が比較的安定してきた。

重要拠点での治安を確保し、それを段階的に拡大させていく〝インクの染み戦略〟はうまくいった。しかし、そのような染みをラマディの市《まち》全体に広げることができるのだろうか。

進歩が保証されることは決してなく、しばらくのあいだうまくいったとしても、事態が後戻りしないという保証はなかった。私たちは司令監視所ファルコン周辺の川沿いの地域に幾度も戻り、そこで武器の貯蔵庫や武装勢力を捜索するのを監視した。一区画を制圧し、しばらくのあいだ平和を保てたとしても、その後また一からやり直さなければならない。

海兵隊とも、その後何度か一緒に任務にあたった。小さな船舶を停止させて捜索したり、武器庫を探しまわったり、直接行動《DA》に加わることもあった。武器の密輸に使用されることのないように、打ち棄《す》てられた船を捜索してから爆破する任務を命じられたことも数回あった。

面白いこともあった。以前私たちの頼みを無下《むげ》に断わったSBUの部隊が、私たちの活躍を聞きつけて、協力を申し出てきた。私たちは丁重にお断わりした。海兵隊で充分間に合っていた。

陸軍は引き続き、一帯を封鎖しては武器や悪党を捜索する活動を続けていた。陸軍との任務には、一定のリズムができあがっていた。私たちは陸軍の部隊と一緒に車両で現地に入り、建物を一軒占拠し、監視のために屋根にあがる。監視にはたいてい三名——私ともうひとりのスナイパー、そして60を担当するライアン——であたった。

私たちが監視するあいだに、陸軍の隊員は次の建物に移動する。そこを制圧したらまた次へと、通りを順々に制圧していく。彼らが目の届かない場所まで行くと、私たちは下に降り、次の監視地点に移動する。この手順が何度も繰り返される。

そんな任務のひとつで、ライアンが撃たれた。

11　負傷者

「おい、何やってんだ？」

　ある暑い夏の日、私たちはラマディ中心部を東西に走る幹線道路のひとつがよく見える小さなアパートビルを占拠した。建物は四階建てで、階段が窓に沿って並び、屋上からはあたり一帯がよく見渡せた。その日は晴れていた。

　屋上に向かうあいだ、ライアンがふざけて私を笑わせていた——彼はどんなときも私を笑わせ、リラックスさせてくれる。私はにやにやしたまま、彼に道路の見張りをさせた。反対側の脇道で味方の部隊が任務を遂行しており、敵の武装勢力が待ち伏せか攻撃を仕掛けてくるとすれば、おそらくこっちの大通りをやってくると思ったからだ。一方、私は地上にいる味方の部隊を見張っていた。襲撃は順調に開始され、兵士たちは次々と家屋を征圧《せいあつ》していった。彼らはなんの障害もなく迅速にことを進めていた。

　突然、屋上の私たちをめがけて銃弾が飛んできた。私がしゃがむと同時に弾丸が近くのセメントに当たり、かけらがそこらじゅうに飛び散った。こうした場面はラマディでは日常茶飯事だ。それも毎日どころか、日に何度となく繰り返される。

私は敵の銃撃がやんだことを確認し、一瞬待ってから身を起こした。

「ふたりとも大丈夫か？」背後にそう呼びかけながら、私は地上の部隊がいる通りを見下ろし、彼らの無事を確かめた。

「ああ」ともうひとりのスナイパーがうなるように言った。

ライアンの返事がなかった。振り返って見ると、彼はまだ身をかがめていた。

「おい、起きろ」と私は言った。「銃撃はやんだぞ。ほら」

彼は動かなかった。私はそばに行って怒鳴った。

「おい、何やってんだ？　さっさと起きろ」

そこで血が目に入った。

私は膝をついて覗き込んだ。彼は血まみれだった。顔の側面がひどくやられていた。弾丸が当たったのだ。

常に武器を構えて撃てるようにしておけ――私たちは彼にそう叩き込んでいた。だから撃たれたとき、彼はライフルを構えてスコープを覗いていた。弾丸はまずライフルに当たり、次に跳ね返って彼の顔をとらえたのだろう。

私は無線機をつかんで怒鳴った。「負傷者だ！　負傷者が出た！」

それからすぐにまた彼の傷を調べた。どうしたらいいのか、どこから手をつけたらいいのかわからなかった。ライアンは瀕死の重傷を負っているように見えた。

彼が身を震わせた。死に際の痙攣《けいれん》だ――私はそう思った。

小隊のメンバーであるドーバーとトミーが駆けあがってきた。ふたりとも衛生下士官だ。ふたりはすばやくライアンのそばにしゃがんで手当を始めた。

続いてマーク・リーもあがってきた。彼は私たちがライアンを下まで運んでいけるように、銃弾が飛んできた方向に60で銃撃を浴びせ、武装勢力を追い払った。

私はライアンを抱え上げ、肩に担《かつ》いで走りだした。階段にたどり着くと、急いで降りはじめた。

半分ほど降りたところでライアンが激しいうめき声をあげた。担ぎ上げられているせいで咽喉《のど》と頭に血が流れ込み、呼吸困難に陥ったのだ。

私は彼を抱え下ろし、いよいよ途方に暮れた。心の底ではもう助からないとわかっていながら、望みがないと知りながら、どうにかして彼の命をつなぎとめたいと願っていた。

ライアンが血を吐き出した。やがて呼吸が戻った――息をしているのが奇跡だった。

私は彼を引き寄せ、もう一度抱え上げようとした。

「いえ」と彼は言った。「いえ、大丈夫、なんとかやれます。歩きます」

彼は私の肩に腕をまわすと、そのまま最後まで自分の足で階段を降りた。

そのあいだに陸軍の装軌式の兵員輸送車が正面玄関に到着した。トミーがライアンと一緒に乗り込み、ふたりは運ばれていった。

私は階段を駆け上がって戻った。まるで自分が撃たれたかのように感じていた。撃たれたのが彼ではなく自分だったらよかったのに。そう思った。あいつはあのまま死ぬだろう。おれはたった今、弟分を失ったのだ。でっかい、間抜けな、愛すべき最高の弟を。

ビグルズ。

イラクでのどんな経験も、私の心にこれほど衝撃を与えたことはなかった。

報復

私たちは打ちひしがれてシャーク基地に戻った。

たどり着くなり、私は装具をはずして壁にもたれ、そのままゆっくりと床に座り込んだ。目から涙があふれ出した。

私はライアンが死んだと思っていた。実際にはそのとき、彼はまだなんとか生きていたのだが。医師たちは彼を救うため懸命に治療にあたってくれた。ライアンはやがて救護ヘリでイラク国外へ搬送されることになる。傷は重かった――彼は永久に視力を失った。撃たれたほうの目だけではなく、両目とも。命が助かったこと自体が奇跡だった。

しかしそうとは知らず、基地に戻ったそのとき、私は彼がもう死んだものと思っていた。そうとしか思えなかった。私のなかのすべてがそう告げていた。ライアンをあの場所に配置したのはおれだ。あいつはおれのせいで撃たれたのだ。

一〇〇人射殺？　二〇〇人？　それ以上？　仲間を死なせておいて、そんな記録になんの意味がある？

なぜ自分があの位置につかなかった？　なぜあそこにいなかったんだ？　おれがあそこにいれば敵を仕留められたはずだ——きっとあいつを救うことができたはずだ。

私は暗い奈落の底にいた。

深くうなだれ、涙を流しながらずっとそこに座っていた。どれだけのあいだそうしていたかわからない。

やがて、「おい」と頭上で声がした。

私は顔をあげた。上等兵曹《チーフ》のトニーだった。

「仕返しに行くか？」と彼は言った。

「行きます、行かせてください！」私はそう言って飛び起きた。

行くべきかどうか迷う声もあった。私たちは話し合い、任務を計画した。

もっとも、私にはそんな余裕はほとんどなかったが、ただもう仲間の仇を討ちたい一心だった。

マーク

敵はライアンが撃たれた場所からさほど離れていない一軒の家に潜伏しているとの情報が入った。私たちは数台のブラッドレー歩兵戦闘車に分乗して現場に向かった。私の乗っていた第二車両が到着する頃には、すでに先頭車両のメンバーが家に突入していた。

ブラッドレーの乗降ハッチが開くや、銃弾が飛んできた。私は仲間のもとへ走った。彼らは二階にあがる階段の下でひとかたまりになっていた。私たちは頭を伏せて体を寄せ合い、階上《うえ》への移動を待った。

先頭のマーク・リーが階段を先に進んでいた。彼は振り向いて階段沿いの窓から外に目をやった。そこで何を見たのか、とっさに警告を発そうとして口を開けた。が、彼の警告は言葉にならなかった。その瞬間、一発の銃弾が彼の口にまっすぐ飛び込み、後頭部を貫通した。彼は階段上に崩れるように倒れた。

この家は罠だった。私たちははめられたのだ。敵は隣の家の屋上からこの窓を狙っていた。けれども訓練がまさった。

私はマークの体を乗り越えて階段を駆けあがると、窓から隣の屋上めがけて雨あられと銃弾を浴びせた。仲間たちも続いて激しい銃撃を加えた。

誰かの弾丸が敵をとらえた。誰が撃ったのかを確かめている暇はなかった。私たちは屋上にあがり、ほかに潜んでいる敵を探した。

そのあいだにドーバーがマークの様子を確認した。マークは相当ひどくやられており、助かる見込みはないだろうとのことだった。

戦車隊の大尉が戦車二両とブラッドレー四両を引き連れて私たちを迎えにきた。道中ずっと交戦状態だったにもかかわらず、激しい銃撃戦をかいくぐって退却支援に駆けつけてくれたのだ。彼らはあらゆる弾丸《たま》を撃ちつくし、一帯に凄まじい鉛の雨を降らせて現場をあとにした。

帰り道、私はブラッドレーの後部ハッチの銃眼から外を覗いた。見えるのは黒々とした煙と破壊された建物ばかりだった。私たちを陥れた敵のために近隣地区全体がその報いを受けたのだ。

私たちはみなどういうわけか、マークはなんとか一命をとりとめるだろうが、ライアンは助からないだろうと思っていた。しかしキャンプに戻って初めて、彼らの運命が逆転したことを知った。

たった数時間のあいだにふたりの仲間を失ったことを受け、士官たちとトニーは私たちをいったん休ませることに決めた。私たちはシャーク基地に戻り、一時帰休となった（一時帰休とは活動を休止し、戦闘に参加しない状態のこと。ある意味、現状を見つめなおすために与えられる正式な活動停止期間のようなものだ）。

八月だった――暑くて血なまぐさい、暗黒の八月だった。

タヤ

クリスは電話口で泣きくずれた。彼から電話があるまで、そんなことがあったなんて何も聞いていなかったのでびっくりした。

彼が無事でよかったけれど、仲間のことを思うととても胸が痛んだ。彼が話しているあいだは、できるだけ黙って話を聞いていた。ただじっと聞いてあげたかった。こんなに苦しんでいるのだから。クリスがこれほど苦しんでいるのを見るなんて、本当にめったにないことだ。

わたしにできることは何もなかった。彼の親戚にわたしから伝える以外。ふたりでずいぶん長いあいだ電話していた。

その数日後、サンディエゴ湾を見下ろす墓地でお葬式があった。悲しくてたまらなかった。若い仲間や家族がたくさん、本当にたくさんいた……SEALのお葬式ではいつもつらい思いをするけれど、今回はいつもよりもっと心が掻《か》き乱された。遺族の苦しみを思うと、申し訳ない気持ちでいっぱいになる。彼らのために祈りながら、わたしは夫が無事だったことに感謝する。最前列にいるのが自分ではないことに感謝する。

よく人に言われることだが、この話をするときの私はいつもより言葉少なで、多くを説明しようとせず、また心ここにあらずといったふうに聞こえるらしい。

私にはその自覚はない。ふたりの仲間を失った記憶は今も心の奥深くにまざまざと焼きついている。私にとっては、たった今自分のまわりで起きていることのように鮮明に感じられる。まるで今この瞬間、あの銃弾が自分の体に撃ち込まれたかのように、深くなまなましい傷のように感じられる。

一時帰休

マーク・リーの追悼式がキャンプ・ラマディで行なわれた。イラク全土からSEAL隊員が駆けつけた。私たちと活動を共にしていた陸軍部隊からもおそらく全員が参列したと思う。みんな私たちをとても気づかってくれていた――信じられないほどに。私は深く心を打たれた。

私たちは最前列に並んだ。私たちが彼の家族だった。

マークの装具が目の前に置かれていた。ヘルメットとMk48。われわれの任務隊司令官が短くも力強い弔辞を述べた。彼は目に涙を浮かべていた。このとき会場内で――あるいはキャンプ内で――乾いた目をしている者はひとりもいなかっただろう。

追悼式が終わると、部隊ごとに徽章やコインなどといった感謝のしるしを置いていった。陸軍部隊の大尉は、私たちを退却させるときに発射した弾丸の空薬莢《からやっきょう》を捧げた。

小隊の誰かがマークの追悼映像を作成し、その夜、レンガの壁に垂らした白いシーツをスクリーンがわりにして上映した。みんなで酒を飲み、悲しみを分かちあった。

四人の仲間が遺体に付き添って帰国した。一方、こちらは一時帰休中で何もすることがなかったので、私はドイツで治療を受けているライアンに会いにいこうと思った。トニーか上層部の誰かが飛行機を手配してくれたのだが、すべての手はずが整った頃には、ライアンはアメリカでの治療のため、すでに帰国の途についていた。〈フラグ〉で膝を負傷して救護ヘリで運ばれていたボブがドイツでライアンと再会し、彼に付き添って帰国したということだった。ある意味では幸運だった――ライアンのそばには仲間がいて、彼が直面するあらゆる物事に立ち向かう手助けをしてやれたのだから。

私たちはみな長い時間をそれぞれの部屋で過ごした。ラマディでの日々は過酷だった。ファルージャのときより激しいペースで作戦が展開されていた。私たちは何日も、ときには一週間ぶっ続けで出撃し、合間に休むことはほとんどなかった。仲間が撃たれる前から消耗しかかっていた者もいた。

みんなそれぞれの部屋で体力を回復させながら、ひとりで過ごすことがほとんどだった。私は毎日、長い時間をかけて神に祈った。

信仰心をこれ見よがしに表現するタイプではない。信じてはいるが、必ずしもひざまずいて祈ったり、教会で大きな声で歌ったりはしない。それでも信じることでいくらか心が慰められる。仲間たちが撃たれたあとの日々のなかでそれがわかった。

BUD／S（基礎水中爆破訓練）を終えて以来、私はいつも聖書を持ち歩いていた。たいして読んではいないが、いつもそばに置いてある。ページを開いては何節か読んだ。あちこち飛ばしては少し読み、また飛ばしては少し読んだ。

地獄を解き放ったような周囲の混乱のなかで、自分がより大きなものの一部であると知ることは確かに心をなだめてくれた。

ライアンが助かったと聞いた瞬間は喜びが勝った。しかし、それからずっと心を占めていたのは次のような問いだった——なぜおれじゃなかったのか？

なぜ新入りがこんな目に遭わなきゃならない？

今までさんざん戦闘を経験してきた、それなりの功績もあげた。もう充分ではないか。おれが退場させられるべきだったのだ。おれが失明すればよかったのだ。

帰国したライアンが家族の表情を見ることはない。彼にはわからないままだ——目に映るものすべてがどんなに素晴らしく見えるか、しばらく離れていたアメリカがどれほどいい国に見えるか。

そんなふうに物事を見る機会がなければ、人生がどんなに美しいかを忘れてしまう。彼にはその機会が永遠にやってこない。

誰がなんと言おうと、私はそのことに責任を感じずにはいられなかった。

交代要員

この戦争が始まってから四年、私たちは数えきれないほどの激戦をくぐり抜けてきたが、そのあいだに死んだＳＥＡＬ隊員はひとりもいなかった。それがラマディおよびイラク全土で徐々に敵の勢力が弱まってきたと見えた矢先に手ひどくやられたのだ。

このまま撤退させられてしまうのではないか。配備期間はまだ数カ月残っていたが、誰もがそんなふうに感じていた。政治がどんなものかはわかっていた――私の最初の上官はふたりともひどい腰抜けだったが、そのおかげで出世できたのだから。これで私たちの戦争も終わりになるのかもしれなかった。

そのうえ小隊から七人が抜け、半数近くに減っていた。マークは死んだ。ボブとライアンは負傷して戻ってこない。あとの四人はマークの遺体に付き添って帰国していた。

当然だった。

彼らを失った一週間後、SEALチーム3の司令官が話をしにやってきた。私たちはシャーク基地の食堂に集まって話を聞いた。彼はすぐに本題に入った。

「きみたちしだいだ」と彼は言った。「今はゆっくりしたいというならそれでいい。しかし、きみたちが戦いに出たいというなら賛成しよう」

「だったらもちろん」とみな口々に言った。「戦わせてください」

比較的戦況が穏やかな地域にいた小隊から半数が私たちの補充要員としてやってきた。また、訓練を終えてはいるが小隊に配属されるのは初めてという者も何人か加わった。正真正銘の新入りである。実戦に備える前に、戦争の雰囲気を軽く味わわせてやるというのが狙いだった。私たちは彼らの扱いにはきわめて慎重だった――作戦行動には決して出さなかった。

SEALの一員となった彼らはうずうずしていたが、私たちはそんな彼らを押しとどめ、初めは使い走りのように扱った――〝おい、おれたちがすぐ出発できるようにハマーを並べておけ〟――それも彼らを守るためだった。仲間を失ったばかりの私たちとしては、新米の彼らを戦地で負傷させるわけにはいかなかった。

そうはいっても、当然いじめは行なわれた。たとえばこんなふうに。私たちはある新入りの頭髪と眉毛を剃《そ》りあげてから、剃った毛を元どおりそいつの顔にスプレー糊《のり》でくっつけた。その最中にもうひとり別の新入りがやってきて、私たちのいる部屋に入ろうとした。

「やめたほうがいい」と士官のひとりが彼に忠告した。

彼が部屋を覗くと、仲間の新入りがぼこぼこに殴られているところだった。

「助けないと」

「やめたほうがいい」と士官は繰り返した。「ろくなことにならんぞ」

「そういうわけにはいきません。仲間ですから」

「どうなっても私は知らんぞ」と士官はそんなようなことを言った。

新入り二号は部屋に駆け込んだ。私たちはそいつが仲間の救出に駆けつけたことに敬意を表し、これでもかと愛情を注いでやった。それからそいつの顔も同じように剃りあげると、ふたりを一緒にして縛り、部屋の隅に立たせた。

ほんの数分間だけ。

私たちは新入りの士官もいじめた。彼もほかの新入りと同じ扱いを受けた。それがどうにも我慢できなかったのだろう。

下劣な下士官にいたぶられるなど、とても受け入れられなかったのだろう。

階級というのはチームにおいては奇妙な概念だ。完全に無視されているわけではないが、当然それだけで人の価値が決まるものでもない。

ＢＵＤ／Ｓでは、士官も下士官も全員等しく扱われる。くそのように。ひとたびそれを乗り越えれば、チームに配属されて新入りとなる。そしてふたたび、新入りは全員等しく扱われる。くそのように。

たいていの士官は辛抱強く受け入れるが、例外ももちろんある。実のところ、チームを牛耳っているのは上級の下士官なのだ。上等兵曹《チーフ》ともなれば一二年から一六年の経験がある。一方、小隊に配属されたばかりの士官はそれよりずっと経験が少ない。ＳＥＡＬだけでなく海軍でも同じことだ。ほとんどの場合、彼らは何もわかっていない。小隊の担当士官ですら四年か五年の経験しかないこともある。

そういうシステムなのだ。士官となった者は運がよければひとりで三小隊くらい指揮するかもしれない。しかし、そのあと任務隊司令官（もしくは同様のポジション）に昇進すれば、もはや現場で直接指揮をとることはない。それ以前においてすら、彼がこなしてきたことといったら管理業務や衝突回避（ひとつの部隊が別の部隊に砲撃されないようにすること）といった仕事ばかりなのだ。そうした仕事も重要ではあるが、実戦とはわけがちがう。ドアを蹴って突入したり、スナイパーの隠れ場所をしつらえたりといったことになると、士官の経験は概してそこまで深くない。

むろん例外はある。私自身、経験豊富な素晴らしい士官たちを何人も知っている。が、一般原則として言えば、苛烈な戦闘現場におけるひとりの士官の知識は、長年身をもって戦闘を経験してきた下士官の足元にも及ばない。私はよくこう言ってLTをからかったものだ──あんたは直接行動のとき、ライフルではなく戦術用のコンピューターを構えて突撃するんだろうと。

新入りいじめは全員の立場を明確にする。誰が経験者なのか、そして窮地に陥ったとき誰を頼るべきなのか。それと同時に、新入りがどういう人間なのかを周囲に知らしめることにもなる。考えてみてほしい──どちらが頼りになるだろうか、仲間を救おうとして駆け込んできた新入りか、下劣な下士官にいじめられたからといって涙を流した士官か？

いじめられた新入りは誰しも身のほどを知り、自分はまだ何もわかっていないのだと自覚する。そして士官の場合、その謙虚さが大きな役割を果たすことになる。

いい士官はたくさんいた。しかし、素晴らしい士官たちはみな例外なく謙虚だった。

ふたたび戦場へ

私たちは徐々に任務に戻った。手始めは陸軍のための短い監視からで、任務は敵地内でひと晩かふた晩の長さだった。戦車が敵のＩＥＤ（即席爆発装置）にやられたときも私たちが出ていき、復旧するまで現場の警備にあたった。仕事は以前よりも軽く、簡単だった。司令監視所より遠くへは行かなかったので、敵の攻撃を誘うこともあまりなかった。

やがてふたたび調子を取り戻してきたところで、活動範囲を広げ、ラマディの中心部にまで踏み込んだ。マークが撃たれたあの家には行かなかったが、その地域には戻ったということだ。

誰もが同じ思いだった――やつらに復讐してやる。おれたちをあんな目に遭わせた報いを受けさせてやる。

ある日一軒の家で、ＩＥＤを仕掛けようとしていた武装勢力を制圧したあと、今度はこちらが何者かによる銃撃を受けた。相手の銃はＡＫよりも威力があり――たぶんドラグノフ（ロシア製スナイパーライフル）か何かだろう――弾丸が家の壁を突き抜けて飛んできた。

私は屋上で、相手がどこから撃ってきているのか確かめようとしていた。不意に、ヘリコプターの爆音が響いた。アパッチ攻撃ヘリが数機連なって近づいてくる。ヘリは上空でゆっくりと旋回したかと思うと、機体を傾け、連携攻撃をする急降下の態勢に入った。

こっちに向かって。

「ＶＳパネルを出せ！」と誰かが叫んだ。

あるいは自分だったかもしれない。とにかく覚えているのは、手持ちのＶＳパネルや識別用のパネルを片っ端から取り出して掲げ、われわれが味方であることをヘリのパイロットたちになんとか示そうとしたことだけだ（ＶＳパネルは鮮やかなオレンジ色のシートで、友軍が掲げたり広げておいたりする）。幸い彼らはそれを見て状況を理解し、ぎりぎりのところで攻撃を中止した。

その攻撃の直前に、われわれの通信兵が陸軍のヘリと連絡を取って、こちらの居場所を知らせておいたはずだった。が、どうやら双方の地図上のデータに食いちがいがあったらしく、彼らは屋上で銃を持った人影を見て、誤った結論を導き出したのだ。

ラマディではよくアパッチと一緒に任務にあたった。この攻撃ヘリは非常に重宝された。機関砲やロケット弾を搭載しているだけでなく、あたり一帯を偵察することもできるからだ。市街地ではどこから銃撃されているのかわからないこともある。そんなとき上空からの目があれば――そしてその持ち主と話ができれば――大いに判断の助けになる。

（アパッチの交戦規定はわれわれのものとは異なっていた。とくに彼らのヘルファイア・ミサイルについては、当時は敵が複数人数で操作する兵器に対してしか使用することができなかった。一般市民の巻き添え被害を抑えるための方策だ）

空軍のＡＣ－１３０もときどき上空からの監視を手伝ってくれた。この大型のガンシップはすさまじい火力を有していたが、私たちの配備中に彼らの榴弾砲や機関砲の力を借りることは一度もなかった（彼らもまた交戦規定による制限を受けていた）。その代わり、私たちは暗闇のなかでも戦場の様子を把握できる彼らの夜間用赤外線センサーに助けられた。

ある晩、私たちは直接行動で一軒の家を襲撃した。上空ではガンシップが見守るように旋回していた。私たちが突入していると、彼らが上空から連絡をよこし、〝逃亡者〟――裏口から逃げ出した敵が数名いると知らせてきた。

私は仲間の何人かとともにその場を離れ、ガンシップが教えてくれた方向をたどりはじめた。敵は近くの家に逃げ込んだようだった。私はその家に入り、なかで二〇代前半とおぼしき若者と鉢合わせた。

「伏せろ」と私は銃を振って怒鳴った。

彼はぽかんとした顔で私を見た。私はもう一度身振りで示した。さっきよりも激しく。

「伏せろ！　伏せるんだ！」

彼は呆然と私を見ているだけだった。私を攻撃する気があるのかどうかも、なぜ伏せようとしないのかもわからなかった。用心するに越したことはない――私は彼を殴って床にねじ伏せた。

彼の母親が何事かわめきながら家の奥から飛び出してきた。その頃には、私のほかに通訳も含めた数人が家のなかにいた。通訳がどうにかその場をとりなし、質問を始めた。結局その母親が言うには、息子は知的障害を抱えており、私がしていたことの意味を理解できないのだということだった。私たちは彼を起こした。

一方、そのあいだじゅう黙って部屋の片隅に立っていた男を、私たちは父親だとばかり思っていた。ところが母親は息子の心配が一段落したとたん、こんな男は見たこともないとはっきり認めた。聞くとその男はさっき逃げ込んできたばかりで、この家の住人のふりをしていただけだった。こうして私たちは逃げた敵のひとりを捕えることができた。空軍のおかげだ。

話のついでに白状しておかなければならない。敵が逃げ出したときにわれわれが突入した家は、実はその夜三軒目だった。最初、私は別の家に仲間を連れていった。全員が外で位置につき、いざ突入しようというときになって、小隊担当士官が声をあげた。

「どうもおかしいぞ」と彼は言った。「何かがまちがってる気がする」

私は首を伸ばして周囲を見まわした。

「しまった」と私は過ちを認めた。「この家じゃない」

私たちはその場を引きさがり、正しい家に向かった。

そのあとさんざんからかわれただろうって？

言うまでもないだろう。

一石二鳥

ある日、私たちはサンセット通りと別の通りがT字路になったあたりで作戦行動にあたっていた。ドーバーと私は屋上から地元住民の様子をうかがっていた。ドーバーはちょうど休憩のために銃を離れたところだった。私がスコープを覗いていると、ふたりの男が一台の原付自転車に乗って通りをやってくるのが目に入った。

うしろの男はバックパックを担《かつ》いでいた。じっと見ていると、男はバックパックを路面の窪《くぼ》みに落とした。

郵便配達ではない。ＩＥＤを仕掛けたのだ。

「おい、いいものを見せてやる」私がそう言うと、ドーバーは双眼鏡を覗いた。

私はやつらが一五〇メートルほど離れるのを待ってから300ウィンマグ弾を発射した。双眼鏡で見ていたドーバーによると、まるでコメディ映画『ジム・キャリーはMr.ダマー』のワンシーンのようだったという。弾丸はひとり目を貫き、ふたり目も仕留めた。原付自転車はぐらぐらと揺れ、道をそれて壁に突っ込んだ。

一発でふたり。納税者にとっても悪くない税金の使い道になっただろう。

が、その銃撃は物議を醸《かも》すことになった。陸軍はＩＥＤを処理するため現場に何人か送り込んだのだが、彼らが到着するまでに六時間ほどもかかってしまった。道路は渋滞し、私であれほかの誰であれ、爆弾が仕掛けられた穴をずっと見張っていることは不可能だった。さらに厄介なことには、海兵隊が同じ道路上でＩＥＤを積んだ疑いのあるダンプカーを取り押さえたために、あたり一帯がどこも渋滞になり、そうこうするうちにＩＥＤは消えてしまった。

通常であれば問題にならなかっただろう。しかし、私たちはその数日前からあるパターンに気づいていた。司令監視所が攻撃されるそれぞれ数分前とあとに、明らかに周囲を偵察し、攻撃に関する情報を得ていると思われる連中が原付自転車で通り過ぎていたのだ。私たちは原付自転車を見つけしだい撃つべきだと思い、許可を願い出た。が、認められなかった。

私のダブルショットのことを聞きつけた弁護士か指揮系統にいる誰かは、私が命令を無視したと思ったのだろう。ＪＡＧ――法務総監。いわば軍における検察官――が調査にやってきた。

幸いだったのは証人が大勢いたことだ。それでも私は法務総監の質問に逐一答えなければならなかった。

そうするあいだにも、敵は原付自転車に乗って情報を集めつづけた。私たちは注意深く監視を続けると同時に、家や庭に停めてある原付自転車を見つけしだい破壊したが、それが私たちにできる精一杯だった。

法律家は私たちにカメラに向かって笑顔で手を振ってほしかったのかもしれない。

イラクではただたんに目についた相手を片っ端から撃つというわけにはいかなかった。ひとつには、常に大勢の目撃者がまわりにいたからだ。そしてもうひとつは、ラマディでは敵をひとり殺すごとに射手申告書を書かなければならなかったからだ。

冗談ではない。

これは通常の事後報告書とは別のもので、自分自身が行なった射撃および記録した射殺のみに関する報告書なのだ。具体的な細かい情報が求められた。

私はいつも小さな手帳を持ち歩き、日付と時間、相手の細かい特徴、相手の行動、弾丸の種類、発砲回数、標的との距離、目撃者の有無などを書き留めていた。それらの情報に加え、何か特殊な事情があればそれもすべて申告書に記入していた。

万一、不当な射殺が行なわれたとして調査が入った場合に射手本人の身を守るためだというのが上層部の言い分だったが、実際に助かっていたのはむしろ指揮系統のもっと上の立場にいる人間だろう。

どんなに激しい銃撃戦の最中でも、みな自分が撃った敵の人数を走り書きしていた。士官のひとりはいつも銃撃の詳細をとりまとめて報告する任務を課せられていたが、彼はそのつど無線で報告を上げていた。おかげでこっちはまだ武装勢力と戦っているというのに、同時にLTやほかの士官に詳細を伝えなければならないという事態が多々発生した。あまりにもうんざりしたため、あるときその士官が私の銃撃の詳細を聞きにやってきたとき、私は子供がこっちに手を振っていたからだと答えた。要は「うせろ」ということだ。

戦争における官僚主義。

射手申告書の提出がどれだけ広く実施されていたかはわからない。私の場合、それは二度目の配備中にハイファ・ストリートで任務にあたっているときに始まった。そのときは誰かが私の代わりに記入してくれていた。

自分の身は自分で守れということだったのだろう――この場合は上の人間を守れということだが。

私たちは敵を大量に殺していた。そしてラマディでの射殺数が桁《けた》はずれに膨れあがったときを境に、詳細な申告書の提出が義務づけられるようになった。おおかた、司令官か参謀の誰かが数字を見てあわて、これでは司令官に説明を求められるかもしれない、すぐに対策を講じようとでも言ったのだろう。

素晴らしい戦い方ではないか――勝つためにはまず自分の身を守りましょうというわけだ。なんと厄介なことか。これでは何人撃っても割に合わないと私はよく冗談を言った（一方、これは私が〝公式に〟射殺した人数を正確に知るひとつの手段ではある）。

良心

ときおり、私が銃を持つまで神が敵を出し惜しみしているのではないかと思えることがあった。

「おい、起きろ」

私は目を開けて床の自分の位置から顔を上げた。

「交代だ」と先任兵曹のジェイが言った。私が仮眠をとっているあいだに、彼は四時間ほど配置についていた。

「わかった」

私は床から身を起こし、銃のそばに移動した。

「で？　何か動きは？」と私は訊いた。誰かと交代するときには、近隣で見かけた人物の様子などを手短に説明してもらうことになっている。

「何もなしだ」とジェイは言った。「誰も見てない」

「ひとりも？」

「ああ、ひとりもだ」

私たちは交代した。ジェイは野球帽のつばを下げて仮眠の態勢に入った。

私はスコープに目を近づけ、ざっと見渡した。十秒も経たないうちに、武装した男が十字線上にぬっと現われた。AKを手にしている。私は数秒のあいだ、男がアメリカ軍のほうへ周到に近づいていくのを見つめ、交戦規定にのっとった状況であることを確認した。

そして撃った。

「この野郎、またやりやがったな」ジェイがそばで寝転がったまま、うなるように言った。起き上がるどころか、野球帽のつばを上げて見ようともしなかった。

敵を撃つときに迷ったことは一度もない。仲間はこんなふうに私をからかったものだ——ああ、クリスの手口か。スコープの先にちっちゃな銃をくっつけてるんだよな。おかげで誰でも武装しているように見えて、交戦規定に違反しないことになるってわけだ。

しかし実際には、標的はいつだって明らかだったのだ。それにもちろん、目撃者にも事欠くことはなかった。

当時の状況ではミスは許されなかった。交戦規定に厳密に従わなければ自分が吊し上げられるのだから。

ファルージャで海兵隊が家を掃討しているときに起きた事件の話だ。ある部隊が一軒の家に入り、敵の死体を踏み越えながら部屋を移動していた。運の悪いことに、床に倒れていたうちのひとりは死んでいなかった。海兵隊が家のなかに入ったあと、そいつは床を転がって手榴弾のピンを抜いた。直後に爆発が起こり、海兵隊に数人の死傷者が出た。

そのときを境に、海兵隊は家のなかで見かけた人間全員に一発ずつ銃弾を撃ち込むようになった。あるときどこかの取材記者がその現場をヴィデオカメラにとらえると、その映像が世間に公開され、海兵隊は面倒な事態に見舞われた。初動調査の段階で状況が明らかだったため、告発は取り下げられたか、もしくは告発には至らなかったようだが。いずれにしても、訴えられる可能性というものは常に意識せざるをえなかった。

この戦争にとって最悪だったのは、部隊に同行したマスコミの人間が大勢いたことだ。たいていのアメリカ人は戦争の現実を受け入れることができず、彼らが本国に送ってよこしたレポートは私たちにとってなんの後押しにもならなかった。

国の指導者はこの戦争に国民の支持を集めようと必死だった。しかし実際、それがどうだというのだ？

私の考えはこうだ。われわれを派遣して仕事させるなら、われわれに任せておけばいい。そのために将官がいるのではないか――彼らに監督させればいいのだ。エアコンの効いたワシントンＤＣのオフィスで革張りの椅子にでかいケツを沈めて葉巻をふかしているようなどこその阿呆《あほ》議員に、いつどこで誰を撃っていいとかいけないとか決めさせるのではなく。やつらに何がわかる？　戦闘を経験したこともないくせに。

そしていったんわれわれを派遣すると決めたのなら、仕事の邪魔をしないでほしい。戦争は戦争なのだ。

はっきりさせようじゃないか。われわれに敵を打ち負かしてほしいのか？　壊滅してほしいのか？　それとも紅茶とクッキーでもてなしてほしいのか？

最終的に望む結末を言ってくれればいい。そのとおりにしてみせよう。けれどもわれわれのやり方に口出しはしないでほしい。いつどんな状況下なら敵の戦闘員を殺してもいいかということについてのあの厄介な規定は、仕事をやりにくくするばかりか、われわれの生命を危険にさらすことにもなる。

交戦規定があまりにも複雑でめちゃくちゃなことになったのは、政治家たちが途中で口をはさんだからだ。あの規定は将官たちを政治家から守るために弁護士が起草したもので、戦場の兵士たちの危険を案じる人間が書いたものではない。

どういうわけか、アメリカ本国にいる人々の多く――全員ではない――はわれわれが戦争中だという事実を受け入れられないようだった。戦争とは死を、それもほとんどは非業の死を意味するのだということがわかっていないようだった。政治家だけでなく多くの人々がわれわれにくだらない理想像を押しつけ、絶対に守れないような行動規範で縛りつけようとした。

戦争犯罪が行なわれればいいなどと言っているのではない。戦士たちはうしろ手に縛られることなく、自由に解放された状態で戦う必要があると言っているのだ。

私がイラクで従っていた交戦規定によれば、誰かが私の家に押し入って妻と子供たちを撃ち殺し、そのあと銃を放り出した場合、私はそいつを撃ってはならず、静かにそいつを取り押さえることになっている。

できると思うか？

私のこれまでの成功が交戦規定の有効性を証明しているという意見もあるだろう。しかし、規定がなければ私はもっと成果をあげることができたのではないかと思っている。もっと多くの命を守り、もっと早く戦争を終結させるための一助になれたのではないかと。

私たちが目にしたニュース記事にはどれも同じことしか書かれていないように見えた。残虐行為について、あるいはラマディを鎮圧するのがいかに困難かということについて。

実際、われわれが悪党どもを大量に殺した結果、どうなったと思う？　イラクの部族指導者たちはついにわれわれが本気だと気づき、自治のためだけでなく反政府武装勢力を追い出すために、やっとひとつにまとまったのだ。武力行使と暴力行為の果てに、ようやく平和を実現しようとする動きが生まれたのだ。

白血病

「あの子は病気なの。白血球の数がすごく少ないのよ」

私は受話器を握りしめ、タヤが話しつづけるのを聞いた。幼い娘はしばらく前から感染症にかかって黄疸《おうだん》が起きていたが、このままでは肝臓がもちそうにない様子だった。医師はもっと詳しい検査を要求しており、状況は非常に悪そうだった。がんや白血病だとは言われてはいないが、そうではないと言われてもいない。検査の結果によっては最悪の事態が予想された。

初めのうち、タヤはわざと明るくふるまい、たいした問題ではなさそうに話していた。が、その声の調子を聞いただけで私にはただごとではないとわかった。それでようやく本当のことを聞き出したのだ。

話の内容をすべて覚えているわけではない。けれどもこれだけははっきりと聞こえた。白血病。がん。

幼い娘が死にかけている。

途方もない無力感に襲われた。何千キロも離れた場所にいてはどうすることもできない。

たとえその場にいたとしても、私には娘を治してやることはできない。

電話口の妻の声は悲しみと孤独に満ちていた。

二〇〇六年九月のことだ。そのかなり前から実戦配備によるストレスが私を蝕《むしば》みはじめていた。マークの死とライアンの重傷は大きな打撃だった。血圧が跳ね上がり、眠れなくなった。そして娘の病気の知らせに極限まで追いつめられた。私はもはや誰の役にも立たない存在だった。

幸い、戦況はすでに少しずつ縮小する方向に向かっていた。指揮官に娘の状態を話すと、ただちに帰国の手配が始められた。医師が赤十字の証明書を申請してくれた。隊員の家族が緊急に本人の帰国を求めていることを示す証明書だ。それが届くと、正式に出発の許可が下りた。


出国できたのは幸運だった。ラマディほどの激戦区ではフライトのチャンスはあまりない。ヘリコプターの出入りもなく、車列ですら依然として武装勢力の攻撃にさらされつづけていた。私が長くは待てないことを知って心配した仲間たちはハンヴィー（高機動多用途装輪車両）に乗り込むと、私をまんなかに乗せ、市街を出てアルタカダム《TQ》空軍基地まで送ってくれた。

基地に着いてボディアーマーとM4を引き渡すとき、私は胸が詰まって泣きそうになった。仲間たちは戦争に戻り、私はひとり帰国する。不甲斐《ふがい》なかった。仲間の期待を裏切り、義務を逃れているような気がしてならなかった。

　そこには常に葛藤《かっとう》があった――家族と祖国、家族と戦友。決して割り切ることのできない問題だった。私はラマディでファルージャをも上まわる射殺記録を出した。その配備中に誰よりも多かっただけではなく、正式な凝った言い方をすれば、射殺総数はアメリカ人狙撃手史上最多記録となった。

　それでもなお、私には自分が力を尽くさなかった卑怯者のように感じられてならなかった。

12 試 練

わが家

私は軍のチャーター機に乗ってまずクウェートへ飛び、それからアメリカに帰った。平服を着て髪とひげを伸ばしていた。戦地勤務の兵士がなぜ平服で移動することが許されているのか誰も気づいてくれなかったから少し苛立《いらだ》っていた。

今思い出すとなんだかおかしい。

私はアトランタで飛行機を降り、旅を続けるためにふたたびセキュリティ・チェックを受けなければならなかった。ここまで来るのに数日かかっていたから、私がブーツを脱ぐとそばに並んでいた五、六人の人が卒倒した。あんなにすみやかにセキュリティ・チェックを通過したことはなかったと思う。

タヤ

クリスは向こうがどれほど危険なところか決して話してくれなかったけれど、彼の心が読めるようになってきた。だから仲間が護衛して彼を連れ出してくれると聞いたときには、その口調からクリスの仲間だけではなく彼自身のことも心配になった。いくつか質問すると慎重な答えが返ってきたから、彼を連れ出すことがどれほど危険なことかわかった。

クリスのために祈ってくれる人が多ければ多いほど生きて帰ってくる可能性が増すと強く信じていた。だから彼の両親にもお祈りをお願いしていいかと訊いた。

彼はいいと言ってくれた。

それから理由も教えていいかと訊いた。クリスが帰ってくることと、危険な市《まち》のことを。

そうしたら彼はだめだと言った。

だから言わなかった。

わたしはみなさんにそれとなく危険だからと言って、クリスのために祈ってくれるようお願いした。ただわたしを信頼してほしいと言っただけでそれ以上詳しい話はしなかった。わたしがお願いしたのは数人の人だけど、よく呑み込めなかったと思う。でもとにかく祈ってもらおうと強く思った。その一方で何を話していいかということについては夫の気持ちを尊重しなくちゃいけないと思っていた。気を悪くするのはわかっているけれど、わたしの評判より祈りのほうが大事だった。

わが家に帰ってきたとき、クリスはストレスから何事にも無感覚になっているみたいだった。

何事に対しても自分の気持ちを正確につかむのが難しかったみたいだ。とにかく消耗し、へとへとに疲れ切っていた。

わたしはクリスが経験してきたすべてのことが悲しく思えた。彼に頼っていいのかどうかすごく悩んだ。彼はわたしにとってどうしても必要な人だった。でも同時にわたしはずっと彼なしでやってこなくてはいけなかったから彼は必要ないという態度を身につけていたし、少なくとも必要としてはいけないと思っていた。

ほかの人にはわけがわからないと思われるかもしれないけど、わたしはあらゆる場面でこの複雑な感情を抱えていた。彼がわたしと子供たちを残していったことに腹を立てていた。帰ってきてほしいのはやまやまだけど、やっぱり腹は立った。

何度も戦地に戻るのを選んだことに不満を募らせながら、安否を気遣ってもう何カ月も経っていた。彼に頼りたかった。でも今さらできない。彼のチームはできる。たまたま一緒になった見ず知らずの戦友もできる。でも子供たちとわたしにはもうできない。

クリスのせいじゃない。もしふたつの場所に同時に行けたら彼もそうしていただろう。だけどそんなことはできない。どちらかを選ばなければならないとき、彼はわたしたちを選ばなかった。

そのあいだずっと彼を愛していたし、支えてあげようとしてできるかぎりの方法で愛情を示そうとした。私は五百もの感情を抱えていた。しかも同時に。

実戦配備のあいだずっと心の底に怒りを抱えていたんだと思う。電話でいろいろ話したときに、クリスは何かおかしいと気づいたらしい。それでどうしたんだと訊かれると、なんでもないとわたしは答えた。それでも強く問いただされてとうとう言った。「あなたが軍に戻ったから怒っているのよ。でも本当は怒りたくないし、嫌いになるのもいや。あなたは明日にも死ぬかもしれないわけよ。こんなことで気が散ったら困る。だからこういう話はしたくない」

ようやくクリスが帰ってきた。わたしのなかであらゆる感情が爆発した。その感情には嬉しさと怒りが入り交じっていた。

快方

医者は娘にあらゆる検査をした。なかには本当にうんざりするものもあった。とくに採血をしたときのことはよく覚えている。何度もやった。娘を逆さまに持ち上げて脚に針を刺す。血が出ないことがよくあって、そのたびに何度もやり直さなければならなかった。娘はずっと泣いていた。

こんな日が長く続いた。だが結局娘は白血病ではないと医者は診断した。黄疸《おうだん》といくつか合併症が見られたが、病気の原因となった感染症は抑えることができた。娘は快方に向かった。

娘の人見知りにはひどく手を焼いた。抱き上げると必ず泣きだした。母親でないとだめなのだ。タヤが言うには男性に対してはいつもそうらしい。男の声が聞こえるといつも泣きだした。

理由が何であれ私はひどく傷ついた。ようやくここまで帰ってきて、心から娘を愛しているというのに拒絶されてしまったのだ。

息子とはうまくいっていた。私のことを覚えていたし、もうすぐ一緒に遊べるほど成長していた。だがここでも長く離れていたこととそのあいだのストレスのために、親子や夫婦が抱える普通の問題が複雑化していた。

小さなことでも実にやっかいだった。息子が叱られているときは親の目を見るものだと思っていたが、タヤは嫌がった。息子は私や私の口のきき方に慣れていないから、そんなときに二歳の子供に目を見ろなんて無理なことだと思っていた。しかし私の思いはまったく逆だった。そのほうが息子のためになるはずだ。知らない人に注意されているのではない。自分を愛している人に躾《しつ》けられているのだ。そこにはお互いに対する確かな尊敬がある。相手が自分の目を見て、自分も相手の目を見る。そうやってお互いに理解しあえる。

タヤは言った。「ちょっと待って。どれだけ家を空けていたと思っているの？　家に帰ってきたとたんに、家族の一員です、私がルールを決めますなんてどうして言えるの？　そんなのだめよ。一カ月もすればまた家を出て訓練に戻るんでしょう」

それぞれの観点からすればどちらも正しい。大事なのは相手の立場で考え、それを共有して暮らすことだ。

私は完璧な人間ではない。いくつもまちがいを犯した。父親であるにはどうすればいいか学ばなければならなかった。子育てがどうあるべきか私なりの考えは持っていた。だがそれは現実に基づいたものではなかった。いつしか私の考えも変わっていった。

いくぶんかは。今でも私が話しているときには子供は私の目を見るものだと思っている。逆もまた真なりだ。タヤもそれには賛成してくれた。

マイク・モンスーア

私が帰国してからおよそ二週間が過ぎた頃、ＳＥＡＬの仲間から電話がかかってきた。どうしているか尋ねてきた。

「とくに何もない」私が言った。

「そうか。それで、誰が死んだって？」彼が尋ねた。

「えっ？」

「名前は知らないが、また隊員が死んだと聞いたんだ」

「何だって？」

私は電話を切って、もう帰国している仲間に片っ端から電話をかけた。ようやく詳しいことを知っている仲間を見つけた。だが家族にはまだ知らせていないから今は話せないということだった。二、三時間したらかけ直すと言った。

なかなかかかってこなかった。

ようやくマイク・モンスーアという別の小隊の隊員だとわかった。ラマディで仲間の命を救うために犠牲になったということだった。その小隊が一軒の家屋で監視の任務についていたところ、反政府武装勢力のひとりがそばまで近づいてきて手榴弾を投げ込んだ。

もちろん私はその場にいなかった。しかし公式の戦闘概要では状況は次のようなものだった。


手榴弾が彼の胸に当たって、デッキ（海軍用語で床のことだ）の上に転がった。彼はすぐに起き上がって「手榴弾だ」と叫び、仲間に危険が迫っていることを知らせた。だが爆発する前に狙撃場所から全員が脱出するのは不可能だと思った。彼はすぐ近くに潜んでいた仲間を助けるためにためらうことなく、自分の命を捨てて体を投げ出し、手榴弾の上に覆《おお》いかぶさった。その瞬間、手榴弾が爆発し致命傷を負った。

モンスーア兵曹の行為ほど無私無欲で、自らの意志に基づく行為はなかっただろう。屋上の隅にいた三名のＳＥＡＬのなかで爆発から逃げる道があるのは彼だけだった。その気になれば容易に逃げられただろう。代わりにモンスーア兵曹は自分の命を犠牲にして仲間を守ることを選んだ。彼の勇敢で無私の行為によってふたりのＳＥＡＬの命が救われた。


彼はのちに名誉勲章を授与された。

マイクが死んだことがわかったとたん、いろんな思い出がよみがえってきた。彼は別の小隊にいたからそれほどよく知っていたわけではない。だが彼がいじめられたとき、私はその場にいた。

頭を剃《そ》りあげようと彼を押さえつけたことを思い出す。彼はものすごく嫌がった。そのときの傷が今でも私に残っているかもしれない。

私はヴァンを運転して空港に数人の仲間を迎えに行き、マイキーの通夜の準備を手伝った。SEALの葬儀はアイルランドの通夜と似ている。ただし酒の量ははんぱじゃない。SEALの通夜にはどれだけビールがいるのか？　それは機密情報だが、一トンを超えるとだけ言っておこう。

飛行機が降りてきたとき、私は海軍の制服を着て滑走路に立っていた。棺がタラップを下りてくると、私は腕を上げて固く敬礼した。それからほかの仲間と一緒に棺を担《かつ》いでゆっくりと霊柩車《れいきゅうしゃ》まで運んだ。

私たちは空港にいた大勢の人々の注意を引いた。状況を察した近くの人が立ち止まって静かに見守り、黙禱《もくとう》を捧げた。感動的だった。彼のことは知らなくても同胞に敬意を捧げていたのだ。それを見て私は感動した。戦いに倒れた同志に捧げる最後の栄誉だった。彼の自己犠牲に対する無言の称賛だった。

SEALであることを示すものは身につけている〈トライデント〉だけだ。隊員であることを示す金属製の紋章だ。それを胸につけていなければ、ただの海軍野郎だ。

葬儀で〈トライデント〉をはずし、倒れた同志の棺に釘で打ちつけるのが敬意の証《あかし》になっている。同志を決して忘れない、一生心のなかに生きつづけるという意思表示だ。

デルタ小隊の隊員たちが一列に並んでマイキーの棺に〈トライデント〉を打ちつけているあいだ、私はうしろに下がって頭《こうべ》を垂れていた。偶然だがマーク・リーの墓はモンスーアが埋葬される場所からほんの数ヤード離れたところにあった。私は海外にいたからマークの葬儀には参列できなかった。だからまだ敬意を表す機会がなかった。今こそ彼の墓に自分の〈トライデント〉を置くべきだと思った。

私は無言で近づき、墓の上に置いた。最後の別れを告げて。

その葬儀が悲しくもほっとした理由のひとつは、ライアンが退院して葬儀に間に合ったことだった。彼に会えたのはうれしかった。もっとも彼は完全に失明していたが。

撃たれてから出血多量で気を失うまでライアンの目はまだ見えていた。しかし脳内出血によって脳が膨張し、目に入った骨や弾丸の破片が視神経を切断してしまったのだ。視力が回復する望みはなかった。

彼に会ったとき、なぜ自力で建物の外に歩いていくと言い張ったのか尋ねた。答えは驚くべきものだった。いかにも彼らしい勇敢な行為だった。自力で歩けないときには少なくとも仲間がふたり付き添わなければならないという手順があることをライアンは知っていた。戦闘の最中に仲間の手を煩《わずら》わせることをよしとしなかったのだ。

彼はひとりで戻れると思っていたんだろうと思う。そうさせてやればきっとそうしただろう。銃を取って戦闘を続けていたかもしれない。

　ライアンは負傷のために隊を離れた。しかし親しく付き合いつづけている。戦争で築いた友情は強固だとよく言われる。私たちの友情はその月並みな言葉が正しいという証《あかし》だ。

喧嘩《けんか》、そしてまた喧嘩

　喧嘩はSEALにとって日常茶飯事だ。私もかなりやった。

　二〇〇七年の四月、私たちはテネシーにいた。州境を越えて最終的にある町に入った。ちょうどその日の夕方に、総合格闘技UFCの試合が開催されていた。あるバーに入ると、偶然リングでの初勝利を祝う三人の格闘家に出くわした。もめごとを探していたわけではない。実際私は隅の静かな場所に仲間と一緒にいた。まわりには誰もいなかった。

　どういうわけか三、四人の男たちがやってきて私の友人にぶつかった。言葉が交わされた。何と言ったのかわからなかったが、UFCの選手と称する男たちは気に入らなかったらしい。相棒に突っかかってきた。

　当然のことながら、彼をひとりで戦わせるわけにはいかない。私はそこへ飛び込み、一緒になって相手をぶちのめした。

　今度ばかりは私もプリモ最先任上等兵曹の忠告を聞かなかった。実際、用心棒たちが止めに入ったときにも私はまだ男たちのひとりを殴りつけていた。警官が入ってきて私を逮捕した。凶器を振るって暴行した容疑だった。拳《こぶし》のことだ（相棒は裏口からこっそり抜け出していた。そいつには恨みはない。そいつはプリモの喧嘩のルール第二条に従っただけだ）。

翌日保釈された。弁護士に入ってもらって判事と司法取引をしたのだ。検察官は起訴を取り下げることに同意した。しかし法的に処理するために、私は判事のもとに出頭しなければならなかった。

「カイルさん」彼女は裁判官特有のゆっくりとした、間延びした口調で言った。「人殺しの訓練を受けているからといって、この市《まち》でそれを証明する必要はありません。この市《まち》から追放します。二度と戻ってこないように」

私はそのとおりにした。それ以来一度も行っていない。


その小さな災難がわが家でもちょっとした問題を引き起こした。訓練中はどこにいても寝る前に必ずタヤに電話をすることになっていた。しかしその晩は留置場で過ごしたために家に電話をかけられなかったのだ。

実は一度妻から電話をもらったのだが、そのときは出られなかった。まあ、それですませようと思ったのだ。

たいした問題ではなかったのかもしれない。子供の誕生パーティのために家に帰る約束になっていたことがなければ。私は法廷に出頭するために滞在を延長しなければならなかった。

「どこにいるの？」ようやくタヤがつかまると彼女はそう言った。

「逮捕されたんだ」

「ああ、そう」彼女はぴしゃりと言った。「好きにしなさい」

タヤが怒ったからといって私はそれを責められない。もっとひどいことをしでかしたこともあった。そんなことは当時たくさんあったいらいらのひとつにすぎない。私たち夫婦の関係は下り坂を急速に転がっていった。

タヤ

わたしはいまいましいSEALが好きになったんじゃない。クリスに恋をしたのだ。SEALであることはかっこいいし、ほかにもいろいろあるけれど、彼が好きなのはそのためじゃない。

もし先のことがわかっていればなんとかなったと思える。でも先のことはわからない。誰にも。本当に、現実の生活ではわからない。それにSEALの誰もが続けて何度も実戦配備されるわけでもない。

時が経つにつれ、彼にとって仕事がますます大切なものになっていった。家族としてのわたしは必要ではなかった。ある意味では。彼には仲間がいたのだから。

少しずつわたしは彼の人生にとって最も大切なものではないと気づくようになった。言葉では何とでも言える。でも彼の本心ではなかった。

私は腕っぷしが強いわけでも、ましてや喧嘩に長《た》けているわけでもない。ただ何度か喧嘩をしたということだ。仲間の前で軟弱なところを見せるくらいなら、ぶちのめされたほうがましだと思っている。

喧嘩好きの連中とならほかにもやり合ったことがある。弱みを見せたことはないと思いたい。

最初の小隊にいた頃、SEALのチーム全員がモハーヴェ砂漠のサンバーナディーノにあるフォート・アーウィンに行ったことがある。訓練を終えた私たちは町に繰り出して〈ライブラリー〉という名のバーを見つけた。

店では非番の警官と消防士が数人で酒を飲んで騒いでいた。女たちが何人か私たちに好奇の目を向けた。すると地元の連中がひがんで喧嘩になった。

気の毒だが、判断を誤ったとしか言いようがない。その小さなバーにはまちがいなく百人近いSEALがいた。百人のSEALといえば一大勢力だ。その日はそれを思い知らせることになった。それから外へ出て、車を二台ひっくり返した。

そのあたりで警官がやってきた。私たちは二十五人逮捕された。

おそらく艦内審理のことはご存知と思う。司令官が部下のしでかしたことを聴取し、根拠があると判断すれば司法外懲罰といわれる決定を下すことだ。懲罰は軍法によって規定されていて、いかめしい顔をして舌打ちをしながら「もうするなよ」というお叱りから実際に降格を受けたり、〝矯正拘束〟——文字どおりの意味だ——と呼ばれるものになったりいろいろある。

深刻な結果にはならないが、司令官より下位の士官たちによる同様の聴取もある。私たちは副官のところに出頭し、私たちがいかに馬鹿なことをしたかについて流暢《りゅうちょう》な説教を聞かされた。説教のなかで彼は起訴内容とすべての破損の内容について読み上げた。傷害を負ったのが何名で、私たちのもたらした損害額がいくらだったのかは覚えていない。だが副官がひとつひとつ読み上げるのにはしばらくかかった。最後に彼は自分がどれほど恥ずかしい思いをしているかのたまわった。

「よろしい」彼が言って、説教が終わった。「二度とやるな。さっさとここから出ていけ」みんな出ていった。しかるべく叱責を受けて。彼の説教が耳のなかで鳴り響いていた。たっぷり五分かそこらは。

しかしこの話にはまだ続きがある。

別の部隊の隊員たちが私たちのささやかな冒険談を聞きつけ、自分たちもそのバーに行って歴史が繰り返すかどうか確かめてみようとしたのだ。

歴史は繰り返した。

彼らは喧嘩に勝った。だが聞くところによると一筋縄ではいかなかったらしい。喧嘩の勝敗は一方的ではなかった。

ほどなくしてさらに別の部隊が同じ地域で訓練をすることになった。もはや競争だった。

ただ問題は町の連中が競争になっていることを知っていることだった。そこで彼らも準備をしたのだ。

その部隊はまとめてこてんぱんにやられた。

それ以降、町全体がＳＥＡＬ立入禁止になった。


クウェートでは酔っ払ってどんちゃん騒ぎを起こすのは難しいと思うかもしれない。なにしろ酒を飲めるバーがまったくないからだ。だがたまたま私たちには行きつけのレストランがあった。こっちはたまたまというわけでもなく、その店に酒をこっそり持ち込むのは簡単だった。

ある晩私たちはその店に行って、少々大きな声を出した。地元の連中が反発して口論になった。あとは喧嘩にまっしぐらだ。私を入れて四人が逮捕され、勾留された。

ほかの仲間が駆けつけて警察に釈放するようかけ合ってくれた。

「だめだ」警察は言った。「あいつらは留置場に入れて裁判にかける」

彼らは彼らの立場を強調した。私の仲間は私たちの立場を強調した。

ここまで読んでこられて、ＳＥＡＬというのは口のうまい連中だと思っておられることと思う。クウェート人も最後には折れて、私たちを解放してくれた。

私はコロラド州スティームボート・スプリングスで逮捕されたことがある。そのときだけはほめられてもいいような状況だったと思う。私がバーで座っているとウェイトレスがビールのピッチャーを手にして通り過ぎた。近くのテーブル席に座っていた男が、彼女がいるとは知らずに椅子を引くとぶつかってしまった。ビールが少し男にかかった。

男は立ち上がって女を平手で殴った。

私はつかつかと歩いていって、知っている唯一のやり方で彼女の名誉を守ってやった。そうすると逮捕された。喧嘩に女がからむとコロラド野郎は手強《てごわ》くなる。

今までと同様、この起訴も取り下げとなった。

ラマディの保安官

結局、ラマディ攻勢はイラク戦争における重要な一里塚となり、節目となった。イラクが底なしの混乱から立ち上がるのを手助けする重要な出来事だった。イラクで戦っている兵士に注目が集まったのはそのためだ。結果的に私たちのチームもいくらか注目されることになった。

これまで明確に述べてきたように、ＳＥＡＬだけがひとつの勢力として注目を浴びるのはよくないと思う。私たちは名声などいらない。寡黙なプロ集団なのだ。ひとりひとりが黙々とこなすほうが仕事はうまくいくというものだ。

残念なことに私たちの住む世界はそうではない。もしそうならこの本を書こうなどと思わなかっただろう。

念のために言っておくが、ラマディやイラク全土における功績はＳＥＡＬだけではなく彼の地で戦った陸軍と海兵隊の戦士のものだ。彼らも公平な評価を受けてしかるべきだ。そう、たしかにＳＥＡＬはめざましい活躍をした。血も流した。しかし私が陸軍や海兵隊将校や共に戦った下士官たちに話したように、勇気と価値という点では私たちも彼らとまったく変わらない。

ところが今みんなが知りたがっているのはＳＥＡＬのことだ。私たちが帰還すると司令官から戦況報告会の招集を受けて、著名な作家でＳＥＡＬの元隊員だという人物に戦闘中の様子を話すことになった。ディック・カウチという作家だ。

おかしなことに、彼は私たちの話を聞く前に自分から話しはじめた。

いや話なんてものではなかった。カウチ氏は私たちがまちがっていると説教しにきたのだ。私はヴェトナム戦争におけるカウチ氏の働きには大いに敬意を抱いている。彼はＵＤＴ（水中破壊工作部隊）、およびＳＥＡＬの隊員として活躍した。それに対して敬意と尊敬を惜しむものではない。しかしその日彼が話したことのいくつかにはまったく納得いかなかった。

彼は部屋の前方に立って私たちのやっていることはまちがいだと言いだした。人を殺すのではなく人の心と気持ちをつかむべきだと言った。

「ＳＥＡＬは陸軍特殊部隊《スペシャル・フォーシズ》を見習うべきだ」と言った。おそらく現地の人々を訓練するという陸軍特殊部隊《スペシャル・フォーシズ》の昔からの任務のことを言っていた（のだと思う）。

この前私が確認したところでは、陸軍特殊部隊《スペシャル・フォーシズ》でも撃ってくる人間は撃ってもいいということになっている。だがそれは話が別だということになるのだろう。

私は憤りを感じて立っていた。チーム全体もそうだった。口を固く閉ざしてはいたが。彼は最後に感想を求めた。

私の手がさっと上がった。

私は国家のために何をしたらいいと思っているか、彼に対する批判的な意見をいくつか述べてから本題に入った。

「現地の人は私たちが野蛮人を必要なだけ殺して初めて和平の話し合いに参加したんです」と私は言った。

戦地で実際に何が起こっているか話す際に口汚い言葉を使ったかもしれない。少しお互いにやり合ったあと、司令官が退出しろという合図を出した。私は喜んで従った。

後日司令官とチーフはかんかんに怒った。だがたいしたことにはならなかった。私が正しいことは彼らにもわかっていたからだ。

のちにカウチ氏は私にインタビューをしたいと言ってきた。気が進まなかった。司令官はカウチ氏の質問に答えろと言ってきた。チーフまで私を座らせて説得した。

それで応じることになった。はい、いいえとだけ答えた。

公平に言えば、彼の本は講演で思ったほど私たちに否定的なものではなかった。おそらくほかの仲間の印象がよかったのだろう。

ラマディをどうやって勝ち取ったのか知っているだろうか？

私たちは町に進入して見つけしだい悪党を殺したのだ。開始したときはまともな（あるいはまともになる可能性のある）イラク人はアメリカを恐れていなかった。恐れていたのはテロリストだ。アメリカは言った。「イラクをもっとよい国にしてやろう」

テロリストは言った。「首を切り落としてやる」

怖いのはどっちだ？　どっちの言うことを聞く？

私たちがラマディに入ったときテロリストにこう言ってやった。「首を切られるのはおまえたちのほうだ。おれたちはどんな手を使ってもおまえたちを殺してやる」

私たちはテロリストの注意を引いただけでなく誰からも注目された。私たちが一目置かれる勢力だと教えてやった。

いわゆる大覚醒が起きたのはそのときだ。イラク人にキスをしたから起きたのではない。ぶちのめしてやったからだ。

部族長たちは私たちのほうが強いと見て、まとまって力を合わせ、反政府武装勢力をかくまうのはやめたほうがいいと思った。力が戦いを動かした。私たちは悪党を殺し、部族長たちを和平のテーブルにつかせたのだ。

世界はそうして動いている。

膝の手術

最初に膝を負傷したのはファルージャで崩壊した壁の下敷きになったときだ。しばらくは抗炎症薬のコルチゾン注射が効いた。しかし痛みが何度もぶり返し、次第に悪化した。医者は手術を勧めた。だがそうなれば休暇を取らなければならないし、戦争には出られない。

だからずっと先延ばしにしていた。その都度医者に行っては注射を打ってもらい、仕事に戻るという処置を繰り返していた。が、注射と注射の間隔がだんだん短くなり、ついに二カ月に一度、それから毎月になった。

ラマディはなんとか乗り切った。どうにかこうにか。だが膝が動かなくなり、階段を下りるのが困難になった。もはや選択の余地はなかった。二〇〇七年に帰国するとメスを入れることにした。

外科医は腱を切って圧迫を和らげ、膝蓋骨《しつがいこつ》がうしろにすべるようにした。膝蓋骨のあいだの溝がすり減っていたために削り取らなければならなかった。それから人工軟骨を注入し、半月板を削った。合わせて前十字靭帯《じんたい》を修復した。

私はまるで徹底的に修理を施されているレーシングカーのようだった。

手術が終わるとSEAL専門の理学療法士、ジェイソンのところに送られた。彼はかつて野球のピッツバーグ・パイレーツのトレーナーを務めていたが、9・11の同時多発テロが起こって、国のために役立ちたいと考え、軍で働く道を選んだ。報酬は大幅に減っても、あえて私たちを元どおりにすることに力を貸そうと決めたのだ。

初めて会ったときにはそんなことは少しも知らなかった。訊きたかったのはリハビリがいつまでかかるかということだけだった。

彼は悲しそうな顔をした。

それからようやく言った。「この手術は――一般の人なら元に戻るまで一年かかる。フットボール選手なら八カ月。ＳＥＡＬは――わからない。きみは戦闘から離れるのを嫌がっているし、元に戻そうとして無理をするだろう」

結局、六カ月と診断した。だが実際は五カ月だったと思う。その最中は本当に死ぬ思いだった。

ジェイソンは膝を引っ張る器具を私に装着した。毎日どこまで耐えられたかチェックしなければならなかった。器具に膝を曲げさせられると汗だくになった。最終的に九〇度まで曲がるようになった。

「たいしたものだ」彼が言った。「もう少しがんばろう」

「もっと？」

「もっとだ！」

電極を通して筋肉にショックを与える器具もあった。刺激を受ける筋肉によって脚を伸ばしたり、つま先を上げたり下げたりしなければならない。たいしたことはないようだが、はっきり言ってジュネーヴ条約によって禁止すべき拷問のひとつだ。たとえＳＥＡＬが使用する場合でも。

当然のことながらジェイソンは電圧をどんどん上げた。

実はいちばんつらいのはいちばん単純なものだった。運動だ。私はこれでもかというほどやらされた。何度もタヤに電話して、一日が終わらないうちに死なないまでも全部吐いてしまうのはまちがいないと言ったことを覚えている。彼女は同情してくれたようだが、今思い出してみればジェイソンとグルになっていたのかもしれない。

ジェイソンは私の頭がおかしくなるほど何回も腹筋運動や体幹を鍛える運動をやらせた。

「手術したのは膝だってことわかってる？」もう限界だと思ったある日、彼に訊いてみた。

彼はただ笑っただけだった。それから体のあらゆる部分の働きは強靭《きょうじん》な体幹しだいなのだと科学的な説明をしてくれたが、たんにジムで私をいじめたかっただけなのではないかと思う。私が手を抜くと必ず牛追い鞭《むち》が頭の上でピシッと鳴るのが聞こえた。

私が今までに最高の体形をしていたのはＢＵＤ／Ｓを出た直後だと思っていた。だが五カ月間彼と付き合って、そのときよりはるかに立派な体形になっていた。膝の怪我がよくなっただけではなく、体のほかの部分も最高の状態だった。小隊に戻ったときみんなにステロイドを打ったのかと訊かれた。

つらい時期

手術をする前は限界まで体を酷使していた。だが今は膝より大切なものが悪化しつつあった。結婚生活だ。

これはつらいことの多いなかでも最もつらいことだった。夫婦のあいだに苛々《いらいら》が積み重なっていた。皮肉にも実際に大喧嘩になったわけではない。ただ常に緊張状態が続いていた。どちらも一生懸命やっていると言えるだけの努力はしていた。だがやっていないのは相手のほうだと暗に思ってもいた。

何年も戦争地帯にいて妻と離ればなれになり、愛するということ、つまり真剣に話を聞いてやるとか、分かち合うといった、愛情には責任が伴うということを忘れていたように思う。そのせいで安易にタヤを遠ざけてしまった。同じ頃、昔のガールフレンドが連絡してきた。最初は自宅の電話にかけてきて、タヤが私に取り次いでくれた。私は浮気をするようなタイプではないと思い込んでいたのだろう。

最初は彼女から連絡をもらっても笑いとばしていたが、好奇心には勝てなかった。まもなく昔のガールフレンドと私は定期的に話したりメールを送るようになっていた。

タヤは何かおかしいと感づいた。ある晩私が帰宅すると彼女は私を座らせ、自分の気持ちをすべて打ち明けた。とても穏やかに、とても冷静に――もっとも、そういう状況に置かれた人ができるかぎりの冷静さでという意味だが。

「お互いに信頼できなければいけないと思う」と彼女はそのなかで言った。「でも今進んでいる方向ではそれはできない。無理よ」

私たちは時間をかけて誠実に話し合った。ふたりとも泣いていたと思う。私が泣いていたことは知っている。妻を愛していた。妻と離れたくなかった。離婚なんて考えられなかった。

わかっている。へたなメロドラマみたいだ。くそSEALが愛を語る？　人前でそんなことをするくらいなら、この本のなかで世界中に見られるくらいなら、百回首を絞められたほうがましだ。

しかし本当のことだ。正直になろうとするなら白状しなければならない。

私たちはいくつかルールを決めて、それを守って生活することにした。そしてカウンセリングを受けることを決めた。

タヤ

事態はまるで深い淵を覗き込んでいるように感じられるところまで進んでいた。子供の育て方で意見がちがっていただけではない。お互いにもう心が通わなくなっていた。彼の気持ちが結婚から、家族から離れてしまったのがわかった。

ものすごくいろいろなことを経験してきた女友だちに相談したことを覚えている。それでいくらか気が楽になった。

彼女はこう言った。「いい、こうするのよ。何もかも包み隠さず打ち明けること。彼を愛している、だから一緒にいて、でも出ていきたいなら好きにしなさい、そう伝えること」

わたしはその忠告を受け入れた。とても、とてもつらい話し合いだった。でもわたしの気持ちがいくつか確認できた。まずクリスを愛しているとわかったこと。次に、わたしにとってはこれが最も大切なことだけど、彼がよき父親だということ。彼が息子と、そして娘と一緒にいるところを見れば、躾《しつけ》や人を尊重することに関しては厳しい人だけれど、同時に子供と遊ぶのが大好きな人であることがよくわかる。だから遊び終わる頃には笑いすぎてお腹が痛くなることもあった。このふたつのことでよくわかった。彼との結婚生活が続けられるようにがんばらなければいけないって。わたしのことを言えば、わたし自身も完全な妻ではなかった。そう、彼を愛していたのは本当だ。でもときどきは嫌な女になっていた。彼を遠ざけていた。

だからふたりとも結婚生活を続けるしかなかった。結婚生活を全《まっと》うするにはふたり寄り添うしかなかった。

事態はそのときからあっというまによくなったと言いたいが、人生はなかなかそうはいかない。私たちはさらに話し合いを重ねた。私は結婚生活に、家族に対する責任に目を向けるようになった。

完全に解決のつかなかった問題は私の兵役をどうするか、そして長期を見据えた家族計画にどう組み込むかということだった。再入隊した私の残りの任期はおよそ二年だったので、すでにその件も話し合いを始めていた。

タヤははっきりと家族には父親が必要だと言っていた。息子は急速に成長していた。男の子には家庭内に強い男親が必要だ。私に異論などあるはずもない。

しかし同時に私には母国に対する責務がある。私は人殺しの訓練を受け、それは私の得意とするところだ。私はSEALの仲間やアメリカ人の同胞を守らなければならない。しかもその仕事が好きだった。大いに。

しかし……

私はあれこれ考えた。きわめて難しい選択だった。信じられないくらい。最終的には妻の考えに従った。国を守る仕事はほかの人にもできるが、家族のことに代わりはいない。それに私はすでに国のために十分尽くしていた。

私はそのときが来ても再入隊はしないと彼女に告げた。

今でもときどき私の結論は果たして正しかったのだろうかと思う。心のなかでは私が元気でそして戦争があるかぎり、この国は私を必要とするだろうと思う。なぜわざわざ私の代わりにほかの人を送ることになるのか？　気持ちのどこかで私は卑怯者だと感じていた。

チームに尽くすということはより大きな大義のために尽くすことだ。一民間人になったら私は自分の目的のために尽くすことになるだけだ。SEALは私にとってただの仕事ではなかった。私の分身だった。

四度目の実戦配備

物事が〝通常の〟手続きによって進められていれば、二度目の実戦配備のあと私は長期休暇を与えられ、長期の陸上勤務についていただろう。しかしいろいろな理由からそうはならなかった。

今度の配備が終われば休暇が約束されていた。だがそれも実現しなかった。私は不満を募らせた。実のところ、話し合いの最中に感情を爆発させてしまったこともある。それも一度ではなかったと思う。

もちろん私は戦争が好きだし、自分の仕事を愛している。だが海軍が約束を果たさなかったことには腹が立った。家庭にストレスを抱えているから、家族の近くで勤務できるのは大歓迎だった。しかし、海軍の要求が先だと言われた。公平であれ、不公平であれ。人生とはそういうものだ。

血圧は今でも上昇していた。

医者はコーヒーと濃いクリームのせいだと言った。医者の話では、私の血圧は計測の直前にコーヒーを十杯飲んだくらい高かったのだそうだ。コーヒーは飲むが、それほど大量に飲むことはない。医者はコーヒーの量を減らして、濃いクリームもやめるように強く促した。

もちろん私は文句を言わなかった。ＳＥＡＬを追い出されたり、病気を理由に除隊になる道を進むのは嫌だった。あとから考えれば、そうすればよかったと思う人もいるかもしれないが、それは卑怯者のすることに思えた。正しいとは思えなかった。

結局もう一度実戦配備につくことにはなんの問題もなかった。つくづく思った、私はやはり戦争が大好きなのだと。

デルタ小隊

たいていは帰還すると数人が小隊から異動することになる。士官はだいたい入れ替わる。多くの場合、上等兵曹《チーフ》が抜けると先任兵曹が上等兵曹《チーフ》になり、代わりの人が先任兵曹になる。しかしそれ以外はしっかりまとまっている。私たちの小隊はほとんど全員何年も一緒だった。

今までは。

チームの経験を分け合おうとして司令部はチャーリー／キャデラック小隊を解散し、私たちはばらばらになった。私はデルタ小隊に配属され、先任兵曹に任命された。新しい上等兵曹《チーフ》のすぐ下で働くことになったが、そのチーフはなんとＢＵＤ／Ｓ時代の教官だった。

私たちは人選に取り組み、任務を与え、いろんな人間を教練に送り込んだ。今や私は先任兵曹だったから、くだらない事務手続きにわずらわされていたし、斥候《せっこう》もできなくなった。

それは痛かった。

私の狙撃銃を取り上げる話も出たがそれにはとことん抵抗した。仕事が変わっても私は今でも狙撃手だ。

優秀な斥候を探すのも大変だったが、いちばん苦労した人選は破壊担当者を選ぶことだった。彼らはブリーチャーと呼ばれ、いろいろな仕事のなかでもとくに爆発物を管理し、戦闘中に爆発物を仕掛け、（必要があれば）爆発させる人間だ。ひとたび小隊が建物に入ればブリーチャーが実際に取り仕切ることになる。グループ全体が彼らの手に委《ゆだ》ねられることになる。

これまで述べてこなかったが、ほかにも重要な任務や教練がいくつかあり、そのなかにＪＴＡＣと呼ばれるものがある。これは航空支援を要請する隊員のことだ。チームのなかでは人気がある仕事だ。まずこの仕事は面白みがある。ものが吹っ飛ぶところが見られるのだ。そして第二に、この隊員は特別任務に招集されることがよくある。だから戦闘はやり放題だ。

通信とナヴィゲーションは、ほとんどのＳＥＡＬ隊員にとってはるかに人気順位が低い任務だ。しかし必要な仕事だ。誰も行きたがらないのが情報関連の仕事だ。誰もが嫌っている。彼らがＳＥＡＬに入隊したのはドアを蹴破りたいからであって情報収集のためではない。しかし誰かがその役割を果たさなければならない。

もちろんなかには飛行機から飛び降りたり、サメと泳いだりするのが好きな人間もいる。ビョーキとしか言いようがない連中も。

通常は才能を分散させることはチームに有益なことだ。しかし小隊の先任兵曹として私は最高の隊員をデルタに引っぱりたいと思った。

人員配置の責任者である最先任上等兵曹は大きなマグネットボードに貼られた組織表にひとりで取り組んでいた。ある日の午後、彼がいないあいだに私はこっそり忍び込んで配置を変えた。突然、チャーリー小隊のすぐれ者全員がデルタ小隊に配置替えになった。

私の変更は少し大胆すぎた。最先任上等兵曹が戻ってくるとたちまち私の耳鳴りはいつもよりひどくなりはじめた。

「おれがいないときは絶対に部屋に入るな」私が出向いたとたん彼は言った。「ボードに手を触れるな。絶対」

本当のことを言うと、私はまた入った。

大胆なことをすればばれてしまうのはわかっていた。だから小さな変更をひとつだけ行なって、ドーバーを自分の隊に入れた。腕のいい狙撃手と衛生下士官がほしかったのだ。最先任上等兵曹は気づかなかったようだ。いや気づいていたかもしれないが、少なくともそのあと変更はしなかった。

ばれたときの言い訳は考えていた。「海軍のためによかれと思ってやったことです」少なくともデルタ小隊のために。

膝の怪我からいまだ回復途上だったので、私は小隊が集合して訓練をしている最初の数カ月はあまり参加できなかった。それでもできるかぎり隊員たちの動きを見ていた。地上戦訓練に参加して、脚を引きずりながら、とくに新入隊員の動きを目で追った。一緒に戦争に行ける相手を探したかった。

体が元に戻ってきた頃、二度喧嘩に巻き込まれた。最初は前に述べたテネシーで私が逮捕された喧嘩。次がフォート・キャンベル近くで起こった、息子の言葉を借りれば〝誰かがパパの手で自分の顔をこわそうとした〟喧嘩。

〝誰か〟はその最中、私の手も壊した。

チーフは激怒した。

「きさまは膝の手術で仕事を休んで、戻ってきたと思ったら逮捕された。今度は手を折っただと。いったいどういうつもりだ？」

ほかにもいくつか悪態を浴びたような気がする。それがかなり長く続いたような。

今考えてみればこの訓練期間に私はいくつも喧嘩に巻き込まれたようだ。少なくとも気持ちとしては私に責任はなかったが。最後のケースでは私が外に出ようとしているときにあの大馬鹿野郎のガールフレンドが私のＳＥＡＬの友人に喧嘩をふっかけようとした。文章を読んでもきっとばかばかしく思えるだろうが、現実の体験としてもまったくばかげたことだった。

しかし全体的に見ればよくないパターンだった。不穏な傾向とさえ言ってもいいかもしれない。不幸なことに、そのときにはそのことに私は気づかなかった。

殴り合い

〝誰か〟と私の手が折れた話には続きがある。

事件は陸軍の市《まち》で訓練をしているときに起こった。殴ったときに手の骨が折れたのはほぼわかった。しかし基地の病院に行くのは論外だった。そんなことをすれば私が酔って喧嘩をしたことがばれてしまう。そうすれば憲兵にいじめられるだろう。SEALの隊員を逮捕することほど彼らが喜ぶものはない。

だから私は翌日まで待った。しらふに戻って病院に出向き、ドア枠とドアの隙間から銃を突き出そうとして骨を折ったのだと主張した(ありそうもない話だが、理論上はありうる)。

治療を受けているときに顎をワイヤーでがっちり固定している若者に会った。

驚いたことに数人の憲兵がやってきて、質問を始めた。

「この若いやつがあんたに顎の骨を折られたと言っているんだが」とひとりが言った。

「何のことだ」私はあきれたように目をぐるりとまわして言った。「私は訓練の途中でここに来たばかりだ。この手を骨折したんだ。特殊部隊《スペシャル・フォーシズ》の隊員に訊いてくれ。一緒に訓練をしていたんだ」

たいした偶然でもないが、バーにいた用心棒は全員特殊部隊《スペシャル・フォーシズ》だった。何かあればかばってくれるだろう。

何もなかった。

「そんなことだと思っていたよ」憲兵たちは首を振りながら言った。彼らはその大馬鹿野郎のところへ戻ると、嘘をついただの、時間の無駄だっただのあれこれ文句を言いはじめた。

ガールフレンドの喧嘩に首を突っ込んだ罰《ばつ》だ。

私は骨を粉々《こなごな》にして西海岸に戻った。仲間には軟弱な骨だとからかわれた。しかし私にとっては笑いごとではなかった。というのも、手術をすべきかどうかはっきりしなかったからだ。指が本来あるはずの場所からずれて、手のひらに少し食い込んでしまっていた。サンディエゴでは、それを見た医者が指を引っ張って間接窩《かんせつか》に入れ直せば治るかもしれないと診断した。

私はやってみてくれと言った。

「麻酔を打つかい?」彼が尋ねた。

「いや。東部の陸軍病院でもやったが、痛みはなかった」

たぶん海軍の医者のほうが強く引っ張ったのだろう。気がついたら処置室の台の上で仰向《あおむ》けにひっくり返っていた。あまりの痛さに気を失って失禁していた。

だが少なくとも手術は免《まぬが》れた。

念のために言っておくと、以来私は弱いほうの手をかばう喧嘩のスタイルを身につけた。

準備万端

　私は二、三週間ギプスをはめていなければならなかった。だが少しずつ調子が出てきた。出航の準備が整うにつれ、ペースが上がってきた。それでもひとつだけ気が乗らないことがあった。私たちはイラク西部に派遣されることになっていたのだ。聞いたところでは何も起こっていない地域らしい。アフガニスタンに派遣してくれるように言ってみたが、担当の司令官が手離してくれなかった。

その場所は私たちには向かなかった。とくに私には不向きだった。戦争に戻るなら砂漠のなかで（折れた）指をもてあそぶのではなく、戦闘に参加したかった。ＳＥＡＬである以上何もしないで手をこまねいているのはごめんだ。戦闘に参加したい。

　それでも戦争に戻るのはいい気分だった。この前帰ってきたときには燃えつきていた。すっかり抜け殻となり、感情もカラカラに干上がっていた。しかし今は再充電して準備万端だった。

　また悪党を殺す準備が整ったのだ。

13　いつかは死ぬ

真っ暗
市内中《まちじゅう》の犬が吠えているようだった。

私は暗視ゴーグルをつけて暗闇に目を凝らしながら、神経を張りつめて、サドルシティの荒れ果てた通りを歩いていた。通り沿いには、かつてはありふれた市《まち》の集合住宅だったらしき建物が並んでいた。今ではネズミが巣食うスラム街と変わらないありさまだ。二〇〇八年四月初旬の夜半過ぎ。常識で考えればありえないことだが、私たちはただ直接命令に従って、反政府武装勢力の巣窟の真っ只中《ただなか》に向かっていた。

通りに面した薄茶色の建物の多くと同じように、私たちがめざしていた家もドアの手前に金属製の格子戸があった。列になって突入しようとしたとき、格子戸の奥のドアから男が出てきて、アラビア語で何か言った。

通訳が近づいて、開けるように言った。

男は鍵がないと答えた。

だったら鍵を取ってこいとＳＥＡＬの隊員のひとりが言うと、男は家のなかへ姿を消し、屋内のどこかにある階段を駆け上がっていった。

しまった！

「突入！」私は怒鳴った。「蹴破って入れ！」

家のなかへ突入し、室内をくまなく捜索した。一階と二階には誰もいなかった。

急いで三階へあがり、通りに面した部屋の戸口に近づいた。壁を背にして突入態勢をとると、追いついてきた仲間たちも私に倣《なら》った。一歩踏み出した瞬間、部屋がまるごと爆発した。

幸い、直撃は免《まぬが》れたものの、爆発の衝撃は確かに感じた。

「手榴弾を投げ込んだ馬鹿はどいつだ！」私は怒鳴った。

返事はない。部屋のなかも空っぽだった。誰かが外からRPGでロケット弾を撃ち込んだのだ。

続いて銃撃が襲ってきた。私たちは態勢を立て直した。さっきのイラク人が外へ逃げて、近くに潜んでいた武装集団に私たちの居所を教えたにちがいない。おまけに、この家の壁は薄っぺらで、RPGで狙われたらひとたまりもない。このまま家のなかにとどまっていたら、丸焦げになってしまう。

表へ逃げなければ！　今すぐに！

最後のひとりが家から外へ出た瞬間、地面が大きく揺れた。武装集団が通りにIED（即席爆発装置）を仕掛けていたのだ。あまりの衝撃に、倒れた仲間もいた。耳鳴りをこらえながら、私たちは近くの建物に向かって走った。が、なかへ隠れようとしたそのとき、総攻撃が始まった。四方から、そして頭上からも銃弾が飛んできた。

一発の弾丸が私のヘルメットを直撃した。真っ暗になった。目が見えなくなった。

その日はサドルシティに着いて最初の夜だったが、すぐにこの世で最後の夜になる気がした。

西部にて

イラクへ派遣されたのは四度目だったが、そのときまでは平穏で、むしろ退屈だった。デルタ小隊はひと月ほど前にイラクに入り、シリアとの国境に近い西部の市《まち》カイムへ移動していた。私たちの任務は砂漠地帯の広域パトロールのはずだったのだが、海軍の戦闘工兵隊シービーの数人の手を借りてベースキャンプを建設する作業にかかりきりになっていた。これといった軍事作戦が行なわれないどころか、基地を管理していた海兵隊は基地の閉鎖を進めていた。それはつまり、基地の建設が終わったらすぐさま、私たちはここから出ていかなければならないということを意味していた。いったいどんな理屈でそうなるのか、いまだにわからない。

私の士気はどん底まで落ちていた。そんなある日の朝早く、上等兵曹《チーフ》が自分の命を危険にさらしに来た――つまり、部屋に来て、私を揺すって起こしたということだ。

「いったい何事だ!」私は叫んで、飛び起きた。

「落ち着け。着替えてついてこい」

「まだ寝ていたいんですが」

「理由を聞いたらついてきたくなる。司令部がバグダッドで任務部隊を召集している」

任務部隊だって？　そいつはいい！

映画『恋はデジャ・ブ』の一場面のようだった。ただし、いい意味でのデジャ・ブだ。最後に同じ感覚に襲われたとき、私はバグダッドから西へ向かっていた。今は西部にいて、東へ戻ることになった。

どうして自分が選ばれたのか、はっきりした理由はわからなかった。

チーフの話では、私が先任兵曹として適任ということもあるが、なによりスナイパーだからというのが大きな理由だったようだ。司令部はこの作戦のために国じゅうのスナイパーを召集していたが、計画の具体的な内容はチーフも知らなかった。行き先が田舎町なのか都市なのかさえもわからないということだった。

くそっ。派遣先はきっとイランだ。

イランでは反政府勢力を武装させ、戦闘員として訓練しているというのは公然の秘密だった。ときには武装集団が西側諸国の部隊を攻撃することもあった。国境地帯では侵入者を阻止するための部隊が組織されているという噂もあった。

私は、司令部が置かれているアンバール県アルアサドの大きな空軍基地へ護送された。向かう先は国境ではなく、もっとひどい場所だった。サドルシティだ。

バグダッド郊外に位置するサドルシティは、数年前にポーランドの特殊部隊GROMとの共同作戦に参加するために来たときよりはるかにひどい無法地帯と化していた。この地域には二〇〇万人のイスラム教シーア派の住民が暮らしていた。反米を掲げる過激な指導者ムクタダー・アル＝サドル（サドルシティは、この人物の父親にちなんでつけられた）は、マハディ軍（アラビア語ではJaish al-Mahdi）と呼ばれる独自の民兵軍を着々と編成していた。地域内で活動している武装集団はほかにもいたが、マハディ軍が最大で最強の勢力を誇る武装集団だった。

反政府武装勢力はイランから密かに援助を受けて武器を調達し、バグダッド中心部のグリーンゾーンと呼ばれる、警備が厳重な地域を追撃砲やRPGで攻撃するようになっていた。市《まち》全体が悪の巣窟だった。ファルージャやラマディでもそうだったが、武装勢力には派閥があり、戦闘員の戦闘能力もまちまちだった。サドルシティの戦闘員はほとんどがシーア派のイスラム教徒で、これまでイラクで主に戦ってきたスンニ派とはちがったが、その点を除けば、今まで見てきた悪党どものはびこる市《まち》と何ら変わりはなかった。

私にはそれでなんの不服もなかったが。

SEALチーム3とチーム8から選抜されたスナイパーと航空支援を要請するJTAC、さらに兵士が何人か加わって特殊任務部隊が結成された。総勢三〇名ほどの部隊だった。全米でも右に出る者はいないほどの腕利きを含む、いわばオールスター級の選手を選りすぐった部隊だ。とくにスナイパーが重用されたのは、ファルージャやラマディなどほかの地域で実証済みの作戦を展開するためだった。

有能な兵士ばかりだったが、ふだんはそれぞれ別のチームに所属しているので、お互いのやり方に折り合いをつけるまでに少し時間がかかった。東海岸と西海岸のチームでは典型的な行動方法がちがうのだが、そのほんの小さなちがいがいざ銃撃戦になったときには大きな問題になるおそれがあった。先頭に立つ斥候を誰にするかといった人選もしなければならなかった。

RPGのロケット弾が撃ち込まれてもグリーンゾーンに届かない距離まで反政府武装勢力を遠ざけるため、陸軍は緩衝地帯を造ることを決めていて、その中核となる手段はサドルシティに防護壁を建設することだった。主にセメントで造られた〝Tウォール〟と呼ばれる高い塀を、貧民地区に四分の一ほど入ったあたりの幹線道路沿いに建設する計画だ。私たちの任務は建設にあたる作業員を保護し、その間に敵をできるだけ殺すことだった。

防護壁の建設作業員たちには危険きわまりない仕事が課せられた。トレーラーの荷台に積まれたコンクリート片をクレーンで所定の位置まで運び、置き場所が定まったらコンクリート片の上にのぼってクレーンのフックをはずさなければならないのだ。

それも、たいていは攻撃されながら。武装勢力はショットガンですばやく狙い撃ちしてくるだけでなく、ＡＫやＲＰＧなど、持っている武器を総動員して攻撃してきた。陸軍の作業員たちは肝っ玉がすわっていた。

特殊任務部隊はすでに作戦を開始していて、私たちは数人の斥候と情報を与えられた。段取りをつけ、どうやって任務を遂行するか決めるまでに一週間ほどかかった。準備万端整うと、ＦＯＢ（前線作戦基地）へ連れていかれた。

そのときになって、夜、サドルシティを歩いてパトロールすることになっていると聞かされた。隊員の何人かが正気の沙汰じゃないと反対した。私たちを殺そうとしている連中がひしめく場所へ徒歩で行くなんて、狙ってくれと言っているようなものだ、と。

一方、真夜中にパトロールするのが賢明だと考える者もいた。夜の闇に潜んでいれば、危険な目に遭うことはないだろうというわけだ。

で、結局そうすることになったのだった。

背中を撃たれる

だが、その判断はまちがっていた。

夜中に表に出た私は、頭を撃たれ、目が見えなくなった。血が顔をつたって流れた。手を伸ばして触《さわ》ってみると、驚いたことに、頭はまだちゃんとあり、傷もなかった。が、撃たれたのは絶対にまちがいなかった。

そこでようやく気がついた。ストラップをきちんと留めていなかったせいで、ヘルメットがうしろへずれたのだ。ヘルメットを前に引き戻すと、急に目が見えるようになった。弾丸《たま》はヘルメットを直撃したものの、信じられないほどの運のよさで暗視スコープに跳ね返り、ヘルメットをうしろへ押しやっただけで、私は無傷ですんだのだ。ヘルメットを前に戻し、暗視スコープを目の位置まで下げると、また見えるようになった。盲目になったわけではないのに、混乱して何が起こっているのかわからなかったのだ。

その直後、背中に銃弾の衝撃を感じた。私はそのまま地面に倒れた。幸い、弾丸《たま》はボディアーマーのプレートに当たっていた。

私はまだ意識が朦朧《もうろう》としていた。そのあいだに敵に取り囲まれた。私たちは互いに声をかけあいながら、来るときに通り過ぎた市場《いちば》まで撤退することにした。銃を撃って応戦しながら、みんなで固まって動いた。

この頃には、私たちのいた地域は映画『ブラックホーク・ダウン』のいちばん凄惨な場面のような様相を呈していた。武装した戦闘員だけでなく、住民までもがひとり残らず、愚かにもサドルシティに足を踏み入れた間抜けなアメリカ人を仕留めようとしているように思えた。

避難場所に選んだ建物のなかへは入れなかった。すでにQRF——即応部隊とは、機動部隊にしてはいかした名前だ——に掩護と退却支援を要請してあった。もはやお手上げだった。

陸軍のストライカーが群れをなしてやってきた。ストライカーは重装備の兵員輸送車で、そのときも搭載していたあらゆる武器にものを言わせていた。敵はごまんといた。道路の建物の屋根の上には一〇〇人ほどの戦闘員が並び、私たちを狙っていた。ストライカーが姿を現わすと、連中は矛先を変えて、ストライカーを攻撃しはじめた。が、力の差は歴然としていた。まるでテレビゲームが始まったようだった。戦闘員たちは次々と屋根から落ちた。「くそったれ。恩に着るよ」私は声に出して言った。装甲車が近づいてきた。どこかうしろのほうで騎兵隊の突撃ラッパの音が確かに聞こえた。

装甲車が乗降ランプを下ろし、私たちは車内へ駆け込んだ。

「屋根の上にいた連中の多さを見たか？」基地へ戻る道中、乗組員のひとりが訊いてきた。

「いや、夢中で銃を撃ってたもんでね」と私は答えた。

「そこらじゅうにいたよ」乗組員は興奮して言った。「どんどん撃ち落としたけど、それでも半分くらいだった。おれたちはただ撃ちまくってるだけだった。あんたたちは全員やられちまったと思ったよ」

そう思っていたのは私たちふたりだけではなかった。

その夜のことは私を心底怯《おび》えさせた。このとき初めて自分は超人ではないと実感した。死は私にも訪れるのだ。

それまでにも〝おれはもう死ぬんだ〟と思った瞬間は何度もあった。

しかし、一度も本当に死ぬことはなかった。するとすぐにそんなことは考えなくなった。

死ぬかもしれないという考えは私の頭からいつのまにか消えていた。

しばらくすると、敵は私を殺すことなどできないと思うようになった。私の仲間も殺せない。私たちは無敵だ。

私は守護天使に守られている。私はSEALで、幸運の持ち主で、それがどういうことであろうと〝死ぬわけがなかった〟。

それが突然、たった二分のあいだに二度も危ない目に遭った。

おれも運が尽きたか。

壁の建設

助けてもらったのは嬉しかったし、ありがたかったが、自分たちがとんでもない能無しに思えてならなかった。

サドルシティへの潜入などうまくいくはずがないことは、司令部だって最初からわかっていたはずだ。悪党どもはいつでも私たちの居場所を知っている。それなら、そのことを最大限利用するしかない。

尻尾《しっぽ》を巻いて逃げ出してから二日後、今度はストライカーで市中《まちなか》へ乗り込み、バナナ工場と呼ばれていた場所を占拠した。四、五階建ての建物で、果物の冷凍貯蔵庫やさまざまな機器が所狭しと置かれていたが、私たちが着いたときには、大半が略奪者たちの手によって荒らされたあとだった。どうしてバナナ工場と呼ばれているのかも、イラク人がそこで何をしていたのかも、いまだによくわからない。当時わかっていたのは、スナイパーが身をひそめるには絶好の場所だということだけだった。

屋上にいるよりも隠れ場所が多いほうがいいと思い、最上階に陣取った。午前九時頃、通りを行き来していた市民の姿が消えていくのに気づいた。いつもながら、わかりやすい前兆だ。市民は何かを察知し、銃撃戦に巻き込まれて死ぬのはごめんだとばかりにいなくなる。

数分後、道路に人影がなくなると、半分壊れかけた建物からひとりのイラク人が出てきた。AK-47を携えていた。男は通りに出ると身をかがめて、アメリカ軍の作業員が通りの先で壁を建設している方角を偵察しはじめた。誰を狙うか品定めしているのは明らかだった。男の目論《もくろ》みを確信して、私はすぐに照準を合わせ、発射した。

三五メートル先で男は倒れて死んだ。

一時間後、別の男が通りの別の場所にある建物の陰からひょっこり顔を出した。そいつはTウォールの方向をちらっと見て、そのまま引っ込んだ。

ほかの隊員には何の罪もない行動に見えたかもしれないが――もちろん、交戦規定で攻撃の対象になることはない――私には注意して監視しなければならない相手だということがわかった。同じパターンで行動する武装勢力の戦闘員を何年も見てきた。ちょっと覗きに出てきて、周囲を見まわし、すぐにいなくなる。私は彼らを〝覗き屋〟と呼んでいた。彼らは誰かに監視されていないか〝覗き〟にくる。周囲を見まわしているだけで撃たれることはないと知っているのだ。

それだけでは撃てないことは私も承知していた。が、辛抱強く見張っていれば、その男か、そいつに送り込まれた誰かが必ずもう一度現われる。案の定、少ししてから、先ほどの男がまた姿を現わした。

男はＲＰＧを手にしていた。機敏な動きで膝をつき、ＲＰＧを担《かつ》いで狙いを定めた。

私は男が発射する前に仕留めた。

それから先は我慢比べだった。連中にとってＲＰＧは貴重な武器だ。遅かれ早かれ、誰かが取りにくるにちがいない。

私は監視を続けた。永遠に続くかのように長かった。ようやく通りに人影が現われて、ＲＰＧを拾い上げた。

子供だった。幼い子供だ。

ライフルのスコープを通して、その姿をはっきり捉えていたが、私は撃たなかった。子供は殺さない、たとえ悪党の一味でも。その子を送り込んだ野蛮人が通りに出てくるまで待つしかなかった。

標的だらけ

その日、私が殺した武装勢力の戦闘員は七人だった。次の日はもっと多かった。獲物には事欠かない状況だった。

道路網の配置と戦闘員の多さのおかげで、私たちは至近距離から標的を撃つことができた。

たいていは一八〇メートルほどの距離しかなかった。いちばん遠いときでも八〇五メートルで、平均すると三六五メートルほどだった。

この市《まち》は矛盾する顔を持っていた。市民は普通に仕事に出かけ、商売をし、市場で買い物をしていた。その一方で、銃を手にして脇道から忍び寄り、壁を造っているアメリカ人兵士を狙う連中もいた。私たちが武装勢力の排除に乗り出すと、私たち自身が彼らの標的になった。こちらの居場所は筒抜けで、悪党どもは巣穴から這《は》い出してきては、私たちの命を狙った。

あまりに大勢殺したので、自分は身を引いて、仲間にチャンスを分けてやろうという気になった。私は占拠した建物のベストポジションをほかの隊員に譲ることにした。それでも敵を仕留めるチャンスは山ほどあった。

ある日、家を占拠して、仲間たちに先にポジションを選ばせたら、自分がライフルを撃てる窓がなくなってしまったことがあった。そこで大きなハンマーで壁に穴を開けた。適当な大きさの穴を開けるのにだいぶ手間取った。

ようやく確保したそのポジションからは、二七〇メートル先まで見通すことができた。銃を構えたちょうどそのとき、武装勢力の戦闘員が三人、通りの向かい側から出てきた。彼らとの距離は一五メートルしかなかった。

三人とも殺した。横たわったまま体の向きを変えて、仲間の隊員に声をかけた。「こっちと交代したいか？」

何日かすると、武装集団は壁の建設作業が交差点にさしかかったときに集中して攻撃してくることがわかってきた。当然の理屈だ。すぐに逃げられる場所を選んでいるのだ。脇道を監視していれば敵に出くわすことがわかった。そして出てきた連中を片っ端から狙撃した。

ファルージャはひどかった。ラマディはさらにつらかった。サドルシティは最悪だった。二、三日ぶっ通しで監視することもざらだった。中一日休みを取って体力を回復させ、また任務についた。どの戦闘でも全力投球で銃撃戦に臨んだ。

武装勢力が戦闘に使うのはAKだけではなかった。どの戦闘でもRPGから発射されたロケット弾が飛んできた。私たちは上空掩護や空対地ミサイル・ヘルファイアなどを要請して対応した。

上空からの監視網はこの数年間で飛躍的に向上していて、アメリカもその恩恵に大いにあずかっていた。無人偵察機プレデターなどはその最たる例だ。けれど、私たちが相手にしている野蛮人どもは、丸見えの野外地にそのまま姿を現わすので見つけるのは簡単だった。おまけにたくさんいた。

あるとき、私たちが民間人を殺害しているとイラク政府が申し立てた。言いがかりもはなはだしい。戦闘が行なわれているあいだは、いつも陸軍情報部の分析官が武装勢力の携帯電話の通信を傍受していたおかげで、成果の詳細を知ることができた。

ある会話で武装勢力は誰がやられたか報告していた。「追撃砲の砲手とスナイパーがもっと要る……今日は一五人殺された」

その戦闘では一三人しか死亡を確認していなかった。〝不明〟のカテゴリーに入れていたふたりは〝死亡確認〟としてカウントするべきだったようだ。

銃を取り戻す

いつもながら、強い不安を抱えている日々でも、奇妙なことが起こり、ふとしたことがおかしくて安らぐときがある。

ある日、作戦を終えてブラッドレー歩兵戦闘車へ急いで引き返していたときのことだった。戦闘車にたどり着いた瞬間、ライフルを置いてきてしまったことに気づいた。どこかの部屋に置いて、持ち帰るのを忘れたのだ。

そうとも。間抜けな話だ。

私は来た道を引き返しはじめた。LTが走ってきた。

「戻らなきゃならない」と私は言った。「あの家にライフルを置いてきてしまったんです」

「じゃあ戻ろう」そう言ってLTも私のあとに続いた。

私たちは占拠していた家に引き返した。ちょうど武装勢力もその家をめざして進んでいた。

その動きが音でわかるくらい彼らは近くにいた。私たちは中庭を通り抜けた。まちがいなく敵軍に遭遇すると思った。

幸い、家のなかには誰もいなかった。ライフルをつかみ、私たちはブラッドレーめがけて駆けだした。手榴弾が投げ込まれる二秒前の脱出だった。ブラッドレーの乗降傾斜路《ランプ》が閉じるやいなや、爆発音が轟いた。

「いったいどうしたんだ？」戦闘車が出発すると、乗組員が訊いてきた。

LTはにやりと笑って言った。

「あとで説明してやるよ」

実際、彼が説明したのかどうか私は知らない。

勝利

防護壁が完成するまでには約ひと月かかった。陸軍の目標が達成に近づくにつれ、武装勢力は抵抗をあきらめるようになっていった。

おそらく、彼らが望むと望まざるとにかかわらず壁は完成すると実感したのと、私たちが野蛮人どもを大勢殺したので、たいした攻撃ができなくなったせいだろう。最初の頃は、AKとRPGを持った戦闘員が三、四〇人の束になって、ひとりの作業員を狙っていたのだが、最後のほうでは二、三人が寄り集まって攻撃してくる程度だった。やがて悪党どもは周囲の貧民地区に姿を潜めるようになった。

その頃、ムクタダ・アル＝サドルはイラク政府と和平交渉をする時期だと決断した。彼は停戦を宣言し、政府と話し合いを始めた。

いやはや、こんなことになろうとは。

タヤ

みんなにいつも言われつづけてきた。あなたは本当のクリスを、彼が何をしているのかを知らないって。彼がSEALの隊員だったから。会計士を訪ねて行ったときのことは今でも覚えてる。その人はSEALに何人か知り合いがいて、彼らがどこへ行っていたか本当に知っている人は誰もいないと聞かされていた。

「夫は演習に参加しています」わたしはそう言った。「どこにいるか知っています」って。

「あなたは何も知らない」

「いいえ、知っています。夫とも話をしたばかりです」

「でも彼らが本当は何をしているのか、あなたは知らない。彼らはSEALなんだから」

「わたしは――」

「わかるはずがない」

「夫のことはわかっています」

「わかるはずがないんですよ。彼らは嘘をつく訓練を受けているんだから」

そういうことをたくさん言われた。よく知らない人から言われたときには、腹が立った。

よく知っている人たちは、気を遣って、わたしは詳しいことをすべては知らなくても、必要なことは知っていると言ってくれた。

村から村へ

サドルシティの治安が落ち着くと、私たちは新たな地域を標的にすることになった。バグダッド近郊の村々ではIED製造者などの反政府武装勢力が店を構え、武器や人員を提供して、アメリカ軍やイラク政府軍を密かに攻撃しようとしていた。マハディ軍がひときわ大きな存在感を示していて、事実上アメリカ軍が近づけない地域になっていた。

サドルシティの戦闘では、第一〇山岳師団の第四歩兵旅団戦闘団とともに制圧にあたっていた。彼らは根っからの戦士だった。過酷な状況に喜んで身を投じた。それこそが彼らの本望だった。今度は市《まち》からはずれた村々で任務をこなすことになり、彼らとまた一緒に戦う機会ができて嬉しかった。彼らはこの地域のことを熟知していた。山岳部隊のスナイパーはとりわけ凄腕《すごうで》ぞろいだった。彼らと一緒に戦うことで、こちらの効率もあがった。

任務の内容は同じでも、陸軍とSEALのスナイパーには少しちがいがある。陸軍のスナイパーは観測手とともに行動するが、私たちは基本的に観測手を使わない。それに、陸軍のスナイパーが使う銃は、私たちの銃より少し小ぶりだ。

が、少なくとも初期段階でいちばん問題になるのは、戦法と着任体制のちがいだった。陸軍のスナイパーは三、四人のグループで行動することに慣れているので、長時間の任務には耐えられない。夜通し任務を続けるなんて論外だ。

一方、SEALの部隊は大勢で乗り込んでその地域に張りつき、自ら戦闘を求めて、敵に攻撃を仕掛けさせるのが普通だ。監視というより挑発といっても過言ではなく〝ここにいるぞ、かかってこい〟と言わんばかりに。

実際に敵は攻撃してきた。行く先々の村で、武装集団は私たちを殺そうとし、私たちは彼らを制圧した。たいていひと晩から数日で片をつけた。配置につくのも、引きあげるのも日が暮れてからだった。

この地域では、同じ村に何度か出向くことになった。たいていはその都度別の家を占拠した。悪党どもが死に絶えるか、私たちを攻撃するのは賢明ではないと理解するまで攻撃を続けた。

そのことを理解させるまでに、どれだけ多くの不届き者を殺さなければならなかったのか。まさに驚きに値する。

くそまみれ

明るい雰囲気のときもあったが、そのなかにはくそみたいなときもあった。文字どおりのくそだ。

私たちの部隊の斥候だったトミーは、いいやつだったが、斥候としてはいろんな意味で使えない男だった。

　斥候というよりアヒルと呼んだほうがいいのではないかと思うときもあった。目的地とのあいだにぬかるみがあったとしたら、トミーは私たちにそのなかを通らせた。深ければ深いほどよかった。彼はいつも考えられるなかで最悪の行路を私たちに示した。

　あまりに無茶苦茶なので、私は業を煮やして彼に言い放った。「もう一度やってみろ、とことん痛めつけてクビにしてやる」

　その次の任務で、彼は村へ通じる道を見つけ、絶対に乾いている道だと確信していた。私は怪しいと思い、彼に疑問をぶつけた。

「いや、そんなことはない」と彼は言い張った。「大丈夫。大丈夫だから」

　出発すると、私たちは彼の案内に従って細い道を進み農地を通過した。その先にはぬかるんだ道を横切るために一本の管が渡されていた。私は一団の後方にいて、管を渡るのも最後だった。渡り終えて地に足をついたとたん、私の足は泥を通り越し、膝まで汚物に埋もれた。泥は表面を薄く覆《おお》っていただけで、その下には深い下水の池があったのだ。

　そのにおいは、ふだんイラクの市《まち》に漂っている悪臭よりはるかに強烈だった。

「トミー」私は怒鳴った。「占拠する家に着いたらぶちのめしてやるからな」

　私たちは目的の家をめざして進んだ。私はやはり最後尾を歩いていた。家を占拠し、スナイパーが全員配置についてから、宣言どおりぶちのめしてやろうとトミーを探した。

　トミーはすでに罪の報いを受けていた。階下《した》で見つけたときには、点滴につながれ、吐きまくっていた。肥溜めに落ちて、体じゅうくそだらけになっていた。そのあと数日は具合が悪そうで、一週間は悪臭を漂わせていた。

彼が身につけていた衣服はかたっぱしから処分された。おそらく危険物処理班の手によって。

当然の報いだ。

その村には二、三ヵ月とどまった。現地で殺した数は確認できるだけで二〇人ほどだった。どの作戦の任務でも、激戦になるときもあれば、長引くときもある。予測はできなかった。私たちが占拠した家の住人たちはたいてい、とりあえず中立のふりをした。思うに、彼らは厄介ごとを起こす武装勢力を嫌っていて、悪党どもが制圧されることを私たち以上に喜んでいたのではないだろうか。ただし、なかには例外もいて、その連中に対して打つ手がないのはとても腹立たしかった。

あるとき、占拠した家で警察の制服を見つけた。家主がムジャヒディーンであることはすぐにわかった。武装勢力は盗んだ制服を着て警官になりすまし、攻撃してくることがあったのだ。

もちろん当人はパートタイムの警官の職についたばかりだなどとでたらめを並べた。最初に私たちが尋問したときには、不思議なことにそのことを伝え忘れていたらしい。

私たちは陸軍に報告し、男の情報を伝え、指示を仰いだ。

陸軍はこの男についての情報は把握していなかった。結局、制服だけではなんの証拠にもならないと判断された。

男を解放するように言われ、私たちはそのとおりにした。

それから数週間のあいだ、警官姿の武装勢力による攻撃の話を聞くたびに、そいつのことを考えずにはいられなかった。

退却

ある夜、私たちは別の村に入り、一部がサッカーコートになっている広場のはずれに建つ家を占拠した。スムーズに配置につき、村を見渡し、朝になったら遭遇するおそれのある問題に備えた。

ここ一、二週間ほどは作戦を展開するテンポが遅くなっていて、戦況がゆるやかになっているようだった。少なくとも私たちにはそう思えた。私は西部に戻って、自分の小隊に合流しようかと考えはじめていた。

LTとともに二階の一室で配置についた。隣の部屋には陸軍のスナイパーと観測手、屋根にも何人かが位置についた。私は338口径のラプアマグナム弾を持ってきていた。村のはずれに陣取っていたので、長距離の狙撃が多くなると考えての選択だった。周囲に異変はなかったので、監視範囲を広げて、二キロメートルほど先の隣村まで見渡した。

ふと、平屋建ての家の屋根の上で誰かが動いているのが目に留まった。一九〇〇メートルくらい離れていたので、二五倍のスコープでもせいぜい輪郭《りんかく》がわかる程度だった。その人物をじっくり観察したが、武器は持っていなかった。少なくともはっきりわかるように構えてはいなかった。こちらに背中を向けていたので、私はその男を見ることができたが、向こうには私の姿は見えなかったはずだ。怪しいと思ったが、今のところ危険な動きはしていなかったので、そのまま放っておくことにした。

しばらくしてから、陸軍の護送車が隣村の道路を走ってくるのが見えた。私たちが作戦を展開している司令監視所のほうへ向かってきていた。護送車が近づくと、さっきの屋根の上の男が何かの兵器を肩に担《かつ》いだ。今度はその姿をはっきり捉えることができた。男はＲＰＧを構えてアメリカ軍を狙っていた。

ＲＰＧだ！

護送部隊に危険を直接伝える手段はなかった。陸軍だという以外、彼らが何者だったのかは今もわからない。それでも、私はその男に照準を合わせ、せめてもの威嚇《いかく》になるか、護送部隊が警告に気づいてくれることを祈って撃った。

距離は一九〇〇メートルもあり、軌道も少しずれたが、運よく男に命中した。

強運に恵まれた。

右寄りに引き金を引いたせいでうまく風の流れに乗ったのかもしれない。重力が変化して弾丸が届くべき場所に届いたのかもしれない。もしかしたら私はイラクにいた兵士のなかでいちばんの強運を持っていたのかもしれない。いずれにせよ、スコープを通して、その一撃が命中して、イラク人の体が壁を越えて地面に落ちるのが見えた。

「ワオ」私はつぶやいた。

「ラッキーだったな」とLTが言った。

一九二〇メートル。いまでも驚かずにはいられない。ただ運がよかったとしか言いようがない。一発で仕留められるなんて考えられなかった。

でも事実だ。その一発は私がイラク滞在中に射殺したなかでいちばんの長距離記録だった。ファルージャでの戦闘のときよりも長い距離だ。

護送部隊は反撃を始めた。おそらく、どのくらい至近距離から狙われていたのかまったく気づいていなかっただろう。私は悪党どもの監視に戻った。

時間が経つにつれ、私たちはAKロケット弾やRPGによる攻撃を浴びせられるようになった。衝突は急激に激しさを増した。RPGのロケット弾がコンクリートやレンガでできた脆《もろ》い壁に穴を開けて室内まで到達し、爆発した。
私たちは引き上げる潮時だと判断し、離脱を要請した。
RG-33をよこしてくれ！　（RG-33とは、防弾仕様の大型軍用車で、IEDの爆発にも耐性があり、上部にはマシンガン発射用の砲台を備えている）
銃撃戦を続け、矢継ぎ早に飛んでくる銃弾をかわしながら待った。ようやく救援部隊から、四六〇メートル離れたサッカーコートの反対側に待機していると連絡が入った。

それ以上は近寄れないということだった。

陸軍のハンヴィー（高機能多用途装輪車両）が二台、ものすごい速度で村を横切って私たちがいる家の玄関前まで来たが、全員は乗りきれなかった。私を含め、残った者たちはRG－33めがけて走りだした。

誰かが発煙弾を投げた。退却の目隠しになると思ったのだろう。が、実際には私たちの視界をさえぎっただけだった（発煙弾はこちらの動きが相手に見えないようにするために使うもので、本来は煙の後方を走るのだが、このとき私たちは煙のなかを走っていた）。家を出て、巻き上がる煙のなかを突っ切り、敵の銃弾を避けながら、広場へ向かって逃げた。

まるで映画のワンシーンのようだった。銃弾が次々に降りそそぎ、地面に刺さった。隣を走っていた兵士が倒れた。撃たれたと思い、私は立ち止まって、抱えようと手を伸ばした。が、兵士はすぐに立ち上がった。つまずいただけだった。

「大丈夫！　大丈夫だ！」彼は叫んだ。

私たちはふたり並んで待機している車に向かって走りつづけた。銃弾と巻き上げられた芝がそこらじゅうを舞っていた。ようやくRG－33までたどり着き、後方から飛び乗った。ほっとひと息ついた瞬間、防弾窓に銃弾が跳ね返り、ガラスに蜘蛛《くも》の巣のようなひびが入った。

数日後、私はデルタ小隊に加わるために西部へ向かっていた。前に出した異動願いが承認されたのだ。

ちょうどよい頃合いだった。私は限界に近づきつつあった。ストレスがたまっていた。その後、戦闘に参加する機会がぐっと減るにもかかわらず、心が蝕《むしば》まれていくことになるとは、このときにはこれっぽっちも思っていなかった。

上等兵曹カイル

私の小隊の仲間たちはカイムをあとにして、ラーワへ移っていた。やはり西部の、シリアとの国境近くにある市《まち》だ。そこでも兵舎などの建設作業が任務だった。ラッキーだった。私は建設作業をせずにすんだ。もっとも、ほかには何も起きていなかったが。

私が着いたとき、小隊はちょうど国境地帯の広域パトロールに出るところだった。数日間、車でパトロールを続けたが、武装勢力の戦闘員はおろか、人っ子ひとり見かけなかった。砂漠を経由して密輸が行なわれていると報告があがっていたが、もしそれが本当なら、私たちがいた場所ではなくどこか別の場所で行なわれていたのだろう。

しばらく暑い日が続いた。気温は五〇度以上あり、おまけに私たちが乗っていたハンヴィーにはエアコンがついていなかった。私はテキサス育ちで暑さには慣れていたが、それでもこの暑さは耐え難かった。しかも、一日中暑く、逃げ場がなかった。夜になっても気温はせいぜい四五度にしか下がらなかった。車の窓を開けると、IEDで狙われる危険があった。おまけに、風で砂が吹き込んできて、砂まみれになる。

私は暑さよりも砂とＩＥＤの危険のほうを選んで、窓を開けた。車でパトロールをしていても、見えるのは砂漠だけだった。ときおり遊牧民の居住地や小さな村があるだけだった。

私たちは仲間の小隊と連携を取って、次の日に海兵隊の基地に立ち寄った。私の小隊の上等兵曹《チーフ》が仕事を済ませるために基地のなかに入った。しばらくして出てくると、彼は私を見つけて言った。

「おい、喜べ。たった今おまえは上等兵曹《チーフ》に昇進した」

私はイラクへ派遣される前に、アメリカで筆記試験を受けていた。海軍で昇進するには、通常は試験を受けなければならない。が、私はついていた。二度目の派遣中に戦地昇進によって二等兵曹（Ｅ－５）に昇級し、三度目の派遣の前に、特別戦功プログラムのおかげで一等兵曹（Ｅ－６）に昇進していた。どちらのときも筆記試験はなかった。

（どちらのときも、私はチームのなかで求められる以上の働きをし、戦地で功績をあげた。昇進するには、こうしたことが大事だ）

上等兵曹《チーフ》の場合は、そう都合よくはいかなかった。私は筆記試験を受け、かろうじて合格した。

筆記試験と昇進については、もう少し説明しておいたほうがいいだろう。私はもともと試験が苦手ではないし、拒否反応もない。少なくとも、ほかの人に比べて試験が嫌いなわけではない。ただ、SEALの試験は想像以上に過酷だった。

当時は、昇進するためには任務についていた分野で試験を受けなければならなかった。SEALとしてではなく、それが何であれ、SEALに入隊する前に配属されていた部門の試験だ。私の場合は諜報の分野で評価された。

当然ながら、私は諜報活動のことは何も知らなかった。私はSEALの隊員であり、情報の分析官ではなかったのだから。情報部が使う機器のことも、任務を遂行するための手順もまったく知らなかった。

情報部はいつも的確な情報を提供してくれるので、ダーツの矢を投げるか、サイコロを転がすかして決めているのではないかと思っていた。

昇進を勝ち取るには、本当は試験勉強をしなければならなかったのだろう。安心して本を読める場所にこもるとか、あるいは最重要機密を閲覧できる特別室に忍び込むかして。もちろん、そうした準備は勤務時間外にしなければならない。

ファルージャやラマディには安全な勉強部屋などなかったし、トイレや司令部に置いてある本はどれも役に立たなかった。

（現在の試験は特別作戦の分野で、SEALが実際に携わる任務に関わるものに変わっている。問題はありえないくらい詳細にわたっているが、少なくとも自分の任務に関わる内容

だ）

チーフの場合は少しちがった。試験ではＳＥＡＬとして知っていなければならないことが出題された。

難関の試験を突破すると、私の昇任人事は委員会に諮《はか》られ、さらに上層部の審査にかけられた。委員会での審議には上等兵曹《チーフ》と最先任上等兵曹が全員出席し、私の経歴の資料一式を審査した。この資料は本来ＳＥＡＬに入隊してからの行動がすべて記録された長文の記録であるはずだった（ただしバーでの喧嘩は除く）。

私の資料には任務の記録しかなかった。しかもＢＵＤ／Ｓ（基礎水中爆破訓練）を修了してから一度も更新されていなかった。シルヴァースターやブロンズスター章を受章したことは書かれていなかった。

私はどうしてもチーフになりたいわけではなかった。今のままで充分満足していた。チーフになると管理職としてのあらゆる事務仕事が増え、今までほど現場に出られなくなる。給料が増えて家族を養うのは楽になるが、そういうことは考えなかった。

プリモ最先任上等兵曹はアメリカの基地内で開かれた審査委員会に出席していた。私の昇進について審査が始まったとき、隣に別のチーフが座っていた。

「この阿呆は誰だ？」そのチーフは私の薄っぺらな資料を見て言った。「いったい何様のつもりなんだ？」

「一緒に昼飯でもどうだ？」プリモがそのチーフに声をかけた。

相手は同意した。昼食から戻ってきたとき、そのチーフの意見は変わっていた。

「おまえはおれにサブウェイのサンドイッチの借りがあるんだぞ」のちに会ったときにプリモは私にそう言った。それからことの次第を聞かされた。

彼にはそれ以上に借りがある。私の昇級は承認された。正直に言うと、チーフとしての任務は思っていたほど悪いものではなかった。


実のところ、階級はどうでもよかった。最高位まで上りつめたいなんて考えたこともない。ハイスクール時代も、平均点より上の生徒の仲間入りをしたいとは思わなかった。宿題は通学途中にトラックのなかでやっていた。成績優秀者の会に入れられたあと、次の学期は退学寸前のところまで成績を落とした。それからもう一度成績をあげて、両親に叱られないようにしたが。

階級に対する考え方は、奥にある部屋で事務作業をするよりも、現場のリーダーでいるほうを好むことと関係しているのかもしれない。コンピューターの前に座って、すべてを計画し、部下に伝えるなんて仕事はまっぴらだった。私は自分の仕事を——スナイパーとして戦闘に参加し、敵を殺す仕事をしたかった。自分が本当にやりたいことで一番になりたかった。

この考えを理解できない人も多かったと思う。誰もが有能な人物は高い地位を得てしかるべきだと当然のように考えている。が、それほど有能でもないのに高い地位にいる人々をいやというほど見てきたので、私の考えが揺らぐことはなかった。

考えすぎ

翌日、ハンヴィーのスピーカーから『オン・ザ・ロード・アゲイン』を歌うウィリー・ネルソンの声を聴きながら、私たちは基地をあとにした。ここには音楽しか気晴らしになるものがなかった。あとはせいぜい、ときおりどこかの村に停まって地元の住民たちとしゃべるくらいだった。ハンドルを握っていた相棒の好みだった昔ながらのカントリーミュージックのほかに、トビー・キースとスリップノットをよく聴いた。カントリーとヘヴィメタルが競うようにして私の気を惹《ひ》いた。

私は音楽が心に与える影響を信じている。戦地で効果があることを身をもって知っている。戦闘に出向くとき、人はやる気を漲《みなぎ》らせていたいものだ。狂気に取りつかれたくはないが、興奮していたい。音楽には恐怖を取り除く力がある。私たちはパパ・ローチやドープやドラウニング・プールをよく聴いた。気持ちを昂《たかぶ》らせてくれる曲は何でも聴いた（これらのバンドは今も私のトレーニング中のBGMの常連だ）。

しかし、基地へ戻るあいだは何を聴いても気持ちが晴れなかった。長くて暑い道中だった。昇進という朗報を聞いたばかりだというのに、心はふさぎ、うんざりしながら、同時に緊張もしていた。

基地では何もかもがどうしようもなくゆっくり進んだ。何も起こらなかった。そのせいで私の心は蝕《むしば》まれていった。

戦闘のさなかにいたときには、自分が傷つき、死ぬかもしれないという考えを押しやることができた。あまりにいろいろなことが起きて、心配している暇もなかった。というより、ほかにやるべきことがたくさんあったので、本気で向き合わずにすんでいた。

それが今では、そのことばかり考えていた。

リラックスするための時間はあったが、できなかった。ベッドで寝ていても、これまで体験してきたことばかり考えていた。とくに、撃たれたときのことを。

横になるたびに、撃たれたときのことを思い出した。心臓が早鐘を打った。たぶん、サドルシティにいたあの夜よりもずっと激しく鼓動していた。

国境地帯のパトロールを終えて基地に戻ってから数日経つと、ますます状況が悪化した。眠れなくなった。気持ちが落ち着かず、神経過敏になっていた。

自分はこのまま爆発してしまうのではないかと思った。

私の肉体はとことんまで痛めつけられていた。四度の長期にわたる戦地への派遣中に大勢の敵を殺した。膝はよくなってきていたが、背中が痛み、くるぶしが痛み、聴力が衰えていた。耳鳴りがした。首に怪我を負い、肋骨にはひびが入っていた。指の関節も折れていた。飛蚊症《ひぶんしょう》を患《わずら》い、右目の視力は低下していた。ひどい痣《あざ》や打ち身は数知れず、体じゅうが痛んだ。医者にしてみれば、この上ないごちそうだった。

が、いちばん悩まされたのが血圧だ。バケツ何杯分もの汗をかき、両手が震えた。最初は青白かった顔色が真っ青になった。

　くつろごうとすればするほど逆効果だった。身体が震えだし、そのことを考えると震えがひどくなるだけだった。

　川にかけられた背の高い梯子《はしご》を昇ることを想像してみるといい。数千キロメートルの高さまで昇り、雷に打たれる。感電するが、それでもまだ生きている。実際、何が起きたかわかるだけでなく、どうすればいいかもわかっている。降りるにはどうしたらいいか知っている。だからそうする。梯子を降りていく。けれど、地上に戻っても、感電した体は治らない。放電する方法を見つけ、アースしようとするが、電気を除去するための避雷針が見つからない。


　食べることも眠ることもできなくなって、私は医師団のところへ行き、検査してくれと頼んだ。彼らは薬はいるかと訊いた。

　いらない、と答えたが、結局、薬は受け取った。

　任務はほとんどなかったし、いずれにせよ数週間後には帰国する予定だったので、医師団は私に帰国を勧めた。

　ほかにどうしていいかわからず、私は提案に従うことにした。

14　帰宅と退役

見捨てる

八月下旬、私はイラクを離れた。いつもどおりそれが現実だとは思えなかった。戦場にいたかと思えば、次の日には帰宅しているのだ。去るのは嫌だった。誰にも血圧のことを、いや、どんな話もしたくなかった。できるかぎり秘密にしていたかった。

正直に言って、仲間を見捨てて逃げているように感じていた。鼓動がおかしいというか、よくわからないが、心臓が変だった。

それまで自分が成し遂げてきたことを考えても、仲間を見捨てている気分は消せなかった。そんなはずはないと思われるかもしれない。確かに私は今まで多くのことを成し遂げてきた。だから休養が必要だった。なのに休むべきではない気がしたのだ。自分はもっと強くあるべきだと思った。

それに加えて、私に合わない薬があるようだった。サンディエゴに帰ったとき、ある医者が眠れるようにと睡眠薬を処方してくれたのだが、飲むと意識を失った。目覚めると基地にいたが、家でのトレーニングと、基地まで運転して帰ったことを覚えていなかった。トレーニングをしたことはタヤから聞いたし、運転して基地に戻ったことは、トラックがあったからわかった。

その睡眠薬は二度と飲まなかった。最悪だった。

タヤ

わたしがこういったことを理解するには数年かかった。クリスは表面上は、ただ楽しみたいだけのように見える。でも本当に必要とされるとき、たとえば人の命が懸かっているようなときには、彼は誰よりも頼れる男で、状況に合わせた責任感や、思いやりを示す。

軍で昇進するときにもこのことが見て取れた。昇進は彼にとってはどうでもいいことで、より高い地位で責任を負うのを嫌がった。それによって家族の暮らしが良くなることになっても。でもやるべき仕事があれば、彼は必ずそこにいた。彼は常に臨機応変に対処する。ずっと備えることを考えてきたので、何事にも準備ができている。

まるで二重人格だったから、理解できた人はそれほどいないと思う。わたしにも折り合いをつけるのが難しいときがあった。

人々を守る

帰宅しているあいだ、なかなか面白い科学的なプログラムに参加した。ストレスや戦闘状態に関するものだ。

戦闘が体に与える影響を、仮想現実を使ってテストする。私の場合はとくに血圧を測定された。少なくとも私自身興味を持ったのが、血圧の測定だった。頭に何かをかぶり、特殊な手袋をつけてシミュレーションを受ける。要するにテレビゲームだが、とてもよくできていた。

シミュレーションの初めは、血圧も心拍数も安定していた。だが銃撃戦に入ると、どちらも下がった。私はできることすべてを行ない、かなり快適だった。

銃撃戦が終わり、戦いがない状況になると、心拍数があがった。

面白い。

実験を行なっている科学者や医師たちは、訓練のおかげで私が戦闘中はなぜか落ち着くのだと考えている。彼らには初めての例らしく、非常に興味を持っていた。

もちろん、イラクでは毎日がそうだった。

強く印象に残ったシミュレーションがひとつあった。ひとりの海兵隊員が撃たれ、叫びながら倒れるものだ。そのシーンを見たとき、血圧が通常以上に跳ね上がった。

科学者や医師に言われなくても、その理由はわかっていた。私はファルージャで私の胸のなかで死んだあの青年と重ね合わせていた。

私は何百人もの人を救ったと言われるが、覚えているのは救った人ではなく、救えなかった人だ。

永遠に記憶のなかに残るのは、救えなかった人たちの顔やその場面だ。

残るか去るか

兵役期間が終わりに近づいた。海軍は私をとどまらせようと、さまざまな提案をしてきた。訓練の指揮、イギリスでの仕事など、私が望むことは何でもだ。

タヤには再入隊しないと言ったが、辞《や》めたくはなかった。戦争に戻りたかった。前回の配備でだまされたように感じていたから、私はどうすべきか悩んだ。もう辞めようと思う日もあれば、妻がどう言おうと再入隊しようと思う日もあった。

ふたりで何度も話し合った。

タヤ

子供たちには父親が必要だとわたしはクリスに言った。とくに息子はあの年頃だからと。夫がいてくれないなら、わたしの父の近くへ引っ越し、少なくとも強い祖父にそばにいてもらうつもりだった。

もちろんクリスにいてもらいたいと思った。

クリスはわたしたちを本当に愛してくれていた。夫は強い家族をつくりたいと思っていたのだ。

この件ではいつも言い争いになった。優先順位の問題だ。わたしは、神、家族、国だが、クリスはおそらく、神、国、家族なのだろう。

わたしにしてみれば、クリスはもう充分、国に貢献していた。充分すぎるほどだ。それまでの十年は常に戦争があった。重苦しい実戦配備と徹底的な訓練で、夫は帰宅できなかった。わたしが知るほかのどのSEALの隊員より、活動が激しく、帰宅できない期間が長かったと思う。少しは家族との時間を持たせてほしかった。

でもいつものように、決めるのはわたしではない。

海軍は私を新兵募集官としてテキサスに送ってもいいと提案してきた。とても良い提案だった。その職なら定時に終わり、夜は帰宅できる。可能な妥協案に思えた。

「手はずを整えるから少し時間をくれ」と私が交渉している最先任上等兵曹は言った。「ひと晩で決まるようなことではない」

彼に手配する時間を与えるため、私は兵役期間を一カ月延長した。

来る日も来る日も待っていたが、何の命令も来なかった。

「もうすぐだ。もうすぐだから、また延長してくれ」と言われた。

私はそうした。

さらに数週間が過ぎ、十月が終わろうとしていたが、命令はなかった。そこで彼に電話をかけ、どうなっているのかと尋ねた。

「私も困っている。上は認めているんだが、期間が三年だ。きみの兵役期間はそんなにないだろう？」と言われた。

言い換えれば、再延長すれば職を与えるということだ。だが保証も契約もない。

以前と同じだ。私はついに提案を断わった。海軍を辞《や》めよう。

タヤ

夫はいつも「自分が意気地《いくじ》なしであるかのように感じる」と言っている。わたしはよくやったと思っているが、夫の気持ちはわかる。夫は誰かが戦う必要があるならそれは自分であるべきだと思っているのだ。ＳＥＡＬ隊員の多くがそう思っている。でも、辞める夫を責める隊員はひとりもいないと思う。

ライアンの結婚

ライアンとは、彼がアメリカへ戻ってからも、親しい関係でいた。友情がさらに深まっていた。それは予想外だったが、私は彼の勇気に惹《ひ》かれた。戦場の彼はまさに戦士だった。そして人生においては、彼が盲目であるのは確かだ。が、彼がその障害に閉じこめられているなどと思う人はひとりもいないだろう。

彼は怪我のため、義眼を作らなければならなかった。それを一緒に受け取りに行ったLTに聞いた話だが、義眼はふたつ作ってあった。ひとつは普通の目、もうひとつは虹彩に金色のSEALの〈トライデント〉が入れてある目だった。

一度SEALになった者は、一生SEALなのだ。

私とライアンは、怪我をする前よく一緒にいた。チームの男たちの多くが、辛辣《しんらつ》なユーモアの持ち主だったが、ライアンは群を抜いていた。いつもみんなを笑いころげさせていた。

それは撃たれてからも変わらなかった。真面目な顔で冗談を言うのだ。ある日、少女が彼の顔を見て、なぜそうなったのかと尋ねた。

彼はかがんで真剣な声で言った。「ハサミを持って走るとこうなるんだ」

真面目におどける優しい男。誰もが愛さずにはいられない。


われわれは彼のガールフレンドを嫌うことになるだろうと思っていた。彼の目が不自由になったので、彼のもとを去るだろうと思っていたのだ。だが彼女は残り、のちに結婚したので、みんな喜んだ。彼女は素晴らしい女性だ。

障害を克服した人物のポスターを作るなら、ライアンが適任だ。怪我のあとも大学へ通い、首席で卒業し、この上ない仕事についた。フッド山やレーニア山など、いろいろな山に登った。狩りに行き、最新技術と観測手の助けを借りて、見事なヘラジカを仕留めた。トライアスロンにも出場した。ある夜ライアンが、ほかの誰でもなく自分が撃たれてよかったと言ったのを覚えている。当然彼は最初怒っていたが、自分には平和で満たされた生活があると感じていたにちがいない。盲目であることを受け止め、この先何があっても幸せになれると感じていたのだ。彼は正しかった。

私はSEALの原動力となっている愛国心のことを考えると、ライアンを思い浮かべる。メリーランド州ベセスダの病院に入院していたときのこと、彼は怪我を負ったばかりで、命が危ぶまれ、目は二度と見えないことがわかっていた。今後、顔の再建手術を何度も受けなくてはならなかった。そんなとき彼が頼んだことは、国旗のところまで車椅子を押し、しばらくひとりにすることだった。

車椅子に座り、三〇分近くも風になびく国旗に敬礼していた。

それがライアンだ。真の愛国者。

優しい心を持つ本物の戦士。

もちろんわれわれはみんな、ライアンをからかった。ゴミ箱の前に連れていかれ、それが国旗だと言われてもわからないだろうと。ライアンも自分の目についてさまざまな冗談を言い、いつもみんなを笑わせてくれた。

彼が遠くに引っ越してからは、電話で話し、可能なかぎり共に過ごした。二〇一〇年には、彼の奥さんが第一子を身ごもった。

そんななか、彼がイラクで受けた傷にさらなる手術が必要になった。ある朝入院し、その日の午後遅く、私にマーカス・ラトレルから電話があり、ライアンのことを聞いたかと問われた。

「ああ。昨日話をしたよ。奥さんがおめでただそうだ。すごいじゃないか、ええ?」と私は言った。

「ライアンが少し前に死んだ」とマーカスが静かな声で言った。

病院で何か問題が起こったらしい。英雄にしては悲劇的な最期だった。彼を知る者はまだ誰も立ち直れていない。私は決して立ち直れない。

子供は可愛《かわい》い女の子だった。父親の心を受け継いでいるにちがいない。

マイティ・ウォリアーズ

マーク・リーの母デビーは、マークが死んでから、われわれ小隊の母親のような存在になった。勇敢な女性で、戦士たちが戦場から戻り、日常生活に適応するのを献身的に助けている。彼女は今、アメリカズ・マイティ・ウォリアーズ（www.AmericasMightyWarriors.org）の代表を務め、退役軍人たちのために多くの活動をしている。彼女はそれを〝気まぐれな親切行為〟と呼んでいるが、マークの人生と彼から生前届いた手紙がきっかけになったとのことだ。

だがデビーは決して気まぐれではない。献身的によく働く女性で、マークと同様に自分の信条に身を捧げている。

マークは生前、家族へ素晴らしい手紙を書いた。その手紙はウェブサイトで購入して読むことができる。そこには彼がイラクで目にしたことについて胸を打つ文章が綴《つづ》られている。ひどい病院と、無知で卑劣な人々についてだ。だがその手紙は非常に前向きでもある。希望に満ち、他人のために少しでも役に立とうと思わせてくれる。

だがマークが家族に何を書こうと、われわれが知る彼自身を適切に表現することはできない。実際のマークの人間性はもっと深い。優れたユーモアのセンスを持った、本物のタフガイだった。がむしゃらな戦士で良き友だった。神に対して揺るぎない信仰心を持ち、精一杯妻を愛していた。彼がいる天国はまちがいなく素晴らしい場所だろうが、地上にいるわれわれは大きなものを失った。

クラフト社

海軍を去る決心をしたのはつらかった。だがもう、私は辞《や》めようとしていた。そろそろ残りの人生のことを考えるときだった。

選択肢はいくつもあったが、友人のマーク・スパイサーとずっと話し合ってきたのは、アメリカでスナイパー訓練所を始めることだった。イギリス陸軍に二五年いたマークは、退役したときには特務曹長だった。イギリス陸軍のトップクラスのスナイパーで、スナイパーやスナイパー小隊の指揮官を二〇年以上務めた。狙撃について本を三冊書いている世界屈指の専門家だ。

ふたりとも、軍や警察には特殊な訓練が、過去も今も望まれていることに気づいていた。多様な状況に備えるための実践的な指導がこれまで充分にされていなかった。われわれの経験があれば、さまざまなコースを設定し、充分な射撃の時間も提供できる。

問題は始める前の準備だった。

資金はもちろん重要な要素だ。だが偶然にも、この訓練所が優れた投資だと気づき、私を信じてくれる人に出会えた。J・カイル・バスだ。

カイルは多額の投資をしてくれたが、出会ったのは彼がボディガードを探していたからだった。SEALならまちがいないと思ったのだろう。だが会って話していて、私は数年先の展望を訊かれ、訓練所のことを話した。彼は興味を持ち、私をボディガードとして雇う代わりに、事業に出資してくれた。こうしてクラフト・インターナショナル社が生まれた。

実際は、それほど簡単ではなく、始めるまで相当苦労した。長時間働き、ほかの起業家と同じように細かいことに労力を費やした。オーナーにはマークと私以外に、さらにふたり加わった。ボー・フレンチとスティーヴン・ヤングだ。彼らの専門分野は主にビジネス面だが、ふたりはわれわれが教える武器や戦術についても知識が豊富だった。

現在、クラフト・インターナショナルのオフィスはテキサス州にある。訓練場はテキサス州とアリゾナ州で、さまざまな国の安全対策や特殊なプロジェクトに取り組んでいる。マークはときどきヒストリー・チャンネルに出演している。彼はカメラの前でも緊張しないので、ときおり強いイギリス訛《なま》りが出てしまう。そういうときには番組側がきれいな英語の字幕をつけてくれている。訓練所では今のところ字幕を必要としていないが、絶対にいらないとは言えないだろう。

われわれは、訓練所で教えているどの分野にも、ベスト中のベストだと思えるチームを集めた(詳しくはwww.craftintl.comまで)。

起業には、私にないさまざまなスキルが必要だった。管理業務も山ほどある。

正直まいった。

私はハードワークは平気だ。それがたとえデスクワークでも。ただこの仕事でつらいのは、〝デル・ハンド〟――パソコンのキーボードを長時間打たなければならないこと――だ。それにときどきスーツを着てネクタイを締めなくてはならない。だがそれ以外は最適な仕事だ。金持ちにはなれないかもしれないが、楽しんでいる。

クラフト社のロゴは、『パニッシャー』のシンボルをもじり、右目の十字線はライアン・ジョーブに敬意を表している。彼は会社のスローガンにもインスピレーションを与えてくれた。

二〇〇九年四月、ソマリアの海賊が船を襲い、船長を殺すと脅したため、SEALのスナイパーが駆逐艦から撃ち殺した。これに関し地元のメディアがライアンに意見を求めた。

「きみのお母さんの教えには反するが、暴力が問題を解決する」と皮肉っぽく答えた。

その言葉はスナイパーのスローガンに最適だ。で、実際そうなった。

テキサスに帰る

私はまだ海軍を去る踏ん切りがつかなかった。だがクラフト社を始めるということに背中を押された。ついにそのときが来ると、待ちきれなかった。

やっと私は家へ向かっていた。急いでいたかって？　一一月四日に海軍を出て、一一月六日にはテキサスの砂埃《すなぼこり》を浴びていた。

私はクラフト・インターナショナルで働いていたが、家族はサンディエゴにいた。子供たちを最後まで学校に通わせ、妻に家を売る準備をしてもらった。一月にはすべて梱包し、テキサスへ来る予定だった。

クリスマスに家族が訪ねてきた。私は子供たちや妻に会いたくてたまらなかった。

実家の部屋に妻を呼び、こう言った。「子供たちをここへ置いて、きみひとりで戻るのはどうだ？」

妻は喜んだ。子供たちの世話をしながら家を売る準備をするのは大変だ。

私は息子と娘と一緒にいられて嬉しかった。平日は両親が子供たちの面倒を見てくれた。私は金曜の夜に迎えに行き、三日間共に過ごした。四日間のときもあった。

父親は小さい子供と快適に過ごせないと思われているが、私はちがうと思う。私も子供たちも大いに楽しんだ。トランポリンやボールで何時間も騒ぎ、動物園や運動場へ行き、映画も見た。子供たちは料理を手伝ってくれた。私たちはみんな最高の時を過ごした。

娘は赤ん坊の頃、私を受け入れるのに時間がかかった。だが徐々に信頼するようになり、私がそばにいることに慣れた。今や完全なパパっ子だ。

もちろん、生まれた日から父親を手玉に取っている。


息子には二歳の頃から射撃を教えはじめた。最初はBB弾のライフルからだった。私の考えでは、子供がトラブルに巻き込まれる原因は好奇心だ。満たしてやらなければ、大問題を引き起こす。幼いうちから安全について教えておけば、トラブルの多くは避けられる。

息子は武器がおもちゃではないことを学んだ。銃を使うときは私を呼ぶようにいつも言ってきた。私は何よりも射撃が好きだ。息子はすでに自分のライフルを持っている。22口径レヴァーアクションで、腕もいい。拳銃の腕も見事だ。

娘はまだ幼いので、それほど興味を持っていない。すぐに持つだろうが、いずれにせよ、充分な小火器の訓練を積まないうちは、デートは許可しない。三〇歳くらいになるまではだめだ。

ふたりともわたしと狩りに行ったことがある。まだ幼いので長時間の集中はできないが、すぐにコツを覚えるだろう。

タヤ
クリスとわたしは子供たちを軍に入れるかどうかで考えが揺れた。もちろん怪我をしてほしくないし、何も起こってほしくない。でも兵役には利点もたくさんある。子供たちがどうしようとわたしたちは誇りに思うだろう。息子がSEALに入りたいと言ったら、わたしは、よく考えて覚悟するようにと言うだろう。

家族には最悪なことだ。戦争は人間を変えてしまう。そのことにも覚悟が必要だ。息子には、現実について父親によく話を聞くようにと言うつもりだ。

息子が銃撃戦のなかにいると考えるだけで泣きそうになることがある。

クリスは充分国のために尽くしたので、息子の代は兵役に行かなくてもいいと思う。でも子供たちが何をしてもわたしたちは誇りに思うだろう。

テキサスに住むようになり、常に両親の近くにいられるようになった。両親は、私が戦争のあいだに作り上げた心の壁はいくぶんなくなったと言った。父が言うには、私は自分の一部を閉ざしていた。少なくともある程度は戻ってきたと父は思っている。

「長年、殺しの訓練を続けることはできないし、それがひと晩で消え去ることもないだろう」と父は認めてくれている。

どん底

これだけいいことばかりあると、私が完璧な人生を送っていると思うだろう。そうあるべきなのかもしれない。

だが、現実の人生はまっすぐ進むわけではない。必ずしも〝幸せに暮らしましたとさ〟とはならない。人生とは苦労して道を切り開くものだ。

素晴らしい家族と仕事があるからといって、すべてが完璧だったわけではない。依然としてSEALを去ったことに負い目を感じ、最後通告と思えるものを私に突きつけた妻を恨んでいた。

たとえ軍を離れて数カ月は幸せだったとしても、奈落に落ちていくかのように思えた。私はビールをがぶ飲みするようになった。鬱《うつ》になり、自分を惨《みじ》めに思っていたのだろう。やがて酒を飲む以外何もしなくなった。その後、ビールから強い酒になり、一日中飲むようになった。

誇張するつもりはない。もっと深刻な問題を抱えている者もいるだろう。だが、私は確実にまちがった方向へ向かっていた。坂を転げ落ち、その速度を上げていた。

ある夜、トラックを運転していて、カーヴでスピードを出しすぎた。酌量すべき事情があったのかもしれない。道路がすべりやすかったか、何かが故障していたか。あるいはラマディで私を助けたあの守護天使がまた来てくれたのかもしれない。

とにかく、トラックは全損したが傷ひとつ負わなかった。

体はもとのままだったが、精神は別だった。

それでもその事故で私は目が覚めた。自分を取り戻すのにあれほどのことが必要だったとは情けない。

今でもビールを飲むが、飲みすぎることはない。

自分が何を持っているのか、何を失う可能性があるのか、それがわかっている。そしてまた、自分の責任がどこにあるかだけでなく、その責任を全《まっと》うする術《すべ》も理解している。

恩返し

私は人のためにできることが何かわかりはじめている。家族に気を配り、他人にも少しでも気を配ることで、完璧な人間になれると気づいたのだ。

マーカス・ラトレルは、ローン・サバイバー財団という組織を立ち上げた。負傷した戦士を病院から連れ出し、少しでも楽しめる環境へ置こうという取り組みだ。マーカスはアフガニスタンで負傷したが、母親の牧場にいたほうが病院の倍も治りが早かったと言っていた。外の空気に触れ、自由に歩きまわることができたからだ。これが組織を立ち上げるきっかけのひとつとなり、少しでも役に立ちたいと思う私の指針のひとつにもなった。

私はテキサスあたりで牧場を持っている知り合いに会い、一回あたり数日間、牧場を使わせてくれないか尋ねた。みんな、とても気前よく貸してくれた。戦争で心や身体に問題を抱えた軍人が少人数のグループで、牧場を訪ねたり、狩りや射撃を楽しんだり、あるいはただぶらぶらしたりして過ごすのだ。ただ楽しく過ごすことが目的だ。

友人のカイルのことも述べておきたい。クラフト社を発足させるのに後押ししてくれたあのカイルだ。彼もまた非常に愛国心が強く、わが部隊を支えてくれて、親切にも自分の美しいベアフット牧場を、負傷兵たちの療養に何度も使わせてくれた。リック・ケルとデイヴィッド・フェハティの団体、〈トゥループス・ファースト〉もまた、クラフト社とともに、できるかぎり多くの負傷兵に手を差しのべている。

私自身楽しんでいる。一日に二、三回狩りに行き、射撃場で射撃をし、夜はビールを飲んで語り合う。

よく覚えているのは戦争そのものより笑い話だ。心に残るのはそういう話で、負傷兵の回復力を高める。彼らは戦場で戦士だったが、自分の障害に対しても同じように戦士として戦っている。

想像できると思うが、私が絡むと冗談ばかりが飛び交う。お互いにからかい合う。いつも私が勝つわけではないが、必ず挑戦する。初めて彼らを牧場に連れていったとき、射撃を始める前にポーチへ連れ出し、簡単に説明をした。

「それじゃあ」と私はライフルを持ち、「このなかにSEALはいないから、基本から教えよう。ここにあるこれが引き金だ」

「ふざけるな、馬鹿野郎！」と彼らは怒鳴り、そこから打ち解けて、からかい合って楽しんだ。

負傷した退役軍人が必要としていないものは同情だ。彼らは彼ら自身として扱われたいのだ。対等で、英雄で、社会に対しまだ大きな価値のある人間として。

彼らを助けたいなら、そこから始めることだ。面白いことに、ふざけ合うことは、気持ち悪いほど優しい声で「大丈夫か？」と声をかけるより、彼らを尊重することになる。

まだ始めたばかりだが、充分にうまくいっているので、病院はとても協力的だ。私たちはこの活動を、夫婦で参加してもらえるほどに広げることができた。夫婦でひと月に二回療養に行けることが目標だ。

この活動で私の考えはどんどん広がった。退役軍人たちと狩りをするリアリティ番組に出てもいいと思っている。そうすれば多くのアメリカ人が、退役軍人や現役兵の家族に恩返しをしようという気持ちになるかもしれない。

互いに手を差しのべる。それがアメリカだ。

アメリカは多くの支援を行なっていると思う。本当に必要な人には素晴らしいことだ。だが働きたくない人々にお金を与えるのは、従属関係を作り出すとも思う。他国でも、国内でも。自分で生きていけるように手を貸す――そうあるべきだ。

兵役に行かない者やヤク中に多額の施しをする前に、この国に尽くして負傷したアメリカ人の苦しみを思い出してほしい。ホームレスはほとんどが退役軍人だ。彼らにはたんに感謝する以上の借りがあると思う。彼らはアメリカのために身を捧げ、命を犠牲にすることもあった。彼らは進んでそうしてくれたのだ、そんな彼らを大切にしてどうしていけない？

退役軍人に施し物を与えろと言っているのではない。彼らが必要としているのは、小さなチャンスと効果的な支援だ。

牧場療養で出会ったある退役軍人が、ホームレスの退役軍人のために家を建てるか改修する活動はどうかと提案してきた。いいアイディアだと思う。その家は、ずっと暮らす場所にはならないだろうが、彼らを前に進めることができる。

仕事や職業訓練など、われわれにできることはいくらでもある。

それにつけこむ連中が群がることになると言う人もいるだろう。だがそれはどうにかするしかない。そんなことでみんなのためになることを台無しにしてはいけない。

国のために戦った人間がホームレスや無職になってもいいわけがない。

私という人間

しばらくかかったが、私はもうSEALであることだけが私ではないと思うようになった。夫であり父親でなくてはならない。今はそれが最優先の職業だ。

SEALであることは私の大部分を占めてきた。今も惹《ひ》かれる思いはある。仕事と家族のどちらも最高のものを手に入れられるに越したことはない。だが少なくとも私の場合、仕事がそれを許さなかった。

両立できたのかはどうかわからない。だがある意味で、仕事から一歩遠ざからなければ、家族が求める男にはなれなかった。

いつどこで転機が訪れたのかわからないが、それは海軍を離れる前ではなかった。最初はあの憤りを克服しなければならなかった。いいことも悪いことも経験しなければ、本当に前へ進もうという気持ちにはなれなかった。

　今私は、良い父親であり、良い夫でありたい。妻に対する本当の愛を再確認した。出張に出ているときには心から妻に会いたくなる。抱きしめ、隣で眠りたくなる。

タヤ

　最初わたしは、クリスの恥ずかしがらずに気持ちを口にするところが好きだった。彼は駆け引きなどしなかった。自分の気持ちを行動で示す、まっすぐな人だった。車で一時間半もかけて会いにきて、朝五時の仕事に間に合うように出ていく。ちゃんと会話ができて、わたしの気まぐれも我慢してくれた。

　彼の陽気な面が、わたしの真面目なところとうまくかみ合い、わたしを若返らせてくれた。彼はどんなことにも乗り気で、わたしが望むことや夢見ることはすべて支えてくれた。わたしの家族とも仲が良く、わたしも彼の家族と仲良くしていた。

　離婚の危機を迎えたとき、わたしは彼が再入隊するなら今までのようには愛せないと言った。愛していないわけではなく、彼の決断でわたしが考えていることがますます明らかになっていくと感じたのだ。初めは、何よりもわたしを愛してくれていると信じていた。でも徐々に、彼のチームが優先されるようになった。わたしが聞きたい言葉や愛を表現するための言葉を言いつづけてはくれたが。しかしもう、言葉と行動が一致しなくなった。わたしをまだ愛していたが、以前と同じではなかった。チームに心を奪われていたのだ。

彼は家にいないとき、「きみのいる家に帰れるなら何でもする」「会いたい」「ぼくにとってきみは世界でいちばん大切だ」などと言ってくれた。でももし彼が再入隊するなら、今まで彼が言ってきたことは、すべて理屈の上での言葉で、気持ちが表われたものではないことになる。

彼の言葉が嘘だとわかっているのに、以前のようにまっすぐに愛することができるだろうか。彼のなかでわたしは二番目だ。

彼は見知らぬ人や国のために命を捧げていたのだ。わたしは問題や苦しみを分かち合えない気がした。一方、彼は自分の人生を生き、幸せな妻が家で待っていることを望んでいた。

つまりその当時はわたしが愛していたすべてが変わりつつあり、わたしは別の形で彼を愛さなければならなかったということ。そのため愛情が薄れるのではないかとわたしは思った。でも、そうではなかった。ただ、愛が変わったのだ。

どんな人間関係でもそうであるように、状況は変わった。わたしたちは変わったのだ。ふたりとも過ちを犯し、ふたりとも多くを学んだ。別の形でお互いを愛しているのだろうが、それはいいことなのかもしれない。むしろ許すということなのか、大人になったということか、あるいはたんに変わったというだけなのか。

今もとてもうまくいっている。お互いを支え合い、つらいときでもお互いや家族を失いたくないのだと気づいた。

時が経つにつれ、相手が理解し、感じられる形で愛を示すことができるようになった。

ここ数年で妻への愛は深まったと感じている。タヤはタングステン鋼でできた結婚指輪を新しく買ってくれた。妻が手に入れられるなかで最も硬い金属であることが偶然だとは思えない。

指輪には十字軍の十字架が彫ってあるが、妻は結婚が聖戦のようだからだと冗談を言っている。

われわれにとってはそうだったのかもしれない。

タヤ

彼から今まで感じなかったものを感じる。

まちがいなく戦争前とはちがう人間だが、変わっていない部分もたくさんある。ユーモアのセンス、優しさ、温かさ、勇気、責任感。彼の静かな自信はわたしを生き生きさせてくれる。

ほかの夫婦と同じように、わたしたちも折り合いをつけなくてはならないことが毎日あるが、大切なのは愛されていると感じることだ。わたしは自分と子供たちが彼に大切にされていると感じている。

戦争

今の私は、初めて戦争に行ったときの私ではない。

誰もが変わってしまう。戦場に赴くまでは純真な心を持っているが、突然世の中の裏側を目にする。

後悔はしていない。もう一度やってもいい。だが、戦争はまちがいなく人を変える。

死を受け入れるようになる。

ＳＥＡＬになることは、暗黒面《ダークサイド》に落ちることだ。完全に入り込んでしまう。繰り返し戦争に行くことで、万物の最も暗い部分へと引き寄せられる。すると精神が自分を守ろうとする。だから頭が吹っ飛ぼうと、もっとひどいことが起ころうと、笑ってしまうのだ。

私は子供の頃から軍隊に入りたかった。だが人を殺すのがどんな気分なのか不思議に思っていた。

今はわかる。たいしたことではない。

私は想像していたよりはるかに多くの人を殺した。私以前のどのアメリカ人スナイパーより多い。だが私は、私の標的が犯した、あるいは犯そうとした悪事を見てきた。そして標的を殺すことで、大勢の仲間の命を守った。

人を殺すことについて哲学的に考えることはほとんどない。戦争における自分の役割について良心の呵責《かしゃく》はない。

私は敬虔《けいけん》なキリスト教徒だ。決して完全とは言えないが。神、イエス、聖書を心から信じている。私が死ねば、神は私が現世でしたことすべてに説明を求めるだろう。

私の罪のすべてを調べるにはかなりの時間がかかるだろうから、私を最後まで待たせ、ほかの人を先に行かせるかもしれない。

「カイルさん、奥の部屋へ行きましょう……」

正直なところ、裁きの日に何が起こるかはわからない。だが私は、自分が自分の罪をすべて知り、神もすべてを知っておられ、罪というのは神が知っておられる現実のなかにあるものだと思う。私はイエスを救世主として受け入れることが魂の救いになると信じている。

神が私に罪を突きつける場所が奥の部屋かどうかは知らないが、戦争で人を殺したことは罪に含まれないと思う。私が撃ったのはみな悪だ。毎回正当な理由があった。彼らはみな死んで当然だった。


後悔しているのは守れなかった人たちのことだ。海兵隊員、陸軍兵士、私の仲間。

今も彼らを失った哀《かな》しみを感じている。守れなかったことに心が痛む。

私はうぶではないし、戦争や私がしなければならなかったことを美化しようとは思わない。人生で最悪の瞬間はSEALでいたときに訪れた。仲間を失ったこと、若者を救えなかったことだ。

私の経験のなかには、第二次世界大戦などの戦争と比べると、色あせてしまうものもあるだろう。ヴェトナム戦争に行った人たちは、ひどい経験をしたうえに、祖国へ帰っても侮辱《ぶじょく》された。

戦争で私がどう変わったのかと訊かれれば、最も大きいのは物の見方だろう。普通の生活でも人は誰もが、毎日ストレスを感じている。

が、私にはそんなことはどうでもいい。ストレスが自分の人生や一日を台無しにするのは些細《ささい》な問題で、もっと大きなひどいことも起こりうるのだ。私はそれを見てきた。

いや、そのなかで生きてきたのだ。

謝　辞

戦闘や海軍での仕事中に私を支えてくれたＳＥＡＬの仲間がいなければ、本書は完成しなかっただろう。そして、戦争中私を守ってくれたＳＥＡＬ、海軍、海兵隊、空軍、陸軍の兵士がいなければ、私はここにいない。

妻のタヤにも感謝したい。執筆を支え、自らも貢献してくれた。弟や両親は支えてくれただけでなく記憶も提供してくれた。友人たちも貴重な情報を快く与えてくれた。とくに助けてくれたのは、本書にそれぞれＬＴやドーバーとして登場する大尉と仲間のスナイパーだ。マーク・リーのお母さんからも重要な意見をいただき、助けてもらった。

ジム・デフェリスには、その忍耐、機転、理解、執筆の才能などでとくに感謝したい。彼の助けなしには、今日《こんにち》の形の本書はなかっただろう。また、本ができあがるまでのあいだ、タヤと私に自宅を開放してくれたジムの奥さんと息子にも心から感謝したい。

私たちはさまざまな場所で本書に取り組んだ。最も快適だったのはマーク・マイヤーズの牧場だ。彼は気前よく使わせてくれた。

スコット・マキューエンは私より先にこの物語の価値に気づき、出版において重要な役割を果たしてくれた。

編集者のピーター・ハバードにも感謝したい。執筆について直接私に連絡をくれ、ジム・デフェリスとつないでくれた。またウィリアム・モロウ／ハーパーコリンズのスタッフ全員にも感謝する。

解説――その後のアメリカン・スナイパー

本書はクリス・カイル *American Sniper: The Autobiography of the Most Lethal Sniper in U.S. History* (2012) の全訳である。

著者のカイルは、アメリカ海軍特殊部隊SEALの狙撃手だった。彼は四度イラク戦争に従軍して、一六〇名の敵を〝公式に〟射殺している。これは米軍史上、狙撃成功の最高記録である。公式記録は死亡が目視などで実際に確認された場合のみのカウントなので、カイルが実際に射殺した敵はさらに多い。非公式の記録としては、二五五名の数字が伝えられている。その並はずれた戦果ために、味方からは〝ザ・レジェンド（伝説）〟と讃《たた》えられ、敵方の武装勢力からは〝ラマディの悪魔〟として恐れられたのは本人が述べたとおりだ。カイルは二〇〇九年に除隊するまでに、ふたつの銀星章《シルヴァースター》をはじめ二〇以上の受勲に輝いている。

本書は、そのカイルが軍を去ったあとに著した自伝だ。自らの生い立ち、SEALの厳しい選抜訓練、イラクでの作戦活動、家族への想い、戦争に蝕《むしば》まれていく心の内を率直に綴《つづ》っている。女性を殺した事実や「敵を殺したことはみじんも後悔していない」などのカイルの言葉が論争の的《まと》となったこともあり、本書は発売後またたくまに大ヒットとなった。《ニューヨーク・タイムズ》のベストセラーリストの第一位を獲得しただけでなく、三七週ランクインのロングセラーとなり、二〇一五年初頭までに累計で一二〇万部を売り上げている。

原書の発売からほぼ一年後の二〇一三年二月、カイルは、PTSD（心的外傷後ストレス障害）を患《わずら》うとされる元海兵隊員エディ・レイ・ルースにテキサスの射撃場で射殺された。除隊後のカイルは〈クラフト・インターナショナル〉という民間軍事訓練会社を経営する一方で、心身に障害を負った元兵士を支援する活動にも携わっていた。ベストセラー作家となった戦争の英雄の突然の死、そしてエディ・レイ・ルースがカイルが支援していた元兵士のひとりだったというセンセーショナルな事実ゆえに、ニュースは全米を揺るがせた。現時点で公判は始まっておらず、容疑者の動機は明らかにされていない。カイルの葬儀は、事件の一〇日後、テキサス州アーリントンのカウボーイズ・スタジアムで行なわれた。遺体を運ぶ葬列は最長三二〇キロに達したと報じられている。

本書は、クリント・イーストウッド監督、ブラッドリー・クーパー主演で映画化された。タイトルは原作と同じく『アメリカン・スナイパー』。二〇一四年一二月に全米で公開され、翌二〇一五年に拡大公開されるや、三週連続で第一位に輝き、二月六日時点で二億六四〇〇万ドルの興行収入を獲得している（日本では二〇一五年二月公開）。これはスティーヴン・スピルバーグ監督の『プライベート・ライアン』を抜いて戦争映画の歴代最高記録となった。『プライベート・ライアン』は一九九八年の公開であり、実に一七年ぶりの更新である。

映画版『アメリカン・スナイパー』については、戦争賛美に繋《つな》がるのではないか、いやむしろ作り手の意図はその逆ではないか、との激しい論争がアメリカのメディアで巻き起こったことがヒットの理由のひとつとして挙げられる。映画監督のマイケル・ムーアは、「狙撃手は卑怯者だ」と発言したり、クリント・イーストウッドとの過去の諍《いさか》いを暴露したりしてその論争に油を注いだ。第八七回アカデミー賞の作品賞、主演男優賞ほか、主要六部門にノミネートされたことも話題だ。クリント・イーストウッド監督映画が、『ミリオンダラー・ベイビー』以来一〇年ぶりの作品賞受賞に輝くか、はたまた、一八キロ増量による役作りが話題となっているブラッドリー・クーパーが初の主演男優賞を受賞するかに注目が集まっている。

（編集部）

翻訳の底本には、最新のペイパーバック版（2014, William Morrow Paperbacks）を使用した。また、読みやすさを考慮して、インチを単位にした銃の口径については、小数点を省略して表記した。たとえば、.50口径は、50口径と表記している。

二〇一五年二月八日

翻訳協力
秋山茂
大嶋えいじ
大谷瑠璃子
柏樹外次郎
門脇弘典
川崎稔
北綾子
黒木章人
蜂谷敦子
不二淑子

戦　記

ブラックホーク・ダウン上下
——アメリカ最強特殊部隊の戦闘記録
マーク・ボウデン／伏見威蕃訳

ソマリアの首都で孤立した米軍特殊部隊の運命は？　リドリー・スコット監督大型映画化

ブラヴォー・ツー・ゼロ
——SAS兵士が語る湾岸戦争の壮絶な記録
アンディ・マクナブ／伏見威蕃訳

SAS兵士が体験した、イラク領内での極秘作戦と苛酷な逃避行を綴る第一級の軍事手記

史上最大の作戦
コーネリアス・ライアン／広瀬順弘訳

全世界の帰趨を決した〝Dデー〟の激戦を再現する不滅の戦記。映画化原作を新訳で贈る

電撃戦
レン・デイトン／喜多迅鷹訳

ヒトラー・ドイツが開発した、画期的な「電撃作戦」の本質をさぐる戦史ドキュメント。

Uボート・コマンダー
——潜水艦戦を生きぬいた男
ペーター・クレーマー／井坂　清訳

数々の戦闘を生きのびたドイツ海軍の名艦長が、自らの体験を再現する海洋戦記の白眉。

HM=Hayakawa Mystery
SF=Science Fiction
JA=Japanese Author
NV=Novel
NF=Nonfiction
FT=Fantasy

アメリカン・スナイパー

〈NF427〉

二〇一五年二月二十五日　発行
二〇一五年二月二十六日　二刷

（定価はカバーに表示してあります）

著者　クリス・カイル
　　　ジム・デフェリス
　　　スコット・マキューエン

訳者　田《た》口《ぐち》俊《とし》樹《き》・他

発行者　早川　浩

発行所　株式会社　早川書房

郵便番号　一〇一 - 〇〇四六
東京都千代田区神田多町二ノ二
電話　〇三 - 三二五二 - 三一一一（大代表）
振替　〇〇一六〇 - 三 - 四七七九九
http://www.hayakawa-online.co.jp

乱丁・落丁本は小社制作部宛お送り下さい。
送料小社負担にてお取りかえいたします。

印刷・精文堂印刷株式会社　製本・株式会社フォーネット社
Printed and bound in Japan
ISBN978-4-15-050427-4 C0131

本書は活字が大きく読みやすい〈トールサイズ〉です。